O JARDIM DE OSSOS

OBRAS DA AUTORA PUBLICADAS PELA EDITORA RECORD

Série Rizolli & Isles
O cirurgião
O dominador
O pecador
Dublê de corpo
Desaparecidas
O Clube Mefisto
Relíquias
Gélido
A garota silenciosa
A última vítima
O predador
Segredo de sangue
A enfermeira

Vida assistida
Corrente sanguínea
A forma da noite
Gravidade
O jardim de ossos
Valsa maldita

Com Gary Braver
Obsessão fatal

TESS GERRITSEN

O JARDIM DE OSSOS

Tradução de
ALEXANDRE RAPOSO

11ª edição

EDITORA RECORD
RIO DE JANEIRO • SÃO PAULO
2025

CIP-Brasil. Catalogação-na-fonte
Sindicato Nacional dos Editores de Livros, RJ.

G326j Gerritsen, Tess
11ª ed. O jardim de ossos / Tess Gerritsen; tradução Alexandre Raposo. – 11ª ed. – Rio de Janeiro: Record, 2025.

Tradução de: The bone garden
ISBN 978-85-01-08405-7

1. Medicina legal – Ficção. 2. Patologia forense – Ficção. 3. Ficção americana. I. Raposo, Alexandre. II. Título.

08-5550
CDD – 813
CDU – 821.111(73)-3

Título original inglês:
THE BONE GARDEN

Copyright © 2007 by Tess Gerritsen

Todos os direitos reservados. Proibida a reprodução, no todo ou em parte, através de quaisquer meios.

Direitos exclusivos de publicação em língua portuguesa somente para o Brasil adquiridos pela
EDITORA RECORD LTDA.
Rua Argentina, 171 – Rio de Janeiro, RJ – 20921-380 – Tel.: (21) 2585-2000, que se reserva a propriedade literária desta tradução.

Impresso no Brasil

ISBN 978-85-01-08405-7

Seja um leitor preferencial Record.
Cadastre-se no site www.record.com.br e receba informações sobre nossos lançamentos e nossas promoções.

EDITORA AFILIADA

Atendimento e venda direta ao leitor:
sac@record.com.br

Em memória de Ernest Bruce Tom, que sempre me ensinou a buscar as estrelas.

AGRADECIMENTOS

O ano em que escrevi *O jardim de ossos* foi longo e penoso para mim. Mais do que nunca, sou grata aos dois anjos que sempre estiveram ao meu lado e que sempre me disseram a verdade, mesmo quando eu não queria ouvi-la. Um grande agradecimento para minha agente, Meg Ruley, que sabe tudo a respeito de como alimentar e cuidar da alma de um escritor. E para minha editora, Linda Marrow, que tem um dos melhores instintos do mercado. Obrigada também a Selina Walker, Dana Isaacson e Dan Mallory por suas contribuições para o aperfeiçoamento deste livro. E para meu maravilhoso marido, Jacob. Se dessem um prêmio para "melhor marido de escritora", você o ganharia com um pé nas costas!

20 de março de 1888

Querida Margaret,

Agradeço suas gentis condolências, tão sinceramente externadas, pela perda de minha querida Amelia. Este foi um inverno difícil para mim, já que a cada mês venho perdendo um velho amigo para a doença ou para a velhice. Agora, é com profundo pesar que devo considerar os breves anos que me restam.

Dou-me conta de que esta é, talvez, minha última chance de mencionar um assunto difícil, que deveria ter sido abordado há muito tempo. Tenho relutado em falar, pois sei que sua tia preferia que você nada soubesse a este respeito. Acredite, ela fez isso exclusivamente por amor, porque queria protegê-la. Mas conheço você desde muito jovem, querida Margaret, e a vi se transformar na mulher destemida que é hoje. Sei que você acredita firmemente no poder da verdade. Portanto, creio que gostaria de saber desta história, por mais perturbadora que venha a ser.

Tudo aconteceu há 58 anos. Você era apenas um bebê na época e não pode se lembrar. Em verdade, eu mesmo quase me esqueci. Mas, nesta última quarta-feira, descobri um velho recorte de jornal que estivera todos esses anos dentro de meu antigo exemplar de

Anatomia *de Wistar e me dei conta de que, a não ser que falasse logo, tais fatos certamente morreriam comigo. Desde a morte de sua tia, sou a única pessoa que sabe da história. Todos os demais estão mortos.*

Devo adverti-la de que os detalhes não são agradáveis. Mas há nobreza nesta narrativa, e também uma coragem comovente. Talvez você não achasse que a sua tia fosse dotada de tais qualidades. Certamente ela não parecia mais extraordinária do que qualquer outra senhora de cabelos brancos com quem cruzamos na rua. Mas eu lhe asseguro, Margaret, ela merece todo o nosso respeito.

Mais, talvez, do que qualquer outra mulher que eu tenha conhecido.

Está ficando tarde e, depois do pôr-do-sol, os olhos de um velho não se mantêm abertos durante muito tempo. Por enquanto, anexo o recorte de jornal que mencionei anteriormente. Se não quiser saber mais detalhes, por favor diga-me, e jamais voltarei a mencionar o assunto. Mas se a história de seus pais realmente lhe interessar, então pegarei a pena na próxima oportunidade. E você saberá a história, a verdadeira história, de sua tia e do Estripador de West End.

Atenciosamente,
O.W. H.

1

Dias atuais

Então é assim que acaba um casamento, pensou Julia Hamill ao cravar a pá na terra. Não com doces sussurros de adeus, não com mãos artrosadas entrelaçadas após quarenta anos de convívio, não com filhos e netos chorando ao redor de uma cama de hospital. Ela ergueu a pá e jogou a terra de lado, as pedras repicando sobre a pilha crescente. Aquele terreno era de pedras e argila, e só servia para cultivar amoras-pretas. Solo estéril como o seu casamento, do qual nada brotara de duradouro, nada que valesse a pena preservar.

Ela voltou a cravar a pá no solo, ouviu um retinir metálico e sentiu um choque subindo-lhe pela espinha quando a pá atingiu a pedra, uma das grandes. Ela reposicionou a pá, mas mesmo atacando a pedra em ângulos diferentes, não conseguia retirá-la. Desmoralizada e suando com o calor que fazia, olhou para o buraco. Passara a manhã inteira cavando como uma possessa. Sob as luvas de couro, as bolhas de suas mãos haviam estourado. A escavação de Julia erguera uma nuvem de mosquitos que zumbiam ao redor de seu rosto e se infiltravam em seu cabelo.

Não havia escapatória: se ela quisesse plantar um jardim ali, se quisesse transformar aquele quintal coberto de ervas daninhas, tinha de prosseguir. E aquela pedra estava no caminho.

Subitamente a tarefa pareceu impossível, além de suas forças. Deixou cair a pá e se sentou no chão, sobre a pilha de terra pedregosa. Por que havia achado que poderia restaurar aquele jardim, recuperar aquela casa? Através do emaranhado de ervas daninhas, olhou para a varanda empenada, para as ripas de madeira envelhecida. *A loucura de Julia*. Era assim que deveria chamar o lugar. Comprara aquilo quando não estava pensando com clareza, quando sua vida estava entrando em colapso. Por que não acrescentar mais destroços ao naufrágio? A casa era para ser um prêmio de consolação por ter sobrevivido ao divórcio. Aos 39 anos, Julia finalmente teria uma casa em seu nome, uma casa com um passado, uma alma. Quando esteve ali pela primeira vez com a corretora de imóveis e viu as vigas entalhadas à mão e um pedaço do papel de parede antigo através de um rasgão sob as muitas camadas que o cobriam, soube que aquela casa era especial. E que ela a chamara, pedindo ajuda.

— O local é insuperável — disse-lhe a corretora. — Vem com 4.000 m² de terreno, algo que raramente se encontra assim tão perto de Boston.

— Então, por que ainda está à venda? — perguntou Julia.

— Você pode ver como está maltratada. Quando fizemos o inventário, havia diversas caixas de documentos e livros velhos empilhadas no sótão. Demorou um mês para os herdeiros tirarem tudo daqui. Obviamente, precisa de uma reforma geral.

— Bem, eu gosto do fato de a casa ter um passado interessante. Isso não vai me impedir de comprá-la.

A corretora hesitou.

— Há outro assunto que devo mencionar. Transparência total.

— Qual assunto?

— O dono anterior era uma mulher de cerca de 90 anos e, bem, ela morreu aqui. Isso fez alguns compradores desistirem.

— Tinha 90 anos? Morreu de causas naturais, então?

— É o que se supõe.

Julia franziu as sobrancelhas.

— Não se sabe?

— Era verão. E levou quase três semanas para que um de seus parentes a encontrasse. — A corretora parou de falar, mas logo se animou. — Mas o terreno em si é especial. Você pode derrubar tudo e começar do zero!

Do mesmo modo como o mundo se livra de velhas esposas como eu, pensou Julia. Eu e esta casa esplêndida e dilapidada merecemos algo melhor.

Naquela mesma tarde, Julia assinou o contrato de compra.

Agora, sentada no monte de terra e matando mosquitos, pensou: "Como foi que me meti nessa? Se Richard visse esta ruína, teria certeza daquilo que já pensa a meu respeito. A ingênua Julia enganada por uma corretora, orgulhosa proprietária de uma pilha de entulho."

Passou a mão acima dos olhos, espalhando o suor pelo rosto. Então, voltou a olhar para o buraco. Como podia esperar pôr ordem na vida se nem mesmo conseguia reunir forças para remover uma droga de uma pedra?

Julia pegou uma colher de pedreiro e, inclinando-se à borda do buraco, começou a remover a terra. A pedra revelava-se pouco a pouco, como a ponta de um iceberg cujo volume oculto ela mal podia adivinhar. Talvez fosse grande o bastante para afundar o *Titanic*. Ela continuou a cavar, cada vez mais fundo, ignorando os mosquitos e o sol que lhe queimava a cabeça. Subitamente, a rocha passou a simbolizar cada obstáculo, cada desafio que ela sempre tentara evitar.

Não deixarei que me derrote.

Com a colher de pedreiro, atacou o solo sob a pedra, procurando abrir espaço suficiente para introduzir a pá. O cabelo caía-lhe sobre o rosto, cachos pingavam de suor enquanto ela cavava, alargando o buraco. Antes que Richard visse aquele lugar, ela o transformaria em um paraíso. Ainda tinha dois meses antes de precisar enfrentar uma turma de terceiro ano. Dois meses para arrancar aquelas ervas daninhas, nutrir o solo e plantar rosas. Certa vez, Richard dissera-lhe que, se alguma vez ela tentasse plantar rosas em seu jardim no Brookline, elas morreriam sob seus cuidados. "Precisa saber o que está fazendo", dissera ele. Apenas um comentário casual, mas que doera mesmo assim. Ela sabia o que ele estava querendo dizer.

Você precisa saber o que está fazendo. Mas não sabe.

Deitou de barriga para baixo e continuou a cavar. A colher de pedreiro colidiu com algo sólido. Oh, meu Deus, outra pedra não. Puxando o cabelo para trás, olhou para o que a ferramenta acabara de atingir. A ponta de metal fraturara uma superfície, e as lascas se espalharam ao redor do ponto de impacto. Ela afastou a terra e os seixos, expondo um domo estranhamente liso. Deitada, sentiu o coração bater de encontro ao chão e subitamente teve dificuldade de respirar. Mas continuou a cavar, agora com ambas as mãos, dedos enluvados arrancando o barro renitente. O domo emergia lentamente, curvas unidas por uma linha serrilhada. Continuou cavando, e seu coração acelerou ao descobrir uma pequena cavidade repleta de terra. Julia tirou a luva e cutucou a terra com o dedo. Subitamente, a terra rachou e se esfacelou.

Julia recuou de supetão, firmou-se sobre os joelhos e olhou para o que acabara de descobrir. O zumbido dos mosquitos aumentava, mas ela não os afastou. Estava por demais atônita para sentir as picadas. Uma brisa acariciou a grama, erguendo um doce aroma de flores silvestres. Julia voltou o olhar para o terreno coberto de ervas daninhas, um lugar que pretendia transformar em um paraíso. Imaginara um vibrante jardim de rosas e peônias, uma árvore coberta de clematites roxas. Agora, ao olhar para aquele terreno, não via mais um jardim.

Ela via um cemitério.

— Você devia ter falado comigo antes de comprar este barracão — disse-lhe Vicky, sua irmã, sentada à mesa da cozinha.

Julia estava junto à janela, olhando para os diversos montes de terra que haviam brotado como pequenos vulcões no quintal. Nos últimos três dias, uma equipe de perícia médica praticamente acampara em seu terreno. Agora ela estava tão acostumada a tê-los entrando e saindo de sua casa para usar o banheiro que sentiria falta deles quando terminassem as escavações e finalmente a deixassem em paz naquela casa com sua história, suas vigas entalhadas à mão... e seus fantasmas.

Lá fora, a patologista, Dra. Isles, acabara de chegar e caminhava em direção ao lugar das escavações. Julia a achava uma mulher interessante, nem amistosa nem hostil, com a pele pálida como um fantasma e cabelos muito negros. Parecia tão calma e reservada, pensou Julia enquanto a observava pela janela.

— Não é do seu feitio simplesmente se atirar nas coisas — disse Vicky. — Fez uma oferta no primeiro dia em que viu a casa? Achou que alguém mais a compraria? — Ela apontou para a porta empenada do porão. — Aquilo nem fecha. Você verificou as fundações? Este lugar deve ter uns cem anos.

— Tem 130 — murmurou Julia, o olhar ainda no quintal, onde a Dra. Isles inclinava-se à borda de um dos buracos da escavação.

— Oh, querida — disse Vicky com a voz mais branda. — Sei que foi um ano difícil para você. Sei pelo que está passando. Só queria que você me ligasse antes de fazer algo tão drástico.

— Não é uma propriedade assim tão ruim — insistiu Julia. — Tem 4.000 m² de terreno. Fica perto da cidade.

— E tem um cadáver no quintal. Realmente ajuda a valorizar o imóvel.

Julia massageou o pescoço, que subitamente ficou tenso. Vicky estava certa. Vicky estava sempre certa. Gastei tudo o que tinha com esta casa, pensou Julia, e agora sou a orgulhosa proprietária de um terreno amaldiçoado. Pela janela, viu outra recém-chegada. Era uma mulher mais velha, com cabelo grisalho curto, vestindo calças jeans e pesadas botas de trabalho, não o tipo de roupa que se espera ver em uma vovó. Outra personagem estranha caminhando pelo meu quintal. Quem era aquela gente? Por que escolhiam uma profissão assim, confrontando-se a cada dia com coisas que a maioria das pessoas teria medo até de imaginar?

— Falou com Richard antes de comprar a casa?

Julia ficou imóvel.

— Não, não falei.

— Tem ouvido notícias dele ultimamente? — perguntou Vicky.

A mudança em sua voz, subitamente baixa, quase hesitante, fez Julia voltar-se para a irmã.

— Por que pergunta?

— Você era casada com ele. Não liga de vez em quando só para perguntar se ele está lhe enviando sua correspondência ou algo assim?

Julia afundou na cadeira.

— Eu não ligo para ele. E ele não liga para mim.

Vicky nada disse por um instante. Apenas ficou sentada em silêncio enquanto Julia a encarava resignada.

— Lamento — disse Vicky afinal. — Lamento que você ainda esteja magoada.

Julia soltou uma gargalhada.

— É, bem. Eu também lamento.

— Já se passaram seis meses. Achei que já tivesse superado a essa altura. Você é inteligente, bonita, devia voltar à ativa.

Vicky *faria* isso. A maravilhosa Vicky que, cinco dias depois de uma apendicectomia, voltara ao tribunal para liderar sua equipe de advogados em uma vitória judicial. Ela não deixaria que um pequeno revés como um divórcio atrapalhasse sua semana.

Vicky suspirou.

— Para ser honesta, não dirigi até aqui apenas para conhecer a casa nova. Você cuidava de mim quando eu era pequena, e há algo que você precisa saber. Algo que tem o *direito* de saber. Só não estou certa de como... — Ela parou de falar. Olhou para a porta da cozinha, onde alguém acabara de bater.

Julia abriu a porta e viu a Dra. Isles, que parecia composta e refrescada apesar do calor.

— Gostaria de anunciar que minha equipe vai embora hoje — disse Isles.

Olhando para o lugar das escavações, Julia viu que as pessoas estavam empacotando as ferramentas.

— Terminaram?

— Conseguimos o suficiente para determinar que este não é um caso de medicina legal. Eu o passei para a Dra. Petrie, de Harvard. — Isles apontou para a mulher que acabara de chegar, a vovó de calça jeans.

Vicky juntou-se à irmã junto à porta.

— Quem é a Dra. Petrie?

— É uma antropóloga perita. Se não fizer objeção, Sra. Hamill, ela terminará a escavação, apenas para fins de pesquisa.

— Então os ossos são antigos?

— Claramente não é um enterro recente. Por que não vem dar uma olhada?

Vicky e Julia seguiram Isles até o quintal. Após três dias de escavações, o buraco tornara-se uma vala profunda. Sobre uma lona repousavam os restos mortais.

Embora a Dra. Petrie devesse ter ao menos 60 anos, ergueu-se rapidamente da posição em que estava agachada e aproximou-se para cumprimentá-las.

— Você é a proprietária? — perguntou para Julia.

— Acabei de comprar a casa. Mudei-me na semana passada.

— Sortuda — disse Petrie, que parecia estar sendo sincera.

A Dra. Isles disse:

— Peneiramos alguns objetos do solo. Alguns velhos botões e uma fivela, evidentemente antigos. — Ela remexeu uma caixa de provas que repousava ao lado dos ossos. — Hoje, encontramos isto. — Ela pegou um pequeno saco plástico transparente, através do qual Julia viu o brilho de pedras coloridas.

— É um anel de apreço — disse a Dra. Petrie. — A joalheria acróstica estava em voga no início da Era Vitoriana. Os nomes das pedras significam uma palavra. Um rubi, uma esmeralda e uma granada, por exemplo, formam as três primeiras letras da palavra *regard*, ou "estima", em inglês. Este tipo de anel é algo que as pessoas davam às outras em sinal de afeto.

— São pedras preciosas legítimas?

— Oh, não. Provavelmente são apenas vidro colorido. O anel não é burilado. É apenas uma bijuteria produzida em grande escala.

— Haveria algum registro do sepultamento?

— Duvido. Isso parece ser um enterro irregular. Não há lápide, nenhum fragmento de caixão. Ela foi simplesmente embrulhada em um pedaço de pele de animal e coberta de terra. Um enterro nada cerimonioso para alguém que fosse querida por outras pessoas.

— Talvez ela fosse pobre.

— Mas por que escolheram este lugar em particular? De acordo com os mapas históricos, nunca houve um cemitério aqui. Sua casa tem cerca de 130 anos, não é mesmo?

— Foi construída em 1880.

— Os anéis de apreço saíram de moda por volta da década de 1840.

— O que havia aqui antes de 1840? — perguntou Julia.

— Acredito que este terreno fazia parte da propriedade rural de uma proeminente família de Boston. A maior parte disso aqui devia ser pasto aberto. Terreno de cultivo.

Julia olhou para o declive, onde as borboletas voejavam sobre as ervilhacas e as flores silvestres. Tentou imaginar como o seu quintal deveria ter sido outrora. Um campo aberto, que se inclinava em direção a um regato margeado de árvores, com ovelhas pastando em meio à relva. Um lugar onde vagariam apenas animais. Um lugar onde um túmulo seria rapidamente esquecido.

Vicky olhou para os ossos com desagrado.

— Isto é... um corpo?

— Um esqueleto completo — disse Petrie. — Ela foi enterrada fundo o bastante para que os animais não pudessem danificar o cadáver. Neste declive, o solo é muito bem drenado. Afora isso, a julgar pelos fragmentos de couro, parece que ela estava enrolada em algum tipo de pele de animal. O tanino que vazou é um tipo de conservante.

— Ela?

— Sim. — Petrie olhou para baixo, os olhos azuis ofuscados pelo sol. — É uma mulher. A julgar pela dentição e pelas condições de suas vértebras, era bem jovem. Certamente tinha menos de 35 anos. No todo, está em ótimo estado. — Petrie olhou para Julia. — Com exceção da rachadura que você provocou com sua colher de pedreiro.

Julia corou.

— Achei que o crânio era uma pedra.

— Não é difícil distinguir fraturas antigas de recentes. Veja. — Petrie voltou a se agachar e pegou um pedaço do crânio. — A rachadura que você provocou é esta aqui e não está manchada

Mas veja esta fratura aqui, no osso parietal. E esta outra, no osso zigomático, sob a face. Estas superfícies estão manchadas de marrom pela longa exposição à terra. Isso nos diz que foram fraturas pré-mórbidas, e não causadas durante a escavação.

— Pré-mórbidas? — Julia olhou para Petrie. — Está dizendo que...

— Tais golpes quase certamente causaram-lhe a morte. Eu chamaria isso de um assassinato.

À noite, Julia ficou acordada, ouvindo o ranger do chão de madeira velha, os ratos arranhando as paredes. Por mais antiga que fosse aquela casa, o túmulo o era ainda mais. Enquanto os homens pregavam aquelas vigas e instalavam as ripas de pinho do chão, a apenas algumas dezenas de passos dali o corpo de uma mulher desconhecida já se decompunha na terra. Saberiam de sua existência ao construírem a casa? Haveria uma pedra demarcando o lugar?

Ou ninguém sabia que ela estava ali? Será que ninguém se lembrava dela?

Chutou os lençóis para o lado. Estava suando sobre o colchão. Mesmo com as duas janelas abertas, o quarto parecia abafado, nem mesmo uma brisa suave para dissipar o calor. Um vaga-lume brilhou na escuridão, circulando o cômodo em busca de uma saída.

Julia sentou-se na cama e acendeu o abajur. O brilho mágico transformou-se em um inseto marrom comum voejando junto ao teto. Pensou em como pegá-lo sem o matar. Perguntou-se se a vida de um inseto solitário valeria o esforço.

O telefone tocou. Às 23h30, só poderia ser uma pessoa.

— Espero não tê-la acordado — disse Vicky. — Acabei de chegar de um desses jantares intermináveis.

— Está muito quente para dormir.

— Julia, há algo que tentei lhe dizer mais cedo, quando estive aí, mas não consegui. Não com toda aquela gente em volta.

— Sem mais conselhos sobre a casa, está bem?

— Não se trata da casa. É sobre Richard. Detesto ter de lhe dizer, mas, se eu fosse você, gostaria de saber. Você não precisa descobrir por meio de fofocas.

— Descobrir o quê?

— Richard vai se casar.

Julia agarrou o aparelho, apertando-o com tanta força que seus dedos ficaram dormentes. No longo silêncio que se seguiu, sentiu o próprio coração pulsando em seus ouvidos.

— Então você não sabia.

Julia sussurrou:

— Não.

— Que grande escroto ele é — murmurou Vicky, amarga. — O casamento está planejado há mais de um mês, foi o que ouvi dizer. Uma tal de Tiffani, com "i". Uma gracinha, não acha? Eu não tenho respeito por um homem que se case com uma Tiffani.

— Não entendo como aconteceu tão rápido.

— Oh, querida, é óbvio, não é mesmo? Ele devia estar com ela enquanto vocês ainda eram casados. De uma hora para outra ele não começou a voltar tarde para casa? E havia todas aquelas viagens de negócios. Eu já desconfiava. Só não tinha coragem de dizer.

Julia engoliu em seco.

— Não quero falar sobre isso agora.

— Eu devia ter imaginado. Um homem não pede o divórcio do nada.

— Boa noite, Vicky.

— Você está bem?

— Só não quero conversar.

Julia desligou.

Ficou sentada e imóvel durante um longo tempo. O vaga-lume continuava a circular sobre sua cabeça, procurando desesperadamente uma saída daquela prisão. Acabaria se exaurindo. Sem alimento e sem água, morreria preso naquele quarto.

Ela subiu no colchão. Quando o vaga-lume passou perto, ela o agarrou. Com as palmas fechadas ao redor do inseto, foi descalça até a cozinha e abriu a porta dos fundos. Ali, na varanda, soltou o vaga-lume. Ele voou até desaparecer na escuridão, mas sua luz não mais piscava. Escapar era seu único objetivo.

Será que sabia que ela lhe salvara a vida? Algo insignificante que ela ainda era capaz de fazer. Demorou-se à varanda inspirando o ar noturno, incapaz de suportar a idéia de voltar àquele quarto pequeno e abafado. Richard ia se casar.

O nó na garganta escapou em um soluço. Ela agarrou o parapeito da varanda e sentiu lascas de madeira ferindo-lhe os dedos.

E eu sou a última a saber.

Olhando para a noite, pensou nos ossos enterrados a algumas dezenas de metros dali. Uma mulher esquecida, o nome perdido nos séculos. Pensou na terra fria pressionando seu corpo quando as nevascas rodopiavam na superfície, pensou no ciclo das estações, nas décadas se passando enquanto sua carne apodrecia e os vermes se fartavam. Sou como você, pensou Julia, outra mulher esquecida.

E eu nem mesmo sei quem você é.

2

Novembro de 1830

A morte chegou com o doce tilintar de sinos.
Rose Connolly aprendera a temer aquele som, pois já o ouvira diversas vezes enquanto se sentava junto à cama da irmã, Aurnia, enxugando-lhe a testa, segurando-lhe a mão ou oferecendo-lhe goles de água. Todo dia aqueles malditos sinos tocados pelos acólitos anunciavam a chegada do padre na enfermaria para ministrar o sacramento da extrema-unção. Embora tivesse apenas 17 anos, Rose já vira uma vida inteira de tragédias nos últimos cinco dias. No domingo, morrera Nora, apenas três dias depois de seu bebê ter nascido. Na segunda-feira, fora a vez da senhora de cabelo castanho nos fundos da enfermaria, que sucumbira tão rapidamente após dar à luz que nem sequer tiveram tempo de saber-lhe o nome, com a família chorando, o bebê berrando como um gato escaldado e o carpinteiro atarefado martelando o caixão no pátio. Na terça-feira, após quatro dias da terrível agonia que se sucedera ao nascimento de um filho, Rebecca morrera, mas apenas depois de Rose ter sido forçada a suportar o fedor dos pútridos corrimentos que vazavam por entre as pernas da

jovem e encrostavam os lençóis. Toda a enfermaria cheirava a doce, febre e purulência. Tarde da noite, quando os gemidos das almas moribundas ecoavam pelos corredores, Rose despertava de seu sono exausto para descobrir que a realidade era ainda mais assustadora que seus pesadelos. Só conseguia escapar do fedor da enfermaria quando saía ao pátio do hospital e inspirava profundamente a névoa fria.

Mas sempre precisava voltar para enfrentar aqueles horrores. Pela irmã.

— Os sinos outra vez — murmurou Aurnia, piscando os olhos encovados. — Quem será a pobre alma desta vez?

Rose olhou para a ala das gestantes, onde uma cortina fora estendida às pressas ao redor de uma das camas. Alguns momentos antes, vira a enfermeira Mary Robinson preparar a mesinha e dispor as velas e o crucifixo. Embora não pudesse ver o padre, ela o ouvia murmurando atrás da cortina e sentia o cheiro de cera das velas acesas.

— Pela grande bondade de Sua misericórdia, que Deus perdoe os pecados que cometeste.

— Quem? — voltou a perguntar Aurnia. Em sua agitação, ela tentou se sentar para poder ver acima da fileira de camas.

— Acho que foi Bernadette — disse Rose.

— Oh, não!

Rose apertou a mão da irmã.

— Ela ainda pode sobreviver. Tenha um pouco de esperança.

— O bebê? O que aconteceu com o bebê?

— O menino está bem. Não o ouviu chorando no berço esta manhã?

Aurnia recostou-se no travesseiro com um suspiro, e o hálito que exalava estava impregnado pelo fétido odor da morte, como se seu corpo já estivesse se decompondo por dentro, os órgãos apodrecendo.

— Então, ao menos há esta pequena bênção.

Bênção? O fato de o menino vir a ser criado em um orfanato? De sua mãe ter passado os últimos três dias de vida gemendo de dor enquanto sua barriga inchava por causa da febre puerperal? Rose vira muitas daquelas *bênçãos* nos últimos sete dias. Se aquilo era um exemplo de Sua benevolência, então ela não queria nada com Ele. Mas não pronunciou tal blasfêmia na presença da irmã. Fora a fé que sustentara Aurnia nos últimos meses e a ajudara a suportar os abusos do marido e aquelas noites nas quais Rose a ouvia chorar baixinho através do cobertor que separava suas camas. O que a fé fizera por Aurnia? Onde estava Deus durante todos aqueles dias nos quais Aurnia lutara em vão para dar à luz o primeiro filho?

Se podes ouvir as orações de uma boa mulher, Deus, por que a deixas sofrer?

Rose não esperava resposta, e não recebeu nenhuma. Tudo o que ouviu foi o inútil murmurar do padre por trás da cortina que ocultava a cama de Bernadette.

— Em nome do Pai, do Filho e do Espírito Santo, que o demônio não tenha mais poder sobre vós pelo toque de minhas mãos e pela invocação da sagrada Virgem Maria, Mãe de Deus.

— Rose? — sussurrou Aurnia.

— Sim, querida?

— Temo que também seja minha hora.

— Hora de quê?

— Do padre. Da confissão.

— E que pequeno pecado a pode estar incomodando? Deus conhece sua alma, querida. Você acha que Ele não conhece a sua bondade?

— Oh, Rose, você não sabe de todas as coisas de que sou culpada! Coisas que tenho muita vergonha de lhe dizer! Não posso morrer sem...

— Não me fale em morrer. Você não pode desistir. Você precisa *lutar.*

Aurnia respondeu com um esboço de sorriso e estendeu a mão para tocar o cabelo da irmã.

— Minha pequena Rose. Sempre tão destemida.

Mas Rose estava com medo. Com muito medo de que a irmã a deixasse. Desesperadamente temerosa de que, uma vez que Aurnia recebesse a bênção final, parasse de lutar e desistisse.

Aurnia fechou os olhos e suspirou.

— Vai ficar comigo esta noite outra vez?

— Certamente.

— E Eben? Ele não veio?

Rose apertou a mão de Aurnia.

— Você realmente o quer aqui?

— Estamos ligados um ao outro, ele e eu. Para o bem ou para o mal.

Mais para o mal, quis dizer Rose, mas se conteve. Eben e Aurnia podiam estar unidos pelo casamento, mas era melhor que ele ficasse longe, pois Rose mal suportava a presença daquele homem. Nos últimos quatro meses, ela morara com Aurnia e Eben em uma pensão na rua Broad, seu catre espremido em uma pequena alcova anexa ao quarto do casal. Tentara ficar longe de Eben, mas quando Aurnia ficara muito pesada por causa da gravidez, Rose assumira cada vez mais as tarefas da irmã na alfaiataria de Eben. Nos fundos da loja lotada de rolos de musselina e casimira, ela percebera os olhares maliciosos do cunhado, notara quão freqüentemente ele encontrava desculpas para roçar-lhe o ombro aproximando-se excessivamente, inspecionando seus pontos quando Rose costurava calças e coletes. Ela nada dissera para Aurnia, uma vez que sabia que Eben certamente negaria tudo. E, afinal, Aurnia seria a única a sofrer.

Rose torceu um pano em uma bacia, pressionou-o contra a testa de Aurnia e pensou: onde está minha bela irmã? Em menos de um ano de casamento, a luz abandonara seus olhos e o brilho se esvaíra de seus cabelos cor de fogo. Tudo o que restou foi aquela concha vazia, cabelos encharcados de suor, o rosto uma máscara inerte de derrota.

Com dificuldade, Aurnia tirou o braço de sob o lençol.

— Quero que fique com isto — murmurou. — Fique com isto agora, antes que Eben o tome de mim.

— Ficar com o quê, querida?

— Com isto.

Aurnia tocou o medalhão em forma de coração que pendia de seu pescoço. Tinha o brilho genuíno do ouro e Aurnia o usava noite e dia. Um presente de Eben, pensou Rose. Outrora, se preocupara o bastante com a esposa para lhe dar aquele mimo. Por que não estava lá quando ela mais precisava dele?

— Por favor. Ajude-me a tirá-lo.

— Não é hora de me dar isso — disse Rose.

Mas Aurnia conseguiu tirar o cordão sozinha e o colocou na mão da irmã.

— É seu. Por todo o conforto que me proporcionou.

— Apenas vou guardá-lo para você. — Rose pôs o cordão no bolso. — Quando isso acabar, querida, quando você estiver acalentando o seu bebê, vou voltar a prender este medalhão ao redor do seu pescoço.

Aurnia sorriu.

— Como se isso fosse possível.

— *Será* possível.

O tilintar dos sinos se afastou, indicando que o padre encerrara o serviço da moribunda Bernadette, e a enfermeira Robinson rapidamente removeu a cortina, preparando o ambiente para outro grupo de visitantes que acabara de chegar.

Pairou um silêncio ansioso quando o Dr. Chester Crouch entrou na enfermaria da maternidade. Naquele dia, o Dr. Crouch estava acompanhado pela enfermeira-chefe do hospital, a Sra. Agnes Poole, assim como por uma comitiva de estudantes de medicina. O Dr. Crouch começou a ronda na primeira cama, ocupada por uma mulher que fora admitida naquela manhã após dois dias de trabalho de parto infrutífero em casa. Os estudantes formaram um semicírculo, observando enquanto o Dr. Crouch enfiava o braço discretamente sob o lençol para examinar a paciente. Ela emitiu um gemido de dor quando ele sondou mais profundamente entre suas pernas. O médico retirou a mão, os dedos manchados de sangue.

— Toalha — pediu, e a enfermeira Poole prontamente o atendeu. Limpando as mãos, ele se voltou para os quatro alunos e disse: — Esta paciente não está progredindo. A cabeça da criança está na mesma posição e o colo do útero não está completamente dilatado. Neste caso em particular, como o médico deveria proceder? Você, Sr. Kingston! Tem uma resposta?

O Sr. Kingston, um jovem elegante e bem-apessoado, respondeu sem hesitação:

— Creio ser recomendável ministrar-lhe ergotina com chá preto.

— Bom. O que mais se pode fazer? — perguntou o médico, voltando-se para o mais baixo dos quatro alunos, um sujeito parecido com um elfo com orelhas enormes. — Sr. Holmes?

— Poderíamos tentar uma purga, para estimular as contrações — respondeu prontamente o Sr. Holmes.

— Bom. E você, Sr. Lackaway? — O Dr. Crouch voltou-se para um homem de cabelos muito claros e cujo rosto atônito instantaneamente enrubesceu. — O que mais podemos fazer?

— Eu... quero dizer...

— É *sua* paciente. Como procederia?

— Eu precisaria pensar a respeito.

— *Pensar* a respeito? Seu avô e seu pai eram médicos! Seu tio é reitor da faculdade de medicina. Entre todos os seus colegas, você foi o que mais esteve em contato com as artes médicas. Vamos, Sr. Lackaway! Não tem nada a acrescentar?

Desconsolado, o jovem balançou a cabeça em negativa.

— Lamento, senhor.

Suspirando, o Dr. Crouch voltou-se para o quarto aluno, um jovem alto de cabelos escuros.

— Sua vez, Sr. Marshall. O que mais poderia ser feito nesta situação? Uma paciente em trabalho de parto que não progride?

O aluno respondeu:

— Eu a faria se sentar ou se levantar, senhor. E, caso fosse capaz, andar pela enfermaria.

— O que mais?

— É a única modalidade adicional que me parece adequada.

— E quanto à sangria da paciente?

Uma pausa. Então, o jovem respondeu:

— Não estou convencido de sua eficácia.

O Dr. Crouch deu uma gargalhada.

— Você... *você* não está convencido?

— Na fazenda onde cresci, fiz experiências com sangrias e com ventosas. Não adiantaram de nada.

— Na *fazenda*? Está falando de sangrar *vacas*?

— E porcos.

A enfermeira Agnes Poole riu consigo mesma.

— Estamos lidando com seres humanos, não com animais domésticos, Sr. Marshall — disse o Dr. Crouch. — Uma sangria terapêutica, e eu o sei por experiência própria, é muito eficiente no alívio da dor. Relaxa a paciente o bastante para que ela possa dilatar. Se a ergotina e a purga não funcionarem, eu certamente sangrarei esta paciente.

O médico entregou a toalha suja para a enfermeira Poole e foi até a cama de Bernadette.

— E esta? — perguntou.

— Embora a febre tenha baixado, o corrimento está muito sujo — disse a enfermeira Poole. — Ela passa as noites em grande aflição.

Outra vez o Dr. Crouch introduziu as mãos sob o lençol para apalpar os órgãos internos. Bernadette emitiu um leve gemido.

— Sim, a pele dela está fria — concordou. — Mas, neste caso... — Ele fez uma pausa e olhou para cima. — Ela recebeu morfina?

— Diversas vezes, senhor. Como ordenado.

Suas mãos saíram de sob o lençol, os dedos recobertos de uma gosma brilhante e amarelada, e a enfermeira entregou-lhe a mesma toalha suja.

— Continue com a morfina — disse ele em voz baixa. — Dê-lhe conforto.

Aquilo valia como uma sentença de morte.

Cama por cama, paciente por paciente, o Dr. Crouch atravessou a enfermaria. Quando chegou à cama de Aurnia, a toalha que usava para limpar as mãos estava encharcada de sangue.

Rose levantou-se para saudá-lo.

— Dr. Crouch.

Ele franziu as sobrancelhas para ela.

— Senhorita...?

— Connolly — disse Rose, perguntando-se por que aquele homem parecia não ser capaz de lembrar seu nome. Fora ela quem o chamara à pensão onde, durante um dia e uma noite, Aurnia estivera em trabalho de parto. Rose estivera ali, ao lado da cama da irmã, todas as vezes que Crouch a visitara, embora ele sempre parecesse surpreso quando a via de novo. Mas ele não olhava para Rose realmente. Ela era apenas um acessório feminino, não merecedor de uma segunda apreciação.

Ele voltou a atenção para a enfermeira Poole.

— Como a paciente está progredindo?

— Acredito que as purgas diárias que o senhor prescreveu na noite passada melhoraram a qualidade de suas contrações. Mas ela não obedeceu às suas ordens de levantar-se da cama e caminhar pela enfermaria.

Olhando para a enfermeira Poole, Rose mal conseguia se conter. Caminhar pela enfermaria? Estavam loucos? Nos últimos cinco dias, Rose observara Aurnia ficar cada vez mais fraca. Certamente a enfermeira Poole era capaz de ver o óbvio, que sua irmã mal podia se sentar, muito menos andar. Mas a enfermeira nem mesmo olhava para Aurnia. Seu olhar de adoração estava voltado para o Dr. Crouch. Ele introduziu as mãos sob o lençol e, enquanto sondava o canal vaginal, Aurnia emitiu um gemido tão sofrido que Rose esteve a ponto de afastar o médico com um empurrão.

Ele se aprumou e olhou para a enfermeira Poole.

— Embora o saco amniótico tenha se rompido, ela ainda não está inteiramente dilatada. — Ele secou as mãos na toalha imunda. — Quantos dias já?

— Hoje é o quinto — disse a enfermeira Poole.

— Isso pede outra dose de ergotina. — Ele tomou o pulso de Aurnia. — Seus batimentos cardíacos estão rápidos. E ela está um pouco febril hoje. Uma sangria poderia resfriar o organismo.

A enfermeira Poole assentiu.

— Vou preparar a...

— Você já a sangrou o bastante — interrompeu Rose.

Todos ficaram em silêncio. O Dr. Crouch ergueu a cabeça para olhar para Rose, evidentemente surpreso.

— Qual é mesmo o seu parentesco com a paciente?

— Sou irmã dela. Eu estava aqui quando você a sangrou pela primeira vez, Dr. Crouch. E na segunda, e na terceira.

— E você pode ver o bem que isso fez a ela — disse a enfermeira Poole.

— É evidente que não fez bem algum.

— Porque você não tem treinamento, garota! Não sabe o que procurar.

— Quer que eu a trate ou não? — rebateu o Dr. Crouch.

— Sim, senhor, mas não quero que a seque de tanto sangrar!

A enfermeira Poole disse com frieza:

— Meça suas palavras ou saia da enfermaria, Srta. Connolly! E permita que o médico faça o que é necessário.

— De qualquer modo, não terei tempo de sangrá-la hoje. — O Dr. Crouch olhou para o relógio de bolso. — Tenho um compromisso em uma hora e, depois, precisarei preparar uma aula. Verei esta paciente cedo pela manhã. Talvez então, se torne mais óbvio para a senhorita...

— Connolly — completou Rose.

— ...para a Srta. Connolly que o tratamento de fato é necessário. — Ele fechou o relógio. — Senhores, eu os vejo na aula das 9h. Boa noite. — Ele meneou a cabeça e voltou-se para ir embora. Enquanto se afastava, os quatro estudantes de medicina o seguiram como patinhos obedientes.

Rose correu atrás deles.

— Senhor? Sr. Marshall, não é mesmo?

O estudante mais alto se voltou. Era o jovem de cabelos escuros que anteriormente questionara a validade de se sangrar uma mãe em trabalho de parto, aquele que dissera ter crescido na fazenda. Bastava olhar para seu terno para ver que ele tinha origens mais modestas que os outros colegas. Ela fora costureira tempo suficiente para reconhecer uma boa roupa, e o terno dele era de qualidade inferior, feito de lã áspera e disforme, carente do brilho de uma fina casimira. Enquanto os colegas continuavam a sair da enfermaria, o Sr. Marshall se deteve diante dela. Tinha olhos cansados, pensou Rose, e um rosto muito abatido para um jovem de sua idade. Diferente dos outros, ele a olhava nos olhos, como se a considerasse uma igual.

— Não pude deixar de ouvir o que você disse ao doutor — falou Rose. — Sobre a sangria.

O jovem balançou a cabeça.

— Acho que falei demais.

— O que disse é verdade?

— Apenas descrevi minhas observações.

— Estou errada, senhor? Devo permitir que ele sangre minha irmã?

Ele hesitou. Olhou, constrangido, para a enfermeira Poole, que os observava com uma expressão de evidente desagrado.

— Não tenho qualificações para lhe dar conselhos. Sou apenas um estudante do primeiro ano. O Dr. Crouch é meu preceptor, e um ótimo médico.

— Eu o vi sangrá-la três vezes e, em todas essas vezes, tanto ele quanto as enfermeiras alegaram que ela melhorou. Mas, para dizer a verdade, não vejo melhora alguma. A cada dia eu vejo apenas... — Ela parou de falar, a voz trêmula, a garganta sufocada pelas lágrimas. Em seguida, murmurou: — Só quero o melhor para Aurnia.

A enfermeira Poole se intrometeu:

— Está consultando um *estudante* de medicina? Acha que ele sabe mais do que o Dr. Crouch? — Ela riu com deboche. — Daria no mesmo perguntar a um cavalariço — disse ela antes de deixar a enfermaria.

O Sr. Marshall ficou calado um instante. Apenas depois que a enfermeira Poole saiu ele voltou a falar. E suas palavras, embora gentis, confirmaram os piores temores de Rose.

— Eu não a sangraria — murmurou. — Não lhe faria bem algum.

— O que faria se ela fosse sua irmã?

O homem lançou um olhar piedoso para Aurnia, que estava adormecida.

— Eu a ajudaria a sentar na cama. Aplicaria compressas frias para aplacar a febre, e morfina para diminuir a dor. Acima de tudo, me certificaria de que ela fosse bem alimentada e bebesse muito líquido. E conforto, Sra. Connolly. Se eu tivesse uma irmã sofrendo assim, seria isso que eu daria a ela.

O rapaz olhou para Rose e, antes de ir embora, repetiu com tristeza:

— Conforto.

Rose enxugou as lágrimas e voltou para junto da cama de Aurnia, passando por uma mulher que vomitava em uma bacia e outra cuja perna estava vermelha e inchada pela erisipela. Mulheres em trabalho de parto, mulheres que sofriam. Lá fora caía uma chuva fria de novembro, mas ali dentro, com o fogão a lenha queimando e as janelas fechadas, o ar estava abafado, asfixiante e impregnado de doenças.

Terei errado ao trazê-la para o hospital?, perguntou-se Rose. Deveria tê-la mantido em casa, onde não seria obrigada a ouvir gemidos e lamentos a noite inteira? O quarto na pensão era pequeno e frio, e o Dr. Crouch recomendara que Aurnia fosse levada para o hospital, onde poderia atendê-la melhor.

— Para casos de caridade como o de sua irmã, cobraremos apenas o que sua família puder pagar — assegurara-lhe o Dr. Crouch. — Comida quente, uma equipe de enfermeiras e médicos, tudo isso estará esperando por ela.

Mas não aquilo, pensou Rose, olhando para as fileiras de mulheres em agonia. Seu olhar deteve-se em Bernadette, que agora estava em silêncio. Lentamente, Rose aproximou-se da cama, olhando para a jovem que, havia apenas cinco dias, sorrira ao segurar nos braços o filho recém-nascido.

Bernadette parara de respirar.

3

— Quanto tempo mais vai demorar esta maldita chuva? — perguntou Edward Kingston, olhando para o aguaceiro.

Wendell Holmes soltou uma baforada de charuto que escapou da cobertura da varanda do hospital e se esvaiu em redemoinhos ao ser atingida pela chuva.

— Por que a impaciência? Parece que tem um compromisso importante.

— E tenho. Com uma taça de um excepcional clarete.

— Vamos ao Hurricane? — perguntou Charles Lackaway.

— Se minha carruagem aparecer. — Edward olhou para a rua, onde passavam cavalos e carruagens, rodas levantando torrões de lama.

Embora Norris Marshall também estivesse na varanda do hospital, o abismo que o separava de seus colegas seria evidente para qualquer um que olhasse para os quatro jovens. Norris estava em Boston havia pouco tempo, um menino de fazenda de Belmont que aprendera medicina em livros emprestados e que recolhera ovos e ordenhara vacas para pagar suas aulas de latim. Ele jamais estivera na taberna Hurricane. Nem mesmo sabia onde ficava.

Seus colegas, todos graduados em Harvard, conversavam sobre gente que ele não conhecia e compartilhavam piadas particulares que ele não entendia e, embora fizessem um esforço evidente para excluí-lo, aquilo não era necessário. Era óbvio que ele não fazia parte de seu círculo social.

Edward suspirou, expelindo uma baforada de fumaça.

— Viu o que aquela garota disse para o Dr. Crouch? Que audácia! Se alguma de nossas irlandesas falasse assim, minha mãe a expulsaria de casa aos tapas.

— Sua mãe me apavora — disse Charles, assustado.

— Minha mãe diz que é importante que os irlandeses aprendam o seu lugar. É o único meio de manter a ordem, com toda essa gente nova se mudando para a cidade e criando confusão.

Gente nova. Norris era um deles.

— As irlandesas são as piores. Não podemos lhes dar as costas que elas roubam nossas camisas do armário. Você percebe que algo está faltando, e elas alegam que se perdeu na lavagem ou que o cachorro comeu — desdenhou Edward. — Mulheres assim precisam saber o seu lugar.

— A irmã dela pode estar morrendo — sugeriu Norris.

Os três graduados de Harvard se voltaram, obviamente surpresos que seu colega geralmente reticente tivesse dito alguma coisa.

— Morrendo? Uma declaração muito dramática — disse Edward.

— Cinco dias de trabalho de parto, e já parece um cadáver. O Dr. Crouch pode sangrá-la o quanto quiser, mas as perspectivas não são nada boas. A irmã sabe disso. Ela falou movida pela dor.

— Ainda assim, devia se lembrar de onde vem a caridade.

— E ser grata por qualquer migalha?

— O Dr. Crouch não é obrigado a tratá-la. Ainda assim, a irmã age como se tivesse esse direito. — Edward apagou o charuto no parapeito recém-pintado. — Um pouco de gratidão não lhe faria mal.

Norris sentiu o rosto corar. Estava a ponto de dar uma resposta agressiva em defesa da jovem quando Wendell tranqüilamente mudou de assunto.

— Há alguma poesia nisso, não acham? "A jovem e feroz irlandesa."

Edward suspirou.

— Não, por favor. Não me venha com outro de seus versos horrorosos.

— Que tal este título? — perguntou Charles. — "Ode a Uma Irmã Fiel"?

— Gostei! — disse Wendell. — Deixe-me tentar. — Fez uma pausa. — "Eis a guerreira mais feroz, esta donzela atraente e honesta..."

— "A vida da irmã é o seu campo de batalha..." — acrescentou Charles.

— "E ela... ela..." — Wendell tentou criar o verso seguinte do poema.

— "Mantém a guarda, destemida!" — terminou Charles.

Wendell riu.

— A poesia volta a triunfar!

— Enquanto o resto de nós sofre por isso — murmurou Edward.

A tudo Norris ouviu com o incisivo desconforto de alguém de fora. Quão facilmente seus colegas riam juntos. Quão pouco bastava, apenas alguns versos improvisados, para lembrá-lo de que aqueles três compartilhavam uma história da qual ele não fazia parte.

Wendell subitamente se empertigou e olhou através da chuva.

— É sua carruagem, não é mesmo, Edward?

— Já não era sem tempo. — Edward ergueu o colarinho contra o vento. — Vamos, cavalheiros?

Os três colegas de Norris desceram os degraus da varanda. Edward e Charles atravessaram a chuva e entraram na carruagem. Mas Wendell fez uma pausa, olhou por sobre os ombros para Norris e voltou a subir.

— Não vem conosco? — perguntou Wendell.

Surpreso com o convite, Norris não respondeu imediatamente. Embora fosse uma cabeça mais alto que Wendell Holmes, havia muito naquele baixinho que o intimidava. Era mais do que as roupas sempre na moda e sua célebre língua afiada. Era o seu ar de total segurança. O fato de ele convidá-lo a se juntar ao grupo pegara Norris desprevenido.

— Wendell! — gritou Edward da carruagem. — Vamos!

— Vamos ao Hurricane — disse Holmes. — Vamos até lá todas as noites. — Fez uma pausa. — Ou você tem outros planos?

— É muito gentil de sua parte. — Norris olhou para os outros dois que esperavam na carruagem. — Mas não creio que o Sr. Kingston esperasse uma terceira pessoa.

— Acho que o Sr. Kingston devia estar mais habituado ao inesperado — disse Wendell em meio a uma risada. — De qualquer modo, não é ele quem o está convidando. Sou eu. Então, vai nos acompanhar em uma rodada de rum com gemada?

Norris olhou para a chuva intermitente e sentiu-se tentado a compartilhar do calor do fogo que certamente queimava no Hurricane. Mais que isso, sentiu-se tentado a aproveitar a oportunidade que lhe era oferecida, a chance de estar com os colegas, de desfrutar de sua companhia, mesmo que apenas naquela noite. Sentia Wendell observando-o. Aqueles olhos, geralmente debochados, sempre prometendo uma tirada espirituosa, haviam se tornado incomodamente penetrantes.

— Wendell! — agora era Charles quem chamava da carruagem, a voz alterada em um gemido angustiado. — Estamos congelando aqui!

— Lamento — disse Norris. — Infelizmente tenho outro compromisso esta noite.

— É mesmo? — A sobrancelha de Wendell ergueu-se com malícia. — Imagino ser uma alternativa encantadora.

— Infelizmente não se trata de uma mulher. Mas é um compromisso ao qual não posso faltar.

— Entendo — disse Wendell, embora evidentemente não entendesse, pois seu sorriso esfriou e ele fez menção de se voltar para ir embora.

— Não é que eu não queira ir...

— Tudo bem. Outra vez, quem sabe?

Não haveria outra vez, pensou Norris enquanto observava Wendell atravessar a rua correndo para entrar na carruagem com os dois colegas. O condutor chicoteou os cavalos e a carruagem se foi, as rodas esparramando a água das poças. Norris imaginou a conversa que logo teria início entre os três amigos na carruagem. Deviam estar indignados por um reles garoto de fazenda de Belmont ter ousado recusar o convite. Certamente teriam prioridade as especulações a respeito de qual outro compromisso importante Norris poderia ter que não fosse com uma representante do belo sexo. Ele se deixou ficar na varanda, agarrando o parapeito com frustração por algo que não podia mudar, que jamais mudaria.

A carruagem de Edward Kingston dobrou a esquina, transportando três homens para uma noite de alegre convívio, conversas e bebidas ao redor do fogo. Enquanto eles estiverem sentados no Hurricane, pensou Norris, estarei envolvido em uma atividade bem diferente, que evitaria se pudesse.

Abraçou a si mesmo para se proteger do frio, saiu em meio ao aguaceiro e caminhou resoluto para seus aposentos, onde vestiria roupas velhas antes de sair outra vez naquela chuva.

O lugar que ele procurava era uma taberna na rua Broad, perto das docas. Ali não encontraria graduados em Harvard vestindo roupas da moda ou bebendo rum com gemada. Caso um daqueles cavalheiros entrasse acidentalmente no Black Spar, saberia, apenas olhando ao redor, que seria prudente prestar atenção na carteira. Norris tinha pouca coisa de valor nos bolsos naquela noite — na verdade, em todas as noites —, e seu casaco surrado e suas calças sujas de lama não inspirariam os possíveis ladrões. Ele conhecia a maioria dos freqüentadores, e todos sabiam que ele era pobre. Apenas ergueram a cabeça para olhar para a porta, identificaram o recém-chegado e voltaram os olhares desinteressados para seus copos.

Norris foi até o bar, onde Fanny Burke, a atendente de rosto redondo, enchia canecas de cerveja Ale. Ela olhou para ele com olhos pequenos e maliciosos.

— Você está atrasado, e ele está com um péssimo humor.

— Fanny! — gritou um dos clientes. — Essas bebidas vêm ou não?

A mulher levou as canecas de Ale e bateu-as com força sobre a mesa. Embolsando o dinheiro, voltou para trás do bar.

— Ele está lá atrás, com a carroça — disse Fanny para Norris. — Está esperando por você.

Norris não tivera tempo de jantar e olhava faminto para um pão que ela guardava atrás do balcão. Mas não se deu ao trabalho de pedir um pedaço. Fanny Burke nada dava de graça, nem mesmo sorrisos. Com o estômago roncando, ele abriu uma porta, desceu um corredor escuro atulhado de caixotes e lixo e saiu ao ar livre.

O pátio dos fundos fedia a feno molhado e bosta de cavalo, e a chuva interminável transformara o terreno em um mar de lama. Sob o telhado do estábulo, um cavalo relinchou, e Norris viu que já estava atrelado à carroça.

— Na próxima vez não vou esperar, rapaz! — disse o marido de Fanny, Jack, que emergiu das sombras. Segurava duas pás, que jogou na traseira da carroça. — Se quiser ser pago, chegue na hora. — Com um gemido, subiu na carroça e tomou as rédeas. — Você vem?

Pelo brilho da lanterna do estábulo, Norris notou que Jack olhava para ele e sentiu a mesma confusão de sempre: para qual olho deveria olhar? Os olhos do taberneiro apontavam em direções diferentes. *Jack Zarolho* era como o chamavam, embora nunca na sua frente. Ninguém ousava fazê-lo.

Norris sentou-se ao lado de Jack, que nem mesmo esperou que ele se acomodasse antes de dar uma chicotada impaciente no cavalo. Atravessaram o pátio lamacento e saíram pelo portão dos fundos.

A chuva açoitava seus chapéus e corria em fios sobre seus casacos, mas Jack Zarolho mal parecia notar. Estava sentado como uma gárgula ao lado de Norris, vez por outra agitando as rédeas quando o cavalo diminuía o passo.

— Quão longe iremos desta vez? — perguntou Norris.
— Para fora da cidade.
— Mas onde?
— E isso importa? — Jack pigarreou e escarrou no chão.

Não, não importava. Para Norris, aquela era uma noite que ele simplesmente teria de suportar, por mais miserável que fosse. Na fazenda, ele não tinha medo de trabalho pesado e chegava a gostar da dor que sentia nos músculos ao fim do dia, mas *aquele* tipo de trabalho podia provocar pesadelos em um homem. Ao menos em um homem normal. Ele olhou para Jack Burke e perguntou-se o que causaria pesadelos naquele sujeito, se é que isso seria possível.

A carroça atravessava ruas pavimentadas de seixos enquanto as pás chacoalhavam na traseira, uma lembrança permanente da tarefa desagradável que os esperava. Norris pensou nos colegas de faculdade, que àquela altura desfrutavam do calor do Hurricane e pediam a última rodada antes de irem para casa estudar a *Anatomia* de Wistar. Também preferia estar estudando, mas aquele era o trato que fizera com a faculdade, uma barganha com a qual ele, agradecido, concordara. Fazia aquilo por uma causa nobre, pensou enquanto saíam de Boston rumo ao oeste, enquanto as pás chacoalhavam e a carroça rangia ao ritmo das palavras que martelavam em sua mente: *Uma causa nobre. Uma causa nobre.*

— Passei por aqui há dois dias — disse Jack antes de voltar a cuspir. — Parei naquela taberna. — Ele apontou e, através do véu da chuva, Norris viu uma janela iluminada. — Tive uma bela conversa com o proprietário.

Norris esperou calado. Havia um motivo para Jack mencionar aquilo. O sujeito não era de conversa fiada.

— Disse que há uma família inteira na cidade, duas mulheres jovens e um irmão, doentes de tuberculose. Todos muito pobres. — Emitiu um som que podia ser uma risada. — Vou verificar de novo amanhã, para ver se estão prontos para bater as botas. Com sorte, teremos três de uma vez. — Jack olhou para Norris. — Vou precisar de você.

Norris meneou a cabeça mecanicamente, seu desagrado por aquele homem subitamente tão intenso que mal conseguia ficar sentado ao lado dele.

— Ah, você acha que é bom demais para isso, não é mesmo? — perguntou Jack.

Norris não respondeu.

— Bom demais para andar com alguém como eu.

— Faço isso por uma causa nobre.

Jack riu.

— Palavras grandiosas para um fazendeiro. Acha que vai ficar rico, não é mesmo? Ter terras...

— Não é isso.

— Então é ainda mais idiota do que pensei. Qual a vantagem se não há dinheiro envolvido?

Norris suspirou.

— Sim, Sr. Burke, claro que você está certo. Dinheiro é a única coisa pela qual vale a pena trabalhar.

— Você acha que vai se tornar um desses cavalheiros? Acha que o convidarão para suas festas elegantes regadas a ostras? Acha que deixarão que corteje as suas filhas?

— Vivemos em outros tempos. Hoje, qualquer um pode subir na escala social.

— Você acha que *eles* sabem disso? Aqueles cavalheiros de Harvard? Acha que lhe darão as boas-vindas?

Norris ficou em silêncio, perguntando-se se Jack não teria razão. Pensou outra vez em Wendell Holmes, Kingston e Lackaway, sentados no Hurricane, lado a lado com seus pares. Outro mundo comparado ao infecto Black Spar, onde Fanny Burke reinava sobre um séquito de desesperançados. Eu também poderia estar no Hurricane esta noite, pensou. Wendell o convidara. Mas o fizera por gentileza ou por piedade?

Jack agitou as rédeas, e a carroça avançou sobre a lama e os veios da estrada.

— Ainda falta — disse ele, rindo debochado. — Espero que o *cavalheiro* goste do passeio.

Quando Jack finalmente parou a carroça, as roupas de Norris estavam completamente encharcadas. Tenso e tremendo de frio, ele conseguiu que os músculos o obedecessem ao sair da carroça. Seus sapatos afundaram na lama até a altura dos tornozelos.

Jack entregou-lhe as pás.

— Seja rápido.

O taberneiro pegou uma colher de pedreiro e uma lona, então avançou sobre a grama encharcada. Ainda não acendera a lanterna, uma vez que não queria ser visto. Parecia conhecer o caminho por instinto, contornando as lápides até parar diante da terra crua. Não havia marco, apenas um monte de terra transformado em lama pela chuva.

— O enterro foi hoje — disse Jack, pegando uma pá.

— Como soube?

— Perguntei. Ouvi dizer. — Ele olhou para a tumba. — A cabeça deve estar deste lado — e tirou uma pá de lama. — Estive aqui há umas duas semanas — disse ele, jogando a lama de lado. — Soube que estava prestes a bater as botas.

Norris também começou a trabalhar. Embora fosse um enterro recente e a terra não tivesse assentado, o solo estava pesado de tão encharcado. Após cavar apenas alguns minutos, já não sentia mais frio.

— Alguém morre, as pessoas comentam — disse Jack, ofegante. — Fique atento e saberá que alguém está para partir. Encomendam caixões, compram flores. — Jack jogou de lado outra pá de lama e fez uma pausa, respirando com dificuldade. — O truque é não deixar que notem que está interessado. Se ficarem desconfiados, você se encrenca.

Ele voltou a cavar, mas em um ritmo mais lento. Norris fazia a parte do leão, sua pá cavando cada vez mais fundo. A chuva continuava a cair, acumulando-se no buraco, e as calças de Norris estavam cobertas de lama até os joelhos. Logo Jack parou de cavar e saiu do buraco para se agachar à borda. Sua respiração sibilante estava tão alta que Norris ergueu a cabeça para ver se o sujeito não estava a ponto de ter um colapso. Este era o único motivo de o velho miserável desejar compartilhar um tostão de seus lucros, o único motivo de ter arranjado um assistente: ele não conseguia mais fazer aquilo sozinho. Sabia onde eram os sepultamentos, mas precisava das costas e dos músculos de um jovem para escavá-los. Jack se agachou e observou o trabalho do ajudante enquanto o buraco ficava ainda mais fundo.

A pá de Norris atingiu madeira.

— Já era hora — resmungou Jack. Sob a cobertura da lona, acendeu a lanterna, pegou a pá e voltou a entrar no buraco. Os dois afastaram a lama do caixão, trabalhando tão próximos no espaço exíguo que Norris podia sentir o hálito nauseabundo de Jack, que fedia a tabaco e a dentes podres. Aquele cadáver não devia feder tanto. Pouco a pouco, retiraram a lama, revelando a tampa do caixão.

Jack encaixou dois ganchos de ferro sob a tampa e entregou uma das cordas para Norris. Saíram do buraco e forçaram a tampa, grunhindo e puxando enquanto os pregos guinchavam e a madeira rangia. Subitamente, a tampa arrebentou e a corda afrouxou, fazendo com que Norris caísse de costas.

— Isso! É o bastante! — disse Jack. Em seguida, baixou a lanterna no buraco e olhou para o ocupante do caixão.

Através da tampa arrebentada, via-se o corpo de uma mulher, pele pálida como parafina. Cachos de cabelo dourado ornavam um rosto oval e, pousado sobre o corpete, havia um buquê de flores ressecadas, as pétalas se desintegrando sob a chuva. Tão bela, pensou Norris. Um anjo chamado ao céu antes da hora.

— Tão fresco quanto possível — disse Jack com uma gargalhada de satisfação. Ele introduziu as mãos pela tampa quebrada e enfiou-as sob os braços da jovem. Era leve o bastante para que pudesse erguê-la do caixão sem ajuda. Ainda assim, Jack ofegava após tirá-la do buraco e deitá-la sobre a lona. — Vamos arrancar as roupas dela.

Subitamente nauseado, Norris não se moveu.

— O que foi? Não deseja tocar o corpo de uma bela senhorita? Norris balançou a cabeça em negativa.

— Ela merecia algo melhor que isso.

— Você não teve problemas com o último que desenterramos.

— Era um velho.

— E esta é uma jovem. Qual a diferença?

— Você sabe qual é a diferença!

— Tudo o que sei é que vou ganhar a mesma coisa. E que ela será muito mais agradável de despir. — Gargalhou em voz baixa, ansioso, e sacou uma faca. Não teve tempo e nem paciência para abrir os ganchos e os botões. Simplesmente introduziu a lâmina sob o colarinho do vestido e cortou o tecido, abrindo a frente da roupa para revelar uma camisa de gaze que ela usava por baixo. Trabalhou com gosto, rasgando metodicamente a saia e retirando-lhe os pequenos chinelos de cetim. Norris mal conseguia olhar, chocado com a violação da intimidade daquela jovem. Ainda mais por estar sendo violada por um homem como Jack Burke. Contudo, sabia que aquilo precisava ser feito. A lei considerava o ato imperdoável. Ser flagrado com um cadáver roubado já era grave. Ser flagrado com objetos roubados de um cadáver, mesmo que fosse um fragmento de vestido, era se arriscar a penas ainda mais severas. Deviam levar apenas o corpo. Portanto, Jack tirou-lhe as roupas, removeu os anéis de seus dedos, as fitas de cetim de seus cabelos e jogou tudo dentro do caixão. Então, olhou para Norris.

— Vai me ajudar a levá-la até a carroça? — resmungou.

Norris olhou para o corpo desnudo, a pele branca como alabastro. Ela era dolorosamente magra, o corpo consumido por alguma doença longa e impiedosa. Não podia ser salva agora, mas talvez algo de bom ainda pudesse resultar de sua morte.

— Quem esta aí? — gritou uma voz ao longe. — Quem invadiu?

O grito fez Norris se atirar ao chão. Imediatamente, Jack apagou a lanterna e sussurrou:

— Tire-a daqui!

Norris arrastou o corpo de volta à cova aberta, então ele e Jack também entraram no buraco. Espremido dentro da tumba, Norris sentiu o coração bater contra a pele gelada do cadáver. Não ousou se mover. Tentou escutar os passos do vigia se aproximando, mas tudo o que conseguia ouvir era o barulho da chuva e as batidas de seu próprio coração. A mulher permanecia deitada sob ele, como uma amante condescendente. Será que algum outro homem conhecera o toque de sua pele ou sentira a curvatura de seus seios desnudos? *Ou serei o primeiro?*

Foi Jack quem finalmente ousou erguer a cabeça e olhar para fora.

— Não o vejo — sussurrou.

— Pode ainda estar de vigia.

— Nenhum homem racional ficaria exposto a esta chuva mais tempo do que o necessário.

— E quanto a nós?

— Hoje, a chuva é nossa aliada. — Jack grunhiu ao se erguer, esticando as juntas enrijecidas. — Melhor removê-la logo.

Não voltaram a acender a lanterna, preferindo trabalhar no escuro. Enquanto Jack erguia os pés, Norris agarrou o corpo nu por debaixo dos braços e sentiu o cabelo molhado da jovem roçar-lhe os braços quando a ergueu de dentro do buraco. Qualquer doce fragrância que outrora tivesse abençoado aqueles cachos dourados era então mascarada por um suave aroma de decomposição. Seu corpo já começara a inevitável escalada da putrefação, que logo erodiria sua beleza à medida que a pele se desintegrasse e os olhos afundassem nas cavidades. No momento, porém, a jovem ainda era um anjo, e ela a manipulou com gentileza ao baixá-la delicadamente sobre a lona.

A chuva diminuiu enquanto eles rapidamente voltavam a tapar o buraco, enchendo de lama o caixão vazio. Deixar a cova aberta seria um claro indício de que ladrões de sepulturas haviam estado trabalhando por ali, de que o corpo de um ente querido fora roubado. Demoraram-se apagando os vestígios de sua presença para não suscitar uma investigação. Quando a última pá de terra foi devolvida à cova, alisaram o terreno o melhor que puderam com suas pás, trabalhando sob a luz sutil que atravessava as nuvens. Com o tempo, a grama cresceria, uma lápide seria erguida e seus entes queridos viriam depositar flores em uma tumba na qual não haveria ninguém.

Embrulharam o cadáver na lona, e Norris carregou-o em seus braços como um noivo transportando a noiva recém-casada. Ela era leve, tão miseravelmente leve que ele não teve dificuldade para carregá-la pisando na grama molhada e passando pelas tumbas daqueles que haviam morrido antes dela. Delicadamente, pousou-a sobre a carroça. Sem qualquer cerimônia, Jack jogou as pás ao lado do corpo.

Foi tratada com o mesmo cuidado que as ferramentas que retiniam ao seu lado, o corpo chacoalhando com a carga enquanto voltavam para a cidade sob uma garoa gelada. Norris não via motivo para trocar palavras com Jack, desejando apenas que a noite terminasse para que pudesse se afastar daquele sujeito repulsivo À medida que se aproximavam da cidade, compartilhavam a estrada com outras carroças e carruagens, com outros condutores que acenavam e ocasionalmente gritavam comentários a respeito da situação em que se encontravam. *Que noite para sair de casa, não é mesmo? Tremenda sorte a nossa! Vai nevar pela manhã!* Jack retribuía as saudações sem trair a ansiedade que sentia por conta da carga proibida que transportavam.

Quando entraram na rua calçada de seixos atrás da loja do boticário, Jack assobiava, sem dúvida pensando no dinheiro que logo embolsaria. Jack pulou da carroça e bateu à porta dos fundos. Um instante depois, a porta se abriu e Norris viu o brilho de uma luz pela fresta.

— Temos um — disse Jack.

A porta se abriu mais um pouco, revelando um homem forte e barbudo que segurava uma lamparina. Àquela hora, já estava de pijama.

— Traga-o para dentro, então. E seja discreto.

Jack cuspiu nas pedras do calçamento e voltou-se para Norris.

— Bem, vamos. Traga-a para dentro.

Norris ergueu o corpo coberto pela lona e entrou na loja. O homem com a lamparina cumprimentou o rapaz com um menear de cabeça.

— Lá em cima, Dr. Sewall? — perguntou Norris.

— Você sabe o caminho, Sr. Marshall.

Sim, Norris conhecia o caminho, pois aquela não era sua primeira visita àquele beco escuro, nem a primeira vez que carregava um corpo por aquela escada estreita. Na última visita, tivera muito trabalho para arrastar o cadáver corpulento escada acima, pernas gordas e nuas chocando-se contra os degraus. Naquela noite, porém, o fardo era bem mais leve, pouco mais pesado que uma criança. O rapaz chegou ao segundo andar e parou no escuro. O Dr. Sewall passou por ele e subiu até o corredor, seus passos fazendo ranger as tábuas do chão, a chama da lamparina projetando sombras nas paredes. Norris seguiu Sewall através da última porta, até uma sala onde uma mesa esperava a mercadoria preciosa. Ele baixou o corpo delicadamente. Jack o seguiu escada acima e parou em uma das extremidades da mesa, o som de sua respiração entrecortada mais evidente por conta do silêncio.

Sewall aproximou-se da mesa e puxou a lona.

À luz bruxuleante, o rosto da jovem parecia iluminado pelo brilho róseo da vida. De seus cabelos pingavam gotas de chuva que escorriam como lágrimas por seu rosto.

— Sim, ela está em boas condições — murmurou o Dr. Sewall enquanto tirava a lona, expondo o torso nu da jovem. Norris precisou conter a vontade de segurar a mão do médico e evitar a violação da intimidade daquela jovem. Viu, desgostoso, o brilho lascivo nos olhos de Jack, a ansiedade com a qual se inclinou para olhar mais de perto. Olhando para o rosto da jovem, Norris pensou: lamento que tenha de sofrer tal indignidade.

Sewall empertigou-se e meneou a cabeça.

— Ela serve, Sr. Burke.

— E também se prestará a algum bom divertimento — disse Jack com um sorriso malicioso.

— Não fazemos isso por divertimento — retorquiu Sewall. — Ela servirá a uma causa maior. Conhecimento.

— Oh, é claro — disse Jack. — Então, onde está o dinheiro? Gostaria de ser pago por todo esse *conhecimento* que estou lhes proporcionando.

Sewall pegou uma pequena bolsa de pano, que entregou para Jack.

— Seu pagamento. Receberá o mesmo quando trouxer outro corpo.

— Há apenas 15 dólares aqui. Combinamos 20.

— Você requisitou os serviços do Sr. Marshall esta noite. Os 5 dólares serão creditados para o pagamento dos estudos dele. São 20 dólares ao todo.

— Sei muito bem contar — disse Jack, enfiando o dinheiro no bolso. — E, pelo que lhe forneço, isso não chega perto de ser o bastante.

— Estou certo de ser capaz de conseguir outra pessoa que se satisfaça com o pagamento.

— Mas nenhuma que entregue um produto assim tão fresco. Tudo o que vai conseguir é carne podre repleta de vermes.

— Vinte dólares por espécime é o que pago. Se você precisa ou não de um ajudante é problema seu. Mas duvido que o Sr. Marshall trabalhe sem a compensação adequada.

Jack lançou um olhar ressentido para Norris.

— Ele só faz o trabalho pesado. Sou eu quem descobre onde encontrar os corpos.

— Então, continue a encontrá-los.

— Oh, certamente encontrarei. — Jack voltou-se para ir embora. À porta, fez uma pausa, voltou-se e olhou para Norris com relutância. — No Black Spar, quinta-feira à noite, às 19h — disse antes de ir. Eles ouviram seus passos descendo a escada e, pouco depois, a porta bateu.

— Não há ninguém mais a quem apelar? — perguntou Norris.

— Esse sujeito é nojento.

— Mas assim são as pessoas com quem somos obrigados a trabalhar. Todos os ladrões de sepulturas são iguais. Se nossas leis fossem mais sábias, vermes como ele não estariam neste negócio. Até lá, somos forçados a lidar com gente como o Sr. Burke. — Sewall foi até a mesa e olhou para a jovem. — Ao menos ele consegue cadáveres utilizáveis.

— Adoraria qualquer outro emprego que não esse, Dr. Sewall.

— Quer se tornar médico, não quer?

— Sim, mas não quero trabalhar com *aquele* sujeito. Não há nenhuma outra tarefa que eu possa realizar?

— Não há necessidade mais premente para nossa faculdade do que a aquisição de espécimes.

Norris olhou para a jovem e murmurou:

— Não creio que ela algum dia tenha se imaginado como um *espécime*.

— Todos somos espécimes, Sr. Marshall. Tire a alma, e todo corpo é igual a outro. Coração, pulmões, rins. Sob a pele, até mesmo uma jovem encantadora como esta é igual. Claro, é sempre uma tragédia alguém morrer tão jovem. — O Dr. Sewall puxou a lona sobre o cadáver. — Contudo, na morte ela servirá a uma causa nobre.

4

O som dos gemidos despertou Rose. Em algum momento da noite ela adormecera na cadeira ao lado da cama de Aurnia. Ergueu a cabeça, o pescoço dolorido, e viu que os olhos da irmã estavam abertos, o rosto retorcido de dor.

Rose se endireitou na cadeira.

— Aurnia?

— Não suporto mais. Quisera morrer agora.

— Querida, não diga uma coisa dessas.

— A morfina... não me alivia.

Rose subitamente olhou para o lençol de Aurnia e viu uma mancha de sangue fresco. Levantou-se, alarmada.

— Vou chamar a enfermeira.

— E o padre, Rose. Por favor.

Rose saiu correndo da enfermaria. Lâmpadas de óleo iluminavam debilmente as sombras, e suas chamas tremularam quando a menina passou correndo. Quando voltou à cama da irmã com a enfermeira Robinson e a enfermeira Poole, a mancha vermelha nos lençóis de Aurnia aumentara. A Srta. Poole olhou assustada para o sangue e disse para a outra enfermeira:

— Vamos levá-la imediatamente para a sala de cirurgia!

Não havia tempo de chamar o Dr. Crouch. Em vez disso, o jovem médico residente, o Dr. Berry, foi acordado em seus aposentos no hospital. Cabelo louro despenteado, olhos vermelhos, sonolento, o Dr. Berry chegou à sala de cirurgia para onde Aurnia fora levada às pressas. E instantaneamente empalideceu ao se dar conta da intensidade da hemorragia.

— Precisamos agir rápido! — exclamou, remexendo a bolsa de instrumentos. — Devemos evacuar o útero. O bebê talvez tenha de ser sacrificado.

Aurnia emitiu um grito angustiado de protesto.

— Não, meu bebê precisa viver!

— Segurem-na — ordenou o médico. — Isso será doloroso.

— Rose, não deixe que matem o bebê! — implorou Aurnia.

— Srta. Connolly, saia da sala! — ordenou Agnes Poole.

— Não, vamos precisar dela — disse o Dr. Berry.

— Há duas de nós para conter a paciente.

— Talvez você e a enfermeira Robinson não sejam suficientes.

Aurnia se contorceu com uma nova contração, e seu gemido transformou-se em um grito.

— Oh, meu Deus, que dor!

— Amarre as mãos da paciente, Srta. Poole — ordenou o Dr. Berry. Ele olhou para Rose. — E você, menina! É irmã dela?

— Sim, senhor.

— Venha aqui e mantenha-a calma. Ajude a contê-la caso seja preciso.

Trêmula, Rose aproximou-se da cama. O cheiro metálico de sangue era avassalador. O colchão estava encharcado de vermelho brilhante e o sangue manchava as coxas expostas de Aurnia, todas as tentativas de preservar seu recato esquecidas pela preocupação mais premente de salvar-lhe a vida. Ao olhar para o rosto acinzentado do jovem Dr. Berry, Rose percebeu que a situação era gravíssima. E ele era muito jovem, certamente jovem demais para uma crise daquela natureza, o bigode uma leve penugem acima do lábio superior. O médico espalhou os instrumentos cirúrgicos sobre uma mesa baixa e procurou ansiosamente a ferramenta adequada. O instrumento que escolheu era um aparelho assustador, aparentemente projetado para cortar e esmagar.

— Não machuque meu bebê — gemeu Aurnia. — Por favor.

— Tentarei preservar a vida de seu bebê — disse o Dr. Berry.
— Mas preciso que fique quieta, senhora. Compreende?

Aurnia conseguiu menear levemente a cabeça.

As duas enfermeiras amarraram as mãos de Aurnia e foram para o pé da cama, onde cada uma agarrou uma de suas pernas.

— Você, menina! Segure os ombros dela — ordenou a enfermeira Poole. — Mantenha-a pressionada contra a cama.

Rose foi até a cabeceira e pousou as mãos sobre os ombros de Aurnia. O rosto pálido da irmã estava voltado para o dela, longos cabelos ruivos espalhados sobre o travesseiro, olhos verdes tomados de pânico. Sua pele brilhava de suor e medo. Subitamente, seu rosto se contorceu de dor e ela tentou se levantar, erguendo a cabeça da cama.

— Segurem-na! Segurem-na! — ordenou o Dr. Berry.

Agarrando o fórceps monstruoso, o médico inclinou-se entre as pernas de Aurnia, e Rose agradeceu por não ver o que ele fez a seguir. Aurnia gritou como se a própria alma estivesse sendo extirpada de seu corpo. Um jato avermelhado atingiu a face do médico, que se afastou abruptamente, a camisa salpicada de sangue.

A cabeça de Aurnia tombou de volta sobre o travesseiro e ela ali ficou, ofegante, seus berros reduzidos a gemidos. Em meio à súbita calmaria, outro som se fez ouvir. Um estranho miado que pouco a pouco se transformou em choro.

O bebê. O bebê está vivo!

O médico se levantou carregando em seus braços a recém-nascida cuja pele azulada estava rajada de sangue. Entregou o bebê à enfermeira Robinson, que rapidamente o embrulhou em uma toalha.

Rose olhou para a camisa do médico. Tanto sangue! Para toda parte que olhasse — o colchão, os lençóis — via sangue. Olhou para o rosto da irmã e viu que seus lábios se moviam. Mas, por causa do choro da recém-nascida, não conseguiu entender o que ela dizia.

A enfermeira Robinson levou o bebê até a cama de Aurnia.

— Eis sua filha, Sra. Tate. Veja como é linda!

Aurnia olhou para a filha.

— Margaret — murmurou.

Rose sentiu as lágrimas afluírem aos seus olhos. Era o nome de sua mãe. *Se ao menos estivesse viva para conhecer a primeira neta...*

— Avise-o — sussurrou Aurnia. — Ele não sabe.

— Vou mandar buscá-lo. Eu *farei* com que venha — disse Rose.

— Você precisa dizer para ele onde estou.

— Ele sabe onde você está.

Eben simplesmente nunca se incomodou em visitá-la.

— Há muito sangue. — O Dr. Berry introduziu a mão entre as pernas de Aurnia, que estava tão aturdida que mal fez uma careta de dor. — Mas não estou sentindo nenhuma placenta retida.

O médico jogou para o lado o fórceps ensangüentado. Apertando a barriga de Aurnia, massageou vigorosamente seu abdome. O sangue continuou a encharcar os lençóis, formando uma mancha cada vez mais larga. Ele ergueu a cabeça, e seus olhos agora refletiam os primeiros sinais de pânico.

— Água fria — ordenou. — Tanta água fria quanto conseguirem! Precisaremos de compressas. E ergotina!

A enfermeira Robinson pousou o bebê no berço e saiu às pressas do quarto para pegar o que lhe fora pedido.

— Ele não sabe — gemeu Aurnia.

— Ela *precisa* ficar quieta! — ordenou o Dr. Berry. — Está piorando a hemorragia!

— Antes que eu morra, alguém precisa lhe dizer que ele tem uma filha...

A porta se abriu e a enfermeira Robinson voltou trazendo uma bacia de água.

— É o mais frio que consegui, Dr. Berry — disse ela.

O médico encharcou uma toalha, torceu-a e pousou a compressa gelada no abdome da paciente.

— Dê-lhe a ergotina!

No berço, a recém-nascida começou a chorar mais alto, o grito mais agudo após cada inspiração. A enfermeira Poole subitamente se irritou e disse:

— Pelo amor de Deus, tirem esse bebê daqui!

A enfermeira Robinson fez menção de obedecer, mas a enfermeira Poole disse:

— Você não! Preciso de você aqui. Dê o bebê para *ela*. — E apontou para Rose. — Pegue sua sobrinha e a acalme. Precisamos cuidar de sua irmã.

Rose pegou o bebê no colo e caminhou relutante até a porta. Ali ela parou e olhou outra vez para Aurnia. Os lábios dela estavam ainda mais pálidos, os últimos resíduos de cor lentamente se esvaindo de seu rosto enquanto ela murmurava palavras silenciosas.

Por favor, seja piedoso, Senhor. Se ouvir esta oração, permita que minha doce irmã sobreviva.

Rose saiu do quarto. Ali, no corredor sombrio, ninou o bebê, que não parava de chorar. Ela roçou um dedo na boca da pequena Margaret, e gengivas sem dentes começaram a sugá-lo. Silêncio, afinal. Uma rajada de vento frio invadiu o corredor escuro, e duas das lâmpadas se apagaram. Apenas uma chama brilhava. Ela olhou para a porta fechada que a separava da única alma pela qual sentia ternura.

Não. Há outro amor agora, pensou, olhando para a pequena Margaret. *Você.*

De pé sob a única lâmpada que ficara acesa, Rose observou a penugem na cabeça do bebê. Suas pálpebras ainda estavam inchadas devido ao trabalho de parto. Ela examinou os cinco pequenos dedos de uma das mãos e maravilhou-se com sua rechonchuda perfeição, maculada apenas por uma mancha em forma de morango à altura do pulso. Então é assim que são os recém-nascidos, pensou Rose, olhando para a criança adormecida. Tão rosada, tão quente. Apoiou a mão em seu peito minúsculo e através do cobertor sentiu seu coração bater, rápido como o de um passarinho. Que menina adorável, pensou. Minha pequena Meggie.

A porta subitamente se abriu, iluminando o corredor. A enfermeira Poole saiu da sala e fechou a porta atrás de si. Ela parou e olhou para Rose, como se estivesse surpresa por ela ainda estar ali.

Temendo o pior, Rose perguntou:

— Minha irmã?

— Ainda está viva.

— E como ela está? Ela vai...

— A hemorragia estancou, é tudo o que posso dizer. Agora, leve o bebê para a enfermaria. É mais quente lá. Este corredor é muito frio para um recém-nascido. — Ela se voltou e caminhou apressada corredor abaixo.

Tremendo de frio, Rose olhou para Meggie e pensou: sim, está muito frio para você aqui, pobrezinha. Levou o bebê de volta à enfermaria e sentou-se na cadeira ao lado da cama vazia de Aurnia. À medida que a noite avançava, o bebê acabou adormecendo em seus braços. O vento e a chuva gelada golpearam os vidros das janelas, mas Rose não teve mais notícia do estado de Aurnia.

Do lado de fora, ouviu rumor de rodas sobre o calçamento de seixos. Rose foi até a janela. No pátio, estacionava um tílburi, a capota ocultando o rosto do condutor. O cavalo subitamente emitiu um bufo de pânico, cascos dançando nervosamente enquanto ameaçava sair em disparada. Um segundo depois, Rose percebeu o motivo do desespero do animal: apenas um cachorro grande que passeava pelo pátio, sua silhueta movendo-se com determinação sobre o calçamento de seixos que brilhava com a chuva e o gelo.

— Srta. Connolly.

Assustada, Rose voltou-se e viu Agnes Poole. A mulher entrara na enfermaria tão silenciosamente que Rose não sentiu sua aproximação.

— Dê-me o bebê.

— Mas ela está dormindo tão profundamente — disse Rose.

— Sua irmã não pode amamentá-lo. Está muito fraca. Tomei algumas providências.

— Quais providências?

— O orfanato está aqui para levá-la. Vão fornecer uma ama-de-leite para o bebê. E, muito certamente, um bom lar.

Rose olhou para a enfermeira, incrédula.

— Mas ela não é órfã! Ela tem mãe!

— Uma mãe que provavelmente não sobreviverá. — A enfermeira Poole estendeu os braços, e suas mãos pareceram garras ameaçadoras. — Entregue-a para mim. É para o bem do bebê. Você certamente não poderá cuidar dela.

— Ela também tem pai. Você não falou com ele.

— Como é possível? Ele nem se incomodou em aparecer.

— Aurnia concordou com isso? Deixe-me falar com ela.

— Ela está inconsciente. Não pode falar.

— Então eu falarei *por* ela. Esta é minha sobrinha, Srta. Poole, ela faz parte da minha família. — Rose apertou o bebê com mais força. — Não a entregarei a nenhum estranho.

O rosto da enfermeira enrijeceu de decepção. Durante um perigoso momento, pareceu a ponto de arrancar o bebê dos braços de Rose. Em vez disso, porém, deu-lhe as costas e saiu da enfermaria, a saia farfalhando a cada passo. Uma porta bateu.

Lá fora, no pátio, os cascos do cavalo chocavam-se nervosamente contra o calçamento.

Rose voltou para a janela e viu Agnes Poole materializar-se em meio às sombras e ir até o tílburi para falar com o ocupante. Um instante depois, o condutor estalou o chicote e o cavalo partiu. Enquanto o veículo saía pelo portão, Agnes Poole permaneceu sozinha no pátio, sua silhueta escura em meio às pedras brilhantes do calçamento.

Rose olhou para a criança em seus braços e viu naquele rosto adormecido uma miniatura em carne e osso de sua querida irmã. *Ninguém vai tirá-la de mim. Não enquanto eu viver.*

5

Dias atuais

— Obrigada por me atender tão prontamente, Dra. Isles — disse Julia enquanto se acomodava em uma cadeira no laboratório de perícia médica. Deixara o calor do verão, entrara no prédio climatizado e agora olhava por cima da escrivaninha para uma mulher que parecia perfeitamente à vontade naquele ambiente gelado. Com exceção das gravuras com motivos florais na parede, o escritório de Maura Isles era de uma austeridade comercial: arquivos e livros acadêmicos, um microscópio e uma escrivaninha cuidadosamente organizada. Julia ajeitou-se na cadeira, sentindo-se como se estivesse sob as lentes do microscópio. — Provavelmente você não recebe muitos pedidos como o meu, mas realmente preciso saber. Para me tranqüilizar.

— Você devia procurar a Dra. Petrie — disse Isles. — Aquele esqueleto é um caso de perícia antropológica.

— Não estou aqui por causa do esqueleto. Já falei com a Dra. Petrie, e ela não tem nada de novo a me dizer.

— Então como posso ajudá-la?

— Quando comprei a casa, a corretora me disse que a proprietária anterior era uma senhora idosa, e que ela morreu ali. Todos acharam que foi uma morte natural. Mas, há alguns dias, meu vizinho comentou que têm acontecido muitos assaltos a residências na região. No ano passado, um homem foi visto subindo e descendo a rua, como se estivesse de olho nas casas. Agora me pergunto se...

— Se não foi uma morte natural? — concluiu Isles. — É o que está querendo saber, certo?

Julia olhou para a patologista.

— Sim.

— Lamento, mas não fui eu quem fez a necropsia.

— Mas há um relatório em algum lugar, não é mesmo? Neste relatório não constaria a causa da morte?

— Precisaria saber o nome da falecida.

— Eu o tenho bem aqui. — Julia abriu a bolsa e sacou um maço de fotocópias, que entregou para Isles. — É o obituário dela, publicado no jornal local. Seu nome era Hilda Chamblett. E esses são todos os recortes de jornal que consegui encontrar a respeito dela.

— Então você já andou investigando.

— Tenho pensado a respeito. — Julia riu, desconcertada. — Afora isso, tem aquele esqueleto antigo no quintal. Estou me sentindo um tanto incomodada pelo fato de duas mulheres diferentes terem morrido ali.

— Com um intervalo de ao menos cem anos.

— É a do ano passado quem mais me incomoda. Especialmente depois que o vizinho me falou sobre os assaltos.

Isles assentiu.

— Creio que eu também me preocuparia. Deixe-me encontrar o relatório. — Ela saiu do escritório e voltou instantes depois com o arquivo. — A necropsia foi feita pelo Dr. Costas — disse ela ao se sentar na escrivaninha e abrir o arquivo. — "Chamblett, Hilda, 92 anos, encontrada no quintal de sua casa, em Weston. O corpo foi encontrado por um familiar que não a visitava havia três semanas. Por isso, a hora da morte é incerta." — Isles virou a página e fez uma pausa. — As fotografias não são particularmente agradáveis — disse ela. — Você não precisa ver isso.

Julia engoliu em seco.

— Não, não preciso. Você poderia ler as conclusões para mim?

Isles voltou-se para o sumário e disse:

— Tem certeza de que quer que eu leia isso? — Quando Julia assentiu, Isles continuou a ler em voz alta. — "O corpo foi encontrado em decúbito dorsal, cercado de grama alta e ervas daninhas oculto para quem estivesse a apenas alguns metros de distância."

As mesmas ervas daninhas contra as quais estou lutando, pensou Julia. Venho arrancando o mesmo mato que ocultou o corpo de Hilda Chamblett.

— "Nas superfícies expostas não foi encontrada nenhuma pele ou tecido macio intacto. Trapos de roupa, consistindo no que parecia ser um vestido de algodão sem mangas, ainda estavam grudados a partes do tórax. No pescoço, as vértebras cervicais estavam claramente visíveis e faltavam os tecidos macios. Faltava boa parte do intestino grosso e do delgado, e o que restou de pulmões, do fígado e do baço tem imperfeições com bordas serrilhadas. Interessante notar filamentos felpudos e em tiras, supostamente nervos e fibras musculares encontrados em todas as juntas. Os periósteos do crânio, das costelas e dos ossos dos membros também apresentavam filamentos felpudos semelhantes. Ao redor do corpo havia um grande volume de fezes de pássaros, supostamente de corvos." — Isles ergueu a cabeça.

Julia olhou para a médica.

— Está me dizendo que foram os *corvos* que fizeram tudo isso?

— Tudo indica que sim. Os pássaros costumam causar muitos danos aos cadáveres. Até mesmo lindos pássaros canoros são capazes de bicar e arrancar pedaços da pele de um morto. Os corvos são consideravelmente maiores e são carnívoros; portanto, podem limpar uma carcaça rapidamente. Devoram todo o tecido macio, mas não conseguem arrancar fibras nervosas ou tendões. Esses filamentos permanecem ligados às juntas e são esgarçados pelas bicadas dos pássaros. Por isso o Dr. Costas descreveu os filamentos como *felpudos*, por terem sido desfiados completamente pelos bicos dos corvos. — Isles fechou a pasta. — Este é o relatório.

— Você não me disse qual foi a causa da morte.

— Porque foi indeterminada. Após três semanas, os animais carniceiros e a putrefação danificaram o cadáver.

— Então vocês não fazem idéia?

— Ela tinha 92 anos. Foi um verão quente e ela estava sozinha no jardim. É razoável crer que teve algum incidente cardíaco.

— Mas vocês não têm certeza.

— Não, não podemos ter.

— Então, ela pode ter sido...

— Assassinada? — sugeriu Isles, encarando-a.

— Ela morava só. Era vulnerável.

— Não há menção a qualquer tipo de desordem na casa. Nenhum sinal de invasão.

— Talvez o assassino não quisesse roubar coisa alguma. Talvez só estivesse interessado *nela*. No que podia fazer com *ela*.

Isles murmurou:

— Acredite, sei o que está pensando. Do que tem medo. Em minha profissão, vejo o que as pessoas podem fazer umas com as outras. Coisas terríveis que nos levam a nos questionarmos sobre o que é ser humano, se somos melhores do que qualquer outro

animal. Mas esta morte em particular não me diz muito. Coisas comuns são comuns, e no caso de uma mulher de 92 anos encontrada morta em seu próprio quintal, assassinato não é a primeira coisa que me ocorre. — Isles olhou para Julia um instante.
— Vejo que você não está satisfeita.
Julia suspirou.
— Não sei o que pensar. Lamento ter comprado a casa. Não tenho uma boa noite de sono desde que me mudei.
— Você mora lá há pouco tempo. Toda mudança é estressante. Dê algum tempo para que possa se acostumar. Sempre há um período de adaptação.
— Tenho sonhado — disse Julia.
Isles não pareceu impressionada. E por que ficaria? Era uma mulher que abria cadáveres rotineiramente, uma mulher que escolhera uma carreira que causaria pesadelos na maioria das pessoas.
— Que tipo de sonhos?
— Já faz três semanas, e tenho sonhado quase todas as noites desde então. Fico esperando que vão embora, achando que se devem ao choque que tive ao encontrar aqueles ossos em meu jardim.
— Isso é capaz de provocar pesadelos em qualquer um.
— Não acredito em fantasmas. Verdade, não acredito. Mas sinto como se ela estivesse tentando falar comigo. Pedindo que eu *faça* alguma coisa.
— A proprietária falecida ou o esqueleto?
— Não sei. *Alguém*.
A expressão de Isles manteve-se absolutamente neutra. Se ela acreditava que Julia era louca, seu rosto não o denunciou. Mas suas palavras não deixaram dúvida quanto ao que ela achava de tudo aquilo.
— Não estou certa se posso ajudá-la. Sou apenas uma patologista e já lhe dei minha opinião profissional.

— E, em sua opinião profissional, assassinato ainda é uma possibilidade, certo? — insistiu Julia. — Você não pode afastar a hipótese.

Isles hesitou.

— Não — concordou afinal. — Não posso.

Naquela noite, Julia sonhou com corvos. Centenas deles empoleirados em uma árvore morta, olhando para ela com olhos amarelos. Esperando.

Acordou sobressaltada com o ruído de grasnados estridentes e abriu os olhos para ver a luz da manhã atravessando a janela sem cortinas. Um par de asas negras em forma de foice cruzou o céu. Então outro. Ela se levantou e foi até a janela.

O carvalho que ocupavam não era uma árvore morta como a do sonho. Em vez disso, estava inteiramente coberto pela folhagem estival. Ao menos duas dúzias de pássaros haviam se reunido ali para algum tipo de convenção de corvídeos e se debruçavam nos galhos como estranhas frutas negras, crocitando e agitando as penas brilhantes. Julia já os vira antes naquela árvore e não tinha dúvida de que eram os mesmos pássaros que haviam se banqueteado com o corpo de Hilda Chamblett no verão anterior, os mesmos pássaros que a haviam ferido com bicos afiados, deixando apenas tiras de nervos e tendões. Lá estavam eles outra vez, esperando por mais carne. Sabiam que ela os estava observando e retribuíam com olhares de inteligência assustadora, como se soubessem que era apenas uma questão de tempo.

Ela se voltou para o interior e pensou: preciso pôr cortinas nesta janela.

Na cozinha, fez café e passou manteiga e geléia em uma torrada. Lá fora, a neblina matinal estava começando a se dissipar. Seria um dia ensolarado. Um bom dia para espalhar outro saco de adubo e outro fardo de turfa no canteiro de flores junto ao regato. Embora suas costas ainda estivessem doloridas por ter azulejado o banheiro na noite anterior, ela não queria desperdiçar um único dia de sol. No decorrer de sua vida, você tem apenas um número limitado de estações favoráveis ao cultivo, pensou, e uma vez que um verão se vai, você nunca o terá de volta. Ela já desperdiçara muitos verões. *Este é meu.*

Lá fora, ouviu uma erupção ruidosa de grasnados e bater de asas. Julia olhou pela janela e viu os corvos subitamente alçarem vôo e se afastarem simultaneamente, espalhando-se aos quatro ventos. Então, concentrou-se na extremidade oposta de seu quintal, perto do regato, e compreendeu por que os corvos haviam debandado tão abruptamente.

Um homem se aproximara do limite de sua propriedade e observava a casa.

Ela se afastou para que ele não a visse. Lentamente, voltou para perto da janela para espiar. Era magro, tinha cabelos escuros e vestia calças jeans e um suéter marrom que o protegia do frio da manhã. A névoa erguia-se da grama, enroscando-se sinuosamente por suas pernas. Invada minha propriedade, pensou Julia, e eu chamo a polícia.

O homem deu dois passos em direção à casa.

Ela correu até a cozinha e pegou o telefone sem fio. Voltando às pressas até a janela, olhou para ver onde ele estava, mas o sujeito havia desaparecido. Então, ouviu algo roçar no lado de fora da porta da cozinha e se assustou tanto que quase deixou cair o telefone. *Está trancada, certo? Eu tranquei a porta ontem à noite, não foi?* Discou 911.

— McCoy! — gritou uma voz. — Vamos, rapaz, saia daí!

Ao olhar outra vez pela janela, Julia viu o homem irromper subitamente por trás de uma moita. Algo atravessou a varanda da frente, e então um labrador amarelo apareceu no quintal, correndo em direção ao dono.

— Emergência.

Julia olhou para o telefone. Oh, meu Deus, que idiota ela era!

— Desculpe — disse ela. — Liguei por engano.

— Está tudo bem, senhora? Tem certeza?

— Sim, está tudo bem. Apertei a discagem automática por engano. Obrigada.

Ela desligou e voltou a olhar para fora. O homem estava se curvando para atar uma correia à coleira do cão. Ao se erguer, seu olhar encontrou-se com o de Julia, e ele acenou.

Ela abriu a porta da cozinha e saiu no quintal.

— Desculpe! — gritou. — Não pretendia invadir, mas ele escapou. Acha que Hilda ainda mora aqui.

— Ele já esteve aqui antes?

— Oh, sim. Ela costumava deixar uma caixa de biscoitos de cachorro para ele. — Ele riu. — McCoy nunca se esquece de uma boca livre.

Julia desceu o declive em direção ao homem, que já não a assustava. Ela não podia imaginar um estuprador ou assassino sendo dono de um animal tão amistoso. Enquanto ela se aproximava, o cão praticamente dançava preso pela coleira, ansioso para conhecê-la.

— Você é a nova proprietária, suponho? — perguntou ele.

— Julia Hamill.

— Tom Page. Moro estrada abaixo. — Ele fez menção de apertar-lhe a mão, mas então se lembrou do saco plástico que estava segurando e riu embaraçado. — Opa! Cocô de cachorro. Eu estava atrás dele tentando recolher a sujeira.

Foi por isso que ele se agachou, pensou ela. Estava apenas limpando a sujeira do cão.

O labrador latiu com impaciência e ergueu-se nas patas traseiras, implorando a atenção de Julia.

— McCoy! Deitado, menino! — Tom puxou a coleira, e o cão obedeceu, relutante.

— McCoy? Por causa da banda Real McCoy? — perguntou Julia.

— Hum, não. É por causa do Dr. McCoy.

— Ah. *Jornada nas estrelas.*

Ele a olhou com um sorriso tímido.

— Acho que isso denuncia minha idade. É incrível como os jovens de hoje em dia jamais ouviram falar no Dr. McCoy. Isso me faz sentir um velho.

Mas ele certamente não era velho, pensou ela. Talvez tivesse 40 e poucos anos. Pela janela da cozinha, seu cabelo parecera-lhe inteiramente preto. Agora que estava mais perto, porém, podia ver alguns fios brancos entremeados. Já seus olhos escuros, ofuscados pelo sol da manhã, eram emoldurados por profundas rugas de sorriso.

— Estou feliz que alguém tenha finalmente comprado a casa de Hilda — disse ele. — Estava me sentindo um tanto solitário por aqui.

— A casa está em péssimo estado.

— Ela não tinha como mantê-la. Este quintal era demais para ela. Por outro lado, Hilda era tão territorial que nunca deixou ninguém trabalhar aqui. — Ele olhou para o trecho de terra nua de onde os ossos haviam sido exumados. — Se tivesse deixado, já teriam encontrado o esqueleto há muito tempo.

— Você ouviu falar a respeito.

— Toda a vizinhança já sabe. Vim aqui há algumas semanas para ver a escavação. Havia uma equipe inteira aqui.

— Eu não o vi.

— Eu não queria que você achasse que eu estava bisbilhotando. Mas estava curioso. — Ele olhou para ela, um olhar tão direto que Julia ficou incomodada, como se o sentisse sondando os contornos de seu cérebro. — O que achou da vizinhança? — perguntou. — Afora o esqueleto?

Ela se protegeu do frio cruzando os braços.

— Não sei ao certo.

— Ainda não tem opinião formada?

— Quero dizer, eu adoro Weston, mas estou um tanto assustada por causa dos ossos. Saber que ela esteve enterrada aqui todos esses anos me faz sentir... — Ela deu de ombros. — Solitária, creio eu. — Julia olhou para o lugar onde o esqueleto estava enterrado. — Quisera saber quem era.

— A universidade não foi capaz de descobrir?

— Eles acham que a cova é do início do século XIX. O crânio foi fraturado em dois lugares, e ela foi enterrada sem muito cuidado. Apenas foi enrolada em uma pele de animal e enterrada sem cerimônia. Como se estivessem com pressa de se livrar dela.

— Um crânio fraturado e um enterro apressado? Isso me parece assassinato.

Julia olhou para Tom.

— Eu acho o mesmo.

Nada disseram durante um instante. A névoa havia quase se dissipado àquela altura e, nas árvores, os pássaros cantavam. Não corvos, mas sim pássaros canoros, pulando graciosamente de galho em galho. Estranho, pensou Julia, como os corvos simplesmente desapareceram.

— Seu telefone está tocando — disse Tom.

Ao dar-se conta, ela olhou para a casa.

— Melhor eu atender.

— Foi um prazer conhecê-la! — gritou ele enquanto Julia subia correndo os degraus da varanda. Quando ela entrou na cozinha, Tom já se afastava, arrastando um relutante McCoy. Ela esquecera o sobrenome dele. Usava ou não um anel de casamento?

Era Vicky ao telefone.

— Então, qual foi a última *melhoria* da casa? — perguntou a irmã.

— Azulejei o chão do banheiro ontem à noite. — O olhar de Julia ainda estava voltado para o quintal, onde o suéter marrom de Tom desaparecia em meio à sombra das árvores. Aquele velho suéter devia ser o seu favorito, pensou. Você não sai em público usando algo tão surrado a não ser que tenha uma ligação sentimental com a roupa. Por algum motivo, o suéter tornava-o ainda mais atraente. O suéter e o cão.

— ...e eu realmente acho que você devia começar a sair com alguém outra vez.

Julia voltou a atenção para Vicky.

— O quê?

— Sei sua opinião sobre encontros às escuras, mas esse cara é realmente legal.

— Chega de advogados, Vicky.

— Nem todos são como o Richard. Alguns preferem mulheres de verdade a uma Tiffani. Aliás, acabei de descobrir, o pai dela é um maioral da Morgan Stanley. Não me admira que estejam organizando um casamento suntuoso.

— Vicky, realmente não quero saber dos detalhes.

— Acho que alguém devia soprar no ouvido do pai dela o tipo de perdedor com que a filha está prestes a se casar.

— Preciso ir. Estava no jardim e estou com as mãos imundas. Ligo depois.

Julia desligou e imediatamente se sentiu culpada pela pequena mentira. Mas a simples menção do nome de Richard lançara uma sombra sobre o seu dia, e ela não queria pensar nele. Preferia revolver adubo.

Pegou um chapéu e luvas de jardinagem, voltou para o quintal e olhou para o leito do rio. Tom-do-suéter-marrom não estava mais à vista, e ela se sentiu um tanto desapontada. *Você acabou de ser abandonada por um homem. Está assim tão ansiosa para ter outra desilusão amorosa?* Ela pegou a pá e o carrinho de mão e foi até o declive, em direção ao antigo canteiro de flores que estava restaurando. Atravessando a grama, imaginou quantas vezes a velha Hilda Chamblett cruzara aquele caminho. Será que usava um chapéu igual ao seu? Será que parava para ouvir o canto dos pássaros? Teria percebido aquele galho torto no carvalho?

Será que, naquele dia de julho, ela sabia estar vivendo seus últimos momentos neste mundo?

À noite, estava cansada demais para preparar algo mais elaborado que sanduíche de queijo e sopa de tomate. Comeu à mesa da cozinha, as cópias dos recortes de jornal sobre Hilda Chamblett espalhados à sua frente. As matérias eram curtas, registrando apenas que uma senhora idosa fora encontrada morta no quintal de casa e que não havia suspeita de crime. Aos 92 anos, você já está com o prazo vencido. Que melhor maneira de morrer, dissera um vizinho, do que em seu próprio jardim em um dia de verão?

Ela leu o obituário:

> Hilda Chamblett, nascida e criada em Weston, Massachusetts, foi encontrada morta em seu quintal em 25 de julho. O laboratório de perícia médica considerou que sua morte "muito provavelmente deveu-se a causas naturais". Viúva havia 20 anos, era uma figura familiar nos círculos de jardinagem e era tida como uma entusiasta criadora de rosas e flores-de-lis. Deixa um primo, Henry Page, de Islesboro, Maine, uma sobrinha, Rachel Surrey, de Roanoke, Virginia, assim como duas sobrinhas-netas e um sobrinho-neto.

O toque do telefone a fez derramar sopa de tomate sobre a página. Com certeza é Vicky, pensou, provavelmente para perguntar por que não liguei de volta. Ela não queria falar com Vicky. Não queria saber dos planos para o casamento de Richard. Mas, caso não atendesse agora, Vicky ligaria outra vez mais tarde.

Ela atendeu o telefone.

— Alô?

A voz de um homem idoso perguntou:

— É Julia Hamill?

— Sim, é ela.

— Então foi você quem comprou a casa de Hilda.

Julia franziu as sobrancelhas.

— Quem fala?

— Henry Page. Sou primo de Hilda. Ouvi dizer que encontrou alguns ossos antigos em seu jardim.

Julia voltou à mesa da cozinha e rapidamente correu os olhos pelo obituário. Uma gota de sopa havia caído exatamente sobre o parágrafo que enumerava os parentes vivos de Hilda. Ela a limpou e viu o nome.

...Deixa um primo, Henry Page, de Islesboro, Maine...

— Estou muito interessado nesses ossos — disse ele. — Sabe, sou considerado o historiador da família. — E acrescentou, com um riso debochado: — Porque ninguém mais dá a mínima.

— O que pode me dizer sobre os ossos? — perguntou Julia

— Nada.

Então, por que está me ligando?

— Andei investigando — disse ele. — Quando Hilda morreu, deixou cerca de trinta caixas de documentos e livros antigos. Ninguém mais os queria, de modo que vieram para mim. Eu admito que simplesmente os joguei de lado e não lhes dei atenção no último ano. Mas, então, ouvi falar sobre os ossos misteriosos e perguntei-me se haveria algo sobre eles naquelas caixas.

— Ele fez uma pausa. — Você tem algum interesse nisso ou simplesmente devo calar a boca e me despedir?

— Estou ouvindo.

— Isso é mais do que faz a minha família. Ninguém se interessa por história. Tudo é *correr, correr, correr* em direção às novidades.

— Sobre aquelas caixas, Sr. Page.

— Ah, sim. Descobri alguns documentos interessantes com significado histórico. Pergunto-me se encontrei uma pista para descobrir a quem pertencem os ossos.

— O que há nesses documentos?

— Cartas e jornais. Tenho todos aqui em minha casa. Você poderá vê-los a qualquer hora que vier ao Maine.

— É uma longa viagem.

— Não se realmente estiver interessada. Na verdade, pouco me importo se está ou não. Mas, uma vez que diz respeito à sua casa, sobre as pessoas que outrora viveram aí, pensei que poderia achar a história interessante. Eu certamente acho. A história parece bizarra, mas tenho uma matéria de jornal que a substancia.

— Que matéria?

— Sobre o brutal assassinato de uma mulher.

— Onde? Quando?

— Em Boston. Aconteceu no outono de 1830. Se você vier ao Maine, Srta. Hamill, poderá ler os documentos sobre o estranho caso de Oliver Wendell Holmes e o Estripador de West End.

6

1830

Rose cobriu a cabeça com o xale, amarrando-o com força para enfrentar o frio de novembro, e saiu. Deixara a pequena Meggie mamando faminta no seio de outra nova mamãe na enfermaria, e aquela era a primeira vez em dois dias que ela deixava o hospital. Embora o ar noturno estivesse úmido por causa da névoa, ela o inalou com alívio, grata por estar longe, mesmo que por pouco tempo, daqueles odores doentios, dos gemidos de dor. Fez uma pausa na rua, inspirando profundamente para limpar de seus pulmões os miasmas das doenças. Sentiu o cheiro do rio e do mar e ouviu o rumor de carruagens passando em meio à neblina. Fiquei tanto tempo presa com os moribundos, pensou, que esqueci como é andar entre os vivos.

E ela andou, movendo-se rapidamente através da neblina gelada, seus passos ecoando pelas paredes de tijolos e argamassa enquanto cruzava um labirinto de ruas em direção às docas. Naquela noite inóspita, cruzou com poucas pessoas, e agarrava o xale com força, como se aquilo lhe garantisse um manto de invisibilidade contra olhos ocultos que poderiam vê-la com intenções hostis. Apertou o passo, e sua respiração se acelerou de modo incomum, ampliada pela névoa que se tornava cada vez mais densa enquanto ela caminhava em direção ao porto. Então, através do ruído de sua própria respiração, ouviu passos atrás de si.

Ela parou e se voltou.

Os passos se aproximavam.

Ela recuou, o coração disparado. Em meio à névoa, uma forma escura lentamente se materializou em algo sólido, algo que vinha diretamente em sua direção.

Um voz chamou:

— Srta. Rose! Srta. Rose! É você?

Toda a tensão se esvaiu de seus músculos. Ela emitiu um suspiro profundo enquanto observava o adolescente magrelo que emergiu em meio à neblina.

— Maldição, Billy. Devia lhe dar um tapa no ouvido!

— Por quê, Srta. Rose?

— Por me matar de susto.

Pelo olhar patético que ele lhe lançou, era de se pensar que ela *de fato* lhe dera um tapa no ouvido.

— Não pretendia — choramingou o rapaz.

Obviamente, era verdade. O rapaz não podia ser culpado por metade do que fazia. Todos conheciam Billy Obtuso, mas ninguém o queria. Ele era uma presença constante e aborrecida no West End de Boston, vagando pelos estábulos e celeiros em busca de um lugar onde dormir, esmolando aqui e ali por restos de comida que lhe eram dados por peixeiros e donas de casa piedosas. Billy passou a mão imunda pelo rosto e perguntou:

— Agora você está furiosa comigo, não é?

— O que faz na rua a uma hora dessas?

— Estou procurando meu cachorro. Ele se perdeu.

Mais provavelmente fugiu, se é que tinha algum juízo.

— Bem, espero que o encontre — disse ela antes de dar-lhe as costas para continuar seu caminho.

Ele a seguiu.

— Aonde *você* está indo?

— Buscar Eben. Ele precisa ir ao hospital.

— Por quê?

— Porque minha irmã está muito doente.

— Muito?

— Ela está com febre, Billy.

Após uma semana na enfermaria, Rose sabia o que vinha pela frente. Um dia depois de dar à luz a pequena Meggie, a barriga de Aurnia começara a inchar e de seu ventre passara a vazar aquele corrimento fétido que Rose sabia ser quase invariavelmente o princípio do fim. Ela já vira muitas novas mães na enfermaria morrerem de febre pós-parto. Ela vira o olhar piedoso no rosto da enfermeira Robinson, um olhar que dizia: *Não há nada a fazer.*

— Ela vai morrer?

— Não sei — murmurou Rose. — Eu não sei.

— Tenho medo de gente morta. Quando eu era pequeno, vi meu pai morto. Queriam que eu o beijasse, mesmo com a pele dele toda queimada, mas eu não quis. Fui um mau menino por não querer fazer aquilo?

— Não, Billy. Nunca achei que você fosse um mau menino.

— Eu não queria tocá-lo. Mas ele era meu pai, e disseram que eu tinha de tocá-lo.

— Podemos falar sobre isso depois? Estou com pressa.

— Eu sei. É porque quer buscar o Sr. Tate.

— Por que não vai procurar seu cachorro? — Ela acelerou o passo, desejando que desta vez o menino deixasse de segui-la.

— Ele não está na pensão.

Ela demorou alguns passos para registrar o que Billy acabara de dizer. Parou.

— O quê?

— O Sr. Tate. Ele não está na pensão da Sra. O'Keefe.

— Como sabe? Onde ele está?

— Eu o vi no Mermaid. O Sr. Sitterley me deu uma fatia de torta de carneiro, mas disse que eu tinha de comer do lado de fora, no beco. Então, vi o Sr. Tate sair, e ele nem mesmo me disse olá.

— Tem certeza, Billy? Ele ainda está lá?

— Se me der uma moeda de 25 centavos, eu a levo.

Ela o despachou:

— Não tenho essa quantia. E eu sei o caminho.

— Nove centavos?

Ela se afastou.

— Nem 9 centavos.

— Um centavo? Meio?

Rose continuou a caminhar e ficou aliviada ao ver que afinal conseguira se livrar da peste. Sua mente estava voltada para Eben, no que lhe diria. Toda a raiva que tinha do cunhado e que vinha contendo estava prestes a explodir e, ao chegar ao Mermaid, estava a ponto de saltar como um felino com as unhas à mostra. Fez uma pausa à porta e inspirou algumas vezes. Através da janela, viu o brilho cálido da lareira e ouviu rumor de gargalhadas. Sentia-se tentada a simplesmente ir embora e deixá-lo com sua bebida. Aurnia sequer notaria.

Será a última chance que ele terá para se despedir. Você precisa fazê-lo.

Rose abriu a porta e entrou na taberna.

O calor da lareira causou-lhe um formigamento no rosto dormente de frio. Deteve-se junto à entrada, olhando para os clientes reunidos nas mesas ou se acotovelando no bar. Em uma mesa de canto, uma mulher de cabelo escuro e vestido verde ria alto. Diversos homens se voltaram para olhar para Rose, e os olhares que lhe lançaram a fizeram puxar o xale com mais força, mesmo com o calor que fazia ali dentro.

— Deseja algo? — gritou-lhe um homem que estava atrás do bar. Deve ser o Sr. Sitterley, pensou Rose, o sujeito que dera a Billy Obtuso um pedaço de torta de carneiro, sem dúvida para que o moleque fosse embora de seu estabelecimento. — Senhora? — insistiu.

— Procuro um homem. — Seu olhar deteve-se sobre a mulher de vestido verde. Sentado ao lado dela havia um homem que se voltou e olhou feio para Rose.

Ela foi até a mesa. Vista de perto, a mulher era completamente sem graça, o corpete do vestido manchado de comida e bebida. Tinha a boca aberta, revelando dentes podres.

— Precisa vir ao hospital, Eben — disse Rose.

O marido de Aurnia deu de ombros.

— Não vê que estou ocupado sofrendo?

— Vá vê-la agora, enquanto pode. Enquanto ela ainda está viva.

— De quem ela está falando, querido? — perguntou a mulher, puxando a manga da camisa de Eben. Rose sentiu o hálito nauseabundo daqueles dentes apodrecidos.

Eben resmungou:

— Minha esposa.

— Você não me disse que era casado.

— Estou dizendo agora. — Ele tomou um gole de rum.

— Como pode ser tão insensível? — perguntou Rose. — Faz sete dias desde que a viu pela última vez. Você nem mesmo foi ver sua filha!

— Já abri mão de meus direitos sobre ela. Que as senhoras do orfanato cuidem dela.

Ela olhou para o cunhado, ultrajada.

— Não pode estar falando sério.

— Não tenho como sustentar a criança. Ela é o único motivo de eu ter me casado com a sua irmã. Bebê a caminho, fiz a minha parte. Mas ela não era virgem. — Ele deu de ombros. — Vão encontrar um bom lar para o bebê.

— O bebê pertence à nossa família. Eu mesma a criarei se for preciso.

— Você? — Ele riu. — Você é muito jovem e ingênua, e tudo o que conhece é uma agulha e uma linha.

— Sei o bastante para cuidar do meu próprio sangue. — Rose agarrou o braço do cunhado. — Levante-se. Você *vai* vir comigo.

Ele a afastou.

— Deixe-me em paz.

— Levante-se, seu desgraçado. — Com ambas as mãos, ela o puxou pelo braço, e ele se levantou. — Ela tem poucas horas de vida. Mesmo que precise mentir para ela, mesmo que ela não possa ouvi-lo, você *dirá* que a ama!

Ele a afastou e ficou em pé, oscilando, bêbado e instável. A taberna ficou em silêncio. Ouvia-se apenas o estalar das chamas na lareira. Eben olhou ao redor e viu que o olhavam com censura. Todos haviam ouvido a conversa e evidentemente ninguém estava do lado dele.

Ele se aprumou e tentou falar de modo civilizado.

— Não precisa me espezinhar como uma harpia. Eu vou. — Deu um puxão no casaco, ajeitou o colarinho. — Só estava terminando minha bebida.

Com a cabeça erguida, ele saiu do Mermaid, tropeçando na soleira da porta. Ela o seguiu, em meio a uma névoa tão penetrante que parecia que a umidade entrava-lhe direto nos ossos. Haviam dado apenas uma dúzia de passos quando Eben voltou-se subitamente.

O soco a fez recuar, cambaleante, em direção a uma parede, o rosto pulsando, uma dor tão terrível que, durante alguns segundos, tudo escureceu. Ela nem mesmo viu o segundo golpe. Atingiu-a de lado e ela tombou de joelhos e sentiu o gelo encharcando sua saia.

— Isto é por me destratar em público — vociferou Eben. Ele a agarrou pelo braço e a arrastou até um beco estreito.

Outro soco atingiu-lhe a boca, e ela sentiu gosto de sangue.

— E isso é pelos quatro meses que tive de aturá-la. Sempre ficando do lado dela, sempre conspirando contra mim, vocês duas. Meus planos arruinados só porque ela ficou prenhe. Pensa que ela não me implorou por aquilo? Acha que tive de seduzi-la? Oh, não, a *santinha* da sua irmã queria fazer aquilo. Não teve medo de me mostrar o que tinha. Mas era mercadoria usada.

Ele a ergueu e a empurrou contra uma parede.

— Portanto, não se faça de inocente. Sei que tipo de gente é a sua família. Sei o que quer. O mesmo que a sua irmã queria.

Ele a imprensou contra os tijolos. Sua boca se aproximou da dela, o hálito amargo de rum. Os golpes a deixaram tão tonta que Rose não conseguiu reunir forças para afastá-lo. Ela sentiu algo duro contra a pélvis, sentiu-lhe a mão tateando-lhe os seios. Ele ergueu-lhe a saia e agarrou-lhe a anágua e as meias, rasgando o tecido para atingir a pele. Ao toque das mãos dele em suas coxas nuas, Rose se empertigou.

Que ousadia!

Seu punho o atingiu sob o queixo. Ela sentiu as mandíbulas de Eben baterem com força, ouviu os dentes se chocarem. Ele gritou e cambaleou para trás, levando a mão à boca.

— Minha língua! Mordi a língua! — Ele olhou para a mão. — Oh, meu Deus, estou sangrando!

Ela correu. Fugiu às pressas do beco, mas ele foi atrás e agarrou-lhe o cabelo, espalhando grampos pelo calçamento de pedra. Ela se desvencilhou, mas tropeçou na anágua rasgada. Só de pensar no toque das mãos dele sobre suas coxas, seu hálito em seu rosto, levantou-se imediatamente. Erguendo a saia acima dos joelhos, saiu correndo em meio à neblina. Ela não sabia em que rua estava ou em que direção estava indo. O rio? O porto? Tudo o que sabia era que a neblina era seu manto, sua amiga, e quanto mais profundamente ela a penetrasse, mais segura estaria. Ele estava bêbado demais para segui-la, quanto mais para encontrar o caminho naquele labirinto de ruas estreitas. Os passos dele soavam cada vez mais distantes, seus gritos cada vez mais baixos, até ela só conseguir ouvir os próprios passos e as batidas de seu coração.

Ela dobrou uma esquina e parou. Sobre o barulho da própria respiração, ouviu o rumor das rodas de uma carruagem, mas não ouviu passos. Deu-se conta de estar na rua Cambridge, e que teria de dar meia-volta se quisesse voltar ao hospital.

Eben sabia que ela iria para lá e estaria esperando por ela.

Rose se curvou e arrancou a tira rasgada da anágua. Então, começou a caminhar para o norte, atravessando becos e ruas secundárias, fazendo pausas regulares para ouvir passos. A neblina estava tão densa que ela mal podia ver a silhueta de uma carroça que passava pela rua. O ruído dos cascos dos cavalos parecia vir de todas as direções, ecos espalhados em meio à neblina. Ela começou a seguir a carroça que subia a rua Blossom, em direção ao hospital. Se Eben a atacasse, ela gritaria. Certamente o condutor viria ajudá-la.

Subitamente, a carroça virou à direita, afastando-se do hospital, e Rose ficou só. Ela sabia que o hospital ficava bem à sua frente, em North Allen, mas não conseguia enxergar coisa alguma através da neblina. Quase certamente, Eben a aguardava. Olhando rua acima, podia sentir a ameaça que a esperava mais adiante, podia imaginar Eben espreitando nas sombras, esperando sua chegada.

Ela se voltou. Havia outra entrada, mas ela seria obrigada a atravessar a relva molhada do terreno nos fundos do hospital. Rose fez uma pausa no limiar do gramado. O caminho estava obscurecido pela neblina, mas era possível ver as luzes das janelas do hospital. Ele não esperava que ela atravessasse aquele campo escuro. Ele mesmo não se daria a esse trabalho, uma vez que enlamearia seus calçados.

Rose começou a atravessar o gramado. O campo estava encharcado e a água gelada entrava em seus sapatos. As luzes do hospital ocasionalmente sumiam em meio à neblina e ela precisava parar para se orientar. Lá estavam outra vez, à esquerda. No escuro, ela se afastara de seu objetivo, e agora corrigia o curso. As luzes brilhavam mais agora, a neblina tornando-se cada vez mais tênue à medida que ela subia o ligeiro aclive em direção ao prédio. A saia encharcada grudava-lhe às pernas, atrasando-a, fazendo de cada passo um esforço. Quando saiu do gramado sobre o calçamento de pedras, seus pés estavam dormentes de frio.

Gelada e trêmula, começou a subir os degraus da escada da porta dos fundos.

Subitamente, seu sapato escorregou em algo escuro. Ela ergueu a cabeça e viu o que parecia ser uma cascata negra que escorria pelos degraus. Apenas quando seus olhos atingiram a fonte da cascata escada acima foi que ela viu o corpo da mulher, a saia em desalinho, um braço estendido como se dando as boas-vindas à morte.

A princípio, Rose ouviu apenas o bater de seu coração, o fluxo de sua própria respiração. Então, ouviu passos, e uma sombra moveu-se sobre ela como uma nuvem cobrindo a lua. O sangue pareceu congelar em suas veias. Rose olhou para o vulto.

O que viu foi a própria Morte.

Ela engasgou e emudeceu, aterrorizada. Cambaleou para trás e quase caiu ao chegar ao último degrau. Subitamente, a criatura avançou em sua direção, a capa negra esvoaçando como asas monstruosas. Ela voltou-se para fugir e viu o terreno baldio mais adiante, coberto de neblina. Um campo de execução. *Se eu correr para lá, certamente morrerei.*

Voltou-se para a direita e correu ao longo do prédio. Podia ouvir o monstro em seu rastro, os passos se aproximando por trás dela.

Rose entrou em uma passagem e viu-se em um pátio interno. Correu até a porta mais próxima, mas estava trancada. Ela bateu e gritou por ajuda, mas ninguém abriu.

Estou encurralada.

Atrás dela, ouviu o farfalhar do cascalho e voltou-se para enfrentar o agressor. No escuro, só conseguia identificar movimentos de negro sobre negro. Encostou-se à porta, a respiração saindo-lhe ofegante de pânico. Pensou na mulher morta, na catarata de sangue na escada, e cruzou os braços sobre o peito, um frágil escudo para proteger o próprio coração.

A sombra aproximou-se.

Indefesa, voltou-se esperando o primeiro corte. Em vez disso, ouviu uma voz que lhe fazia uma pergunta que ela não registrou imediatamente.

— Senhorita? A senhorita está bem?

Ela abriu os olhos e viu a silhueta de um homem. Atrás dele, em meio à escuridão, uma luz piscou e lentamente ficou mais clara. Era uma lanterna, balançando à mão de um segundo homem que então se aproximava. O homem com a lanterna gritou:

— Quem está aí? Olá?

— Wendell! Aqui!

— Norris? O que foi?

— Há uma jovem aqui. Parece estar ferida.

— O que há com ela?

A lanterna se aproximou, e a luz ofuscou os olhos de Rose. Ela piscou e concentrou-se no rosto dos dois jovens que a olhavam. Ela reconheceu a ambos, assim como eles a reconheceram.

— E... é a Srta. Connolly, não é? — perguntou Norris Marshall.

Ela soluçou. As pernas lhe faltaram e ela escorregou pela parede até desfalecer sentada no calçamento de seixos.

7

Embora Norris nunca tivesse se encontrado anteriormente com o Sr. Pratt da Ronda Noturna de Boston, conhecera outros homens iguais a ele, gente muito arrogante do alto de sua autoridade para reconhecer o fato inegável, reconhecido por todos os demais, de que são uns verdadeiros idiotas. Era a arrogância de Pratt que Norris achava incômoda, o modo como o sujeito se portava, o peito estufado, os braços balançando em um ritmo marcial enquanto caminhava pela sala de dissecação do hospital. Embora não fosse um homem grande, o Sr. Pratt dava a impressão de pensar que o era. Seu único traço marcante era o bigode, o mais basto que Norris já vira. Parecia que um esquilo marrom cravara as presas em seu lábio superior e recusava-se a se soltar dali. Enquanto Norris observava o sujeito fazer anotações a lápis, não conseguia deixar de olhar para o bigode, imaginando o esquilo subitamente pulando dali e o Sr. Pratt correndo atrás de seu pêlo facial fugitivo.

Pratt finalmente ergueu a cabeça do bloco de notas e olhou para Norris e Wendell, que estavam ao lado do corpo coberto. O olhar de Pratt moveu-se para o Dr. Crouch, que claramente era a autoridade médica na sala.

— Você disse ter examinado o corpo, Dr. Crouch? — perguntou Pratt.

— Apenas superficialmente. Tomamos a liberdade de trazê-la para dentro do prédio. Não parecia certo deixá-la caída na escada fria, onde qualquer um poderia tropeçar. Mesmo que fosse uma estranha, o que não é, devemos a ela esse mínimo de respeito.

— Então vocês conhecem a morta?

— Sim, senhor. Mas só a reconhecemos depois de buscarmos a lanterna. A vítima, Srta. Agnes Poole, era a enfermeira-chefe desta instituição.

Wendell acrescentou:

— A Srta. Connolly deve ter lhe dito isso. Você não a interrogou?

— Sim, mas creio ser necessário confirmar o que ela me disse. Você sabe como são essas meninas avoadas. As irlandesas em particular. Mudam a história dependendo da direção do vento.

Norris disse:

— Não chamaria a Srta. Connolly de menina avoada.

O vigilante Pratt olhou para Norris, interessado.

— Você a conhece?

— A irmã dela é paciente aqui, na enfermaria.

— Mas você a *conhece*, Sr. Marshall?

Norris não gostou do modo como Pratt o observava.

— Já conversamos a respeito do tratamento da irmã dela.

O lápis de Pratt voltou a rabiscar.

— Você está estudando medicina, certo?

— Sim.

Pratt olhou para as roupas de Norris.

— Sua camisa está manchada de sangue. Sabia disso?

— Ajudei a transportar o corpo escada acima. E assisti o Dr. Crouch mais cedo esta noite.

Pratt olhou para Crouch.

— É verdade, doutor?

Norris sentiu o rosto enrubescer.

— Acha que eu mentiria quanto a isso? Na frente do Dr. Crouch?

— Meu único dever é descobrir a verdade.

Você é idiota demais para reconhecer uma verdade ao ouvi-la.

O Dr. Crouch disse:

— O Sr. Holmes e o Sr. Marshall são meus aprendizes. Eles me auxiliaram mais cedo esta noite em um trabalho difícil na rua Broad.

— Que tipo de trabalho?

O Dr. Crouch olhou para Pratt, evidentemente estupefato com a pergunta do sujeito.

— Que tipo de trabalho acha que estávamos fazendo? Erguendo um muro de tijolos?

Pratt bateu com o lápis no bloco.

— Não há necessidade de sarcasmo. Simplesmente desejo saber o paradeiro de todos esta noite.

— Isso é um ultraje. Sou um médico, senhor, e não preciso lhe dar satisfações de minhas atividades.

— E seus dois aprendizes aqui? Esteve com eles a noite toda?

— Não, não esteve — respondeu Wendell, casualmente.

Norris olhou para o colega, surpreso. Por que dar qualquer informação desnecessária àquele sujeito? Isso só alimentaria suas suspeitas. De fato, o vigilante Pratt parecia agora um gato bigodudo diante de um buraco de rato, pronto para atacar.

— Quando não estiveram juntos? — perguntou Pratt.

— Quer um relatório de minhas idas ao mictório, senhor? Ah, creio que também dei uma cagada. E você, Norris?

— Sr. Holmes, não aprecio o seu tipo de humor.

— Humor é o único modo de lidar com perguntas tão absurdas quanto as suas. Fomos nós que *chamamos* a Ronda Noturna, pelo amor de Deus!

O bigode estremeceu. O esquilo estava ficando agitado.

— Não vejo necessidade de blasfêmia — disse ele com frieza antes de guardar o lápis no bolso. — Então, mostre-me o corpo.

— O chefe de polícia Lyons não devia estar presente? — perguntou o Dr. Crouch.

Pratt lançou-lhe um olhar irritado.

— Ele receberá meu relatório pela manhã.

— Mas ele devia estar aqui. Isso é um assunto sério.

— Neste instante, eu sou a autoridade encarregada. O chefe de polícia Lyons será comunicado dos fatos em uma hora mais razoável. Não vejo motivo para tirá-lo da cama. — Pratt apontou para o corpo coberto. — Mostre — ordenou.

Pratt assumira uma pose de descaso, o maxilar projetado em uma atitude de alguém confiante demais para se perturbar diante de algo tão irrelevante quanto a visão de um cadáver. Mas quando o Dr. Crouch puxou o lençol, Pratt não conseguiu suprimir o grito sufocado, e subitamente afastou-se da mesa. Embora Norris já tivesse visto o cadáver e ajudado a carregá-lo para dentro do prédio, ele também se chocou novamente pelas mutilações no corpo de Agnes Poole. Não a despiram. Não era necessário. A lâmina rasgara a frente de seu vestido expondo os ferimentos, que eram tão grotescos que o vigilante Pratt ficou imóvel e incapaz de emitir qualquer som, o rosto pálido como coalhada.

— Como pode ver — disse o Dr. Crouch —, o trauma é horrível. Esperei para completar o exame quando houvesse uma autoridade presente. Mas basta uma olhada superficial para ver que o assassino não lhe abriu apenas o tórax. Fez muito, muito mais.

— Crouch enrolou as mangas da camisa e então olhou para Pratt. — Se quiser ver os danos, terá de se aproximar da mesa.

Pratt engoliu em seco.

— Posso... ver muito bem daqui.

— Duvido. Mas se seu estômago é muito fraco para isso, é melhor mesmo não vomitar sobre o cadáver. — Ele pegou um avental e amarrou-o às costas. — Sr. Holmes, Sr. Marshall, precisarei de sua assistência. É uma boa oportunidade para ambos sujarem as mãos. Nem todo estudante tem tanta sorte no início de seus estudos.

Sorte não era a palavra que vinha à mente de Norris ao olhar para aquele corpo aberto. Criado na fazenda, não era estranho ao cheiro de sangue ou à extração de vísceras de porcos e vacas. Já sujara as mãos ajudando os empregados da fazenda a extirpar entranhas e extrair peles de animais. Ele sabia como a morte era e como cheirava, pois trabalhara em sua presença.

Mas aquela era uma visão diferente da morte, uma visão muito íntima e familiar. Aquilo não era o coração de um porco ou os pulmões de uma vaca. E o rosto de boca aberta que via era o mesmo que, havia apenas algumas horas, estava repleto de vida. Ver a enfermeira Poole agora, olhar para seus olhos petrificados, era vislumbrar seu próprio futuro. Relutante, pegou um avental em um dos ganchos da parede, amarrou-o às costas e ocupou seu lugar ao lado do Dr. Crouch. Wendell ficou do outro lado da mesa. Apesar do cadáver ensanguentado deitado entre eles, o rosto de Wendell não revelava repulsa, apenas um olhar de intensa curiosidade. Serei o único a se lembrar de quem era esta mulher?, perguntou-se Norris. Certamente ela não era uma pessoa adorável, mas era mais que uma simples carcaça, mais que um cadáver anônimo a ser dissecado.

O Dr. Crouch molhou um pano em uma bacia e cuidadosamente limpou o sangue da pele cortada.

— Como podem ver, cavalheiros, a lâmina devia ser muito afiada. São cortes limpos e muito profundos. E o padrão... o padrão é muito intrigante.

— Como assim? Que padrão? — perguntou Pratt em uma voz estranhamente abafada e nasalada.

— Se você se aproximar da mesa, poderei mostrar.

— Estou ocupado tomando notas, não vê? Apenas descreva para mim.

— A descrição por si só não fará justiça. Talvez devamos chamar o chefe de polícia Lyons. Certamente *alguém* na Ronda Noturna deve ter estômago forte o bastante para realizar esta tarefa.

Pratt ficou vermelho de raiva. Somente então ele se aproximou da mesa para ficar ao lado de Wendell. Olhou para o abdome aberto e rapidamente desviou o olhar.

— Tudo bem. Já vi.

— Mas viu o padrão, como é peculiar? Um corte ao longo de todo o abdome, de lado a lado. Então, um corte perpendicular até a linha média do corpo, em direção ao esterno, lacerando o fígado. São tão profundos que qualquer um deles poderia ter provocado a morte da vítima. — Ele introduziu as mãos no ferimento e ergueu os intestinos, examinando cuidadosamente as volutas brilhantes antes de jogá-las em um balde junto à mesa. — A lâmina devia ser muito longa. Entrou até a coluna e cortou o topo do rim esquerdo. — Ele ergueu a cabeça. — Está vendo, Sr. Pratt?

— Sim. Claro. — Pratt nem sequer olhava para o corpo. Seu olhar parecia desesperadamente fixado no avental sujo de sangue de Norris.

— Então, há este corte vertical. Também é muito profundo. — Ele ergueu o resto do intestino delgado, e Wendell rapidamente posicionou o balde para apará-lo ao lado da mesa. Em seguida vieram outros órgãos abdominais, removidos um a um. O fígado, o baço, o pâncreas. — A lâmina cortou a aorta descendente, o que responde pelo grande volume de sangue nos degraus. — Crouch ergueu a cabeça. — Deve ter morrido rapidamente, de hemorragia.

— Hemo... o quê? — perguntou Pratt.

— Simplesmente, senhor, ela sangrou até morrer.

Pratt engoliu em seco e finalmente forçou-se a olhar para o abdome, agora pouco mais que uma cavidade vazia.

— Você disse que devia ser uma lâmina comprida. De que tamanho?

— Para penetrar assim tão fundo? Vinte, 25 centímetros pelo menos.

— Talvez uma faca de açougueiro.

— Eu certamente classificaria isso como um ato de açougueiro.

— Pode também ter sido uma espada — disse Wendell.

— Muito óbvio, creio eu — disse o Dr. Crouch. — Andar pela cidade com uma espada ensangüentada.

— O que o faz pensar em uma espada? — perguntou Pratt.

— A natureza dos ferimentos — respondeu Wendell. — Dois cortes perpendiculares. Na biblioteca de meu pai, há um livro sobre estranhos costumes do Extremo Oriente. Ouvi falar de ferimentos assim infligidos no ato nipônico do *seppuku*. Um suicídio ritual.

— Isso certamente não foi um suicídio.

— Eu sei. Mas o padrão é idêntico.

— De fato, é um padrão muito interessante — disse o Dr. Crouch. — Dois cortes distintos, perpendiculares um ao outro. Quase como se o assassino estivesse tentando entalhar o sinal-da...

— Cruz? — Pratt ergueu a cabeça com súbito interesse. — A vítima não era irlandesa, certo?

— Não — disse Crouch. — Definitivamente, não.

— Mas muitos pacientes neste hospital são?

— A missão do hospital é servir aos carentes. Muitos de nossos pacientes, se não a maioria, são casos de caridade.

— Ou seja, irlandeses. Como a Srta. Connolly.

— Agora, veja — disse Wendell, falando muito mais francamente do que deveria. — Certamente você está vendo demais nestes ferimentos. Só porque lembram uma cruz, isso não querer dizer que o assassino seja um papista.

— Você os defende?

— Estou apenas destacando as faltas de seu raciocínio. Não se pode chegar a tal conclusão apenas por causa da peculiaridade dos ferimentos. Só lhe ofereci uma interpretação plausível.

— Que algum japonês pulou do navio com uma espada? — Pratt riu. — Não há ninguém assim em Boston. Mas há muitos papistas.

— Também podemos concluir que o assassino queria que você culpasse os papistas.

— Sr. Holmes — disse Crouch —, talvez devesse evitar dizer à Ronda Noturna como trabalhar.

— Seu *trabalho* é descobrir a verdade, não fazer suposições sem fundamento, baseadas em intolerância religiosa.

Os olhos de Pratt subitamente se estreitaram.

— Sr. Holmes, você é parente do reverendo Abiel Holmes? De Cambridge?

Houve uma pausa, na qual Norris identificou uma sombra de desconforto cruzar os olhos de Wendell.

— Sim — respondeu Wendell afinal. — Ele é meu pai.

— Um bom e renomado calvinista. Já seu filho...

Wendell retorquiu:

— O filho pode pensar por conta própria, obrigado.

— Sr. Holmes — advertiu o Dr. Crouch —, sua atitude não está sendo particularmente útil.

— Mas certamente está sendo notada — disse Pratt. *E não será esquecida*, acrescentou seu olhar. Ele voltou-se para o Dr. Crouch. — Quão bem conhecia a Srta. Poole, doutor?

— Ela cuidava de diversos pacientes meus.

— E qual é a sua opinião sobre ela?
— Era competente e eficiente. E muito respeitável.
— Ela tinha algum inimigo, ao que você soubesse?
— Absolutamente, não. Era uma enfermeira. Seu papel era aliviar a dor e o sofrimento.
— Mas certamente deveria haver algum paciente ou familiar insatisfeito, não? Alguém que pudesse voltar sua raiva para o hospital e seu pessoal?
— É possível. Mas não consigo pensar em ninguém que...
— E quanto a Rose Connolly?
— A jovem que encontrou o corpo?
— Sim. Ela teve alguma desavença com a enfermeira Poole?
— Pode ter tido. A menina é voluntariosa. A enfermeira Poole queixou-se comigo dizendo que ela era exigente.
— Ela estava preocupada com o tratamento da irmã — disse Norris.
— Mas isso não é desculpa para desrespeito, Sr. Marshall — disse o Dr. Crouch. — Da parte de *ninguém*.

Pratt olhou para Norris.
— Você defende a jovem.
— Ela e a irmã pareciam ser muito ligadas, e a Srta. Connolly tinha motivos para estar nervosa. É tudo o que estou dizendo.
— Nervosa o bastante para cometer uma violência?
— Eu não disse isso.
— Como, exatamente, você a encontrou esta noite? Ela estava do lado de fora, no pátio, não estava?
— O Dr. Crouch nos pediu para encontrá-lo na enfermaria, para uma emergência. Eu vinha de meus aposentos para cá.
— Onde ficam seus aposentos?
— Alugo um quarto em um sótão, senhor, no fim da rua Bridge. Fica do outro lado do terreno, nos fundos do hospital.

— Então, para chegar ao hospital, você precisa atravessar este terreno?

— Sim. E foi por ali que vim, através do gramado. Estava quase chegando ao hospital quando ouvi os gritos.

— Da Srta. Connolly? Ou da vítima?

— Era uma mulher. É tudo o que sei. Segui o som e encontrei a Srta. Connolly no pátio.

— Você viu esta criatura que ela tão engenhosamente descreve? — Pratt olhou para suas notas. — "Um monstro como a Morte, vestindo uma capa preta que ruflava como as asas de um pássaro gigante"?

Norris balançou a cabeça em negativa.

— Não vi tal criatura. Apenas encontrei a jovem.

Pratt olhou para Wendell.

— E onde você estava?

— Dentro do prédio, ajudando o Dr. Crouch. Ouvi os gritos também e saí com uma lanterna. Encontrei o Sr. Marshall no pátio, junto à Srta. Connolly, que estava agachada.

— Agachada?

— Ela estava evidentemente amedrontada. Estou certo de que ela pensou que um de nós era o assassino.

— Notou algo de estranho nela? Afora o fato de parecer assustada?

— Ela *estava* assustada — disse Norris.

— As roupas, por exemplo. As condições de seu vestido. Notou se estava muito rasgado?

— Ela estava fugindo de um assassino, Sr. Pratt — disse Norris. — Tinha todo o direito de estar descomposta.

— O vestido dela *estava rasgado*, como se ela tivesse se atracado com alguém. Foi com algum de vocês?

— Não — respondeu Wendell.

— Por que não pergunta para ela o que aconteceu? — sugeriu Norris.

— Perguntei.

— E o que ela disse?

— Alegou ter acontecido mais cedo. Quando o cunhado tentou molestá-la. — Ele balançou a cabeça, desgostoso. — São como animais, se reproduzem nos cortiços.

Norris notou o preconceito na voz do sujeito. *Animais.* Oh, sim, ouvira a palavra ser aplicada aos irlandeses, aquelas bestas imorais que estavam sempre se prostituindo, sempre procriando. Para Pratt, Rose era apenas mais uma Bridget, uma imigrante irlandesa como outras milhares iguais a ela que lotavam os cortiços de South Boston e Charlestown e cujos hábitos insalubres e seus filhos de nariz sujo espalhavam epidemias de varíola e cólera pela cidade.

— A Srta. Connolly não é um animal — disse Norris.

— Você a conhece bem o bastante para dizer isso?

— Não creio que ser humano *algum* mereça ser insultado dessa forma.

— Para alguém que mal a conhece, você a defende demais.

— Eu sinto pena dela. Pena de a irmã dela estar morrendo.

— Ah, isso. *Isso* já acabou.

— Como assim?

— Aconteceu no começo da noite — disse Pratt, fechando o bloco de notas. — A irmã de Rose Connolly está morta.

8

Não tivemos chance de nos despedir.
Rose limpava o corpo de Aurnia com um pano úmido, delicadamente esfregando manchas de sujeira, suor seco e lágrimas de um rosto que agora estava estranhamente livre de rugas de preocupação. Se existe um paraíso, pensou, certamente Aurnia já deve estar lá, vendo o problema em que Rose estava metida. *Estou com medo, Aurnia. Meggie e eu não temos para onde ir.*

O cabelo cuidadosamente escovado de Aurnia brilhava à luz da lâmpada, como seda cor de bronze sobre o travesseiro. Embora tivesse sido banhada, o fedor persistia, um odor fétido que emanava de um corpo que outrora embalara Rose e que compartilhara uma cama com ela quando eram crianças.

Para mim, você ainda é bela. Você sempre será bela.

Em uma pequena cesta junto à cama, a pequena Meggie dormia profundamente, indiferente à morte da mãe e de seu futuro incerto. Como é parecida com Aurnia, pensou Rose. O mesmo cabelo ruivo, a mesma boca docemente curvada. Durante dois dias, Meggie fora amamentada na enfermaria por três novas mães, que de bom grado revezaram o bebê entre si. Todas testemunharam a agonia de Aurnia e todas sabiam que, a não ser pelos caprichos da providência, qualquer uma delas podia se tornar cliente do carpinteiro.

Rose ergueu a cabeça à aproximação de uma enfermeira. Era a Srta. Cabot, que assumira o lugar da falecida enfermeira Poole.

— Lamento, Srta. Connolly, mas é hora de transferir o corpo.

— Mas ela acabou de morrer.

— Já faz duas horas, e precisamos da cama. — A enfermeira lhe entregou um pequeno embrulho. — Os pertences de sua irmã.

Ali estavam as poucas coisas que Aurnia trouxera consigo para o hospital: uma camisola encardida, uma fita de cabelo e um anel barato de latão e vidro colorido que era seu amuleto desde a infância. Um amuleto que, no fim, não lhe valera de nada.

— Entregue ao marido — disse a enfermeira Cabot. — Agora ela precisa ser removida.

Rose ouviu o ranger de rodas e viu um funcionário do hospital empurrando um carrinho.

— Não tive tempo suficiente com ela.

— Não podemos nos demorar mais. O caixão está pronto no pátio. Já fizeram os preparativos para o funeral?

Rose balançou a cabeça e respondeu, amarga:

— O marido não tomou qualquer providência.

— Se a família não pode pagar, há opções para um enterro decente.

Um *enterro de pobre*, era o que ela queria dizer. Imprensada em uma cova comum com caixeiros-viajantes anônimos, mendigos e ladrões.

— Quanto tempo tenho para organizar o enterro? — perguntou Rose.

A enfermeira Cabot olhou impaciente para a fileira de camas, como se considerando todo o trabalho que tinha a fazer.

— Amanhã, ao meio-dia, a carroça virá buscar o caixão — disse ela.

— Tão pouco tempo?
— A decomposição não espera.

A enfermeira voltou-se e gesticulou para o homem que esperava em silêncio. Ele empurrou o carrinho até o lado da cama.

— Ainda não. *Por favor.* — Rose puxou a manga da camisa do sujeito, tentando afastá-lo de Aurnia. — Vocês não podem jogá-la lá fora, no frio!

— Por favor, não dificulte as coisas — disse a enfermeira. — Se quiser um enterro particular, então é melhor providenciá-lo até amanhã ao meio-dia, ou a levaremos ao Cemitério Sul. — Ela olhou para o funcionário. — Remova o corpo.

O homem introduziu braços musculosos sob o corpo de Aurnia, ergueu-a da cama e pousou o cadáver no carrinho. Enquanto Rose ajeitava o corpete e a saia da irmã, agora marrom de sangue seco, um soluço escapou de sua garganta. Mas nenhum choro, nenhuma súplica podia alterar o curso do que aconteceria a seguir. Aurnia, vestindo apenas linho e gaze, seria levada ao pátio gelado, sua pele frágil chocando-se contra a madeira áspera enquanto o carrinho rolava sobre o calçamento de pedra. O sujeito a deitaria no caixão com gentileza? Ou simplesmente a jogaria ali dentro como uma carcaça, deixando sua cabeça bater contra as tábuas de pinho?

— Deixe-me ficar com ela — implorou Rose, estendendo a mão para tocar o braço do sujeito. — Deixe-me ver.

— Não há nada para ver, senhora.

— Quero ter certeza. Quero ter certeza de que ela será bem tratada.

Ele deu de ombros.

— Eu os trato bem. Mas você pode olhar se quiser, eu não me importo.

— Há outro assunto — disse a enfermeira Cabot. — A criança. Você não poderá cuidar dela de modo adequado, Srta. Connolly.

A mulher na cama ao lado disse:

— Eles vieram quando você estava ausente, Rose. Alguém do orfanato, querendo levá-la. Mas não permitimos. A cara-de-pau dessa gente, tentando levar sua sobrinha quando você nem mesmo estava por perto!

— O Sr. Tate abriu mão de seus direitos de pai — disse a enfermeira Cabot. — Ele, ao menos, compreende o que é melhor para o bebê.

— Ele não se importa com o bebê — disse Rose.

— Você é jovem demais para criá-la sozinha. Seja inteligente, menina! Entregue-a para alguém que possa fazê-lo.

Em resposta, Rose pegou Meggie da cesta e apertou-a firmemente contra o peito.

— Entregá-la a um estranho? Só por cima do meu cadáver.

Em face da resistência claramente insuperável de Rose, a enfermeira Cabot emitiu um suspiro de desalento.

— Fique à vontade. Isso ficará em sua consciência quando a criança começar a sofrer. Não tenho tempo para isso, não hoje à noite, com a pobre Agnes... — Ela engoliu em seco, então olhou para o funcionário que ainda esperava com o corpo de Aurnia no carrinho. — Remova-a.

Ainda segurando Meggie com força, Rose seguiu o sujeito até o pátio. Ali, à luz amarela da lâmpada, observou quando Aurnia foi deitada no caixão de pinho. Observou-o martelar os pregos, os golpes do martelo ecoando como tiros de pistola, e a cada golpe sentia um prego sendo cravado em seu coração. Quando o caixão foi selado, ele pegou um pedaço de carvão e escreveu na tampa: A. TATE.

— Para não haver confusão — disse ele ao se erguer para olhar para ela. — Ela ficará aqui até o meio-dia. Arranje tudo até esta hora.

Rose pousou a mão sobre a tampa do caixão. *Vou encontrar um meio, querida. Vou providenciar para que seja enterrada adequadamente.* Ela protegeu Meggie e a si mesma com o xale e deixou o pátio do hospital.

Ela não sabia para onde ir. Certamente não de volta à pensão que compartilhava com a irmã e com Eben. O cunhado provavelmente estaria lá, desmaiado de tanto rum, e ela não tinha a menor vontade de encontrá-lo. Ela lidaria com ele pela manhã, quando estivesse sóbrio. Eben podia ser desalmado, mas também era razoável. Tinha um negócio e uma reputação a zelar. Caso escapasse algum ligeiro boato malicioso, a sineta à porta de sua alfaiataria não soaria mais. Pela manhã, pensou, Eben e eu faremos uma trégua, e ele nos aceitará de volta. Afinal, é a filha dele.

Naquela noite, porém, não tinham onde dormir.

Diminuiu o ritmo dos passos e acabou parando. Deixou-se ficar, exausta, em uma esquina. A força do hábito a levara a caminhar em uma direção familiar, e agora ela olhava para a mesma rua que atravessara mais cedo naquela noite. Uma carruagem de quatro rodas passou, puxada por um cavalo alquebrado e de cabeça baixa. Mesmo uma carruagem pobre como aquela, com suas rodas bambas e o teto furado, era um luxo impossível. Imaginou-se sentada com os pés exaustos reclinados sobre um pequeno tamborete, protegida do vento e da chuva enquanto a carruagem a transportava como uma princesa. Quando a carruagem passou por ela, Rose subitamente viu quem estava de pé diante dela do outro lado da rua.

— Ouviu as notícias, Srta. Rose? — perguntou Billy Obtuso. — A enfermeira Poole foi morta no hospital!

— Sim, Billy. Eu sei.

— Disseram que cortaram a barriga dela, assim. — Ele passou um dedo sobre o abdome. — O sujeito cortou a cabeça dela com uma espada. As mãos também. Três pessoas o viram fazer aquilo, e ele fugiu como um grande pássaro negro.

— Quem lhe disse isso?

— A Sra. Durkin, no estábulo. O Crab contou para ela.

— O Crab é um moleque idiota. Você está repetindo besteiras e devia parar de fazer isso.

Ele se calou, e Rose percebeu que o magoara. Seus pés arrastavam-se como âncoras gigantes sobre o calçamento de seixos. Sob o gorro enterrado na cabeça, despontavam orelhas enormes, redondas e flácidas. O pobre Billy raramente se ofendia, e era fácil se esquecer de que ele também podia se magoar.

— Desculpe — disse Rose.

— Pelo quê, Srta. Rose?

— Você só estava me contando o que ouviu. Mas nem tudo que se ouve por aí é verdade. Algumas pessoas mentem. Algumas são o diabo em pessoa. Você não pode confiar em todo mundo, Billy.

— Como *você* sabe que o Crab mentiu?

Ela jamais ouvira tanta petulância na voz dele e sentia-se tentada a contar-lhe a verdade: que fora ela quem encontrara a enfermeira Poole. Não, melhor ficar calada. Fale qualquer coisa para Billy e, no dia seguinte, sabe-se lá como, a história se espalharia, e que papel ela teria em tudo aquilo!

Que meu nome não seja mencionado.

Ela voltou a caminhar em direção a um território familiar, o bebê ainda profundamente adormecido em seus braços. Melhor do que dormir na sarjeta. Talvez a Sra. Combs, do fim da rua, a deixasse ficar com Meggie em um canto de sua cozinha, apenas por uma noite. Eu podia consertar aquele vestido velho para ela, pensou, aquele com um rasgão mal remendado. Certamente aquilo valeria um cantinho na cozinha.

— Contei à Ronda Noturna tudo o que vi — disse Billy, saracoteando rua acima ao lado dela. — Estive procurando o Mancha, você sabe. Subi e desci esta rua dez vezes, e foi por isso que a Ronda Noturna achou que eu era alguém com quem poderiam falar.

— Isso você é mesmo.

— Lamento que ela esteja morta, porque ela não vai mais me pedir para levar e trazer encomendas. Ela me dava um centavo a cada encomenda, mas não deu da última vez. Não é justo, você não acha? Mas eu não contei nada para a Ronda Noturna porque eles achariam que fui eu quem a matou.

— Ninguém pensaria isso de você, Billy.

— Você precisa pagar um homem pelo seu trabalho, mas ela não me pagou daquela vez.

Caminharam juntos, passando pelas janelas escuras de casas silenciosas. É tão tarde, pensou Rose. Todos dormem, exceto nós. O rapaz ficou com ela até que, finalmente, Rose parou.

— Não vai entrar? — perguntou Billy.

Ela olhou para a pensão da Sra. O'Keefe. Seus pés cansados automaticamente a levaram até aquela porta, através da qual passara tantas vezes. Escada acima estaria sua cama estreita, na alcova cortinada no quarto que ela compartilhara com Aurnia e Eben. A cortina fina não era capaz de abafar os sons da cama ao lado. Os gemidos de Eben fazendo amor, seus roncos, sua tosse de cachorro pela manhã. Lembrou-se das mãos dele agarrando suas coxas naquela noite. Rose estremeceu, deu as costas para a pensão e se foi.

— Para onde vai? — perguntou Billy.

— Não sei.

— Não vai para casa?

— Não.

Ele a alcançou.

— Vai ficar acordada? A noite inteira?

— Preciso encontrar um lugar onde dormir. Algum lugar quente onde Meggie não pegue friagem.

— A casa da Sra. O'Keefe não é quente?

— Não posso ir para lá hoje à noite, Billy. O Sr. Tate está furioso comigo. Muito, muito furioso. E tenho medo de que ele... — Ela parou de falar e olhou para a neblina, que se enroscava em seus pés como mãos tentando agarrá-la. — Ai, meu Deus, Billy — murmurou. — Estou tão cansada. O que vou fazer com ela?
— Conheço um lugar para onde pode levá-la — disse ele. — Um lugar secreto. Mas você não pode contar para ninguém.

Ainda não havia clareado quando Jack Zarolho arreou o cavalo e subiu na carroça. Saiu do pátio do estábulo, os cascos do cavalo golpeando os seixos congelados do calçamento que brilhavam como vidro sob as lâmpadas. Àquela hora, o ruído dos cascos dos cavalos e o ranger das rodas da carroça eram os únicos sons a perturbar as ruas silenciosas. Ao ouvirem a carroça, aqueles que estivessem acordados na cama pensariam que se tratava apenas de um comerciante. Um açougueiro levando carcaças para o mercado, talvez o pedreiro com suas pedras ou o fazendeiro entregando fardos de feno para os cavalariços. Não ocorreria àquela gente sonolenta em suas camas quentes que tipo de carga seria transportada pela carroça que agora passava sob suas janelas. Os vivos não desejavam o convívio da morte, e assim os mortos eram invisíveis, guardados em caixas de pinho, costurados em mortalhas, transportados furtivamente em carroças barulhentas na calada da noite. *Aqui estou para fazer aquilo que ninguém tem estômago para fazer*, pensou Jack com um sorriso sombrio. Sim, havia dinheiro a ganhar no mercado de roubo de cadáveres. O ruído dos cascos dos cavalos repetia a poesia destas palavras enquanto a carroça avançava para noroeste, em direção ao rio Charles.

Há dinheiro a ganhar. Há dinheiro a ganhar.

E lá estará Jack Burke.

Em meio à neblina, uma figura curvada subitamente se materializou em frente ao cavalo. Jack puxou as rédeas com força, e o cavalo parou em meio a um resfolegar. Um adolescente apareceu, ziguezagueando no meio da rua, os braços compridos acenando como tentáculos de um polvo.

— Cachorro levado! Cachorro levado, venha comigo, agora!

O cão latiu quando o menino se agachou e pegou-o pelo pescoço. Erguendo o cão com firmeza, o menino se assustou ao ver Jack olhando para ele através da neblina.

— Billy, seu idiota! — exclamou Jack.

Ele conhecia bem aquele menino, e quão irritante ele era! Sempre no caminho, sempre atrás de uma refeição, um lugar para dormir. Mais de uma vez, Jack precisara expulsar Billy Obtuso do pátio de seu estábulo.

— Saia do meio da rua! Eu poderia tê-lo atropelado!

O menino apenas olhou para ele. Tinha uma boca repleta de dentes tortos e uma cabeça pequena demais para seu corpo espigado de adolescente. Ele riu estupidamente, o cão se debatendo em seus braços.

— Ele nem sempre vem quando eu chamo. Precisa aprender.

— Não consegue cuidar de si mesmo e ainda arranja uma droga de um cachorro?

— Ele é meu amigo. O nome dele é Mancha.

Jack olhou para o cachorro preto que parecia não ter manchas em parte alguma.

— Ora, que nome interessante. Nunca ouvi antes.

— Estamos procurando um pouco de leite. Os bebês precisam de leite, você sabe, e ela bebeu todo o que consegui na noite passada. Ela vai estar com fome pela manhã e, quando ficam com fome, eles choram.

O que aquele garoto idiota estava falando?

— Saia da frente — disse Jack. — Tenho coisas a fazer.

— Tudo bem, Sr. Burke! — O menino se afastou para deixar o cavalo passar. — Também tenho coisas a fazer.

Claro que sim, Billy. Com certeza. Jack balançou as rédeas, e a carroça avançou. O cavalo deu apenas alguns passos antes que Jack o parasse de repente. Voltou-se para a figura magricela de Billy, meio oculta pela neblina. Embora tivesse 16 ou 17 anos, era puro osso, tão forte quanto um boneco de madeira. Ainda assim, era um par de mãos a mais.

E seria barato.

— Ei, Billy! — gritou Jack. — Quer ganhar 9 centavos?

O rapaz correu em direção a ele, os braços ainda agarrando o animal.

— O que devo fazer, Sr. Burke?

— Deixe o cão e suba.

— Mas precisamos conseguir leite.

— Quer os 9 centavos ou não? Você pode comprar leite com esse dinheiro.

Billy largou o cão, que imediatamente se afastou.

— Volte para casa agora! — ordenou Billy. — Isso mesmo, Mancha!

— Entre, garoto.

Billy subiu e acomodou o traseiro magro no banco da carroça.

— Aonde vamos?

Jack sacudiu as rédeas.

— Você vai ver.

Atravessaram a névoa, passando por prédios nos quais já se podiam ver luzes de velas através das janelas. Afora o latido distante de cães, o único barulho que se ouvia era o dos cascos dos cavalos e das rodas da carroça atravessando a rua estreita.

Billy olhou para a traseira.

— O que há debaixo da lona, Sr. Burke?

— Nada.

— Mas há algo ali. Posso ver.

— Se quer os 9 centavos, cale-se.

— Tudo bem. — O menino ficou calado durante cinco segundos. — Quando vou ganhá-los?

— Depois que me ajudar a transportar algo.

— Como móveis?

— É. — Jack cuspiu na rua. — Como móveis.

Estavam quase no rio Charles, subindo a North Allen. A luz do dia aumentava, mas a neblina ainda era densa. Ao se aproximarem de seu destino, pareceu se fechar ainda mais, saindo do rio para envolvê-los em seu manto. Quando finalmente pararam, Jack não podia ver mais que alguns metros à sua frente, embora soubesse exatamente onde estava.

Billy também sabia.

— Por que estamos no hospital?

— Espere aqui — ordenou Jack antes de pular da carroça.

— Quando vamos transportar os móveis?

— Primeiro preciso ver se está aqui. — Jack abriu o portão e entrou no terreno nos fundos do hospital. Precisou dar apenas alguns passos antes de encontrar o que procurava: um caixão com a tampa recém-pregada, onde se lia um nome: A. TATE. Ergueu uma extremidade para sentir-lhe o peso e confirmou que, sim, estava ocupado e logo estaria a caminho. Para o cemitério de indigentes, com certeza, a julgar pela madeira barata.

Ele forçou a tampa, que logo cedeu, pois haviam sido usados poucos pregos. Ninguém se incomodava se um pobre estava seguro em seu caixão. Abriu a tampa, revelando um corpo envolto em uma mortalha. Não era muito grande, pela aparência. Mesmo sem Billy Obtuso, ele poderia ter dado conta daquilo.

Ele voltou-se para a carroça, onde o rapaz ainda esperava.

— É uma cadeira? Uma mesa? — perguntou Billy.

— Do que está falando?

— Dos móveis.

Jack deu a volta na carroça e pegou a lona.

— Ajude-me a mover isso aqui.
Billy desceu e veio até a traseira da carroça.
— É um tronco.
— Você é muito inteligente. — Jack agarrou uma extremidade e o tirou da carroça.
— É lenha? — perguntou Billy, pegando a outra extremidade. — Não precisa ser cortada?
— Apenas me ajude a carregar, está certo? — Levaram o tronco até o caixão e o baixaram. — Agora, ajude-me a erguer isso — ordenou Jack.
Billy olhou para o caixão e ficou estático.
— Tem alguém aí dentro.
— Vamos, pegue deste lado.
— Mas é... é alguém *morto*.
— Quer seus 9 centavos ou não?
Billy olhou para ele, os olhos arregalados no rosto pálido e esquelético.
— Tenho medo de gente morta.
— Não vai machucá-lo, idiota.
O rapaz se afastou.
— Eles vêm atrás de você. Os fantasmas.
— Nunca vi um fantasma.
O menino ainda recuava em direção ao portão.
— Billy, venha já aqui.
Em vez disso, o menino deu-lhe as costas e correu pelo pátio, sumindo como uma marionete saltitante em meio à neblina.
— Inútil — resmungou Jack, que inspirou, ergueu o corpo envolto na mortalha e tirou-o do caixão.
O dia clareava rapidamente. Teria de trabalhar rápido, antes que alguém o visse. Levou o tronco até o caixão, posicionou a tampa e, com algumas marteladas, voltou a pregá-la. Que descanse em paz, Sr. Tronco, pensou em meio a um sorriso. Então, arras-

tou o cadáver para a carroça. Ali fez uma pausa, ofegante, para olhar para a rua. Não viu ninguém.

E ninguém me viu.

Instantes depois, guiava o cavalo pela North Allen. Olhando por sobre os ombros, verificou a carga coberta de lona. Não vira o cadáver, mas não precisava ver. Jovem ou velho, homem ou mulher, era fresco, e era isso o que importava. Daquela vez, o pagamento não precisaria ser dividido com ninguém, nem mesmo com Billy Obtuso.

Ele economizara 9 centavos. Aquilo valia um pouco de trabalho extra.

9

Rose despertou e encontrou Meggie adormecida ao seu lado. Ouviu cacarejos, o bater de asas de galinhas, um farfalhar de palha. Nenhum desses sons lhe era familiar, e Rose demorou um instante para se lembrar onde estava.

Para se lembrar que Aurnia estava morta.

A dor tomou conta de seu coração, apertando tão forte que, por um momento, não conseguiu respirar. Ela olhou para as vigas grosseiramente entalhadas do celeiro, pensando: é mais dor do que consigo agüentar.

Ouviu uma batida ritmada ali perto e voltou-se para ver um cão negro olhando para ela, a cauda balançando e batendo contra um fardo de palha. O cão chacoalhou o corpo, espalhando palha e poeira no ar, então se aproximou para lamber-lhe a face, deixando um rastro de baba em seu rosto. Afastando-o, ela se sentou. O cão emitiu um uivo entediado e desceu as escadas. Olhando do celeiro, ela o viu passar diante de um estábulo de cavalos, movendo-se com determinação como se estivesse atrasado para um compromisso, e desaparecendo pela porta aberta de uma tulha. Ao longe, um galo cantou.

Ela olhou ao redor e perguntou-se para onde Billy fora. Então era naquele lugar que ele se abrigava. Viu vestígios dele aqui e ali, entre os fardos de feno e os instrumentos agrícolas enferrujados. Uma depressão na palha marcava o lugar onde ele dormira na noite anterior. Havia uma caneca lascada, um pires e uma bandeja de madeira sobre um caixote virado de cabeça para baixo, como uma mesa posta para uma boa refeição. Ela riu da inventividade do rapaz. Na noite anterior, Billy desaparecera durante algum tempo e voltara com uma preciosa caneca de leite, sem dúvida extraído furtivamente de uma vaca ou cabra de alguém. Rose não questionara a origem daquilo enquanto Meggie sugava o trapo encharcado de leite. Ficaria grata por qualquer coisa que satisfizesse a fome do bebê.

Mas embora o bebê tivesse se alimentado, Rose não comia nada desde o meio-dia da véspera, e seu estômago roncava. Ela vasculhou o celeiro, remexendo a palha até encontrar um ovo de galinha, ainda morno por ter sido posto naquela manhã. Ela o abriu e inclinou a cabeça para trás. O ovo cru escorreu por sua garganta, a gema tão rica e macia que seu estômago instantaneamente se rebelou. Ela se curvou, nauseada, lutando para não vomitar. Pode ser a única coisa que eu venha a comer hoje, pensou ela, e não vou desperdiçá-la. Sua náusea enfim diminuiu e, ao erguer a cabeça, Rose viu a pequena caixa de madeira, guardada em um canto do celeiro.

Ela abriu a tampa.

Lá dentro havia belas peças de vidro, uma concha e dois botões de osso de baleia, tesouros que Billy colecionara ao vagar pelas ruas do West End. Ela já percebera como seu olhar estava sempre fixado no chão, seus ombros magros curvados para a frente como um velho, tudo para recolher um centavo aqui, uma fivela perdida acolá. Todos os dias eram de caça ao tesouro para Billy Obtuso, e um belo botão era suficiente para fazê-lo feliz. Por isso era um menino de sorte, talvez o mais sortudo de Boston, por se sentir tão facilmente satisfeito com um botão. Mas não se pode comer botões nem se pode pagar um enterro com objetos sem valor.

Ela fechou a caixa e foi até a janela espiar pelo vidro manchado. Em um pátio mais abaixo, as galinhas ciscavam em um jardim reduzido a pouco mais que caules marrons e trepadeiras enrugadas pelo frio.

A caixa do tesouro de Billy subitamente lembrou-a de algo que guardava no bolso, algo de que se esquecera completamente até então. Ela puxou o medalhão e a corrente e entristeceu-se ao ver o colar de Aurnia. O medalhão tinha forma de coração e a corrente era leve como uma pluma, um cordão delicado para o pescoço de uma fina dama. Ela se lembrou de como aquilo brilhava contra a pele alvíssima da irmã. Como Aurnia era bonita, pensou. Agora, porém, é apenas comida para os vermes.

Aquilo era ouro. Pagaria um funeral decente para a irmã.

Ela ouviu vozes e olhou outra vez pela janela. Uma carroça carregada de fardos de feno acabara de entrar no pátio, e dois homens discutiam o preço.

Era hora de ir embora.

Ela pegou o bebê adormecido, desceu a escada e lentamente esgueirou-se para fora do celeiro.

Quando os dois homens finalmente chegaram a um acordo sobre o preço da carga de feno, Rose Connolly já estava bem longe, limpando os fiapos de palha de sua saia enquanto levava Meggie para o West End.

Uma neblina gelada envolvia o cemitério de St. Augustine, ocultando as pernas dos visitantes, que pareciam flutuar sobre o chão, seus troncos vagando sobre a névoa. Há tanta gente aqui hoje, pensou Rose. Mas seu pesar não era por Aurnia. Ela observou a procissão atrás de um pequeno caixão que flutuava acima da neblina e pôde ouvir cada gemido, cada soluço, os sons de pesar aprisionados e ampliados, como se o próprio ar estivesse chorando. O funeral da criança passou, saias e mantos negros agitando a névoa em redemoinhos prateados. Ninguém olhou para Rose. Segurando Meggie nos braços, ela ficou em um canto esquecido do cemitério, junto ao monte de terra recentemente revolvido. Para eles, ela não passava de um fantasma em meio à neblina, seu pesar invisível para aqueles que só tinham olhos para seus entes queridos.

— Está fundo o bastante, senhora.

Rose voltou-se para os dois coveiros. O mais velho passou a manga da camisa na face, deixando riscos de lama no rosto, cuja pele era profundamente enrugada por anos de exposição ao sol e ao vento. Pobre homem, pensou Rose, você é velho demais para ainda estar empunhando uma pá, escavando o chão gelado. Mas todos precisamos comer. E o que ela faria quando tivesse a idade dele, quando não mais pudesse ver bem o bastante para enfiar a linha na agulha?

— Ninguém mais vai assistir à cerimônia? — perguntou o coveiro.

— Ninguém mais — respondeu ela, olhando para o caixão de Aurnia. Aquela era uma perda de Rose, dela apenas, e a menina era muito egoísta para compartilhá-la com alguém. Lutou contra o súbito impulso de arrancar a tampa e olhar uma última vez para o rosto da irmã. E se, por algum milagre, ela não estivesse morta? E se Aurnia se espreguiçasse e abrisse os olhos? Rose chegou a estender a mão para tocar o caixão, mas logo recuou. Não existem milagres, pensou. Aurnia morreu.

— Podemos terminar, então?

Ela engoliu as lágrimas e assentiu com um menear de cabeça.

O velho voltou-se para o parceiro, um adolescente com cara de idiota que escavara de má vontade e que agora estava imóvel, ombros caídos, indiferente a tudo.

— Ajude-me a baixar o caixão.

As cordas rangeram à medida que o caixão baixava, deslocando torrões de terra que caíam dentro do buraco. Paguei por uma cova só para você, querida, pensou Rose. Um lugar de descanso privativo que você não precisará compartilhar com um marido que a boline ou com algum mendigo fedido. Ao menos uma vez na vida você vai dormir sozinha, um luxo que não teve enquanto viva.

O caixão deu um solavanco ao atingir o fundo. O rapaz se distraíra e soltara a corda com muita força. Rose viu o olhar que o velho lançou para o rapaz, um olhar que dizia, *cuido de você mais tarde.* O rapaz não notou e simplesmente puxou a corda de dentro do buraco, que subiu escorregando como uma cobra e cuja extremidade inferior estalou contra o pinho. Com a tarefa quase completada, o rapaz passou a trabalhar com mais ânimo enquanto enchiam a cova de terra. Talvez estivesse pensando em um almoço junto ao fogo, sabendo que tudo que o separava dele era aquela cova. Não vira o ocupante do caixão, nem parecia se importar. Tudo o que importava era que aquele buraco precisava ser coberto, de modo que se dedicou àquilo, pá após pá repleta de terra molhada atirada sobre o caixão.

No outro extremo do cemitério, onde a criança estava sendo enterrada, ergueu-se um lamento, um choro de mulher tão dolorido que Rose se voltou para olhar. Somente então viu a silhueta fantasmagórica se aproximando em meio à neblina. A figura se aproximou e Rose reconheceu o rosto sob o gorro da capa. Era Mary Robinson, a jovem enfermeira do hospital. Mary fez uma pausa e olhou por sobre os ombros, como se sentisse que havia alguém atrás dela, mas Rose não viu ninguém exceto os outros enlutados, que formavam um círculo de figuras imóveis ao redor da tumba da criança.

— Não sabia mais onde encontrá-la — disse Mary. — Lamento por sua irmã. Deus dê descanso à sua alma.

Rose enxugou os olhos, espalhando lágrimas pelo rosto.

— Você foi gentil com ela, Srta. Robinson. Muito mais que... — Ela parou de falar, sem querer invocar o nome da enfermeira Poole. Sem querer falar mal dos mortos.

Mary aproximou-se. Enquanto Rose afastava as lágrimas, concentrou-se no rosto tenso da enfermeira, em seus olhos apertados. Mary inclinou-se em direção a ela, e sua voz baixou a um sussurro, suas palavras quase perdidas em meio ao barulho que faziam as pás dos coveiros.

— Há gente perguntando pela criança.

Rose fez uma expressão de cansaço e olhou para a sobrinha, que estava deitada serenamente em seus braços. A pequena Meggie herdara o temperamento doce de Aurnia e contentava-se em ficar deitada em silêncio, estudando o mundo com olhos arregalados.

— Já lhes disse minha decisão. O bebê vai ficar com a família. Comigo.

— Rose, eles não são do orfanato. Prometi à Srta. Poole que não diria nada, mas agora não posso continuar em silêncio. Na noite em que o bebê nasceu, depois que você saiu da sala, sua irmã nos disse... — Subitamente Mary se calou, o olhar voltado não para Rose, mas para algo ao longe.

— Srta. Robinson?

— Mantenha a criança em segurança — disse Mary. — Esconda-a.

Rose voltou-se para ver o que Mary estava olhando, e quando viu Eben saindo em meio à névoa, sua garganta secou. Embora suas mãos estivessem trêmulas, ela ficou firme onde estava, decidida a não se intimidar. Não hoje, não aqui, ao lado da tumba de minha irmã. Ao se aproximar, viu que ele trazia sua bolsa, a mesma com que ela viera para Boston havia quatro meses. Com desdém, Eben arremessou-a aos pés de Rose.

— Tomei a liberdade de empacotar suas coisas — disse ele. — Uma vez que você não é mais bem-vinda à casa da Sra. O'Keefe.

Ela ergueu a bolsa da lama, furiosa só de pensar em Eben mexendo em suas roupas e objetos pessoais.

— E não venha implorar pela minha caridade — acrescentou ele.

— O que foi aquilo a que você tentou me forçar ontem à noite? Caridade?

Ela se aprumou, encarou-o e sentiu um arrepio de satisfação ao ver o lábio ferido do cunhado. *Fui eu quem fez isso? Bom para mim.* A resposta claramente o enfureceu, e ele deu um passo adiante. Mas logo viu os dois coveiros que ainda estavam enchendo o buraco de terra. Parou em meio ao gesto, a mão fechada em punho. Vá em frente, pensou Rose. Bata em mim enquanto estou com sua filha nos braços. Deixe que o mundo veja o covarde que você é.

Ele estreitou os lábios, como um animal mostrando os dentes, e suas palavras saíram como um sussurro contido e perigoso.

— Você não tinha o direito de falar com a Ronda Noturna. Eles vieram esta manhã, durante o desjejum. Todos os outros hóspedes estão comentando a respeito.

— Só lhes contei a verdade. O que você fez comigo.

— Como se alguém acreditasse em *você*. Sabe o que eu disse para o Sr. Pratt? Disse-lhe quem você realmente é. Uma pequena sedutora. Contei-lhe como a abriguei e a alimentei apenas para agradar à minha mulher. E é assim que você paga minha generosidade!

— Você não se importa com a morte dela? — Rose olhou para a sepultura. — Você não veio aqui se despedir. Veio para me intimidar, é por isso que está aqui. Enquanto sua própria esposa...

— Minha querida esposa também não a suportava.

O olhar de Rose voltou-se para o dele.

— Você está mentindo.

— Não acredita em mim? — desdenhou. — Precisava ouvir as coisas que ela me sussurrava quando você estava dormindo. Que peso morto você era, apenas um fardo que ela tinha de arrastar porque sabia que você morreria de fome sem nossa caridade.

— Eu trabalhei para pagar a minha estadia. Todos os dias!

— Como se eu não pudesse encontrar uma dúzia de outras meninas, mais baratas, tão hábeis quanto você com a agulha e a linha! Vá em frente e veja quanto tempo vai demorar antes de você estar morrendo de fome. Você vai voltar para mim, implorando.

— Voltar para você? — Foi a vez de Rose rir, e ela riu, embora a fome devorasse seu estômago. Ela esperava que Eben despertasse sóbrio naquela manhã, sentisse ao menos uma pontada de remorso pelo que fizera na noite anterior. Que, com a morte de Aurnia, ele subitamente se desse conta do que havia perdido, e a dor o tornasse um homem melhor. Mas estaria sendo tão tola quanto Aurnia se acreditasse que ele poderia melhorar. Na noite anterior, Rose o humilhara e, à luz do dia, ele se via despojado de qualquer disfarce. Ela não viu pesar em seus olhos, apenas orgulho ferido, e agora ela se divertia cutucando a ferida.

— Sim, talvez eu passe fome — acrescentou ela. — Mas ao menos cuido dos meus. Providenciei o funeral de minha irmã. Criarei sua filha. O que as pessoas vão pensar ao saberem que você abriu mão da própria filha? Que não deu um centavo para o enterro de sua esposa?

O rosto dele ficou roxo de raiva, e ele olhou para os dois coveiros, que haviam terminado sua tarefa e agora ouviam a conversa atentamente. Com os lábios estreitados, ele enfiou a mão no bolso e tirou dali um punhado de moedas.

— Aqui! — disse ele, estendendo-as para os coveiros. — Peguem!

O mais velho olhou para Rose, constrangido.

— A jovem já nos pagou, senhor.

— Droga, pegue o maldito dinheiro! — Eben agarrou a mão suja de terra do coveiro e entregou-lhe as moedas. Então, olhou para Rose. — Considere minha obrigação cumprida. Agora, você tem algo que *me* pertence.

— Você não se importa com Meggie. Por que a quer?

— Não é o bebê que eu quero. São as outras coisas. As coisas de Aurnia. Sou o marido dela; portanto, as coisas dela me pertencem.

— Não há nada.

— O pessoal do hospital me disse que lhe entregou as coisas dela na noite passada.

— É tudo o que quer? — Ela pegou o pequeno embrulho que amarrara ao redor da cintura e o entregou para Eben. — Então é seu.

Ele abriu o pacote, e a camisola encardida e a fita de cabelo caíram no chão.

— Onde está o resto?

— O anel dela está aí.

— Aquele pedaço de latão? — Ele pegou o anel de Aurnia com as pedras de vidro colorido e o atirou aos pés de Rose. — Inútil. Toda garota de Boston tem um.

— Ela deixou o anel de casamento em casa. Você sabe disso.

— Estou falando do colar. Um medalhão de ouro. Ela nunca me disse como o conseguiu e, durante todos esses meses, recusou-se a vendê-lo, embora eu pudesse ter usado o dinheiro na loja. Pelo tanto que passei, mereço ao menos aquilo como recompensa.

— Você não merece um fio de cabelo dela.

— Onde está?

— Eu o empenhei. Como acha que paguei o enterro?

— Valia muito mais do que *isso* — disse ele, apontando para a cova.

— Não adianta, Eben. Paguei por este túmulo, e você não é bem-vindo aqui. Você não deu trégua à minha irmã enquanto ela estava viva. O mínimo que pode fazer é deixar que descanse em paz agora.

Ele olhou para o velho coveiro, que o olhava feio. Eben não pensava duas vezes antes de bater em uma mulher caso ninguém estivesse olhando, mas agora lutava para conter os punhos e a língua solta. Tudo o que disse foi:

— Falaremos sobre isso depois, Rose. — Então lhe deu as costas e foi embora.

— Senhorita? Senhorita?

Rose voltou-se para o velho coveiro, que a olhava com uma expressão de simpatia.

— Você já nos pagou. Acho que vai querer ficar com isso. Pode alimentar você e o bebê durante algum tempo.

Rose olhou para as moedas que ele pusera em sua mão e pensou: por enquanto, isso vai saciar nossa fome. Pagarei por uma ama-de-leite.

Os dois coveiros recolheram as ferramentas e deixaram Rose ao lado da cova fresca de Aurnia. Assim que a terra assentar, pensou, comprarei uma lápide de pedra. Talvez possa economizar o bastante para mandar gravar mais que seu nome, querida irmã. A gravura de um anjo ou algumas linhas de um poema para que o mundo saiba quão vazio ficou ao perdê-la.

Ela ouviu os soluços abafados dos enlutados do outro funeral, que começavam a deixar o cemitério. Viu rostos pálidos ocultos em lã negra flutuando em meio à neblina. Tantos para chorar a perda de uma criança. *Onde estão os que choram por você, Aurnia?*

Somente então se lembrou de Mary Robinson. Olhou em torno, mas não viu a enfermeira em parte alguma. A chegada de Eben, louco por uma briga, devia tê-la assustado. Outra mágoa que Rose sempre carregaria contra ele.

Gotas de chuva caíam em seu rosto. Os outros enlutados, cabeças baixas, saíam do cemitério em direção às suas carruagens e jantares com comida quente. Apenas Rose deixou-se ficar ali, agarrando Meggie enquanto a chuva enlameava a terra.

— Durma bem, querida — sussurrou.

Rose pegou sua bolsa e os pertences de Aurnia espalhados pelo chão. Então, ela e Meggie deixaram o cemitério de St. Augustine e caminharam em direção aos cortiços do sul de Boston.

10

— A obstetrícia é o ramo da medicina que trata da concepção e suas conseqüências. Hoje, vocês conheceram algumas de suas conseqüências. Muitas delas, infelizmente, trágicas...

Mesmo na escadaria do grande auditório, Norris conseguia ouvir a voz altissonante do Dr. Crouch. Apressou-se escada acima, envergonhado por ter chegado tão tarde à preleção matinal. A noite anterior ele a passara na desagradável companhia de Jack Zarolho, uma expedição que os levara ao sul de Quincy. Durante todo o caminho, Jack queixara-se de suas costas, único motivo pelo qual pedira que Norris o acompanhasse. Eles voltaram para Boston bem depois da meia-noite, carregando apenas um espécime em tal estado de deterioração que, após abrir a lona, o Dr Sewall fizera uma careta ao sentir o fedor.

— Este estava enterrado há dias — reclamou Sewall. — Não sabem usar o olfato? Só o cheiro bastaria!

Norris ainda sentia aquele fedor em seu cabelo e em suas roupas. Aquilo nunca o deixava inteiramente. Em vez disso, abria caminho sob sua pele, como um verme, até cada golfada de ar inalado estar impregnado daquilo e você não ser mais capaz de distinguir carne de carniça. Ele sentia aquele cheiro enquanto subia as escadas para o auditório, como um cadáver ambulante carregando seu próprio aroma de decomposição. Ele abriu a porta e lentamente entrou na sala de conferências. Lá embaixo, no palco, o Dr. Crouch caminhava enquanto falava.

— ...embora um ramo da medicina distinto da cirurgia e da prática médica, a obstetrícia requer conhecimento de anatomia e fisiologia, patologia e... — o Dr. Crouch fez uma pausa, o olhar fixo em Norris, que dera apenas alguns passos no corredor em busca de um lugar vago. O súbito silêncio atraiu a atenção de todos na sala mais dramaticamente do que qualquer grito. Os espectadores voltaram-se como uma besta de muitos olhos em direção a Norris, que ficou paralisado sob a mira de tantos olhares.

— Sr. Marshall — disse Crouch. — Estamos honrados com sua decisão de se juntar a nós.

— Lamento, senhor! É indesculpável.

— De fato é. Bem, tome assento!

Norris viu uma cadeira vazia e rapidamente se sentou na fileira à frente de Wendell e seus dois amigos.

No palco, Crouch pigarreou e prosseguiu:

— Concluindo, cavalheiros, deixo-os com esse pensamento: o médico é, às vezes, a única coisa que se opõe às trevas. Quando entramos nos terrenos deprimentes da doença, estamos ali para lutar, para oferecer esperança divina e coragem para aquelas pobres almas cujas vidas estão em risco. Portanto, lembrem-se da confiança sagrada que logo recairá sobre seus ombros. — Crouch plantou-se no centro do palco com suas pernas curtas e sua voz ecoou como um grito de guerra. — Sejam fiéis ao chamado! Sejam fiéis àqueles que confiam a própria vida a suas mãos virtuosas.

Crouch olhou para a platéia, que ficou em absoluto silêncio durante alguns segundos. Então, Edward Kingston levantou-se para aplaudir ruidosamente, um gesto que não passou despercebido por Crouch. Outros rapidamente se juntaram a ele, até todo o auditório reverberar de aplausos.

— Bem. Eu chamaria isso de uma atuação ao nível de Hamlet — disse Wendell. Mas sua observação irônica se perdeu em meio ao tumulto das palmas. — Quando será que ele vai rolar pelo chão e interpretar a cena da morte?

— Cale-se, Wendell — advertiu Charles. — Vai nos meter em confusão.

O Dr. Crouch deixou o palco e sentou-se na primeira fila com outros membros da faculdade. Agora, o Dr. Aldous Grenville, reitor da faculdade de medicina e tio de Charles, levantou-se para se dirigir aos estudantes. Embora seu cabelo já fosse inteiramente grisalho, o Dr. Grenville era um homem alto e ereto, uma figura impressionante que comandava a sala com apenas um olhar.

— Obrigado, Dr. Crouch, por uma preleção tão educativa e inspiradora sobre a arte e a ciência da obstetrícia. Vamos agora ao segmento final do programa de hoje, uma dissecação anatômica apresentada pelo Dr. Erastus Sewall, nosso distinto professor de cirurgia.

O corpulento Dr. Sewall se levantou pesadamente e caminhou da primeira fila até o palco. Ali, os cavalheiros se cumprimentaram com um aperto de mãos. O Dr. Grenville voltou a se sentar, dando a palavra a Sewall.

— Antes de começar — disse Sewall —, gostaria de chamar um voluntário. Talvez um cavalheiro entre os estudantes do primeiro ano tivesse coragem bastante para me assistir como dissecador?

Houve um silêncio durante o qual cinco fileiras de jovens discretamente olharam para os próprios sapatos.

— Vamos lá, vocês precisam sujar as mãos de sangue se querem entender a máquina humana. Vocês mal começaram seus estudos de medicina; portanto, são estranhos à sala de dissecação. Hoje, eu os ajudarei a tomar conhecimento deste maravilhoso mecanismo, esta estrutura nobre e intricada. Algum de vocês tem coragem?

— Eu tenho — disse Edward, levantando-se.

O professor Grenville disse:

— Sr. Edward Kingston se ofereceu como voluntário. Por favor, junte-se ao Dr. Sewall no palco.

Enquanto Edward subia o corredor, lançou um sorriso de autoconfiança para os colegas. Um olhar que dizia: *Não sou covarde como vocês.*

— Como ele tem coragem? — murmurou Charles.

— Todos precisaremos passar por isso — disse Wendell.

— Veja como ele parece gostar. A essa altura, juro que já estaria tremendo como um pecador.

Ouviu-se o rumor de rodas sobre o palco de madeira quando uma mesa foi trazida dos bastidores, empurrada por um assistente. O Dr. Sewall tirou o casaco e enrolou as mangas da camisa. O assistente trouxe então uma pequena mesa com uma bandeja de instrumentos.

— Cada um de vocês terá a oportunidade de usar a faca na sala de dissecação. Mas, ainda assim, será muito pouco tempo. Com tal escassez de espécimes anatômicos, não podemos deixar escapar qualquer oportunidade. Sempre que um espécime se tornar disponível, espero que aproveitem a chance para aumentar seu conhecimento. Hoje, para nossa grande sorte, tal oportunidade se apresentou. — Ele fez uma pausa para vestir um avental. — A arte da dissecação — disse ele enquanto amarrava os laços atrás da cintura — é exatamente isto: uma arte. Hoje, vou lhes mostrar como se deve fazer. Não como um açougueiro limpando uma carcaça, mas como um escultor, extraindo um trabalho de arte de um bloco de mármore. É o que pretendo fazer hoje. Não apenas dissecar um corpo, mas revelar a beleza de cada músculo e cada órgão, cada nervo e vaso sanguíneo. — Ele se voltou para a mesa onde estava o corpo, ainda coberto. — Revelemos o espécime de hoje.

Norris sentiu-se nauseado quando o Dr. Sewall estendeu a mão para abrir a mortalha. Ele já adivinhara quem estava ali dentro e temeu ver o cadáver apodrecido que ele e Jack Zarolho haviam desenterrado na véspera. Mas quando Sewall tirou o lençol, não era o homem fedorento quem estava ali embaixo.

Era uma mulher. E mesmo de seu lugar, Norris a reconheceu.

Cachos de cabelo ruivo cascateavam pela borda da mesa. Sua cabeça estava ligeiramente voltada para o lado, encarando a platéia com olhos semicerrados e lábios entreabertos. O auditório ficou tão silencioso que Norris podia ouvir o próprio coração pulsando nos ouvidos. *Este é o cadáver da irmã de Rose Connolly. A irmã que ela adorava.* Como, em nome de Deus, aquela irmã bem-amada acabara em uma mesa de anatomista?

Calmamente, o Dr. Sewall pegou uma faca da bandeja e foi até o lado do cadáver. Parecia alheio ao silêncio chocado que caíra sobre a sala e, quando se voltou para o espécime, parecia um homem de negócios a ponto de começar a trabalhar. Ele olhou para Edward, que continuava paralisado ao pé da mesa. Sem dúvida Edward também reconhecera o corpo.

— Eu o aconselho a vestir um avental.

Edward não pareceu ouvi-lo.

— Sr. Kingston, a não ser que queira manchar esse ótimo casaco que está vestindo, sugiro que o remova e vista um avental. Então, venha me auxiliar.

Até mesmo o arrogante Eddie, ao que parecia, perdera a coragem, e engoliu em seco enquanto vestia o avental do pescoço aos tornozelos e enrolava as mangas da camisa.

O Dr. Sewall fez o primeiro corte. Foi um golpe brutal, do esterno à pélvis. Quando a pele se abriu, o abdome liberou seu conteúdo e as entranhas saltaram da barriga aberta e ficaram penduradas, pingando na beirada da mesa.

— O balde — disse Sewall para Edward, que olhava horrorizado para a incisão. — Por favor, *alguém* poderia trazer um balde? Uma vez que meu assistente aqui parece incapaz de qualquer movimento.

Risadas ansiosas irromperam aqui e ali diante do espetáculo de seu colega, tão autoconfiante, ter sua reputação publicamente desmoralizada. Enrubescendo, Edward pegou o balde de madeira na mesa de instrumentos e pousou-o no chão, para aparar as voltas de intestino gosmento que escorregavam para fora da barriga.

— Cobrindo o intestino — disse o Dr. Sewall —, há uma membrana chamada omento. Acabei de rompê-la, liberando os intestinos, que agora vêm cascateando para fora do abdome. Em cavalheiros mais idosos, especialmente aqueles que foram muito indulgentes com os prazeres da mesa, esta membrana pode ser muito adensada com gordura. Mas, neste jovem espécime feminino, encontro poucos depósitos. — Com mãos ensangüentadas, ele ergueu o omento quase transparente para que todos o vissem. Então, inclinou-se à mesa e atirou-o no balde. Ouviu-se um estalo úmido quando a massa de tecido atingiu o fundo.

— A seguir, devo retirar todo o intestino, que obstrui a visão dos outros órgãos. Embora todo açougueiro que tenha esquartejado uma vaca conheça a massa volumosa do intestino, os estudantes que assistem à sua primeira dissecação freqüentemente se surpreendem ao vê-la pela primeira vez. Primeiro, devo eviscerar o intestino delgado, soltando-o à altura da junção pilórica, onde termina o estômago...

Ele se inclinou com a faca e voltou trazendo uma extremidade cortada do intestino. Deixou-o escorregar pela borda da mesa, e Edward a pegou com as mãos nuas antes que caísse no chão. Desagradado, rapidamente jogou-a no balde.

— Agora, devo liberar a outra extremidade, onde o intestino delgado se transforma em intestino grosso, na junção ileocecal.

Novamente curvou-se com a faca e voltou a se erguer segurando a outra extremidade cortada.

— Para ilustrar as maravilhas do sistema digestivo humano, gostaria que meu assistente pegasse uma extremidade de intestino delgado e subisse o corredor, estendendo-o.

Edward hesitou, olhando com nojo para o balde. Com uma careta, enfiou a mão na massa de entranhas e pegou uma extremidade cortada.

— Vamos, Sr. Kingston. Vá até o fundo da sala.

Edward começou a subir o corredor, puxando a extremidade do intestino. Norris sentiu um cheiro horrível de vísceras e viu o aluno do outro lado do corredor tapar o nariz com a mão em concha para atenuar o cheiro. Edward continuou a andar, arrastando atrás de si o cordão fedorento de intestino até que este finalmente se ergueu do chão e ficou esticado, pingando.

— Vejam o comprimento — disse o Dr. Sewall. — Estamos olhando para, talvez, seis metros de intestino. *Seis metros*, cavalheiros! E este é apenas o intestino delgado. Deixei o intestino grosso no lugar. No interior de cada um de vocês está este órgão maravilhoso. Pensem nisso quando estiverem sentados digerindo seu desjejum. Não importa sua posição na vida, rico ou pobre, velho ou jovem, na cavidade de sua barriga você é igual a qualquer outro homem.

Ou mulher, pensou Norris, o olhar fixo não no órgão, mas no espécime estripado sobre a mesa. Até mesmo uma mulher tão bonita podia ser dissecada e reduzida a um balde de entranhas. Onde estava a alma? Onde estava a mulher que outrora habitara aquele corpo?

— Sr. Kingston, você pode voltar ao palco e devolver o intestino ao balde. A seguir, veremos como são o coração e o pulmão, aninhados dentro do peito. — O Dr. Sewall pegou um instrumento de aspecto terrível e introduziu suas extremidades ao redor de uma costela. O som de osso quebrado ecoou pelo auditório. Ele olhou para a platéia. — Não se pode ter uma boa visão do tórax a não ser que se olhe diretamente dentro da cavidade. Creio que seria melhor que os estudantes do primeiro ano levantassem de suas poltronas e se aproximassem para assistirem ao resto da dissecação. Venham, juntem-se ao redor da mesa.

Norris levantou-se. Ele estava mais perto do corredor, de modo que foi o primeiro a chegar à mesa. Ele olhou não para o tórax aberto, mas para o rosto de uma mulher cujos segredos mais íntimos estavam sendo revelados para uma sala repleta de estranhos. Era tão bela, pensou. Aurnia Tate morrera no auge de sua feminilidade.

— Se vocês se aproximarem — disse o Dr. Sewall —, gostaria de destacar uma descoberta interessante na pélvis do espécime. Baseado no tamanho do útero, que posso facilmente apalpar aqui, concluiria que este espécime deu à luz recentemente. Apesar do relativo frescor deste cadáver, vocês poderão notar um odor particularmente fétido na cavidade abdominal, e a óbvia inflamação do peritônio. Levando em conta todas estas descobertas, posso fazer uma suposição sobre a causa da morte.

Ouviu-se um baque surdo corredor acima, e um dos estudantes disse, alarmado:

— Ele está respirando? Verifique se está respirando!

O Dr. Sewall gritou:

— Qual é o problema?

— É o sobrinho do Dr. Grenville, senhor! — disse Wendell. — Charles desmaiou!

Na fila da frente, o professor Grenville levantou-se, parecendo preocupado com a notícia. Rapidamente subiu até onde estava Charles, abrindo caminho em meio aos estudantes que lotavam o corredor.

— Ele está bem, senhor — anunciou Wendell. — Charles está voltando a si.

No palco, o Dr. Sewall suspirou.

— Um estômago fraco não é recomendável para alguém que deseja estudar medicina.

Grenville ajoelhou-se ao lado do sobrinho e deu alguns tapinhas no rosto de Charles.

— Vamos lá, rapaz. Você ficou um pouco tonto. Não foi uma manhã fácil.

Gemendo, Charles sentou-se e segurou a cabeça.

— Estou enjoado.

— Eu o levo para fora, senhor — disse Wendell. — O ar fresco provavelmente lhe fará bem.

— Obrigado, Sr. Holmes — disse Grenville. Ao se erguer, ele mesmo não parecia muito firme.

Estamos todos nervosos, mesmo os mais experientes.

Com a ajuda de Wendell, Charles levantou-se, trêmulo, e foi amparado corredor acima. Norris ouviu um comentário debochado de um dos alunos:

— Tinha de ser o Charlie, é claro. Desmaiar é com ele mesmo!

Mas poderia ter acontecido com qualquer um de nós, pensou Norris, olhando para os rostos pálidos no auditório. Que ser humano normal podia observar aquela carnificina matinal e não se abater?

E ainda não havia acabado.

No palco, o Dr. Sewall mais uma vez pegou a faca e olhou friamente para a platéia.

— Cavalheiros. Podemos continuar?

11

Dias atuais

Julia dirigiu rumo ao norte, fugindo do calor do verão de Boston, e juntou-se ao fluxo de carros que iam para o Maine no fim de semana. Quando chegou à fronteira de New Hampshire, a temperatura caíra dez graus. Meia hora depois, ao atravessar para o Maine, o ar estava começando a ficar gelado. Logo as florestas e o litoral rochoso desapareciam atrás da neblina e, dali em diante, o mundo tornou-se cinza, a estrada serpenteando através de uma paisagem fantasmagórica de vultos de árvores e casas de fazenda.

Quando finalmente chegou à cidade praiana de Lincolnville naquela tarde, a neblina era tão densa que ela mal conseguia distinguir a silhueta portentosa da barca de Islesboro atracada no quebra-mar. Henry Page a advertira de que havia espaço limitado para veículos a bordo, motivo pelo qual ela deixou o carro no estacionamento do terminal, pegou a bolsa de viagem e embarcou.

Se naquele dia havia algo para ser visto pela janela da barca durante a travessia para Islesboro, ela não viu.

Julia saiu da barca e encontrou-se em um mundo cinza e confuso. A casa de Henry Page ficava a menos de dois quilômetros do terminal, "um belo passeio em um dia de verão", dissera ele. Contudo, em meio à densa neblina, menos de dois quilômetros podiam se transformar em uma eternidade. Caminhou pelo canto da estrada para evitar ser atropelada pelos carros que passavam e metia-se no meio do mato sempre que ouvia um veículo se aproximando. Então, pensou ela, trêmula, vestindo apenas short e sandálias, assim é o verão no Maine. Embora pudesse ouvir o canto de pássaros, não os enxergava. Tudo o que podia ver era o chão sob seus pés e o mato na beira da estrada.

Uma caixa de correio subitamente apareceu à sua frente. Estava inteiramente enferrujada, presa a um poste empenado. Olhando de perto, mal conseguiu ler a inscrição na lateral: STONEHURST.

A casa de Henry Page.

O acesso de veículo, em realidade uma única pista de terra batida, subia gradualmente atravessando de um bosque denso, onde arbustos e galhos baixos estendiam-se como garras para arranhar qualquer veículo que ousasse passar por ali. Quanto mais subia, mais ansiosa se sentia por estar isolada naquela estrada deserta, naquela ilha afogada em neblina. A casa apareceu tão subitamente que ela parou, assustada, como se tivesse acabado de descobrir uma besta feroz em meio à névoa. Era feita de pedra e madeira velha que, ao longo dos anos, se tornara prateada devido ao ar salitrado. Embora não pudesse ver o mar, ela sabia que estava perto porque podia ouvir as ondas açoitando as pedras e o grasnar das gaivotas que sobrevoavam o lugar.

Subiu os degraus gastos de granito até a varanda e bateu à porta. O Sr. Page lhe dissera que estaria em casa, mas ninguém veio atender. Ela estava com frio, não trouxera casaco e não tinha para onde ir, afora o terminal das barcas. Frustrada, deixou a bolsa na varanda e foi até os fundos da casa. Uma vez que Henry não estava, ela ao menos podia dar uma olhada na vista — caso houvesse vista para ser admirada naquele dia.

Seguiu um caminho de pedra até um jardim nos fundos, repleto de mato e grama maltratada. Embora evidentemente precisasse de um jardineiro, podia-se ver que outrora o lugar devia ter sido uma atração, a julgar pelo elaborado trabalho de alvenaria. Viu degraus cobertos de musgo desaparecendo em meio à neblina, e baixos muros de pedra delimitando uma série de terraços que abrigavam canteiros de flores. Atraída pelo barulho das ondas, ela desceu os degraus, passando por touceiras de tomilho e erva-dos-gatos. O mar devia estar perto agora, e ela esperava ver um trecho de praia a qualquer momento.

Desceu mais um pouco, e a sola de seu sapato encontrou o vazio.

Com um grito sufocado, cambaleou para trás e caiu sentada sobre os degraus. Ficou ali um instante olhando, através da cortina móvel da neblina, para as pedras uns seis metros mais abaixo. Somente então percebeu o solo erodido ao seu redor, as raízes expostas de uma árvore que mal conseguia se agarrar à encosta que se esfarelava. Olhando para o mar lá embaixo, pensou: se sobrevivesse à queda, não demoraria a me afogar nesta água gelada.

Com as pernas bambas, voltou à casa, com medo de que a encosta ruísse a qualquer momento, levando-a junto. Estava quase no topo quando viu o homem esperando por ela.

Tinha os ombros curvados para a frente e suas mãos nodosas agarravam uma bengala. Henry Page soara velho ao telefone, mas aquele homem parecia antediluviano, o cabelo branco como a neblina, os olhos estreitados por trás dos óculos de aros de metal.

— Esses degraus não são seguros — disse ele. — Todo ano alguém cai do penhasco. O solo é instável.

— Foi o que descobri — disse ela, ofegante pela rápida subida escada acima.

— Sou Henry Page. Você é a Srta. Hamill, presumo.

— Espero que não se incomode por eu ter dado uma olhada por aí. Uma vez que você não estava em casa.

— Eu estava em casa todo o tempo.

— Ninguém atendeu à porta.

— E você acha que posso descer a escada correndo? Tenho 89 anos. Na próxima vez, tente ser mais paciente. — Ele se voltou e atravessou o terraço de pedra em direção a uma porta corrediça de vidro. — Entre. Há um bom sauvignon blanc na geladeira. Embora o tempo peça um tinto, e não um branco.

Julia entrou na casa atrás dele e pensou: este lugar parece tão velho quanto ele. Cheirava a poeira e a tapetes antigos.

E livros. Naquela sala defronte ao mar, milhares de livros antigos ocupavam prateleiras que iam do chão ao teto. Uma parede era dominada por uma enorme lareira de pedra. Embora a sala fosse enorme e a neblina pressionasse as janelas voltadas para o mar, o lugar parecia escuro e claustrofóbico. As 12 caixas empilhadas no centro da sala ao lado da sólida mesa de carvalho não ajudavam a amenizar a sensação.

— Estas são algumas das caixas de Hilda — disse ele.

— Algumas?

— Há outras duas dúzias no porão, nas quais ainda não mexi. Talvez pudesse trazê-las para cima para mim, uma vez que não tenho como fazê-lo com esta bengala. Pediria para meu sobrinho-neto, mas ele está sempre muito ocupado.

E eu não estou?

Ele caminhou até a mesa de jantar, onde o conteúdo de uma das caixas estava espalhado sobre o tampo surrado.

— Como pode ver, Hilda era uma rata do deserto. Nunca jogava nada fora. Quando se vive tanto quanto ela viveu, você acaba acumulando um bocado de *coisas*. Mas essas coisas, acabei descobrindo, são muito interessantes. Tudo está completamente desorganizado. A empresa de mudança que contratei simplesmente jogou tudo dentro das caixas, aleatoriamente. Estes velhos jornais aqui datam de 1840 a 1910, sem nenhuma ordem. Aposto que deve haver jornais ainda mais antigos, mas teríamos de abrir todas as caixas para encontrá-los. Poderia demorar semanas até abrirmos todas elas.

Olhando para um exemplar de 10 de janeiro de 1840 do *Boston Daily Advertiser,* Julia subitamente registrou o fato de que ele usara a palavra *abrirmos*. Ela ergueu a cabeça.

— Lamento, Sr. Page, mas não pretendo ficar muito tempo. Poderia apenas me mostrar o que encontrou a respeito de minha casa?

— Oh, sim. A casa de Hilda. — Para surpresa de Julia, ele se afastou, a bengala golpeando o chão de madeira. — Construída em 1880 — gritou enquanto entrava em outro cômodo. — Por uma ancestral minha chamada Margaret Tate Page.

Julia seguiu Henry até uma cozinha que parecia não ser reformada desde os anos 1950. Os armários estavam encardidos e o fogão, manchado de gordura antiga e o que parecia ser molho seco de macarrão. Ele foi até a geladeira e pegou uma garrafa de vinho branco.

— A casa passou por diversas gerações. Todos nós éramos ratos silvestres, como Hilda — disse ele, introduzindo um saca-rolhas na garrafa. — Motivo pelo qual acumulamos este baú do tesouro de documentos. A casa esteve com nossa família durante todos esses anos. — Ele extraiu a rolha. — Até você comprá-la.

— Os ossos em meu jardim provavelmente foram enterrados antes de 1880 — disse Julia. — Foi o que a antropóloga da universidade me disse. A tumba é mais velha que a casa.

— Pode ser, pode ser. — Ele pegou duas taças de vinho do armário.

— O que você encontrou nestas caixas não vai nos dizer coisa alguma sobre os ossos. — *E eu estou perdendo meu tempo.*

— Como pode dizer uma coisa dessas? Você ainda nem olhou para os jornais. — Ele encheu as taças e estendeu uma para Julia.

— Não é um pouco cedo para beber? — perguntou ela.

— Cedo? — desdenhou. — Tenho 89 anos e quatrocentas garrafas de excelente vinho no porão, que pretendo consumir. Estou mais preocupado em ser *muito tarde* para começar a beber. Portanto, por favor, me acompanhe. Uma garrafa sempre sabe melhor quando a tomamos com outra pessoa.

Ela pegou a taça.

— Agora, sobre o que falávamos? — perguntou o velho.

— A tumba da mulher é mais velha que a casa.

— Ah. — Ele pegou sua taça e voltou à biblioteca. — Pode ser mesmo.

— Portanto, não vejo o que possa haver nestas caixas que me esclareça a identidade dela.

Ele remexeu a papelada sobre a mesa de jantar e separou uma folha, que pousou diante de Julia.

— Aqui, Srta. Hamill. Aqui está a pista.

Ela olhou para a carta manuscrita, datada de 20 de março de 1888.

Querida Margaret,

Agradeço suas gentis condolências, tão sinceramente externadas, pela perda de minha querida Amelia. Este foi um inverno difícil para mim, já que a cada mês venho perdendo um velho amigo para a doença ou para a velhice. Agora, é com profundo pesar que devo considerar os breves anos que me restam.

Dou-me conta de que esta é, talvez, minha última chance de mencionar um assunto difícil, que deveria ter sido abordado há muito tempo. Tenho relutado em falar, pois sei que sua tia preferia que você nada soubesse a esse respeito...

Julia ergueu a cabeça.

— Isso foi escrito em 1888. Bem depois de os ossos terem sido enterrados.

— Continue a ler — disse ele.

E ela leu até o último parágrafo.

Por enquanto, anexo o recorte de jornal que mencionei anteriormente. Se não quiser saber mais detalhes, por favor diga-me e jamais voltarei a mencionar o assunto. Mas se a história de seus pais realmente lhe interessar, então pegarei a pena na próxima oportunidade. E você saberá a história, a verdadeira história, de sua tia e do Estripador de West End.

Atenciosamente,
O. W. H.

— Você sabe quem era *O.W.H.*? — perguntou Henry. Seus olhos, ampliados pelas lentes dos óculos, brilhavam de excitação.

— Você me disse ao telefone que era Oliver Wendell Holmes.

— E você *sabe* quem ele era?

— Um juiz da Suprema Corte, não é isso?

Henry emitiu um gemido de desespero.

— Não, esse era Oliver Wendell Holmes *Júnior*, o filho! Esta carta é de Wendell *pai*. Deve ter ouvido falar *dele*.

Julia franziu as sobrancelhas.

— Ele era escritor, não é mesmo?

— Isso é *tudo* o que sabe sobre ele?

— Desculpe. Não sou exatamente uma professora de história.

— Você é professora? De quê?

— Terceira série.

— Até mesmo uma professora de terceira série devia saber que Oliver Wendell Holmes pai era mais do que uma personalidade literária. Sim, era poeta, romancista e biógrafo. Também era conferencista, filósofo e uma das vozes mais influentes em Boston. E era algo mais. Entre suas contribuições para a humanidade, esta foi a mais importante de todas.

— E qual foi?
— Ele era médico. Um dos melhores de seu tempo.

Ela olhou para a carta com mais interesse.

— Então, isto tem importância histórica.
— A Margaret a quem ele se dirige nesta carta era minha bisavó, Dra. Margaret Tate Page, nascida em 1830. Foi uma das primeiras médicas de Boston. A casa que possui era *dela*. Em 1880, quando a casa foi construída, ela tinha 50 anos.
— Quem é esta tia que ele menciona na carta?
— Não faço idéia. Nada sei a respeito dela.
— Há outras cartas de Holmes?
— Espero encontrá-las aqui. — Ele olhou para as 12 caixas empilhadas junto à mesa. — Só revistei estas seis até agora. Tudo desorganizado, tudo fora de ordem. Mas aqui está a história de sua casa, Srta. Hamill. *Isto* é o que restou das pessoas que lá viveram.
— Ele disse que anexou um recorte. Você o encontrou?

Henry pegou um pedaço de jornal.

— Creio que é a isso que ele se referia.

O recorte estava tão envelhecido que ela teve dificuldade de ler o que estava escrito à luz escassa que entrava pela janela. Apenas quando Henry ligou um abajur ela pôde ver as palavras impressas.

Era datado de 28 de novembro de 1830.

Assassinato de West End Descrito como
"Chocante e Grotesco"

Às 22h de quarta-feira, policiais da Ronda Noturna foram chamados ao Hospital Geral de Massachusetts após o corpo da Srta. Agnes Poole, enfermeira, ter sido descoberto sobre uma grande poça de sangue na escada dos fundos do hospital. Seus ferimentos, de acordo com o policial Pratt da Ronda Noturna, não deixam dúvidas de que foi um ataque da mais brutal natureza, muito provavelmente infligido por um grande instrumento cortante, como uma faca de açougueiro. A única testemunha permanece anônima para este repórter, em atenção à sua segurança, mas o Sr. Pratt confirma ser uma jovem que descreveu o assassino como "vestindo uma capa negra como a Morte, e com asas de ave de rapina".

— Este assassinato ocorreu em Boston — disse Julia.
— A meio dia de carruagem de sua casa em Weston. E a vítima foi uma mulher.
— Não vejo qualquer ligação com minha casa.
— Oliver Wendell Holmes pode ser a ligação. Ele escreveu para Margaret, que morava em sua casa. Fez essa curiosa referência à tia dela e a um assassino chamado de o Estripador de West End. De algum modo, Holmes se envolveu neste caso de homicídio, um caso que se sentiu obrigado a contar para Margaret mais de cinqüenta anos depois. Por quê? Que segredo misterioso seria esse que ela jamais deveria saber?

O soar distante da sirena de um navio fez Julia erguer a cabeça.
— Gostaria de não ter de pegar a barca. Adoraria saber a resposta.
— Então não vá. Por que não passa a noite aqui? Vi sua bolsa de viagem na porta da frente.

— Não queria deixá-la no carro, por isso eu a trouxe comigo. Pretendia ficar em um motel em Lincolnville.

— Mas com todo este trabalho esperando! Tenho um quarto de hóspedes lá em cima com uma vista espetacular.

Ela olhou para a janela, para a névoa que se adensara ainda mais, e perguntou-se de que vista ele estaria falando.

— Mas talvez não valha a pena para você. Parece que sou o único que se importa com história hoje em dia. Achei que talvez sentisse o mesmo, uma vez que *tocou* nos ossos dela. — Ele suspirou. — Oh, bem. O que importa? Algum dia, estaremos todos iguais a ela. Mortos e esquecidos. — Ele deu-lhe as costas. — A última barca sai às 16h30. Deve ir agora, se quiser pegá-la.

Ela não se mexeu. Ainda pensava no que ele lhe dissera. Sobre mulheres esquecidas.

— Sr. Page? — disse ela.

Ele se voltou, um pequeno gnomo curvado agarrado a uma bengala nodosa.

— Acho que vou passar a noite aqui.

Para um homem de sua idade, Henry certamente deveria maneirar na bebida. Ao terminarem de jantar, estavam quase acabando a segunda garrafa de vinho, e Julia tinha dificuldade de se concentrar. A noite caíra lá fora e, à luz do abajur, tudo na sala parecia envolto por uma névoa cálida. Fizeram a refeição à mesma mesa onde os papéis estavam espalhados e, junto aos restos de frango, havia uma pilha de cartas e jornais velhos que ela ainda teria de examinar. Mas Julia não poderia lê-las naquela noite, não do modo como sua cabeça rodava.

Henry não parecia disposto a parar de beber. Ele voltou a encher a taça e tomou um gole enquanto procurava outro documento em uma interminável coleção de cartas manuscritas endereçadas a Margaret Tate Page. Havia cartas de filhos, netos e colegas de medicina do mundo inteiro. Como Henry ainda conseguia ler aquela tinta esmaecida após tantas taças de vinho? Afinal, 89 anos era um bocado de tempo, embora Henry tivesse bebido mais do que ela e certamente a vencesse naquela maratona de leitura noturna.

Ele a olhou por cima do aro dos óculos.

— Desistiu?

— Estou exausta. E um tanto tonta, creio eu.

— São apenas 22h.

— Não tenho sua energia. — Ela o observou levar a carta para junto dos óculos, forçando a vista para ler a escrita quase apagada. — Fale-me sobre Hilda, sua prima.

— Era professora escolar, como você. — Enquanto folheava a carta, ele acrescentou, distraído: — Nunca teve filhos.

— Nem eu.

— Não gosta de crianças?

— Adoro.

— Hilda não.

Julia afundou na cadeira olhando para a pilha de caixas, o único legado de Hilda Chamblett.

— Então é por isso que ela morava sozinha. Ela não tinha ninguém.

Henry ergueu a cabeça.

— Por que você acha que eu moro sozinho? Vivo assim porque quero! Quero ficar em minha própria casa, não em um asilo. — Ele pegou a taça de vinho. — Hilda também era assim.

Teimosa? Irascível?

— Morreu onde queria — disse ele. — Em casa, em seu jardim.

— Só acho triste ter ficado lá caída durante vários dias antes de alguém encontrá-la.

— Com certeza acontecerá o mesmo comigo. Meu sobrinho-neto provavelmente encontrará minha carcaça sentada bem aqui nesta cadeira.

— Este é um pensamento terrível, Henry.

— É uma conseqüência de se apreciar a privacidade. Você mora sozinha; portanto, deve saber a que me refiro.

Ela olhou para a taça.

— Não é escolha minha — disse ela. — Meu marido me deixou.

— Por quê? Você parece ser uma mulher bastante agradável.

Bastante agradável. Claro, e isso faz os homens correrem feito loucos atrás de mim. A observação soou-lhe tão casualmente insultuosa que ela riu. Mas em algum lugar no meio do riso as lágrimas afluíram. Ela se lançou para a frente e escondeu o rosto entre as mãos, lutando para manter as emoções sob controle. Por que aquilo estava acontecendo naquele instante, por que ali, diante daquele homem que ela mal conhecia? Durante meses depois da partida de Richard ela não chorara e impressionara a todos com seu estoicismo. Agora, parecia não conseguir conter as lágrimas, contra as quais lutava com tanto empenho que seu corpo começou a tremer. Henry não disse palavra e nem tentou consolá-la. Simplesmente a observou, do mesmo modo como observava aqueles jornais velhos, como se aquele rompante fosse algo novo e curioso.

Ela enxugou o rosto e ergueu-se de supetão.

— Vou lavar a louça — disse ela. — Depois, acho que vou dormir. — Ela pegou os pratos sujos e dirigiu-se à cozinha.

— Julia — disse ele. — Qual é o nome dele? Do seu marido.

— Richard. E ele é meu ex-marido.

— Você ainda o ama?

— Não — murmurou Julia.

— Então por que diabos está chorando por causa dele? — perguntou Henry, indo diretamente à raiz do problema.

— Porque sou uma idiota.

Em algum lugar da casa, um telefone tocava.

Julia ouviu Henry passar pela porta de seu quarto, a bengala batendo no chão à medida que avançava. Quem quer que estivesse ligando sabia que era necessário esperar algum tempo até ele atender, porque tocou mais de 12 vezes antes de ele finalmente chegar ao aparelho. Ao longe, ela o ouviu dizer:

— Alô?

Então, alguns segundos depois:

— Sim, ela está aqui neste instante. Remexemos as caixas. Para ser honesto, ainda não decidi.

Decidiu o quê? Com quem ele estava falando?

Julia se esforçou para ouvir as palavras seguintes, mas a voz de Henry baixara, e tudo o que ela foi capaz de ouvir foi um murmúrio indistinto. Após um instante ele se calou, e ela ouviu apenas o mar do lado de fora de sua janela e os rangidos e gemidos da casa velha.

Na manhã seguinte, à luz do dia, o telefonema não lhe pareceu nem um pouco embaraçoso.

Ela pulou da cama, vestiu uma calça jeans e uma camiseta limpa e foi até a janela. Também não havia vista naquele dia. Quando muito, a neblina parecia ainda mais densa, pressionando a janela com tal força que ela pensou que, caso estendesse a mão para fora, esta afundaria em algo parecido com algodão-doce acinzentado. Vim de carro até o Maine, pensou, e ainda não vi o mar uma única vez.

Ouviu uma batida forte à porta e voltou-se, assustada.

— Julia! — chamou Henry. — Já está acordada?

— Estou me levantando.

— Precisa descer imediatamente.

A urgência na voz dele a fez atravessar o quarto e abrir a porta. Ele estava em pé no corredor, o rosto iluminado de excitação.

— Encontrei outra carta.

12

1830

Uma névoa de fumaça de charuto pairava como uma cortina fina sobre a sala de dissecação, o bem-vindo odor do tabaco mascarando o fedor dos cadáveres. Na mesa em que Norris trabalhava, jazia um cadáver com o tórax aberto, e os pulmões e o coração eviscerados repousavam em um monte fedorento dentro do balde. Nem mesmo a sala gelada podia retardar o inevitável processo de decomposição, que já ia avançado quando o cadáver chegara do estado de Nova York. Havia dois dias, Norris observara a entrega de 14 barris, transbordando de salmoura.

— Ouvi dizer que teremos de consegui-los em Nova York agora — comentou Wendell enquanto o grupo de quatro alunos abria caminho no abdome, mãos nuas afundando na massa gélida dos intestinos.

— Não há pobres suficientes morrendo em Boston — disse Edward. — Nós os tratamos com excessiva indulgência, e eles ficam muito saudáveis. Então, quando morrem, não podemos usá-los. Em Nova York, eles apenas desenterram os corpos no cemitério de indigentes, sem perguntas.

— Isso não pode ser verdade — disse Charles.

— Eles têm duas valas diferentes. A vala dois é para os corpos que ninguém reivindica. — Edward olhou para o cadáver, cujo rosto enrugado trazia as marcas de muitos anos difíceis. O braço esquerdo, que outrora se quebrara, acabara ficando torto. — Este aqui, definitivamente, devia estar na vala dois. Algum velho irlandês, não acha?

Seu instrutor, o Dr. Sewall, caminhava pela sala de dissecação, ao longo das mesas de corpos onde os jovens trabalhavam, quatro para cada cadáver.

— Quero que removam completamente os órgãos internos hoje — disse ele. — Estragam rapidamente. Se ficarem muito tempo no corpo até mesmo aqueles que crêem ter estômago forte logo acharão o fedor intolerável. Fumem todos os charutos que quiserem, se afoguem em uísque, mas garanto que um bafo de intestinos decompostos durante uma semana vai derrubar até mesmo o mais forte de vocês.

E o mais fraco entre nós já está com problemas, pensou Norris ao olhar para Charles, cujo rosto pálido estava envolto em fumaça enquanto tirava frenéticas baforadas de seu charuto.

— Vocês viram os órgãos *in situ* e testemunharam algumas das engrenagens ocultas desta máquina milagrosa — disse Sewall. — Nesta sala, cavalheiros, desvendamos o mistério da vida. Ao desmontar a obra-prima de Deus, examinem como foi concebida, observem as partes em seus lugares de origem. Testemunhem como cada órgão é vital para o todo. — Sewall fez uma pausa na mesa de Norris e examinou os órgãos dentro do balde, erguendo-os com as mãos nuas. — Qual de vocês eviscerou o coração e os pulmões? — perguntou.

— Fui eu, senhor — disse Norris.

— Bom trabalho. O melhor que vi nesta sala. — Sewall olhou para o aluno. — Imagino que já fez isso antes.
— Na fazenda, senhor.
— Carneiros?
— E porcos.
— Nota-se que sabe usar uma faca. — Sewall olhou para Charles. — Suas mãos ainda estão limpas, Sr. Lackaway.
— Eu... eu quis dar oportunidade para os outros começarem.
— Começarem? Já acabaram com o tórax e estão no abdome. — Ele olhou para o cadáver e fez uma careta. — Pelo cheiro, este aqui está apodrecendo rapidamente. Vai apodrecer antes que você pegue sua faca, Sr. Lackaway. O que está esperando? Suje suas mãos.
— Sim, senhor.

Quando o Dr. Sewall saiu da sala, Charles pegou a faca, relutante. Olhando para seu irlandês que se decompunha prematuramente, ele hesitou, a lâmina pairando sobre o intestino. Enquanto criava coragem, subitamente um pedaço de pulmão atravessou a mesa e atingiu-o no peito. Ele deu um grito e se afastou, tentando livrar-se freneticamente da massa sangrenta.

Edward riu.
— Você ouviu o Dr. Sewall. Suje suas mãos!
— Pelo amor de Deus, Edward!
— Devia ver seu rosto, Charlie. Parecia que joguei um escorpião em você.

Agora que o Dr. Sewall estava fora da sala, os alunos tornavam-se indisciplinados. Uma garrafa de uísque começou a rodar entre eles. A equipe da mesa ao lado ergueu o cadáver que trabalhava e enfiou um charuto aceso em sua boca. A fumaça subiu diante dos olhos sem vida.

— É nojento — disse Charles. — Não posso fazer isso. — Ele baixou a lâmina. — Eu nunca *desejei* ser médico!

— Quando pretende contar ao seu tio? — perguntou Edward.

Uma gargalhada irrompeu no outro lado da sala, onde o chapéu de um aluno acabou na cabeça do cadáver de uma mulher. Mas o olhar de Charles continuava no corpo do irlandês, cujo braço esquerdo deformado e a espinha curva eram um mudo testemunho de uma vida sofrida.

— Vamos lá, Charlie — encorajou Wendell, entregando-lhe uma faca. — Não é assim tão ruim depois que se começa. Não desperdicemos o corpo deste pobre irlandês. Ele tem muito a nos ensinar.

— Para você, Wendell, que adora esse tipo de coisa.

— Já extraímos o omento. Você pode eviscerar o intestino delgado.

Enquanto Charles olhava para a faca que lhe fora oferecida, alguém gritou do outro lado da sala:

— Charlie! Não vá desmaiar de novo!

Vermelho como um tomate, Charles pegou a faca. De má vontade, começou a cortar. Mas não realizava uma remoção cuidadosa. Em vez disso, desferia golpes selvagens, a lâmina ferindo o intestino e liberando um fedor tão terrível que Norris se afastou, levando a mão ao rosto.

— Pare — disse Wendell. Ele pegou o braço de Charles, mas o outro continuou trabalhando. — Você está fazendo uma lambança!

— Você me disse para cortar! Você me disse para ficar com as mãos ensangüentadas! É isso que meu tio vive me dizendo, que um médico é inútil se não suja as mãos de sangue!

— Não somos seu tio — disse Wendell. — Somos seus amigos. Agora, *pare*.

Charles jogou fora a faca. O baque do instrumento sobre a bandeja foi abafado pela desordem dos jovens, entregues a uma tarefa tão grotesca na qual a única atitude saudável era manter uma perversa frivolidade.

Norris pegou a faca e perguntou em voz baixa:
— Você está bem, Charles?
— Estou. — Charles suspirou. — Estou muito bem.
Um aluno que estava à porta murmurou:
— Sewall está voltando!

Imediatamente a sala ficou em silêncio. Chapéus saíram das cabeças dos cadáveres. Os corpos voltaram às suas posições de digno repouso. Quando o Dr. Sewall entrou novamente na sala, viu apenas alunos diligentes e rostos compenetrados. Ele foi direto até a mesa de Norris e parou, olhando para os intestinos dilacerados.

— Que diabos é *isso*? — Chocado, olhou para os quatro alunos. — Quem é o responsável por esta carnificina?

Charles parecia estar no limiar das lágrimas. Para Charles, cada dia parecia trazer uma nova humilhação, uma nova chance para revelar sua incompetência. Sob o olhar de Sewall, ele parecia perigosamente perto de um colapso.

Ansioso, Edward explicou:
— O Sr. Lackaway estava tentando eviscerar o intestino delgado, senhor, e...
— É minha culpa — intrometeu-se Norris.
Sewall olhou para ele, incrédulo.
— Sr. Marshall?
— Foi... foi uma brincadeira de mau gosto. Charles e eu... bem, perdemos o controle e nos desculpamos sinceramente. Não é mesmo, Charles?

Sewall olhou para Norris um instante.
— À luz de sua óbvia habilidade como dissecador, esta má conduta é duplamente frustrante. Que não volte a se repetir.
— Não voltará, senhor.
— Fui informado de que o Dr. Grenville deseja vê-lo, Sr. Marshall. Ele o espera no escritório.
— Agora? Qual o assunto?

— Sugiro que descubra. Vá. — Sewall voltou-se para a classe. — Quanto ao resto de vocês, chega de brincadeiras tolas. Vamos, cavalheiros!

Norris limpou as mãos no avental e disse para os colegas:

— Vou ter de deixar vocês três terminarem o velho irlandês.

— O que o Dr. Grenville quer com você? — perguntou Wendell.

— Não faço idéia — respondeu Norris.

— Professor Grenville?

Sentado à sua escrivaninha, o reitor da faculdade de medicina ergueu a cabeça. Iluminado por trás pela luz sombria do dia que atravessava a janela, sua silhueta lembrava a cabeça de um leão, com uma juba de cabelos grisalhos e crespos. Enquanto Norris esperava à porta, sentiu Aldous Grenville observando-o atentamente e perguntou-se o que aprontara para ser chamado à sua sala. Durante o longo trajeto pelo corredor, ele vasculhara a memória em busca de algum incidente que pudesse ter chamado a atenção do Dr. Grenville. Certamente devia haver alguma coisa, porque Norris não conseguia pensar em outro motivo para o reitor notar, entre as dezenas de novos estudantes, um mero filho de fazendeiro de Belmont.

— Entre, Sr. Marshall. E, por favor, feche a porta.

Ansioso, Norris sentou-se. Grenville acendeu uma lamparina e a chama projetou um brilho cálido sobre a mesa polida e a estante de cerejeira. A silhueta transformou-se em um rosto severo, com bastas costeletas. Embora tivesse tanto cabelo quanto um jovem, este ficara prateado, emprestando muita autoridade aos seus traços já impressionantes. Ele se recostou à cadeira, e seus olhos escuros eram duas órbitas estranhas, refletindo a luz da lamparina.

— Você esteve, no hospital — disse Grenville. — Na noite em que Agnes Poole morreu.

Norris ficou surpreso pela abrupta introdução de assunto tão terrível e só conseguiu menear a cabeça. O assassinato ocorrera havia seis dias, e desde então os boatos corriam soltos pela cidade, especulando quem ou o que, poderia tê-la matado. O *Daily Advertiser* descrevera um demônio alado. Boatos sobre papistas eram inevitáveis, sem dúvida espalhados pelo patrulheiro Pratt. Mas também se ouviam outros rumores. Um pregador em Salem falara do mal iminente, de criaturas malignas e de estrangeiros adoradores do demônio que só podiam ser combatidos pela mão de Deus. Na noite anterior, as histórias ultrajantes haviam levado um bando de bêbados a caçar um pobre italiano na rua Hanover, forçando-o a se refugiar em uma taberna.

— Você foi o primeiro a encontrar a testemunha. A jovem irlandesa — disse Grenville.

— Sim.

— Você a viu depois aquela noite?

— Não, senhor.

— Sabe que a Ronda Noturna está procurando por ela?

— O Sr. Pratt me falou. Nada sei sobre a Srta. Connolly.

— O Sr. Pratt me fez acreditar no contrário.

Então fora por isso que o chamara. A Ronda Noturna queria que Grenville o pressionasse em busca de informações.

— A jovem não é vista na pensão onde mora desde aquela noite — disse Grenville.

— Certamente ela deve ter família em Boston.

— Apenas o cunhado, um alfaiate chamado Sr. Tate. Ele disse à Ronda Noturna que ela é um tanto idiota, com tendência a fazer alegações absurdas. Ela chegou a *acusá-lo* de tentar violentá-la.

Norris lembrou-se de como Rose Connolly ousara questionar a opinião do eminente Dr. Crouch, um ato de incrível ousadia por parte de uma jovem que deveria saber o seu lugar. Mas idiota? Não, o que Norris vira na enfermaria naquela tarde fora uma jovem que mantinha sua posição com firmeza, uma menina protegendo a irmã moribunda.

— Nada vi de insano naquela jovem — disse ele.

— Ela fez alegações estranhas. Sobre a criatura com a capa.

— Ela se referiu àquilo como uma *figura*, senhor. Ela nunca disse que era algo sobrenatural. Foi o *Daily Advertiser* que apelidou o assassino de o Estripador de West End. Ela podia estar assustada, mas não estava histérica.

— Você não pode informar ao Sr. Pratt onde ela está?

— Por que acha que eu saberia?

— Ele sugeriu que você conhece melhor... a gente dela.

— Entendo. — Norris sentiu o rosto se contrair. *Então eles acham que um garoto de fazenda com um terno ainda é apenas um garoto de fazenda.* — Posso perguntar por que subitamente é tão urgente encontrá-la?

— Ela é uma testemunha e só tem 17 anos. Há a segurança dela a ser considerada. E a segurança da criança.

— É difícil crer que o Sr. Pratt se importe com o bem-estar dela. Há algum outro motivo para ele a estar procurando?

Grenville fez uma pausa, mas em seguida admitiu:

— Há um assunto que o Sr. Pratt preferia que não fosse divulgado pela imprensa.

— Que assunto?

— A respeito de uma jóia. Um medalhão que a Srta. Connolly empenhou em uma loja de penhores.

— Qual o significado desse medalhão?

— Não pertence a ela. Por direito, deveria ter sido entregue ao marido da irmã.

— Está dizendo que a Srta. Connolly é uma ladra?

— Eu, não. O Sr. Pratt.

Norris pensou na jovem e em sua feroz lealdade para com a irmã.

— Não a imagino como uma criminosa.
— Como ela lhe pareceu ser?
— Uma jovem inteligente. E decidida. Mas não uma ladra.

Grenville assentiu.

— Eu passarei esta opinião para o Sr. Pratt.

Pensando que a entrevista terminara, Norris fez menção de se levantar, mas Grenville disse:

— Mais um instante, Sr. Marshall. Tem outro compromisso?
— Não, senhor. — Norris voltou a se acomodar na cadeira. Ficou ali sentado, incomodado, enquanto Grenville o observava em silêncio.

— Você está satisfeito com o curso? — perguntou o reitor.
— Sim, senhor. Muito.
— E com o Dr. Crouch?
— Ele é um excelente professor. Estou grato por ele ter me aceitado. Aprendi muito sobre obstetrícia com ele.
— No entanto, sei que você tem opiniões próprias sobre o assunto.

Subitamente, Norris sentiu-se incomodado. Teria o Dr. Crouch se queixado? Enfrentaria agora as conseqüências?

— Não pretendia questionar seus métodos — disse Norris. — Só queria contribuir...
— Os métodos não devem ser questionados caso não funcionem?
— Não devia tê-lo desafiado. Certamente não tenho a experiência do Dr. Crouch.
— Não. Você tem uma experiência de fazendeiro. — Norris corou, e Grenville acrescentou: — Você acha que acabei de insultá-lo.
— Não tenho a pretensão de intuir suas intenções.
— Não pretendi insultá-lo. Conheci muitos meninos de fazenda inteligentes. E mais de um cavalheiro imbecil. O que quero

dizer com meu comentário sobre fazendeiros é que você tem experiência prática. Você observou o processo de gestação e nascimento.

— Mas, como bem lembrou o Dr. Crouch, uma vaca não pode ser comparada a um ser humano.

— Claro que não. As vacas são muito mais sociáveis. Seu pai deve concordar com isso. De outro modo não se esconderia naquela fazenda.

Norris fez uma pausa, atônito.

— Conhece meu pai?

— Não, mas sei quem ele é. Ele deve se orgulhar por você perseverar em um curso tão exigente.

— Não, senhor. Ele está infeliz com minha escolha.

— Como é possível?

— Ele queria que eu fosse fazendeiro. Considera os livros uma perda de tempo. Eu nem mesmo estaria aqui, na faculdade de medicina, se não fosse a generosidade do Dr. Hallowell.

— O Dr. Hallowell, de Belmont? O cavalheiro que escreveu a sua carta de recomendação?

— Sim, senhor. Verdadeiramente, não há homem mais gentil. Ele e a mulher sempre me fizeram sentir bem-vindo em sua casa. Ele pessoalmente me deu aulas de medicina e me encorajou a pegar livros de sua própria biblioteca. Parecia que a cada mês havia livros novos, e ele me deu acesso irrestrito. Romances. História grega e romana. Volumes de Dryden, Pope e Spenser. É uma coleção extraordinária.

Grenville sorriu.

— E você fez bom uso dela.

— Os livros foram minha salvação — disse Norris, então ficou subitamente embaraçado por ter usado uma palavra tão reveladora. Mas salvação era exatamente o que os livros haviam significado para ele nas noites desoladas da fazenda, noites em que ele e o pai tinham pouco a dizer um ao outro. Quando falavam, era sobre se o feno ainda estava muito úmido, ou quão perto as vacas estavam de parir. Não falavam sobre o que atormentava a ambos.

E jamais falariam.

— É uma pena que seu pai não o tenha encorajado — disse Grenville. — Contudo, chegou muito longe com bem poucos recursos.

— Encontrei... emprego na cidade. — Desagradável que fosse seu trabalho com Jack Burke. — É o bastante para pagar minha educação.

— Seu pai não contribui com coisa alguma?

— Ele tem pouco a enviar.

— Espero que seja mais generoso com Sophia. Ela merece coisa melhor.

Norris ficou surpreso à menção daquele nome.

— Conhece minha mãe?

— Quando minha mulher Abigail ainda era viva, ela e Sophia eram grandes amigas. Mas isso faz muito tempo, antes de você nascer. — Ele fez uma pausa. — Foi uma surpresa para nós quando Sophia subitamente se casou.

E a maior surpresa de todas, pensou Norris, deve ter sido a escolha do marido, um fazendeiro com pouca instrução. Embora Isaac Marshall fosse um homem bonito, ele não tinha interesse em música nem nos livros que Sophia tanto prezava, nenhum interesse em nada afora suas plantações e seu gado. Norris disse, hesitante:

— Você sabe que minha mãe não vive mais em Belmont?

— Ouvi dizer que estava em Paris. Ainda está por lá?

— Ao que eu saiba.

— Você não sabe?

— Ela não se corresponde comigo. Acho que a vida na fazenda não foi nada fácil para ela. E ela... — Norris parou de falar. A lembrança da partida da mãe pareceu-lhe um punho se fechando dentro de seu peito. Ela fora embora em um sábado, um dia de que ele mal se lembrava, porque estava muito doente. Semanas depois, ele ainda estava doente e cambaleante quando desceu até a cozinha e encontrou o pai, Isaac, olhando pela janela, olhando para a névoa de verão. O pai voltou-se para ele, a expressão tão distante quanto a de um desconhecido.

"Acabei de receber uma carta de sua mãe. Ela não vai voltar", foi tudo o que Isaac lhe disse antes de sair de casa e ir direto ao estábulo para tirar leite das vacas. Por que uma mulher escolheria viver com um homem cuja única paixão era o trabalho pesado e a visão de um campo bem arado? Ela fugira de Isaac. Fora Isaac quem obrigara Sophia a ir embora.

Contudo, à medida que o tempo passava, Norris acabou aceitando uma verdade que nenhum menino de 11 anos deveria ter de enfrentar: que sua mãe também fugira dele, abandonando o filho com um pai que tinha mais carinho pelas vacas do que pelo seu próprio sangue.

Norris inspirou e, ao expirar, imaginou a dor sendo liberada com o ar. Mas ainda estava ali, a antiga dor de não mais poder ver a mulher que lhe dera a vida e, depois, partira seu coração. Ele estava tão ansioso para terminar aquela conversa que subitamente disse:

— Devo voltar para a sala de dissecação. Era isso o que queria conversar comigo, senhor?

— Há algo mais. É sobre meu sobrinho.

— Charles?

— Ele fala muito bem de você. Chega a citá-lo. Ele era muito jovem quando o pai morreu de febre. Temo que Charles tenha herdado a constituição delicada do pai. Minha irmã o mimou demais quando menino; portanto, Charles desenvolveu o lado sensitivo. Isso torna o estudo da anatomia muito perturbador para ele.

Norris pensou no que acabara de ver no laboratório de anatomia: Charles, pálido e trêmulo, cortando aleatoriamente em cega frustração.

— Ele está tendo dificuldade nos estudos e recebe pouco estímulo do colega, Sr. Kingston. Apenas é ridicularizado.

— Wendell Holmes é outro bom amigo que o apóia.

— Sim, mas você talvez seja o dissecador mais habilidoso de sua turma. Foi o que o Dr. Sewall me disse. Portanto, eu gostaria que você desse a Charles orientação especial.

— Terei prazer em ajudá-lo, senhor.

— E não deixe que Charles saiba que conversamos sobre isso.

— Pode contar comigo, senhor.

Ambos se levantaram. Por um instante, Grenville observou em silêncio.

— Contarei.

13

Mesmo um observador desinteressado poderia dizer, com apenas um olhar, que os quatro jovens que entraram no Hurricane naquela noite não eram do mesmo nível social. Se um homem pode ser julgado pela qualidade do sobretudo, apenas isso separaria Norris de seus três colegas de turma. Certamente o separava do ilustre Dr. Chester Crouch, que naquela noite convidara seus quatro alunos para se juntarem a ele em uma rodada de bebidas. Crouch entrou na frente do grupo em meio à taberna lotada e foi até uma mesa junto à lareira. Lá, tirou o pesado sobretudo com colarinho de pele e entregou-o à jovem que se aproximou assim que viu o grupo entrar. A garçonete da taberna não foi a única mulher a notar sua presença. Um trio de meninas — lojistas ou aventureiras do interior — observava os rapazes, e uma delas corou ao receber um olhar de Edward, que simplesmente deu de ombros, tão acostumado estava a receber olhares das senhoritas.

À luz do fogo, Norris não conseguiu evitar admirar a elegante gravata de Edward, amarrada com um nó *à la Sentimentale*, seu sobretudo verde com botões de prata e colarinho de veludo. A imundície da sala de dissecação não impediu que os três colegas de Norris usassem suas camisas mais elegantes e seus coletes Marseilles enquanto cortavam o velho irlandês. Ele jamais arriscaria uma mancha em um tecido tão caro. Sua camisa era velha e puída e não valia o preço da gravata de Kingston. Olhou para as próprias mãos, onde ainda havia sangue seco sob as unhas. Vou para casa com o fedor daquele velho cadáver em minhas roupas, pensou.

O Dr. Crouch pediu:

— Uma rodada de conhaque e água para meus ótimos alunos. E um prato de ostras!

— Sim, doutor — disse a jovem, que, com um olhar malicioso para Edward, saiu correndo em meio às mesas lotadas para buscar as bebidas. Embora igualmente bem-vestidos, Wendell era muito baixo e Charles muito pálido e tímido para atraírem os mesmos olhares de admiração. Já Norris era o sujeito do casaco puído e dos sapatos podres. Aquele que não merecia um segundo olhar.

O Hurricane não era uma taberna que Norris freqüentasse. Embora aqui e ali despontasse um casaco com mau caimento ou o uniforme desbotado de algum policial de meio-expediente, o que ele via era uma multidão composta por gente usando colarinhos brancos e bons calçados, e colegas do curso de medicina devorando ostras com mãos que havia apenas algumas horas chafurdavam no sangue de cadáveres.

— A primeira dissecação é apenas uma introdução — disse Crouch, erguendo a voz para ser ouvido no ambiente barulhento. — Vocês não podem compreender a máquina em toda a sua grandeza até verem as diferenças entre jovem e velho, macho e fêmea. — Ele se inclinou em direção aos quatro alunos e continuou a falar com a voz mais baixa. — O Dr. Sewall está esperando um novo carregamento na semana que vem. Chegou a oferecer 30 dólares por espécime, mas há um problema de fornecimento.

— Com certeza as pessoas ainda estão morrendo — disse Edward.

— No entanto, enfrentamos escassez. Em anos anteriores, podíamos confiar nos fornecedores de Nova York e da Pensilvânia. Mas, agora, enfrentamos competição de toda parte. A Faculdade de Médicos e Cirurgiões de Nova York tem duzentos alunos matriculados este ano. A Universidade da Pensilvânia tem quatrocentos. Há uma corrida para adquirir os produtos... e que se acirra a cada ano.

— Não há tal problema na França — disse Wendell.

Crouch emitiu um suspiro de inveja.

— Na França eles sabem o que é vital para o bem comum. A Faculdade de Medicina de Paris tem pleno acesso aos hospitais de caridade. Seus alunos têm todos os cadáveres de que precisam para estudar. *Aquilo lá* é lugar para se estudar medicina.

A garçonete voltou com as bebidas e um prato de ostras fumegantes, que pousou sobre a mesa.

— Dr. Crouch — disse ela —, há um cavalheiro que deseja lhe falar. Diz que chegou a hora de sua mulher e que ela está sofrendo.

Crouch olhou ao redor na taberna.

— Qual cavalheiro?

— Está esperando lá fora, com uma carruagem.

Suspirando, Crouch levantou-se.

— Parece que terei de deixá-los.

— Devemos acompanhá-lo? — perguntou Wendell.

— Não, não. Não desperdicem estas ostras. Vejo vocês amanhã, na enfermaria.

Enquanto o Dr. Crouch saía pela porta, seus quatro alunos não perderam tempo atacando o prato.

— Ele está certo, vocês sabem — disse Wendell, erguendo uma ostra suculenta. — Paris é o lugar onde estudar, e ele não é o único a dizer isso. Estamos em desvantagem. O Dr. Jackson encorajou James a completar seus estudos na França, e Johnny Warren também irá para Paris.

— Se nossa educação é tão inferior, por que *você* ainda está aqui? — desdenhou Edward.

— Meu pai acha que estudar em Paris é uma extravagância desnecessária.

Apenas uma extravagância para ele, pensou Norris. Para mim, uma impossibilidade.

— Não tem vontade de ir? — perguntou Wendell. — Ser aluno de Louis e Chomel? Estudar cadáveres frescos, não esses espécimes em salmoura praticamente desgrudando dos ossos de tão podres? Os franceses sabem o valor da ciência. — Jogou uma casca de ostra vazia no prato. — *Aquilo* é lugar para se estudar medicina.

— Quando eu for a Paris — disse Edward em meio a uma risada —, não será para estudar. A não ser que o assunto seja anatomia feminina. E pode-se estudar esta matéria em qualquer parte.

— Embora não tão bem quanto em Paris — disse Wendell, rindo com malícia enquanto limpava o molho acumulado no queixo. — Se é que devemos dar ouvidos às histórias sobre o entusiasmo das francesas.

— Com uma carteira bem recheada, pode-se comprar entusiasmo em toda parte.

— O que dá esperança até mesmo para homens baixos como eu. — Wendell ergueu o copo. — Ah, sinto um poema se formando. Uma ode às francesas.

— Por favor, não — resmungou Edward. — Sem versos por hoje!

Norris foi o único que não riu. Aquela conversa sobre Paris, sobre mulheres que podiam ser compradas, abria a mais profunda ferida de sua infância. *Minha mãe preferiu Paris a mim.* E quem foi o homem que a levou para lá? Embora o pai se recusasse a falar a respeito, Norris fora forçado a chegar àquela conclusão inevitável. Certamente havia um homem envolvido. Sophia mal tinha 30 anos, era uma mulher bonita, inteligente e cheia de energia presa em uma fazenda na pacata Belmont. Em qual de suas viagens a Boston ela o teria conhecido? Que promessas teria ouvido, que vantagens ele teria lhe oferecido para compensar o abandono do filho?

— Você está muito calado hoje à noite — disse Wendell. — É por causa de seu encontro com o Dr. Grenville?

— Não, já disse que não foi nada. Era apenas sobre Rose Connolly.

— Ah, aquela irlandesa — disse Edward em meio a uma careta. — Tenho a impressão de que o Sr. Pratt tem mais provas contra ela do que sabemos. E não se trata apenas de alguma bijuteria barata que ela teria roubado. Garotas que roubam são capazes de coisa pior.

— Não entendo como pode dizer isso a respeito dela — exclamou Norris. — Você nem mesmo a conhece.

— Estávamos todos na enfermaria naquele dia. Ela demonstrou uma total falta de respeito pelo Dr. Crouch.

— Isso não a torna uma ladra.

— Isso a torna uma pirralha mal-agradecida. O que é tão ruim quanto. — Edward jogou uma concha vazia no prato. — Anotem minhas palavras, cavalheiros. Ainda ouviremos falar a respeito da Srta. Rose Connolly.

Norris bebeu muito naquela noite. Podia sentir os efeitos do álcool enquanto caminhava trôpego ao longo do rio, a barriga cheia de ostras, o rosto corado de conhaque. Fora uma refeição gloriosa, a melhor que fizera desde que chegara a Boston. Tantas ostras, mais do que ele pensava ser capaz de consumir! Mas o calor do álcool não evitava o vento de gelar os ossos que soprava do rio Charles. Pensou em seus três colegas, a caminho de aposentos muito superiores aos dele, e imaginou o calor das lareiras e o conforto dos quartos que os esperavam.

Seu sapato atingiu um seixo desnivelado do calçamento, e ele tropeçou para a frente, mal conseguindo se equilibrar antes de cair. Tonto pela bebida, ficou oscilando ao vento, e olhou para o outro lado do rio. Ao norte, na extremidade da ponte de Prison Point, via-se o brilho tênue da prisão estadual. A oeste, do outro lado da baía, viu as luzes do presídio de Lechmere Point. Ver prisões em todas as direções era uma visão animadora, uma lembrança do quanto era possível decair. De um distinto cavalheiro para um mero lojista, pensou, é apenas questão de um mau passo nos negócios, uma rodada de cartas ruins. Tire-lhe a casa luxuosa e a carruagem, e subitamente o sujeito se torna um mero barbeiro ou carpinteiro. Tome outro tombo, faça outra dívida, e acaba vestindo farrapos e vendendo fósforos pelas ruas ou varrendo calçadas por um centavo. Mais um tombo e lá está você, tremendo de frio em uma cela em Lechmere Point ou atrás das grades em Charlestown.

Dali, só se podia descer mais um degrau: o da própria cova.

Oh, sim, era uma visão sinistra, mas era também o que alimentava sua ambição. Ele era movido não pelo fascínio de pratos de ostras intermináveis ou por um gosto por sapatos de pelica ou colarinhos de veludo. Não. Era aquela visão em outra direção, sobre o precipício, a noção do quanto se podia cair, que o motivava.

Preciso estudar, pensou. Ainda há tempo hoje à noite e não estou assim tão bêbado que não possa ler mais um capítulo do Wistar, enfiar mais alguns fatos em minha cabeça.

Mas após subir a escada estreita até o sótão gelado onde dormia, estava cansado demais para sequer abrir o livro, que ficou sobre a escrivaninha junto à janela. Para economizar velas, tateou no escuro. Melhor não desperdiçar luz e despertar mais cedo, quando sua mente estivesse descansada. Quando pudesse ler à luz do dia. Ele se despiu ao brilho tênue da janela, olhando através do terreno nos fundos do hospital enquanto tirava a gravata e desabotoava o colete. Ao longe, além da mancha escura do pátio, luzes brilharam nas janelas do hospital. Ele imaginou as enfermarias em penumbra, gente tossindo, e as longas fileiras de camas em que os pacientes dormiam. Tinha muitos anos de estudo pela frente, embora jamais tivesse duvidado de que seu lugar era ali. Que aquele instante, naquele sótão frio, era parte da jornada que começara havia muitos anos, quando era menino e viu o pai estripar um porco e viu o coração do animal ainda batendo dentro do peito. Ele apertou o próprio peito, sentiu seu próprio coração batendo e pensou: somos iguais. Porcos, vacas e seres humanos, a máquina é a mesma. Se eu conseguir entender o que move a fornalha, o que faz as rodas girarem, saberei como manter esta máquina funcionando. Saberei como enganar a morte.

Tirou os suspensórios, despiu a calça e dobrou-os sobre uma cadeira. Tremendo, entrou debaixo das cobertas. Com o estômago cheio e ainda tonto de conhaque, adormeceu instantaneamente.

E quase tão instantaneamente foi acordado por uma batida à porta.

— Sr. Marshall? Sr. Marshall, você está aí?

Norris pulou da cama e cambaleou pelo sótão. Ao abrir a porta, viu o velho zelador do hospital, seu rosto iluminado por uma lamparina tremulante.

— Precisam de você no hospital — disse o velho.

— O que houve?

— Uma carruagem capotou na ponte do canal. Temos feridos chegando e não conseguimos encontrar a enfermeira Robinson. Mandaram chamar outros médicos, mas, com você aqui tão perto, achei que deveria chamá-lo também. Melhor um estudante de medicina do que nada.

— Sim, claro — disse Norris, ignorando a descortesia não intencional. — Logo estarei lá.

Ele se vestiu no escuro, lutando com a calça, com as botas e o colete. Não se incomodou em vestir um sobretudo. Se a situação fosse sangrenta, teria de tirá-lo de qualquer modo. Vestiu um casaco para se proteger do frio e desceu os degraus escuros. O vento soprava do oeste, prenhe dos odores do rio. Decidiu atravessar diretamente pelo gramado, e logo as pernas da calça ficaram encharcadas por causa da grama molhada. Seu coração batia de ansiedade. Uma carruagem capotada, pensou. Múltiplos ferimentos. Saberia o que fazer? Ele não tinha medo de ver sangue. Já vira o bastante no matadouro da fazenda. O que ele temia era sua própria ignorância. Estava tão concentrado na crise que teria pela frente que não compreendeu o que estava ouvindo. Alguns passos depois, ouviu outra vez. E parou.

Era um gemido de mulher, e vinha da margem do rio.

Um som de sofrimento ou apenas uma prostituta atendendo um cliente? Em outras noites ele já vira casais copulando ao longo do rio, à sombra da ponte, ouvira gemidos e grunhidos furtivos. Não era hora de espionar prostitutas. O hospital esperava por ele.

Então, ouviu o som outra vez. Ele parou. *Aquilo não era um gemido de prazer.*

Foi até a margem do rio e gritou:

— Olá? Quem está aí? — Viu algo escuro perto da água. *Um corpo?*

Ele subiu as pedras, e seus sapatos afundaram na lama negra, que se grudou às solas, o frio penetrando através do couro quebradiço e apodrecido. Enquanto avançava em direção à água, seu coração subitamente começou a bater mais rápido, a respiração acelerada. *Era* um corpo. No escuro, via-se apenas que era uma mulher. Estava deitada de costas, a saia submersa até a cintura. Mãos dormentes de frio e pânico, ele a agarrou por debaixo dos braços e a arrastou até a margem. Àquela altura ele ofegava, exausto, as calças encharcadas. Ajoelhou-se ao lado dela e sentiu-lhe o peito em busca de uma batida cardíaca, um ofegar, algum sinal de vida.

Um líquido quente sujou suas mãos. Era tão inesperadamente quente que a princípio ele não registrou o que sua própria pele estava lhe dizendo. Então, olhou para baixo e viu o brilho oleoso do sangue nas palmas das mãos.

Atrás dele, ouviu o ranger de seixos. Voltou-se, e um calafrio ergueu todos os pêlos de sua nuca.

A criatura estava na margem, logo acima dele. A capa negra flutuava como asas gigantes ao vento. Sob o gorro, a Morte espreitava, branca como ossos expostos. Órbitas vazias olharam diretamente para ele, como se o estivesse escolhendo para ser a próxima vítima, o próximo a sentir o golpe de sua foice.

Norris estava tão paralisado de medo que não conseguiria fugir, mesmo que a criatura avançasse contra ele, mesmo que sua lâmina viesse cortando o ar em sua direção. Podia apenas olhar, assim como o monstro o olhava.

Então, subitamente, o vulto desapareceu. E Norris viu apenas o céu noturno e a lua, piscando em meio a uma filigrana de nuvens.

No passeio ao longo do rio, viu o brilho de uma lâmpada.

— Olá? — gritou o zelador do hospital. — Quem está aí?

Com a garganta fechada de pânico, Norris só conseguiu emitir um "Aqui!" engasgado. Então, mais alto:

— Ajuda! Preciso de ajuda!

O zelador desceu até ele na margem enlameada, lanterna balançando. Erguendo a luz, olhou para o corpo morto. Para o rosto de Mary Robinson. Então, seu olhar ergueu-se para o de Norris, e a expressão em seu rosto era inquestionável.

Era medo.

14

Norris olhou para as próprias mãos, onde a camada de sangue coagulado se partia e se soltava de sua pele. Fora chamado para ajudar em uma crise e, em vez disso, acrescentara mais sangue, mais confusão ao caos. Através da porta fechada, podia ouvir um homem berrar de dor e imaginou os horrores que a faca do cirurgião agora infligia àquela alma infeliz.

Não mais do que os que foram infligidos na pobre Mary Robinson.

Apenas quando a levara para dentro do prédio, sob a luz, vira a gravidade de seus ferimentos. Ele a carregara pelo corredor, deixando atrás de si um rastro de sangue, e uma enfermeira chocada e subitamente muda apontara para a sala de cirurgia. Mas ao deitar Mary na mesa, ele já sabia que nenhum cirurgião poderia ajudá-la.

— Quão bem conhecia Mary Robinson, Sr. Marshall?

Norris tirou os olhos de suas mãos encrostadas de sangue e olhou para o Sr. Pratt, da Ronda Noturna. Atrás de Pratt estava o chefe de polícia Lyons e o Dr. Aldous Grenville, que decidiriam ficar calados durante o interrogatório. Ficaram à sombra, atrás do círculo de luz projetado pela lâmpada.

— Ela era uma enfermeira. Obviamente eu a via por aqui.

— Mas você a conhecia? Você tinha algum relacionamento com ela afora seu trabalho no hospital?

— Não.

— Nenhum?

— Estou ocupado com o estudo da medicina, Sr. Pratt. Tenho pouco tempo para outras coisas.

— Você mora perto do hospital. Seus aposentos ficam do outro lado do terreno nos fundos e os dela a poucos passos deste prédio. Para encontrar a Srta. Robinson bastava sair pela porta.

— Duvido que isso possa ser chamado de relacionamento. — Norris voltou a olhar para suas mãos e pensou: este é o máximo de intimidade que chegarei a ter com a pobre Mary. Seu sangue grudado à minha pele.

O Sr. Pratt voltou-se para o Dr. Grenville.

— Examinou o corpo, senhor?

— Sim. Gostaria que o Dr. Sewall o examinasse também.

— Mas pode dar uma opinião?

Norris murmurou:

— É o mesmo assassino. O mesmo padrão. Certamente já sabe disso, Sr. Pratt. — Ele ergueu a cabeça. — Duas incisões. Um corte através do abdome. Então, uma volta na lâmina e um corte direto para cima, em direção ao esterno. Em forma de cruz.

— Mas desta vez, Sr. Marshall — retrucou o chefe de polícia Lyons —, o assassino foi um passo além.

Norris olhou para o oficial veterano da Ronda Noturna. Embora nunca tivesse encontrado o chefe de polícia Lyons, conhecia sua reputação. Ao contrário do bombástico Sr. Pratt, o chefe de polícia Lyons tinha a fala mansa e talvez passasse facilmente despercebido. Durante uma hora, deixara o controle da investigação por conta de seu subordinado, Pratt. Agora, Lyons entrava em cena, e Norris via um cavalheiro compacto com cerca de 50 anos, que usava óculos e uma barba bem aparada.

— A língua dela sumiu — disse Lyons.
O patrulheiro Pratt voltou-se para Grenville.
— O assassino a cortou?
Grenville assentiu.
— Não seria uma amputação difícil. Tudo de que precisaria seria uma faca afiada.
— Por que ele faria algo tão grotesco? Foi um castigo? Uma mensagem?
— Para saber a resposta, terá de perguntar ao assassino.
Norris não gostou do modo como Pratt imediatamente voltou-se para ele.
— E você diz que o viu, Sr. Marshall.
— Eu vi *alguma coisa.*
— Uma criatura com uma capa? Com um rosto de caveira?
— Era exatamente como Rose Connolly o descreveu. Ela disse a verdade.
— Mas o zelador do hospital não viu tal monstro. O que ele me disse foi que viu você curvado sobre o corpo. E ninguém mais.
— A criatura ficou ali apenas um instante. Quando o zelador chegou, já havia ido embora.
Pratt observou-o um instante.
— Por que acha que a língua foi levada?
— Não sei.
— É algo monstruoso. Mas para um estudante de anatomia, pode fazer sentido colecionar partes do corpo humano. Por motivos científicos, é claro.
— Sr. Pratt — interveio Grenville —, você não tem base para suspeitar do Sr. Marshall.
— Um jovem que por acaso estava nas proximidades de ambos os homicídios?
— Ele é estudante de medicina. É de se esperar encontrá-lo perto deste hospital.

Pratt olhou para Norris.

— Você foi criado em uma fazenda, certo? Tem alguma experiência no abate de animais?

— Estas perguntas foram longe o bastante — disse o chefe de polícia Lyons. — O Sr. Marshall está livre para ir.

— Senhor — protestou Pratt, indignado por ter sua autoridade contestada. — Não creio que tenhamos investigado o bastante.

— O Sr. Marshall não é um suspeito e não deve ser tratado como tal. — Lyons olhou para Norris. — Pode ir.

Norris levantou-se e caminhou até a porta. Ali, fez uma pausa e olhou para trás.

— Eu sei que você não acreditou em Rose Connolly — disse ele. — Mas eu também vi a criatura.

Pratt sorriu debochado.

— A Morte?

— Ela é real, Sr. Pratt. Acredite ou não, há *algo* lá fora. Algo que gelou minha alma. E peço a Deus para jamais voltar a ver aquilo.

Novamente alguém batia à sua porta. Que pesadelo tive, pensou Norris ao abrir os olhos e ver a luz do sol atravessando a janela. É o que acontece quando se come muitas ostras e se bebe muito conhaque. Você acaba sonhando com monstros.

— Norris? Norris, acorde! — chamou Wendell.

A ronda com o Dr. Crouch. Estou atrasado.

Norris afastou o cobertor e se sentou na cama. Somente então viu o casaco manchado de sangue dobrado sobre uma cadeira. Olhou para os sapatos que deixara junto à cama e viu o couro encrostado de lama. E mais sangue. Até mesmo a camisa que agora vestia tinha manchas vermelhas nos punhos e nas mangas. Não fora um pesadelo. Ele dormira com o sangue de Mary Robinson em suas roupas.

Wendell bateu a porta.

— Norris, precisamos conversar!

Norris cambaleou pelo quarto e abriu a porta.

— Você está horrível — disse Wendell.

Norris voltou para a cama resmungando:

— Foi uma péssima noite.

— Foi o que ouvi dizer.

Wendell entrou e fechou a porta. Ao olhar ao redor do sótão miserável, ele nada disse, e nem precisava. Sua opinião estava estampada em seu rosto ao olhar para as vigas apodrecidas, para o chão empenado e para o colchão repleto de palha sobre um estrado de madeira gasta. Um rato emergiu das sombras, garras aranhando o chão, e desapareceu sob a escrivaninha onde repousava, aberto, o exemplar da *Anatomia* de Wistar. Estava tão frio naquela manhã de fim de novembro que uma camada de gelo se formara do lado de dentro da janela.

— Imagino que esteja se perguntando por que não apareci nas rondas — disse Norris. Sentia-se dolorosamente exposto, vestindo apenas uma camisa, e, ao olhar para baixo, viu que suas pernas nuas estavam arrepiadas de frio.

— Sabemos por que você não apareceu. Não se fala de outra coisa no hospital. O que aconteceu com Mary Robinson.

— Então sabe que fui eu quem a encontrou.

— Ao menos é uma das versões.

Norris ergueu a cabeça.

— Há outra?

— Há todo tipo de rumores. Rumores horríveis, lamento dizer.

Norris olhou para os joelhos nus.

— Poderia me passar minha calça, por favor? Está muito frio aqui

Wendell jogou-lhe a calça, então se voltou e olhou pela janela. Enquanto a vestia, Norris percebeu manchas de sangue na bainha. Em toda parte para onde olhasse, via o sangue de Mary Robinson.

— O que estão dizendo a meu respeito? — perguntou.

Wendell voltou-se para olhar para o colega.

— Que é uma grande coincidência você ter aparecido tão rápido em ambas as cenas de crime.

— Não fui eu quem encontrou o corpo de Agnes Poole.

— Mas estava lá.

— Você também.

— Não o estou acusando.

— Então o que faz aqui? Veio ver onde o mora o Estripador? — Norris levantou-se e puxou os suspensórios sobre os ombros. — Imagino que dê uma boa fofoca. Um caso delicioso para comentar com seus colegas de Harvard enquanto toma um Madeira.

— Você realmente pensa isso de mim?

— Sei o que pensa de *mim*.

Wendell aproximou-se de Norris. Era muito mais baixo, e dirigiu-se a Norris olhando para cima, como um pequeno e furioso terrier.

— Desde que chegou você tem essa atitude agressiva. O pobre menino da fazenda, sempre deslocado. Ninguém quer ser seu amigo porque seu casaco não é bom o bastante ou porque não tem dinheiro para gastar. Você realmente acha que essa é a minha opinião a seu respeito? Que não merece minha amizade?

— Sei o meu lugar em seu círculo.

— Não queira ler a minha mente. Charles e eu fizemos todos os esforços para incluí-lo e fazê-lo se sentir bem-vindo. Contudo, nos mantém a distância como se já tivesse decidido que qualquer amizade conosco está destinada ao fracasso.

— Somos colegas de turma, Wendell. Nada mais. Compartilhamos um professor e compartilhamos o velho irlandês. Talvez uma ou outra rodada de bebidas. Mas olhe para este quarto. Pode ver que temos pouco em comum.

— Tenho mais coisas em comum com você do que jamais terei com Edward Kingston.

Norris riu.

— Oh, sim. Basta olhar para nossos coletes de cetim. Diga uma única coisa que tenhamos em comum afora o velho irlandês na mesa de dissecação.

Wendell voltou-se para a escrivaninha onde estava a *Anatomia* de Wistar.

— Por exemplo, você tem estudado.

— Você não respondeu à minha pergunta.

— Mas esta *foi* a minha resposta. Você fica aqui sentado nesse sótão gelado, queimando velas até o toco, e *estuda*. Por quê? Para usar uma cartola algum dia? Algo me diz que não é esse o motivo. — Ele se voltou para Norris. — Acho que estuda pelo mesmo motivo que eu. Porque acredita na ciência.

— Agora é *você* quem está pretendendo ler minha mente.

— Naquele dia na enfermaria, com o Dr. Crouch. Havia uma mulher que passava por um trabalho de parto muito prolongado. Ele sugeriu sangrá-la, lembra-se?

— E daí?

— Você o desafiou. Você disse que fizera experiências com vacas. Que a sangria não apresentara benefícios.

— E por isso fui ridicularizado.

— Devia saber que seria. Mas disse do mesmo modo.

— Porque era a verdade. As vacas me ensinaram isso.

— Você não tem muito orgulho de ter aprendido com as vacas.

— Sou um fazendeiro. Onde mais poderia aprender?

— E eu sou filho de um pastor de igreja. Acha que as lições que aprendi com meu pai no púlpito me foram úteis para alguma coisa? Um fazendeiro sabe mais sobre a vida e a morte do que você vai aprender sentado em um banco de igreja.

Com um sorriso debochado, Norris se voltou para pegar o sobretudo, único item de vestuário que fora poupado do sangue de Mary Robinson, apenas porque ela o deixara para trás na noite anterior.

— Você tem idéias estranhas sobre a nobreza dos fazendeiros.

— Eu reconheço um homem de ciência quando vejo um. E também conheço sua generosidade.

— Minha generosidade?

— Na sala de anatomia, quando Charles fez aquela lambança no velho irlandês. Ambos sabemos que Charlie está a apenas um passo de ser expulso da faculdade. Mas você se adiantou e o protegeu, enquanto Edward e eu não o fizemos.

— Aquilo não foi generosidade. Só não conseguia suportar a idéia de ver um homem chorar.

— Norris, você não é igual aos outros de nossa classe. Você tem *vocação*. Você acha que Charlie Lackaway se importa com anatomia ou farmacologia? Ele está aqui porque seu tio espera isso dele. Porque seu falecido pai era um médico e seu avô também, e ele não teve coragem de se opor à vontade da família. E Edward nem se incomoda em esconder o desinteresse. A metade dos nossos colegas está aqui para agradar os pais. A outra metade, em sua maioria, está aqui para aprender um ofício, algo que lhes garanta uma vida confortável.

— E por que *você* está aqui? Porque tem vocação?

— Admito que medicina não foi minha primeira escolha. Mas não dá para sobreviver como poeta. Mesmo tendo publicado no *Daily Advertiser*.

Norris conteve uma risada. Aquilo sim era uma profissão inútil, reservada para gente de posses, homens de sorte que podiam perder horas preciosas escrevendo versos.

— Lamento não estar familiarizado com seu trabalho — disse Norris diplomaticamente.

Wendell suspirou.

— Então entende por que não segui carreira de poeta. Também não tenho jeito para o estudo das leis.

— Então medicina é apenas uma terceira escolha. Isso não me parece uma vocação.

— Mas se *tornou* minha vocação. Sei que nasci para fazer isso.

Norris estendeu a mão para pegar o casaco e fez uma breve pausa, o olhar fixo nas manchas de sangue. Vestiu-o mesmo assim. Bastava uma olhada para fora, para a grama congelada, para saber que precisaria de cada agasalho que pudesse recrutar em seu limitado guarda-roupa.

— Se me perdoa, preciso salvar o que me resta de meu dia. Preciso explicar minha ausência ao Dr. Crouch. Ele ainda está no hospital?

— Norris, se você for ao hospital, devo adverti-lo do que deve esperar.

Norris voltou-se.

— O quê?

— Há rumores, você sabe, entre pacientes e funcionários. As pessoas estão falando de você. Estão com medo.

— Acham que eu a matei?

— Os curadores andaram falando com o Sr. Pratt.

— Eles estão dando ouvidos a esse lixo?

— Eles não têm escolha senão ouvir. São responsáveis pela manutenção da ordem no hospital. Podem disciplinar qualquer médico do quadro de funcionários. Certamente podem banir um calouro de medicina das enfermarias.

— Então como vou aprender? Como continuarei meus estudos?

— O Dr. Crouch está tentando argumentar com eles. E o Dr. Grenville também é contra o banimento. Mas há outros...

— Outros?

— Outros rumores, entre as famílias dos pacientes. E nas ruas também.

— O que dizem?

— O fato de a língua dela ter sido removida convenceu alguns de que o assassino é um estudante de medicina.

— Ou alguém que abatia animais — disse Norris. — E eu sou ambas as coisas.

— Só vim lhe dizer como estão as coisas. As pessoas estão... bem... com medo de você.

— E por que *você* não está? Por que *você* acha que sou inocente?

— Eu não acho nada.

Norris riu com amargura.

— Oh, que amigo leal.

— Droga, isso é *exatamente* o que um amigo faria! Contaria a verdade. Seu futuro está em risco. — Wendell dirigiu-se à porta. Então fez uma pausa e voltou-se para Norris. — Você tem mais orgulho do que qualquer filho de gente rica que eu conheça e você o usa para pintar o mundo de negro. Não preciso de um amigo assim. Não quero um amigo assim. — Ele abriu a porta.

— Wendell.

— Seria bom falar com o Dr. Crouch. E dê-lhe crédito por defendê-lo. Porque ao menos ele merece isso.

— Wendell, me perdoe — disse Norris. E suspirou. — Não estou acostumado a esperar o melhor dos outros.

— Então espera o pior?

— Raramente me desaponto.

— Então precisa de um círculo melhor de amigos.

Ao ouvir isso, Norris riu. Sentou-se na cama e esfregou o rosto.

— Ouso dizer que você está certo.

Wendell fechou a porta e se aproximou.

— O que vai fazer?

— Quanto aos rumores? O que posso fazer? Quanto mais insistir em minha inocência, mais culpado parecerei.

— Você precisa fazer algo. É o seu futuro.

E estava por um fio. Bastariam algumas dúvidas, alguns boatos, e os curadores do hospital o baniriam permanentemente das enfermarias. Quão facilmente uma reputação é manchada, pensou Norris. A suspeita se agarraria a ele como um manto sujo de sangue, afastando todas as perspectivas, todas as oportunidades, até que o último caminho que lhe restasse fosse voltar à fazenda do pai. Para o lar de um homem frio e infeliz.

— Até esse assassino ser pego — disse Wendell —, todos estarão de olho em você.

Norris olhou para o casaco manchado e, com um calafrio, lembrou-se da criatura sobre a margem do rio, olhando para ele. *Eu não o imaginei.*

Rose Connolly também o viu.

15

Outra semana com esse frio, pensou Jack Zarolho, e o solo estará muito gelado para ser escavado. Logo estariam armazenando corpos em câmaras mortuárias à superfície, esperando o degelo primaveril. Haveria trancas pesadas a ultrapassar, zeladores a subornar, todo um novo conjunto de complicações para superar a mudança no clima. Para Jack, não era o brotar das maçãs ou a queda outonal das folhas das árvores que marcavam o ciclo das estações. Era a qualidade da terra. Em abril, tinha de lutar contra a lama, tão grossa e pegajosa que arrancava as botas de seus pés. Em agosto, a terra estava seca e cedia facilmente, uma boa época para escavar, a não ser pelo fato de cada golpe de pá erguer uma nuvem de mosquitos furiosos. Em janeiro, a pá retinia como um sino quando era batida contra o chão congelado, e o impacto, que reverberava pelo cabo, fazia suas mãos ficarem doloridas. Até mesmo uma fogueira sobre uma tumba demoraria dias para descongelar o solo. Poucos corpos eram enterrados em janeiro.

Contudo, no fim do outono ainda havia riquezas a recolher.

Por isso, conduzia sua carroça pela penumbra que se adensava, as rodas de madeira rangendo sobre uma fina camada de lama congelada. Àquela hora, naquela estrada solitária, não encontrava ninguém. Através de um milharal repleto de caules quebrados e escurecidos, viu um brilho de luz de vela em uma janela de fazenda, mas nenhum movimento, e não ouviu outra coisa afora o ressoar dos cascos do cavalo e o chapinhar do gelo sob as rodas da carroça. Aquilo era mais longe do que ele desejaria viajar em uma noite tão fria, mas não tinha escolha. Observadores de tumbas estavam agora de prontidão no cemitério de Old Granary e no de Copp's Hill, ao norte. Até mesmo o solitário cemitério de Roxhury Crossing estava sendo vigiado. A cada mês, ao que parecia, era forçado a ir mais longe. Houvera tempos em que não precisara ir além do Cemitério Central, no Parque Municipal. Ali, em uma noite sem lua, com uma equipe de escavadores rápidos, podia escolher entre cadáveres de pobres, papistas e soldados reformados. Fosse rico ou pobre, um cadáver era um cadáver, e todos rendiam o mesmo pagamento. Os anatomistas não se importavam se a carne que cortavam era bem alimentada ou tuberculosa.

Mas os estudantes de medicina haviam estragado aquela fonte, assim como a da maioria dos cemitérios próximos, com suas escavações descuidadas, suas desastradas tentativas de dissimular o estrago. Apareciam nos cemitérios bêbados e turbulentos e deixavam para trás tumbas destruídas e terra revolvida, a prova da profanação tão evidente que até os pobres passaram a guardar as tumbas de seus mortos. Aqueles malditos estudantes haviam arruinado o mercado dos profissionais. Antes, podia viver bem. Mas hoje, em vez de uma rápida ação, Jack era forçado a dirigir naquela estrada secundária interminável, antecipando o trabalho que teria pela frente. E sozinho, para piorar tudo. Com tão poucos resultados ultimamente, detestava ter de pagar a um ajudante. Não. Naquela noite, faria aquilo sozinho. Só esperava que qualquer tumba recente que encontrasse fosse trabalho de coveiros preguiçosos demais para cavarem os dois metros tradicionais.

Seu corpo não repousaria em uma tumba tão precária.

Jack Zarolho sabia exatamente como queria ser enterrado. Planejara muito bem. Seria sepultado a três metros de profundidade, com uma gaiola de ferro ao seu redor, e um guarda contratado para vigiar sua tumba durante trinta dias. Tempo bastante para a carne apodrecer. Ele vira o trabalho dos anatomistas. Já fora pago para se livrar dos restos de cadáveres depois que terminavam de cortar e serrar e não tinha vontade de ser reduzido a uma pilha de membros mutilados. Nenhum médico tocaria em seu corpo, pensou. Ele já estava economizando dinheiro para o seu funeral e guardava seu tesouro em uma caixa sob o chão do quarto. Fanny sabia o tipo de tumba que ele queria, e ele deixaria dinheiro bastante para que fosse feito como deveria.

Se você tivesse dinheiro suficiente, podia comprar qualquer coisa. Até mesmo proteção de alguém como Jack.

O muro baixo do cemitério apareceu à sua frente. Ele puxou as rédeas do cavalo e parou na estrada, perscrutando as trevas. A lua se escondera por trás do horizonte e apenas as estrelas iluminavam o cemitério. Ele pegou a pá e a lanterna e pulou da carroça. Suas botas rangiam sobre a terra congelada. Suas pernas estavam doloridas pela longa viagem, e sentiu-se trôpego ao caminhar em direção ao muro de pedra, a lanterna e a pá batendo uma na outra.

Não demorou muito até encontrar uma tumba recente. A luz da lanterna revelou um monte de solo revolvido ainda não coberto de gelo. Ele olhou para as lápides das tumbas vizinhas para se certificar para que lado o corpo estava deitado. Então, afundou a pá na terra à altura de onde deveria estar a cabeça. Após apenas algumas pás de terra, ficou sem fôlego. Precisou fazer uma pausa, ofegando em meio ao frio, lamentando não ter trazido o jovem Norris Marshall. Mas ele não daria um dólar sequer para outra pessoa quando podia fazer o trabalho sozinho.

Outra vez ele afundou a pá na terra e estava a ponto de erguê-la quando um grito o fez parar, estático.

— Ali está! Peguem-no!

Três lanternas avançavam em sua direção, aproximando-se tão rapidamente que ele sequer teve tempo de apagar a sua. Em pânico, abandonou a lanterna e fugiu, carregando apenas a pá. A escuridão ocultava o caminho, e cada lápide era um obstáculo esperando para derrubá-lo, impedindo que fugisse. O próprio cemitério parecia estar se vingando dele por todos os ultrajes anteriores. Ele tropeçou e caiu de joelhos sobre o gelo, que se partiu como vidro.

— Ali! — gritou alguém.

Uma arma disparou, e Jack sentiu a bala passar sibilando junto ao seu rosto. Ele levantou-se de um salto e cambaleou em direção ao muro de pedra, abandonando a pá. Ao subir na carroça, outra bala passou tão perto que levantou um cacho de seu cabelo.

— Ele está fugindo!

Um estalar do chicote e o cavalo pôs-se em movimento, a carroça chacoalhando à retaguarda. Jack ouviu um último tiro, e então seus perseguidores ficaram para trás, suas luzes desaparecendo em meio à escuridão.

Quando ele finalmente parou a carroça, percebeu que o cavalo estava ofegante e sabia que se não o deixasse descansar também o perderia, como perdera a pá e a lanterna. E então, como ficaria? Um homem de negócios sem suas ferramentas?

Um negócio para o qual já estava ficando velho demais.

Aquela noite fora de perda total. E quanto à noite seguinte, e a seguinte? Pensou na caixa sob o chão do quarto e no dinheiro que economizara. Não era o bastante, nunca seria. Havia o futuro a ser considerado, o seu e o de Fanny. Se pudessem ficar com a taberna, pelo menos não morreriam de fome. Mas seria uma velhice muito triste se o melhor que pudesse esperar dela fosse *pelo menos não morreremos de fome.*

E nem mesmo aquilo era garantido. Um homem sempre pode morrer de fome. Um incêndio na chaminé, uma brasa extraviada da lareira, e o Black Spar, o comércio que o pai de Fanny deixara para eles, desapareceria. Então, caberia a Jack mantê-los alimentados, um fardo que ele era cada vez menos capaz de carregar com o passar dos anos. Não só porque seus joelhos estavam ruins e suas costas doíam, era o negócio em si. Novas faculdades de medicina estavam sendo fundadas em toda parte, e os alunos precisavam de corpos. A demanda estava alta, o que atraía outros violadores de sepultura. E estes eram mais jovens, mais rápidos e mais ousados.

Tinham as costas fortes.

Havia uma semana, Jack procurara o Dr. Sewall com um espécime muito deteriorado, o melhor que pudera encontrar naquela noite. Naquela oportunidade, vira seis barris no pátio, todos com a inscrição: PICLES.

— Acabaram de ser entregues — dissera Sewall enquanto contava o dinheiro. — Também estão em boas condições.

— Mas são apenas 15 dólares — reclamara Jack, olhando para o dinheiro que Sewall lhe entregara.

— Seu espécime já está apodrecendo, Sr. Burke.

— Esperava ganhar 20.

— Paguei 20 por cada um dos que estão nos barris — dissera Sewall. — Estão em muito melhor estado, e posso conseguir seis de cada vez. Vêm de Nova York.

Dane-se Nova York, pensou Jack enquanto se agachava, trêmulo, na carroça. Onde encontrar uma fonte em Boston? Não estava morrendo gente bastante. O que precisavam era de uma boa peste, algo para limpar os cortiços no Southie e em Charlestown. Ninguém sentiria falta daquela escória. Que os irlandeses servissem para alguma coisa uma única vez. Que o tornassem rico. Para enriquecer, Jack Burke venderia a própria alma.

Talvez já tivesse vendido.

Quando voltou ao Black Spar, seus membros estavam dormentes, e ele mal conseguiu descer da carroça. Guardou o cavalo no estábulo, bateu as botas para tirar os torrões de lama congelada e entrou cabisbaixo na taberna, querendo apenas um lugar junto ao fogo e um copo de conhaque. Mas assim que afundou na cadeira, sentiu Fanny olhando-o por trás do balcão. Ele a ignorou, como ignorou a todos os demais, e olhou para as chamas, esperando que seus dedos adormecidos voltassem ao normal. O lugar estava quase vazio. O frio prendera os poucos freqüentadores em casa e, naquela noite, apenas os vagabundos mais deploráveis vagavam pelas ruas. Havia um homem junto ao bar, revolvendo desesperadamente os bolsos imundos em busca de moedas ainda mais sujas. Nada para amenizar uma noite fria como aquela como algumas preciosas doses de rum. A um canto, um sujeito baixara a cabeça, e seus roncos eram altos o bastante para estremecer os copos vazios que lotavam sua mesa.

— Voltou cedo.

Jack ergueu a cabeça para olhar para Fanny, que se aproximara dele com uma expressão inquisitiva.

— Não foi uma boa noite — respondeu, lacônico. E esvaziou o copo.

— E você acha que tive uma boa noite aqui?

— Ao menos estava perto do fogo.

— Com esta clientela? — debochou a mulher. — Não valem o trabalho de abrirmos as portas.

— Outra dose! — gritou o sujeito no bar.

— Mostre suas moedas primeiro — gritou Fanny em resposta.

— Eu estou com elas. Estão em algum lugar nos meus bolsos.

— Ainda não apareceram.

— Tenha piedade, senhora. É uma noite fria.

— E vai acabar no meio dela se não puder pagar outra bebida.

— Ela voltou-se para Jack. — Voltou de mãos vazias, não é mesmo?

Ele deu de ombros.

— Eles tinham vigias.
— Tentou algum outro lugar?
— Não pude. Tive de deixar a pá e a lanterna para trás.
— Sequer conseguiu trazer de volta suas ferramentas?
Ele bateu o copo sobre a mesa.
— *Chega!*
Ela se inclinou e disse:
— Há modos mais fáceis de ganhar dinheiro, Jack. Você sabe disso. Deixe que eu espalhe a notícia, e você terá todo o trabalho de que precisa.
— E ser enforcado por isso? — Ele balançou a cabeça em negativa. — Ficarei no meu próprio negócio, obrigado.
— Nos últimos tempos, você tem aparecido de mãos vazias muito freqüentemente.
— A safra não está boa.
— É o que você sempre diz.
— Porque não está mesmo. Está piorando.
— Você acha que meu negócio está melhorando? — Ela voltou-se para o salão quase deserto. — Todos estão indo para o Mermaid. Ou para o Plough and Star, ou o Coogan's. Mais um ano assim e não poderemos manter o estabelecimento.
— Senhora? — chamou o homem no bar. — Sei que tenho dinheiro. Só mais uma dose, e prometo que lhe pago da próxima vez.
Furiosa, Fanny voltou-se e foi em direção a ele.
— Suas promessas não têm valor aqui! Não pode pagar, não pode ficar. Saia. — Ela avançou contra ele e apanhou-o pelo casaco. — Vamos, saia! — esbravejou.
— Você podia ao menos me dar uma bebida.
— Nem uma maldita gota! — Ela puxou o homem pelo salão, abriu a porta e atirou-o lá fora, no frio. Bateu a porta, então se voltou, ofegante, o rosto vermelho.
Quando Fanny ficava com raiva, era algo feio de se ver, e até mesmo Jack se encolhia em sua cadeira, temendo o que aconte-

ceria a seguir. O olhar dela recaiu sobre o último cliente solitário, que adormecera na mesa do canto.

— Você também! Hora de ir embora!

O homem não se moveu.

Ser ignorada foi a afronta final. O rosto de Fanny ficou roxo, e ela contraiu os músculos de seus braços poderosos.

— Estamos fechando! Vá! — Ela foi até o sujeito e deu-lhe um empurrão forte no ombro. Contudo, em vez de despertar, ele rolou de lado e caiu no chão.

Por um momento, desgostosa, Fanny apenas olhou para a boca aberta e para a língua de fora do sujeito. Uma ruga franziu sua testa e ela se inclinou, aproximando tanto o rosto que Jack achou que ela ia beijá-lo.

— Ele não está respirando, Jack — disse ela.

— O quê?

Ela ergueu a cabeça.

— Dê uma olhada.

Jack se levantou e gemeu de dor ao se ajoelhar junto ao corpo.

— Você conhece cadáveres — disse ela. — Devia saber dizer.

Jack olhou para os olhos abertos do sujeito. A baba umedecia seus lábios arroxeados. Quando parara de roncar? Quando a mesa do canto ficou silenciosa? A morte se aproximara tão furtivamente que eles nem haviam percebido sua chegada.

Jack olhou para a mulher.

— Qual é o nome dele?

— Não sei.

— Sabe quem ele é?

— Apenas um desgarrado do cais. Entrou sozinho.

Jack se ergueu, as costas doloridas, e disse:

— Tire as roupas dele. Vou arrear o cavalo.

Não precisou explicar coisa alguma para Fanny, que meneou a cabeça com um brilho malicioso nos olhos.

— Vamos ganhar nossos 20 dólares afinal — disse Jack.

16

Dias atuais

— Ressurreicionista — disse Henry. — É uma antiga palavra, não mais em uso. A maioria das pessoas hoje em dia não faz idéia de que se refere a um profanador de sepulturas, um ladrão de cadáveres.

— E Norris Marshall era um deles — disse Julia.

— Apenas por necessidade. Evidentemente não era o seu negócio.

Estavam sentados à mesa de jantar, as páginas da carta recém-descoberta de Oliver Wendell Holmes abertas junto às xícaras de café e aos bolinhos recheados. Embora já fosse quase meio-dia, a neblina ainda era densa do lado de fora das janelas voltadas para o mar, e Henry acendera todas as luzes para iluminar a sala escura.

— Cadáveres frescos eram mercadorias valiosas naquela época. Tão valiosas que estimulavam um comércio muito rentável. Tudo para suprir novas faculdades de medicina que estavam sendo inauguradas em todo o país.

Henry foi até uma de suas estantes. Entre os volumes amarelados das prateleiras, tirou um livro que levou para a mesa de jantar onde ele e Julia liam durante o desjejum.

— Você precisa entender como era ser um estudante de medicina em 1830. Não havia padrões, nenhum certificado oficial para as faculdades. Algumas eram decentes; outras, umas arapucas caça-níqueis para sugar bolsas de estudo.

— E a faculdade na qual estudavam o Dr. Holmes e Norris Marshall?

— A Faculdade de Medicina de Boston era uma das melhores. Mas mesmo os seus alunos precisavam se virar com os cadáveres. Um estudante abastado podia pagar um ressurreicionista para obter um cadáver para estudos. Mas se você fosse pobre como o Sr. Marshall, teria de sair e escavar um corpo por conta própria. Também parece que era assim que ele pagava a sua educação.

Julia estremeceu.

— Bem, eis um programa de estudos do qual eu não gostaria de participar.

— Mas era um meio de transformar um jovem pobre em um médico. Sem dúvida não era fácil. Para entrar em uma faculdade de medicina você não precisava ter formação superior, mas precisava saber latim e física. Norris Marshall deve ter aprendido sozinho tais matérias, o que não é um feito desprezível para o filho de um fazendeiro sem fácil acesso a uma biblioteca.

— Ele devia ser incrivelmente inteligente.

— E determinado. Mas a recompensa era óbvia. Tornar-se médico era um dos únicos meios de galgar escalões sociais. Os médicos eram respeitados. Contudo, enquanto ainda estudavam, os alunos de medicina eram vistos com desagrado, até mesmo com receio.

— Por quê?

— Porque eram tidos como abutres que predavam os corpos dos mortos. Desenterrando-os, cortando-os. Sem dúvida, os estudantes faziam jus à fama por suas excentricidades, pelos trotes que faziam com partes do corpo humano. Acenavam pelas janelas com braços cortados, por exemplo.

— Eles faziam isso?

— Lembre-se, eram jovens de 20 e poucos anos. Homens com essa idade não primam pelo bom senso. — Ele entregou o livro para ela. — Está tudo aqui.

— Você já leu a esse respeito?

— Ah, eu sei um bocado sobre o assunto. Meu pai e meus avós eram médicos, e ouço essas histórias desde que era criança. Quase toda geração de minha família produziu um médico. O gene médico me faltou, infelizmente, mas a tradição continua com meu sobrinho-neto. Quando eu era criança, meu avô me contou uma história sobre um estudante que tirou um cadáver feminino do laboratório de anatomia e deitou-o na cama do colega de quarto, para aplicar-lhe um trote. Achavam aquilo engraçado.

— Isso é doentio.

— A maioria das pessoas da época concordava com você. O que explica por que tantas faculdades de medicina foram atacadas por multidões ultrajadas. Ocorreram tumultos assim na Filadélfia, Baltimore e em Nova York. Qualquer faculdade de medicina, em qualquer cidade, podia ser incendiada. O horror e a suspeita do público eram tão grandes que bastava um único incidente para dar início a um tumulto.

— Parece-me que as suspeitas eram bem fundamentadas.

— Mas onde estaríamos hoje se os médicos não pudessem dissecar corpos? Se você acredita na medicina, então também deve aceitar a necessidade do estudo da anatomia.

A distância, a sirena da barca soou. Julia olhou para o relógio e levantou-se.

— Preciso ir, Henry, se quiser pegar a próxima barca.

— Quando voltar, você poderá me ajudar a trazer aquelas caixas do porão.

— Isso é um convite?

Ele bateu com a bengala no chão, irritado.

— Achei que estava implícito!

Ela olhou para a pilha de caixas fechadas e pensou nos tesouros ainda não explorados que guardavam, nas cartas ainda a serem lidas. Ela não fazia idéia se a identidade do esqueleto em seu jardim estaria dentro daquelas caixas. O que sabia era que a história de Norris Marshall e do Estripador de West End já a encantara, e ela estava ansiosa para saber mais.

— Você vai voltar, certo? — perguntou Henry.

— Deixe-me verificar minha agenda.

Era quase hora do jantar quando finalmente chegou à sua casa em Weston. Ali, afinal, o sol brilhava, e ela estava ansiosa para acender a churrasqueira e beber uma taça de vinho no jardim dos fundos. Mas quando entrou no acesso de veículos e viu o BMW prateado estacionado, seu estômago se estreitou de tal forma que só a idéia de beber vinho a deixou nauseada. O que Richard estava fazendo ali?

Ela saiu do carro, olhou em torno, mas não o encontrou. Apenas quando saiu pela porta da cozinha e chegou ao quintal dos fundos o viu a meio caminho do declive, explorando o terreno.

— Richard?

Seu ex-marido se voltou, e ela caminhou em direção a ele. Fazia cinco meses desde que o vira pela última vez. Richard parecia estar em boa forma, bem-vestido e mais bronzeado. Doeu-lhe ver quão bem o divórcio lhe fizera. Ou talvez fosse por causa de tantos fins de semana no country club com a tal Tiffani-com-*i*.

— Tentei ligar, mas você não atendia — disse ele. — Achei que talvez estivesse evitando minhas ligações.

— Fui ao Maine passar o fim de semana.

Ele não perguntou por quê. Como sempre, nada que ela fizesse o interessava. Em vez disso, apontou para o quintal repleto de mato.

— Belo terreno. Dá para fazer um bocado de coisas com isso aqui. Há até espaço para uma piscina.

— Não tenho dinheiro para uma piscina.

— Um deque, então. Limpe todo esse matagal até o regato.

— Richard, por que está aqui?

— Eu estava por perto. Achei que poderia conhecer sua nova casa.

— Bem, é esta aí.

— Parece precisar de muita reforma.

— Estou reformando aos poucos.

— Quem a está ajudando?

— Ninguém. — O queixo dela se ergueu com orgulho. — Azulejei o chão do banheiro sozinha.

Outra vez, ele pareceu não ter ouvido o que ela dissera. Era a conversa desigual de sempre. Ambos falavam, mas ela era a única que realmente ouvia. Apenas agora se dava conta daquilo.

— Acabo de chegar de uma longa viagem e estou cansada — disse ela, voltando-se para a casa. — Não estou para muita conversa.

— Por que tem falado de mim pelas costas?

Ela parou e olhou para Richard.

— O quê?

— Francamente, estou surpreso, Julia. Você nunca me pareceu ser do tipo que guarda ressentimentos. Mas creio que o divórcio revela o real caráter das pessoas.

Pela primeira vez, Julia sentiu um tom agressivo na voz do ex-marido. Como não notara antes? Até mesmo sua postura denunciava aquilo. Estava com as pernas abertas e os punhos fechados dentro dos bolsos.

— Não faço idéia do que você está falando

— Você andou dizendo que eu a torturava emocionalmente? Que eu tive casos durante o nosso casamento?

— Nunca disse isso para ninguém! Mesmo sendo verdade.

— Do que você está falando?

— Você tinha um caso, não tinha? Ela sabia que você era casado quando começaram a transar?

— Você *espalhou* isso para todo mundo...

— Refere-se à verdade? Nosso divórcio ainda não estava nem consumado, e vocês já cuidavam do enxoval de casamento. Todo mundo sabe disso. — Ela fez uma pausa quando subitamente lhe ocorreu o que o estava incomodando. *Talvez nem todos soubessem.*

— Nosso casamento estava acabado muito antes do divórcio — disse Richard.

— Esta é a versão que está contando para os outros? Porque certamente é nova para mim.

— Quer a verdade nua e crua sobre o que deu errado? Quer saber o modo como você me impediu de ser o que eu *poderia* ter sido?

Ela suspirou.

— Não, Richard, não quero ouvir. Realmente, isso não me interessa mais.

— Então por que está tentando acabar com meu casamento? Por que está espalhando fofocas a meu respeito?

— Quem está ouvindo tais fofocas? Sua namorada? Ou o pai dela? Tem medo de que ele descubra a verdade sobre o novo genro?

— Apenas me prometa que vai parar com isso.

— Nunca disse uma palavra para ninguém. Nem mesmo sabia de seu casamento até Vicky me contar.

Ele olhou para ela e subitamente disse:

— Vicky. Aquela *piranha*!

— Vá para casa — disse ela, afastando-se.

— Ligue para Vicky agora mesmo. Diga-lhe para calar a boca.

— A boca é dela. Não posso controlá-la.

— Ligue para a sua maldita irmã!

Os latidos barulhentos de um cão o fizeram parar de gritar. Ao se virar, Julia viu Tom no limiar do quintal, segurando McCoy, que pulava e lutava para se livrar da coleira.

— Está tudo bem, Julia? — gritou Tom.

— Sim, está — disse ela.

Praticamente arrastado por McCoy, Tom aproximou-se até estar a alguns passos de distância do casal.

— Tem certeza? — perguntou ele.

— Estamos tendo uma discussão particular — disse Richard com rispidez.

O olhar de Tom deteve-se em Julia.

— Não parecia assim tão particular.

— Está tudo bem, Tom — disse Julia. — Richard já estava indo embora.

Tom deteve-se mais um instante, como se quisesse ter certeza de que a situação estava de fato sob controle. Então deu as costas e voltou ao caminho junto ao córrego, puxando o cão atrás de si.

— Quem é esse cara? — perguntou Richard.

— Ele mora mais adiante.

Richard sorriu, malicioso.

— Foi por causa dele que você comprou esta casa?

— Saia do meu jardim — disse Julia, entrando na casa.

Ao entrar, ouviu o telefone tocar, mas não correu para atendê-lo. Sua atenção ainda estava voltada para Richard. Ela o observou pela janela até ele finalmente sair de seu quintal.

A secretária eletrônica atendeu: "Julia, encontrei algo. Quando chegar em casa, ligue para mim, e eu..."

Ela atendeu.

— Henry?

— Ah, você está aí.

— Acabei de chegar.

Uma pausa.

— O que houve de errado?

Para um homem a quem faltavam as mais básicas habilidades sociais, Henry tinha uma incrível capacidade para pressentir seus humores. Ela ouviu um carro sendo ligado e levou o telefone à janela da sala de estar, onde viu o BMW de Richard se afastando.

— Nada errado — disse ela.

Não agora.

— Estava na caixa número 6 — disse ele.

— O quê?

— O testamento da Dra. Margaret Tate Page. É datado de 1890, quando ela devia ter 60 anos. Nele, ela deixa tudo o que tem para os netos. Um deles é uma neta chamada Aurnia.

— *Aurnia?*

— Nome estranho, não é mesmo? Acho que isso confirma sem sombra de dúvida que Margaret Tate Page é nossa Meggie já crescida.

— Então a tia que Holmes menciona na primeira carta...

— É Rose Connolly.

Julia voltou para a cozinha e olhou para o jardim, para o mesmo pedaço de terra que outra mulher, havia muito já morta, olhara em outras eras. *Quem esteve enterrada em meu jardim durante todos esses anos?*

Seria Rose?

17

1830

A luz que atravessava a janela encardida era apenas ligeiramente mais clara que chumbo opaco. Nunca havia velas suficientes na sala de trabalho, e Rose mal conseguia ver os pontos enquanto costurava gaze branca. Ela já completara um vestido de cetim rosa-claro e, sobre sua mesa de trabalho, repousavam as rosas e as fitas de seda a serem acrescentadas aos ombros e à cintura. Era um belo vestido de baile, e, enquanto trabalhava, Rose imaginava como o tecido farfalharia quando sua dona entrasse na pista de dança, como as fitas de cetim brilhariam sob a luz das velas à mesa de jantar. Haveria ponche em taças de cristal, ostras gratinadas e bolos de gengibre, e todos comeriam até se fartar e ninguém ficaria com fome. Embora ela jamais pudesse viver aquela experiência, o vestido estaria lá. E cada ponto no tecido representava uma pequena parte de si mesma, um vestígio de Rose Connolly, que permaneceria entre aquelas dobras de cetim e gaze que rodopiariam pelo salão.

A luz que entrava pela janela era muito fraca, e ela forçava os olhos para ver a linha. Algum dia, ficaria igual às outras costureiras daquela sala, os olhos eternamente apertados, os dedos repletos de calos e cicatrizes provocadas pelas repetidas picadas de agulha. Mesmo quando se levantavam ao fim do dia, suas costas continuavam curvadas, como se fossem incapazes de ficar eretas.

A agulha feriu o dedo de Rose, e ela deu um gemido de dor, deixando a gaze cair sobre a mesa de trabalho. Levou o dedo dolorido à boca e sugou o sangue, mas não era a dor que a incomodava. Em vez disso, estava com medo de ter manchado a gaze branca. Erguendo o tecido para aproveitar os últimos resquícios de luz, percebeu na dobra da bainha uma mancha escura tão pequenina que certamente não seria notada. Deixo meus pontos e meu sangue neste vestido, pensou.

— Basta por hoje, senhoras — anunciou o capataz.

Rose dobrou as peças nas quais trabalhara, deixou-as à mesa para as costureiras do dia seguinte e juntou-se à fila de mulheres que esperavam o pagamento semanal. Enquanto todas vestiam casacos e xales para enfrentar a fria caminhada para casa, Rose recebeu alguns acenos e um menear de cabeça desanimado. As outras costureiras ainda não a conheciam bem, nem sabiam quanto tempo ficaria entre elas. Diversas meninas iguais a ela haviam entrado e saído, e os esforços para estabelecerem uma relação de amizade com as novatas tinham sido desperdiçados. Assim, as mulheres observavam e esperavam, sentindo que talvez Rose não fosse durar muito tempo.

— Você, menina! Rose, não é mesmo? Preciso falar com você.

Coração apertado, Rose voltou-se para o capataz. Qual seria a crítica do Sr. Smibart? Porque certamente *haveria* uma crítica, feita naquele desagradável tom nasalado que fazia as outras costureiras debocharem dele pelas costas.

— Sim, Sr. Smibart? — respondeu Rose.

— Aconteceu outra vez — disse ele. — E isso não pode ser tolerado.

— Perdão, mas não sei o que fiz de errado. Se meu trabalho não está satisfatório...

— Seu trabalho é perfeitamente adequado.

Vindo do Sr. Smibart, *perfeitamente adequado* era um elogio, e ela se permitiu um suspiro silencioso de alívio porque, ao menos naquele momento, seu emprego naquele lugar não estava ameaçado.

— É outro assunto — disse ele. — Não posso perder tempo com estranhos me fazendo perguntas sobre assuntos que você devia resolver em seu tempo livre. Diga a seus amigos que você está aqui para *trabalhar*.

Finalmente ela compreendeu.

— Perdão, senhor. Na semana passada, disse para Billy não vir mais aqui e achei que ele tivesse entendido. Mas ele tem uma mente infantil e não compreende. Vou pedir outra vez.

— Desta vez não foi o menino. Foi um homem.

Rose ficou paralisada.

— Que homem? — murmurou.

— Você acha que tenho tempo de perguntar o nome de cada sujeito que aparece aqui atrás de minhas meninas? Um sujeito de olhos pequenos e redondos, fazendo todo tipo de perguntas a seu respeito.

— Que tipo de perguntas?

— Onde você mora, quem são suas amigas. Como se eu fosse seu secretário particular! Isso aqui é um negócio, Srta. Connolly, e não tolerarei tais interrupções!

— Perdão — murmurou Rose.

— Você sempre diz isso, e o problema continua. Chega de visitas!

— Sim, senhor — disse ela timidamente antes de se voltar para ir embora.

— Espero que dê um jeito nele. Seja lá quem for.

Seja lá quem for.

Ela estremeceu ao sentir o vento cortante que açoitava sua saia e adormecia seu rosto. Naquela noite fria, nem mesmo os cães saíram às ruas, e ela caminhava solitária, a última mulher a deixar o prédio. Deve ser aquele sujeito horrível, o Sr. Pratt, da Ronda Noturna, perguntando por mim, pensou. Até então ela conseguira evitá-lo, mas Billy já lhe dissera que o homem andara perguntando por ela na cidade, tudo porque ela ousara empenhar o medalhão de Aurnia. Afinal, como um objeto tão valioso ficara nas mãos de Rose quando devia ter sido entregue ao marido da falecida?

Tudo isso é culpa de Eben, pensou Rose. Eu o acusei por ter me atacado e ele retaliou acusando-me de ladra. E, é claro, a Ronda Noturna acredita em Eben porque todos os irlandeses são ladrões.

Ela embrenhou-se mais profundamente no labirinto de cortiços, os sapatos rompendo o gelo das poças fedorentas, as ruas se afunilando em becos estreitos, como se o sul de Boston estivesse se fechando ao seu redor. Afinal, chegou à porta baixa protegida por um alpendre, ao pé da qual os restos de diversas refeições — ossos descarnados e pão preto mofado — esperavam pela atenção de algum cachorro faminto desesperado o bastante para comer aquela porcaria.

Rose bateu à porta.

Esta foi aberta por uma criança com o rosto imundo, cachos de cabelo louro caindo como uma cortina esfarrapada diante de seus olhos. Não devia ter mais de 4 anos de idade e ficou em silêncio olhando para a visitante.

Uma mulher gritou

— Pelo amor de Deus, Conn, o frio está entrando! Feche a porta!

O menino silencioso sumiu em algum canto escuro quando Rose entrou e fechou a porta atrás de si. Demorou um instante para seus olhos se ajustarem à penumbra da sala de teto baixo, mas pouco a pouco ela começou a discernir formas. A cadeira junto à lareira, onde o fogo se resumira a brasas. A mesa com as tigelas empilhadas. E, ao redor dela, uma multidão de cabecinhas. Muitas crianças. Rose contou ao menos oito, mas certamente havia outras que ela não podia ver, dormindo enrodilhadas nos cantos escuros do aposento.

— Trouxe o pagamento da semana?

Rose olhou para a mulher enorme sentada na cadeira. Agora que seus olhos haviam se acostumado à penumbra, podia ver o rosto de Hepzibah e seu proeminente queixo duplo. Será que ela nunca saía daquela cadeira? Não importava a hora do dia ou da noite que Rose visitasse aquele endereço soturno, sempre encontrava Hepzibah sentada em seu trono como uma rainha gorda, crianças pequenas e imundas engatinhando aos seus pés como suplicantes.

— Trouxe o dinheiro — disse Rose, e deixou metade do salário semanal na mão de Hepzibah.

— Acabei de alimentá-la. Menina gulosa essa, quase secou meu peito com algumas sugadelas. Come mais do que qualquer outro bebê que eu tenha alimentado. Eu deveria cobrar mais por ela.

Rose curvou-se para erguer a sobrinha da cesta e pensou: minha linda, como estou feliz em vê-la! A pequena Meggie olhou para ela, e Rose teve certeza de que seus lábios delicados se curvaram em um sorriso de reconhecimento. *Ah sim, você me conhece, não é mesmo? Você sabe que sou aquela que a ama.*

Não havia mais cadeiras na sala, e Rose sentou-se no chão imundo, entre crianças que esperavam suas mães voltarem do trabalho para resgatá-las da indiferente supervisão de Hepzibah.

Se ao menos eu pudesse pagar algo melhor para você, querida Meggie, pensou enquanto arrulhava para a sobrinha. Se ao menos pudesse levá-la para uma casa limpa e confortável onde pusesse seu berço junto à minha cama! Mas o quarto em Fishery Alley onde Rose dormia, um quarto que compartilhava com 12 outros hóspedes, era ainda mais sujo, infestado de ratos e doenças. Meggie não podia ser exposta a um lugar como aquele. Muito melhor que ficasse com Hepzibah, cujos seios fartos jamais secavam. Ali, ao menos se manteria aquecida e alimentada. Desde que Rose conseguisse continuar pagando.

Foi com grande relutância que ela finalmente deitou Meggie na cesta e levantou-se para sair. A noite caiu, e Rose estava exausta e faminta. Não seria bom para Meggie que a única pessoa que a mantinha ficasse doente e não pudesse trabalhar.

— Volto amanhã — disse Rose.

— O mesmo na semana que vem — respondeu Hepzibah. Referia-se ao dinheiro, é claro. Para ela, tudo girava em torno de dinheiro.

— Você terá seu dinheiro. Apenas cuide bem dela. — Rose olhou para o bebê. — Ela é tudo o que me resta.

Rose saiu da casa. As ruas estavam escuras e a única fonte de luz era o brilho de velas através de janelas encardidas. Ela dobrou a esquina, diminuiu a velocidade das passadas, parou de andar.

No beco adiante, viu uma silhueta familiar. Billy Obtuso acenou e veio em sua direção, os braços inacreditavelmente longos balançando como trepadeiras. Mas não era para Billy que ela estava olhando e, sim, para o homem ao lado dele.

— Srta. Connolly — disse Norris Marshall. — Preciso lhe falar.

Ela lançou um olhar irritado para Billy.

— Você o trouxe aqui?

— Ele disse que é seu amigo — respondeu Billy.

— Você acredita em *qualquer coisa* que lhe digam?
— Eu *sou* seu amigo — disse Norris.
— Não tenho amigos nesta cidade.
Billy choramingou:
— E quanto a mim?
— *Exceto* você — corrigiu-se. — Mas agora vejo que não posso confiar em você.
— Ele não é da Ronda Noturna. Você só me disse para tomar cuidado com *eles*.
— Você sabia que o Sr. Pratt a está procurando? — perguntou Norris. — Sabe o que ele está dizendo a seu respeito?
— Está dizendo que sou uma ladra. Ou coisa pior.
— O Sr. Pratt é um palhaço.
Aquilo fez brotar um ligeiro sorriso nos lábios de Rose.
— Nisso concordamos.
— Temos algo mais em comum, Srta. Connolly.
— Não posso imaginar o que possa ser.
— Eu também o vi — murmurou Norris. — O Estripador.
Rose o encarou.
— Onde?
— Na noite passada. Estava sobre o corpo de Mary Robinson.
— A enfermeira Robinson? — Ela deu um passo atrás. A notícia era tão chocante que ela a recebeu como uma pancada. — *Mary* está morta?
— Você não sabia?
— Eu ia lhe contar, Srta. Rose! — atalhou Billy, ansioso. — Ouvi esta manhã, no West End. Ela foi cortada, igual à enfermeira Poole!
— A notícia se espalhou pela cidade — disse Norris. — Queria falar com você antes que ouvisse uma versão adulterada do que aconteceu.

O vento soprava no beco, e o frio atravessava a capa de Rose e a feria como se fossem agulhas. Ela virou o rosto na direção contrária, e seu cabelo escapou do xale, golpeando sua face adormecida de frio.

— Há algum lugar aquecido onde possamos conversar? — perguntou Norris. — Algum lugar reservado?

Ela não sabia se podia confiar naquele homem. No dia em que se conheceram diante da cama de sua irmã, ele fora cortês com ela, o único homem naquele círculo de estudantes que lhe dera alguma atenção. Ela nada sabia a respeito dele, afora que seu casaco era de qualidade inferior e suas mangas estavam puídas. Olhando para o beco, perguntou-se aonde ir. Àquela hora, as tabernas e cafeterias estariam lotadas e barulhentas. Haveria muitos olhos, muitos ouvidos.

— Venha comigo — disse ela.

Algumas ruas adiante, ela entrou em uma passagem obscura e atravessou uma porta. Lá dentro, o ar fedia a repolho cozido. No corredor, uma lâmpada solitária queimava em um castiçal. A chama tremulou ao vento quando ela abriu e fechou a porta.

— Nosso quarto fica lá em cima — disse Billy enquanto subia a escada na frente dos dois.

Norris olhou para Rose.

— Ele mora com você?

— Não podia deixá-lo dormir em um estábulo frio. — Rose fez uma pausa para acender uma vela e, então, protegendo a chama com a mão em concha, começou a subir a escada. Norris a seguiu enquanto ela subia os 12 degraus barulhentos até chegar a um quarto escuro e fedorento que abrigava 13 hóspedes. Ao brilho da vela, as cortinas estendidas frouxamente entre os colchões, pareciam um regimento de fantasmas. Um dos hóspedes descansava em um canto escuro e, embora estivesse oculto pelas sombras, ouvia-se sua tosse constante.

— Ele está bem? — perguntou Norris.

— Tosse dia e noite.

Baixando a cabeça por causa das vigas do teto baixo, Norris foi até o chão acolchoado com palha e ajoelhou-se ao lado do hóspede adoentado.

— O velho Clary está fraco demais para trabalhar — disse Billy. — Por isso, fica na cama o dia inteiro.

Norris não fez qualquer comentário, mas certamente sabia o significado dos lençóis manchados de sangue. O rosto pálido de Clary estava tão abatido que seus ossos pareciam brilhar através da pele. Bastava olhar para seus olhos cavos, ouvir o chiado do catarro em seus pulmões para saber que nada podia ser feito por ele.

Sem dizer palavra, Norris levantou-se.

Rose notou sua expressão enquanto olhava ao redor do quarto, avaliando os fardos de roupas e pilhas de palha que serviam como camas. As sombras estavam repletas de coisas rastejantes, e Rose ergueu o pé para esmagar algo negro que passou correndo pelo chão. Sim, Sr. Marshall, pensou ela, é aqui que eu vivo, neste quarto infecto com um balde fedorento de dejetos, dormindo em um chão tão cheio de gente que é preciso tomar cuidado antes de se virar para não enfiar a cabeça ou o olho no cotovelo ou nos pés imundos de alguém.

— Aqui é a minha cama! — declarou Billy, afundando em uma pilha de palha. — Se fechamos a cortina, temos um belo quarto só para nós. Pode sentar aqui, senhor. A velha Polly não vai perceber que alguém usou a cama dela.

Norris não parecia nada ansioso para se sentar sobre aquele aglomerado de palha e pedaços de pano. Quando Rose fechou a cortina para terem alguma privacidade em relação ao moribundo do canto, Norris olhou para a cama de Polly como se perguntando a si mesmo quantos parasitas pegaria caso se sentasse ali.

— Espere! — Billy levantou-se e trouxe um balde de água para seu canto. — Agora vocês podem baixar a vela.

— Ele tem medo de incêndios — disse Rose enquanto pousava a vela no chão.

Billy tinha por que ter medo de incêndios morando em um quarto repleto de trapos e palha. Somente quando Rose se acomodou em sua cama Norris se resignou a sentar-se também. Isolados em seu canto do quarto, os três formaram um círculo ao redor da luz bruxuleante projetando sombras compridas contra o lençol.

— Agora, diga-me — exigiu a jovem. — Diga-me o que aconteceu com Mary.

Ele olhou para a luz.

— Fui eu quem a encontrou — disse ele. — Na noite passada, na margem do rio. Eu estava atravessando o terreno nos fundos do hospital quando ouvi os gemidos. Ela foi cortada, Srta. Connolly, do mesmo modo que cortaram Agnes Poole. O mesmo padrão em seu abdome.

— Em forma de cruz?

— Sim.

— O Sr. Pratt ainda culpa os papistas?

— Não posso crer que continue acreditando nisso.

Ela riu com amargura.

— Então está querendo se enganar, Sr. Marshall. Não há acusação que seja grave demais para ser imputada a um irlandês.

— No caso de Mary Robinson, a suspeita não recai sobre um irlandês.

— De quem o Sr. Pratt infelizmente suspeita desta vez?

— De mim.

No silêncio que se seguiu, ela olhou para as sombras refletidas no rosto de Norris. Billy se deitara junto ao balde de água, enrodilhado como um gato, e agora dormia, exausto, cada inspiração fazendo mexer as palhas de sua cama. A tosse úmida e interminável do moribundo no canto do quarto era uma lembrança de que a morte nunca estava muito longe.

— Portanto, sei como é ser acusado injustamente. Sei pelo que passou, Srta. Connolly.

— Sabe mesmo? Todo dia sou olhada com suspeita. Você não faz idéia.

— Na noite passada eu vi a mesma criatura que você viu, mas ninguém acredita em mim. Ninguém mais a viu. Pior ainda, o zelador do hospital me flagrou curvado sobre o corpo da Srta. Robinson. Estou sendo visto com desconfiança pelas enfermeiras e pelos outros alunos. Os curadores do hospital podem me banir das enfermarias. Tudo o que sempre quis na vida foi ser médico. Agora, tudo aquilo pelo que lutei está ameaçado porque muita gente duvida de minha palavra. Assim como duvidaram da sua. — Ele se aproximou, e o brilho da vela projetou sombras fantasmagóricas em seu rosto. — Você também viu aquilo, aquela coisa com uma capa. Preciso saber se você se lembra das mesmas coisas que eu.

— Eu lhe disse o que vi naquela noite. Mas não creio que tenha acreditado em mim.

— Eu admito que, na hora, sua história pareceu...

— Mentirosa?

— Jamais faria tal acusação contra você. Mas, sim, achei sua descrição um tanto exagerada. Contudo, você estava muito agitada e evidentemente aterrorizada. — Fez uma pausa e acrescentou em voz baixa: — Na noite passada, eu também fiquei aterrorizado. O que vi me fez gelar os ossos.

Ela olhou para a chama da vela e sussurrou:

— Tinha asas.

— Uma capa, talvez. Ou um manto negro.

— E o rosto dele era branco brilhante. — Ela olhou para Norris, e a luz em seu rosto trouxe-lhe de volta a lembrança com surpreendente nitidez. — Branco como uma caveira. Foi o que viu?

— Eu não sei. A lua brilhava sobre a água. Os reflexos podem enganar a visão.

Ela estreitou os lábios.

— Estou lhe dizendo o que vi e, em troca, você me oferece explicações como "Era apenas um *reflexo da lua*".

— Sou um homem de ciência, Srta. Connolly. Não me resta escolha senão buscar explicações lógicas.

— E qual a lógica de se matar duas mulheres?

— Talvez não haja lógica alguma. Apenas maldade.

Ela engoliu em seco e murmurou:

— Tenho medo de que ele me reconheça.

Billy resmungou e se virou, o rosto relaxado e inocente durante o sono. Olhando para ele, Rose pensou: Billy nada sabe sobre a maldade. Ele não compreende o mal que pode se esconder por trás de um sorriso.

Ouviram-se passos na escada, e Rose se empertigou ao ouvir risos de mulher e uma gargalhada masculina. Uma das hóspedes trouxera um cliente para cima. Rose compreendia a necessidade daquilo, sabia que alguns minutos com as pernas abertas podiam representar a diferença entre um jantar ou um estômago roncando. Mas os ruídos do casal do outro lado da cortina fizeram Rose ficar tremendamente constrangida. Não conseguia olhar para Norris. Olhou para as próprias mãos entrelaçadas no colo enquanto o casal gemia e grunhia e a palha rangia sob seus corpos em movimento. Durante todo o tempo, o moribundo continuava a tossir, afogado em catarro sangrento.

— E foi por isso que você se escondeu? — perguntou Norris.

Relutante, Rose ergueu a cabeça e descobriu que os olhos de Norris estavam impassíveis, como se determinados a ignorar a libidinagem e a tragédia que se desenvolviam a alguns metros dali. Como se o lençol imundo os tivesse isolado em um mundo à parte, onde Rose era o único objeto de sua atenção.

— Eu me escondo para evitar problemas, Sr. Marshall. De todo mundo.

— Incluindo a Ronda Noturna? Estão dizendo que você empenhou uma jóia que não era sua.

— Minha irmã a deu para mim.

— O Sr. Pratt diz que você a roubou. Que a tirou do cadáver.

Ela riu debochada.

— Culpa do meu cunhado. Eben quer se vingar e por isso espalha mentiras a meu respeito. Mesmo que fosse verdade, mesmo que eu *tivesse* tirado, nada devo a ele. Como poderia pagar o funeral de Aurnia?

— Funeral? Mas ela... — Norris fez uma pausa.

— O que tem Aurnia? — perguntou Rose.

— Nada. É só... um nome incomum, é isso. Um nome adorável.

Ela riu com tristeza.

— Era o nome de nossa avó. Significa Dama Dourada. E minha irmã era exatamente isso. Até se casar.

Além da cortina, os gemidos se aceleraram, acompanhados do enfático som de dois corpos se chocando um contra o outro. Rose não conseguia mais encarar Norris. Em vez disso, olhou para os próprios sapatos, plantados sobre o chão coberto de palha. Um inseto se arrastou para fora do monte onde Norris estava sentado, e ela se perguntou se ele havia percebido, contendo a vontade de esmagá-lo.

— Aurnia merecia coisa melhor — disse Rose. — Mas, afinal, eu fui a única a comparecer ao seu enterro. Eu e Mary Robinson.

— A enfermeira Robinson esteve lá?

— Ela tratava bem minha irmã, tratava bem todo mundo. Era diferente da Srta. Poole. Oh, *aquela* eu detestava, devo admitir, mas Mary era diferente.

Ela balançou a cabeça com tristeza.

O casal atrás da cortina terminou a libidinagem, e seus gemidos deram lugar a suspiros de exaustão. Rose parou de prestar atenção neles. Em vez disso, pensava na última vez que vira Mary Robinson no cemitério de St. Augustine. Lembrou-se dos olhares de soslaio e da inquietude de suas mãos. E como subitamente desaparecera sem se despedir.

Billy espreguiçou-se e sentou-se, coçando a cabeça e tirando fiapos de palha do cabelo. Olhou para Norris e perguntou:

— Então, vai dormir conosco hoje?

Rose enrubesceu.

— Não, Billy. Ele não vai.

— Posso mudar minha cama de lugar para abrir espaço para você — disse Billy. Então acrescentou, com um tom territorial: — Mas eu durmo ao lado da Srta. Rose. Ela prometeu.

— Jamais pensaria em ocupar seu lugar, Billy — disse Norris. Ele se levantou e tirou os fiapos de palha da calça. — Desculpe tomar seu tempo, Srta. Connolly. Obrigado por falar comigo. — Afastou a cortina e caminhou em direção à escada.

— Sr. Marshall? — Rose levantou-se e o seguiu. Ele já estava ao pé da escada, mão à porta. — Gostaria de pedir que não voltasse a procurar por mim em meu local de trabalho — disse ela.

Ele franziu as sobrancelhas.

— Perdão?

— Você ameaçará minha sobrevivência caso o faça.

— Nunca estive em seu local de trabalho.

— Um homem esteve lá hoje, perguntando onde eu morava.

— Não sei onde você trabalha. — Ele abriu a porta, deixando entrar uma lufada de vento que atingiu seu casaco e fez balançar a bainha da saia de Rose. — Quem quer que tenha sido, não fui eu.

Nesta noite fria, o Dr. Nathaniel Berry não está pensando na morte.

Em vez disso, pensa em encontrar uma vagina disponível. E por que não? Ele é jovem e trabalha horas a fio como médico residente no hospital. Não tem tempo para cortejar as mulheres do modo como se espera que um cavalheiro faça, nenhum tempo para conversas educadas em soirées e musicais, sem tardes livres para passeios a dois em Colonnade Row. Sua vida este ano se resume a cuidar dos pacientes do Hospital Geral de Massachusetts, 24 horas por dia, e raramente lhe é permitida uma noite fora do hospital.

Mas hoje, para sua surpresa, lhe foi oferecida uma rara noite de liberdade.

Quando um jovem precisa suprimir durante muito tempo suas necessidades naturais, são essas mesmas necessidades que o movem quando se vê livre afinal. Por isso, quando o Dr. Berry deixa seus aposentos no hospital, vai diretamente para a infame vizinhança de North Slope, até a taberna Sentry Hill, onde marinheiros ombream com escravos libertos e onde toda jovem que entra pela porta pode ser considerada alguém atrás de algo mais que um copo de conhaque.

O Dr. Berry não está mais dentro da taberna.

No tempo necessário para se tomar dois copos de rum, ele volta a sair do estabelecimento com o sorridente objeto de luxúria escolhido ao seu lado. Não poderia ter encontrado uma prostituta mais óbvia do que aquela vagabunda desleixada com cabelo preto emaranhado, mas ela servirá bem aos seus propósitos, de modo que ele a leva para o rio, onde tais encontros geralmente ocorrem. Ela o segue de bom grado, embora um tanto trôpega, seu sorriso bêbado ecoando pela rua estreita. Mas ao ver a água à sua frente, ela pára de súbito, os pés plantados como uma mula empacada.

— O que foi? — pergunta o Dr. Berry, impaciente para tirar-lhe a saia.

— É o rio. Aquela mulher foi morta ali.

É claro que o Dr. Berry sabe disso. Afinal, ele conhecia e trabalhava com Mary Robinson. Mas qualquer tristeza por sua morte é secundária em face da urgência de suas necessidades.

— Não se preocupe. Eu a protejo. Vamos.

— Você não é ele, certo? O Estripador de West End?

— Claro que não! Sou um médico.

— Estão dizendo que *ele* pode ser médico. É por isso que está matando enfermeiras.

A essa altura, o Dr. Berry está ficando desesperado.

— Bem, você não é uma enfermeira, certo? Vamos, e verá que vai valer a pena. — Ele a puxa mais alguns metros, mas ela pára outra vez.

— Como posso saber que você não vai cortar minha barriga, como aconteceu com aquelas senhoras?

— Veja, toda a taberna nos viu sair juntos. Se eu fosse mesmo o Estripador, acha que correria tal risco em público?

Persuadida pela lógica impecável, ela permite que ele a leve até o rio. Agora que está tão perto de seu objetivo, tudo em que consegue pensar é em penetrá-la. Mary Robinson sequer lhe passa pela cabeça quando ele arrasta a prostituta em direção à água. E por que deveria? O Dr. Berry está completamente despreocupado enquanto arrasta a prostituta até a sombra da ponte, lugar onde não podem ser vistos.

Mas certamente podem ser ouvidos.

Os sons erguem-se da escuridão e espalham-se pela margem. O farfalhar de saias sendo erguidas, a respiração ofegante, os gemidos do clímax. Em apenas alguns minutos está tudo acabado, e a jovem volta correndo margem acima, um tanto mais descomposta, embora meio dólar mais rica. Não percebe a figura oculta nas sombras ao voltar correndo para a taberna em busca de outro cliente.

A jovem despreocupada continua a correr e sequer olha para trás em direção à ponte onde o Dr. Berry se detém, afivelando o cinto. Ela não vê o que se aproxima dele pela margem.

Quando os últimos estertores de agonia do Dr. Berry erguem-se do rio, a prostituta já está de volta à taberna, rindo no colo de um marinheiro.

18

— Queria falar comigo, Dr. Grenville? — perguntou Norris.

O Dr. Grenville olhou por sobre sua escrivaninha, e seu rosto, iluminado pelo sol matinal, nada revelou. Vai ser agora, pensou Norris. Há dias era atormentado por boatos e insinuações. Ouvia cochichos nos corredores e percebia os olhares dos colegas. Diante de Grenville, ele se preparava para ouvir o inevitável. Melhor saber a resposta agora, pensou, do que sofrer dias ou semanas de boatos antes do golpe final.

— Você já leu a última matéria do *Daily Advertiser*? — perguntou Grenville. — Sobre os assassinatos de West End?

— Sim, senhor. — Por que protelar?, pensou. Melhor acabar logo com aquilo. — Gostaria de saber a verdade, senhor. Se rei expulso da faculdade?

— É por isso que acha que o chamei aqui?

— É uma suposição razoável. Considerando...

— Os boatos? Ah, sim, há muitos boatos. Ouvi-os das famílias de diversos alunos. Estão todos preocupados com a reputação desta faculdade. Sem nossa reputação, não somos nada.

Norris nada falou, mas o medo se acomodou como uma pedra em seu estômago.

— Os pais desses alunos também estão preocupados com o bem-estar de seus filhos.

— E acham que sou uma ameaça.

— Você compreende o motivo, não é mesmo?

Norris olhou-o diretamente nos olhos.

— Tudo o que têm para me incriminar são circunstâncias.

— Circunstâncias são uma voz poderosa.

— Uma voz enganadora. Ela abafa a verdade. Esta faculdade de medicina se orgulha de seu método científico. Este método não prega a busca da verdade baseada em fatos e não em boatos?

Grenville reclinou-se em sua cadeira, mas seu olhar permaneceu fixo em Norris. Pelo escritório havia provas do quanto Grenville valorizava o estudo científico. Em sua escrivaninha, um crânio humano grotescamente deformado repousava ao lado de um crânio normal. A um canto, erguia-se o esqueleto de um anão e nas prateleiras da estante havia espécimes preservados em frascos de uísque: uma mão cortada com seis dedos; um nariz parcialmente consumido por um tumor; um recém-nascido com um único olho ciclópico. Todos eram testemunhas silenciosas de seu fascínio por anormalidades anatomicas.

— Não sou o único que viu o assassino — disse Norris. — Rose Connolly também o viu.

— Um monstro de asas negras com rosto de caveira?

— *Algo* muito ruim está agindo em West End.

— Algo que a Ronda Noturna considera ser um açougueiro.

— Então esta é a verdadeira acusação contra mim, certo? O fato de eu ser filho de um fazendeiro. Se eu fosse Edward Kingston, ou seu sobrinho Charles ou o filho de um proeminente cavalheiro, ainda seria suspeito? Haveria dúvidas quanto à minha inocência?

Após um instante de silêncio, Grenville disse:

— Você tem razão.

— Mas isso não muda coisa alguma. — Norris voltou-se para ir embora. — Bom dia, Dr. Grenville. Vejo não ter futuro aqui.

— Por que não teria futuro aqui? Eu o expulsei desta escola?

A mão de Norris já estava sobre a maçaneta da porta. Ele se voltou.

— Você disse que minha presença é um problema.

— De fato é um problema. Mas cuidarei disso. Estou ciente de que você enfrenta uma série de desvantagens. Ao contrário de seus colegas, não veio de Harvard nem de nenhuma escola superior. Você é autodidata e, no entanto, os doutores Sewall e Crouch estão impressionados com suas habilidades.

Por um instante, Norris não conseguiu falar.

— Eu... não sei como agradecê-lo.

— Não me agradeça ainda. As coisas podem mudar.

— O senhor não se arrependerá!

Outra vez, Norris segurou a maçaneta da porta.

— Sr. Marshall, há algo mais.

— Senhor?

— Quando foi a última vez que viu o Dr. Berry?

— Dr. Berry? — Aquela era uma pergunta completamente inesperada, e Norris fez uma pausa, perplexo. — Foi ontem à noite. Quando deixávamos o hospital.

Grenville voltou os olhos preocupados para a janela.

— Foi a última vez que eu o vi, também — murmurou.

— Embora haja muita discussão quanto à sua etiologia — disse o Dr. Chester Crouch —, a causa da febre puerperal permanece em debate. É uma doença agressiva, que tira a vida de mulheres justamente quando conseguem realizar o sonho da maternidade.

Ele parou de falar.

Todos os demais fizeram o mesmo quando Norris entrou no auditório. Sim, o infame Estripador chegara. Será que os aterrorizava? Teriam medo que se sentasse perto deles e seu mal lhes fosse passado por contato?

— Sente-se, Sr. Marshall! — disse Crouch.

— Estou tentando, senhor.

— Aqui! — Wendell se levantou. — Reservamos um lugar para o Sr. Norris.

Sentindo-se alvo de todos os olhares, Norris atravessou a fileira de poltronas, passando por jovens que pareciam esquivar-se de seu toque. Sentou-se na cadeira vazia entre Wendell e Charles.

— Obrigado — sussurrou.

— Tínhamos medo de que não viesse — disse Charles. — Deve ter ouvido os boatos esta manhã. Estão dizendo que...

— Os cavalheiros já terminaram de conversar? — perguntou Crouch. Charles corou. — Agora, se me permitem prosseguir... — Crouch limpou a garganta e voltou a caminhar pelo palco. — Neste momento, estamos vivendo uma epidemia em nossa enfermaria, e temo que haja mais casos em curso. Portanto, dedicaremos o programa desta manhã ao assunto da febre puerperal, também conhecida como febre do parto. Ataca a mulher no auge de sua juventude, precisamente quando tem muito pelo que viver. Embora a criança tenha nascido em segurança, até mesmo com vigor, a nova mãe ainda enfrenta o perigo. A doença pode se manifestar durante o trabalho de parto ou os sintomas podem se desenvolver após horas ou mesmo dias após o parto. Primeiro, a vítima sente frio, às vezes tão violento que seu tremor chega a chacoalhar a cama. Segue-se uma febre inevitável, que faz a pele ficar vermelha e o coração acelerar. Mas o verdadeiro tormento é a dor. Começa na pélvis e aumenta com excruciante sensibilidade à medida que o abdome incha. O menor toque, até mesmo uma leve carícia na pele, pode provocar gritos de agonia. São comuns as descargas de sangue malcheiroso. As roupas, os lençóis, às vezes a própria enfermaria fedem pungentemente. Vocês não imaginam o sofrimento mortificante de uma mulher, acostumada à mais escrupulosa higiene, ao verificar que seu corpo está cheirando de modo tão repulsivo. Mas o pior ainda está por vir.

Crouch fez uma pausa, e a platéia permaneceu em silêncio e atenção absoluta.

— O pulso acelera — prosseguiu Crouch. — Uma névoa confunde a mente, e a paciente às vezes não sabe que dia ou que horas são. Às vezes murmura de modo incoerente. Freqüentemente vomita matéria indescritivelmente fétida. A respiração se torna difícil. O pulso fica irregular. A essa altura, há pouco a fazer, afora ministrar morfina e vinho, porque a morte é inevitável. — Ele parou de falar e olhou em torno. — Nos próximos meses, vocês verão, tocarão e cheirarão tudo isso. Alguns alegam ser contagioso como varíola. Mas se é verdade, por que não ocorre em mulheres grávidas ou naquelas que não esperam bebê? Outros dizem ser um miasma, um estado epidêmico no ar. De fato, que outra explicação para o fato de milhares dessas mulheres terem morrido na França, na Hungria e na Inglaterra?

"Aqui, também, estamos presenciando muitos óbitos. Em nosso último encontro da Sociedade para o Aperfeiçoamento da Medicina de Boston, meus colegas citaram números alarmantes. Um médico perdeu cinco pacientes em rápida sucessão. E eu perdi sete apenas este mês.

Wendell inclinou-se para a frente, franzindo as sobrancelhas.

— Meu Deus — murmurou. — Realmente é uma epidemia.

— Tem se tornado uma perspectiva tão terrível que muitas mulheres grávidas, em sua ignorância, optam por não virem ao hospital. Mas é no hospital que podem contar com condições melhores que as que têm em seus cortiços imundos, onde nenhum médico lhes dará atenção.

Wendell ergueu-se abruptamente.

— Posso fazer uma pergunta, senhor?

Crouch ergue a cabeça.

— Sim, Sr. Holmes?

— Há uma epidemia assim nos cortiços? Entre os irlandeses no sul de Boston?

— Ainda não.

— Mas eles vivem em meio à sujeira. Sua dieta é inadequada, suas condições são consternadoras. Sob tais condições, não deveria haver mais dessas mortes?

— Os pobres têm uma constituição diferente. São feitos de matéria-prima mais resistente.

— Ouvi dizer que mulheres que subitamente dão à luz nas ruas ou no campo raramente pegam a febre. Será isso também devido ao fato de terem uma constituição mais forte?

— Esta é a minha teoria. Falarei mais sobre isso nas próximas semanas. — Fez uma pausa. — Agora, assistirão à apresentação de anatomia do Dr. Sewall. Seu espécime de hoje é, lamento dizer, uma de minhas pacientes, uma jovem que morreu da mesma doença que acabei de descrever. Chamo agora o Dr. Sewall para demonstrar suas descobertas anatômicas.

Quando o Dr. Crouch se sentou, o Dr. Sewall subiu ao palco, seu corpo portentoso fazendo ranger os degraus da ribalta.

— O que acabaram de ouvir é a clássica descrição da febre puerperal — disse Sewall. — Agora, verão a patologia desta doença. — Ele fez uma pausa e olhou para as fileiras de alunos no auditório. — Sr. Lackaway! Poderia descer até aqui para me ajudar?

— Senhor?

— Você ainda não se ofereceu como voluntário de uma demonstração anatômica. Eis a sua chance.

— Não creio ser a melhor escolha...

Edward, que estava sentado atrás de Charles, disse:

— Ora, vamos lá, Charlie. — E deu-lhe um tapinha no ombro. — Eu prometo que desta vez alguém vai ampará-lo ao cair.

— Estou esperando, Sr. Lackaway — disse Sewall.

Engolindo em seco, Charles levantou-se e foi até o palco com relutância.

O assistente de Sewall trouxe o cadáver em uma maca e removeu a mortalha. Charles recuou ao ver a jovem. Cabelos negros cascateavam da mesa e um braço branco e magro pendia da borda.

— Isso vai ser divertido — disse Edward, inclinando-se para murmurar no ouvido de Wendell. — Quanto tempo acha que ele agüenta antes de cair? Vamos apostar?

— Isso não tem graça, Edward.

— Ainda não.

No palco, Sewall revelou sua bandeja de instrumentos. Escolheu uma faca e entregou-a para Charles, que a olhou como se jamais tivesse visto algo parecido.

— Esta não será uma necropsia completa. Nos concentraremos apenas na patologia desta doença em particular. Vocês devem ter trabalhado em cadáveres a semana inteira; portanto, já devem estar à vontade com a dissecação.

— Não dou dez segundos para ele cair — murmurou Edward.

— Cale-se — disse Wendell.

Charles aproximou-se do corpo. Mesmo do lugar onde estava sentado, Norris podia ver as mãos de Charles tremerem.

— O abdome — disse Sewall. — Corte.

Charles pressionou a faca contra a pele do cadáver. Toda a platéia pareceu conter a respiração enquanto ele hesitava. Fazendo uma careta, fez um corte barriga abaixo, mas foi um golpe tão raso que a pele sequer se partiu.

— Precisará fazer mais força que isso — disse Sewall.

— Eu... estou com medo de danificar algo importante.

— Você sequer penetrou a gordura subcutânea. Corte mais fundo.

Charles fez uma pausa para reunir coragem. Outra vez cortou. Outra vez foi raso demais, uma incisão imperfeita que deixou intactas largas seções da parede abdominal.

— Assim você vai esfarrapá-la antes de chegar à cavidade — disse Sewall.

— Não quero cortar o intestino.

— Veja, você já a penetrou, acima do umbigo. Enfie um dedo ali e controle a incisão.

Apesar de o auditório não estar aquecido, Charles levou a manga da camisa à testa e limpou o suor. Então, usando uma das mãos para esticar a parede abdominal, cortou uma terceira vez. Dobras rosadas escaparam pela abertura, pingando fluido sanguíneo sobre o palco. Ele continuou a cortar, e sua faca abriu um buraco cada vez maior através do qual os intestinos escaparam. O cheiro pútrido que se ergueu da cavidade o fez se voltar, seu rosto pálido de náusea.

— Veja só. Você furou o intestino! — gritou Sewall.

Charles recuou assustado, e a faca caiu de sua mão sobre o palco.

— Eu me cortei — resmungou. — Meu dedo.

Sewall suspirou, exasperado.

— Ora, vamos, então. Sente-se. Eu termino.

Vermelho de humilhação, Charles saiu do palco e voltou a se sentar ao lado de Norris.

— Você está bem, Charlie? — sussurrou Wendell.

— Fui um desastre.

Sentiu um tapinha no ombro.

— Veja pelo lado positivo — disse Edward. — Ao menos você não desmaiou dessa vez.

— Sr. Kingston! — reboou o Dr. Sewall do palco. — Gostaria de compartilhar seus comentários com o resto da turma?

— Não, senhor.

— Então, por favor, preste atenção. Esta jovem nobremente ofereceu seu corpo em benefício das futuras gerações. O mínimo que você poderia fazer seria respeitá-la com seu silêncio. — O Dr. Sewall voltou a se concentrar no cadáver, que já tinha o abdome completamente aberto. — Vocês vêem aqui revelada a membrana do peritônio, e sua aparência é muito anormal. Está rígida. Em um soldado jovem, morto rapidamente em combate, esta membrana é clara e brilhante. Mas no caso da febre puerperal, o peritônio fica opaco e há bolsas de fluido claro e leitoso, fedorento o bastante para revolver o estômago do anatomista mais experiente. Já vi cavidades abdominais nas quais os órgãos estavam imersos neste muco, e seus intestinos apresentavam hemorragias em diversos pontos. Não podemos explicar a razão de tais mudanças. De fato, como disse o Dr. Crouch, são inúmeras as teorias sobre a causa da febre puerperal. Estaria relacionada à erisipela ou ao tifo? É um acidente ou apenas a providência divina, como acredita o Dr. Meigs, da Filadélfia? Não passo de um anatomista. Posso apenas mostrar o que exponho com minha faca. Ao oferecer seus restos mortais para estudo, este espécime contribuiu para o conhecimento de todos vocês.

Contribuiu coisa nenhuma, pensou Norris. O Dr. Sewall sempre elogiava os infelizes espécimes que passavam por sua mesa. Ele os pronunciava nobres e generosos, como se tivessem de bom grado se oferecido para serem abertos e estripados publicamente. Aquela mulher não era uma voluntária. Era um caso de caridade, cujo corpo não fora reclamado por familiares ou amigos. O elogio de Sewall era uma honra indesejada que certamente a teria horrorizado.

O Dr. Sewall abrira o tórax e agora erguia um pulmão para que a platéia admirasse. Havia apenas alguns dias, aquela mutilação do tórax chocara o grupo de estudantes de medicina. Agora, aqueles mesmos homens permaneciam sentados e imperturbáveis. Ninguém desviava o olhar ou baixava a cabeça. Haviam sido introduzidos ao laboratório de anatomia. Conheciam seus cheiros, aquela mistura única de decomposição e ácido carbólico, haviam empunhado a faca de dissecação. Olhando para seus colegas, Norris viu expressões que iam do tédio à profunda concentração. Apenas algumas semanas de estudo haviam sido suficientes para lhes fortalecer a espinha e aplacar-lhes o estômago, de modo que agora podiam observar sem desagrado enquanto o Sewall tirava de dentro do tórax o coração e o pulmão remanescente. Vencemos o horror, pensou Norris. Era o primeiro passo, uma etapa necessária em seu treinamento.

Viria coisa pior pela frente.

19

Cedo naquela noite, Jack Zarolho já o havia escolhido. O marinheiro estava sentado sozinho em uma mesa, sem falar com ninguém, olhar fixo apenas no rum que Fanny lhe servia. Só tinha dinheiro para três doses. Entornou o último copo e, enquanto Fanny esperava, procurou mais moedas nos bolsos. Mas nada encontrou. Jack pôde ver os lábios e os olhos de Fanny se estreitarem. Ela não tinha paciência para aproveitadores. Para ela, se alguém ocupava espaço em uma mesa e desfrutava do calor de sua lareira, tinha de beber. Ou pagava outra dose ou caía fora. Embora o Black Spar estivesse vazio naquela noite, Fanny não abria exceções. Ela não fazia distinção entre clientes habituais e forasteiros. Se não tinham dinheiro, não bebiam e eram postos para fora, no frio. Esse era o problema, pensou Jack, ao ver Fanny se enfurecer. Era por isso que o Black Spar estava falindo. Ande um pouco mais, até a nova taberna, o Mermaid, e encontrará uma garçonete jovem e sorridente e um fogo generoso que envergonharia as chamas avaras da lareira de Fanny.

Também encontraria uma multidão, muitos deles antigos clientes de Fanny que haviam abandonado o Black Spar. E não era de se estranhar. Se tivesse de escolher entre uma garçonete sorridente e a cara feia de Fanny, qualquer homem preferiria o Mermaid. Ele já sabia o que ela faria a seguir. Primeiro, exigiria que o pobre marinheiro pedisse outra dose. E quando ele não pudesse mais pedir, ela começaria sua arenga. *Você acha que esta mesa é grátis? Acha que posso deixá-lo ficar sentado aqui a noite inteira ocupando o lugar de um cliente com dinheiro?* Como se houvesse filas de clientes esperando para se sentar ali. *Preciso pagar o aluguel e a conta do fornecedor. Ele não trabalha de graça. Nem eu.* Viu-a trincar os maxilares, braços poderosos flexionados para o combate.

Antes que ela começasse a falar, porém, Jack olhou-a e balançou a cabeça. *Deixe-o em paz, Fanny.*

Ela olhou para Jack um instante. Então, compreendeu o que pretendia o marido, foi até o bar e serviu um copo de rum. Voltou à mesa do marinheiro e entregou-lhe a bebida.

Não durou muito. Alguns goles apenas.

Fanny deu-lhe outra dose. Ela o fez em silêncio, sem chamar a atenção para o copo sem fundo do marinheiro. De qualquer modo, ninguém estava dando a mínima. No Spar, quem era esperto ficava calado e prestava atenção na própria bebida. Ninguém contou o número de vezes que Fanny saiu dali com um copo vazio e voltou com outro cheio. Ninguém se incomodou com o fato de o sujeito ter tombado para a frente, a cabeça apoiada sobre os braços.

Um por um, bolsos vazios, os clientes deixavam o bar e saíam no frio da noite, até haver apenas um, o marinheiro que roncava na mesa do canto.

Fanny foi até a porta, trancou-a e voltou-se para olhar para Jack.

— Quanto deu para ele? — perguntou.

— O bastante para afogar um cavalo.

O marinheiro roncou alto.

— Ele ainda está vivo — disse Jack.

— Bem, não posso entornar-lhe o rum goela abaixo.

Olharam para o sujeito adormecido, vendo a baba escorrer de sua boca em um fio longo e pegajoso. Acima do colarinho puído do casaco, seu pescoço estava sujo de fuligem de carvão. Um piolho gordo, inchado de sangue, caminhou por um cacho de cabelo louro.

Jack cutucou o ombro do sujeito, que voltou a roncar, apagado. Fanny debochou.

— Você não pode esperar que todos morram, obedientes.

— Ele é jovem. Aspecto saudável.

Saudável demais.

— Servi uma fortuna de bebida grátis para ele. Nunca vou recuperar esse dinheiro.

Jack empurrou-o com mais força. Lentamente, o marinheiro caiu da cadeira e tombou no chão. Jack olhou-o um instante, então se curvou e virou-o de costas. Droga. Ainda respirava.

— Quero o dinheiro do rum que gastei — insistiu Fanny.

— Então cuide disso *você*.

— Não tenho força suficiente.

Jack olhou para os braços dela, fortes e musculosos de tanto carregarem bandejas e barris. Sim, ela era forte o bastante para estrangular um homem. Só não queria assumir a responsabilidade.

— Vá em frente, então — insistiu Fanny.

— Não posso deixar marcas no pescoço dele. Vai levantar suspeitas.

— Tudo o que querem é um corpo. Não se importam de onde veio.

— Mas um homem que foi obviamente assassinado..

— Covarde.

— Só estou dizendo que precisa parecer natural.

— Então faremos parecer natural. — Fanny olhou para o homem um instante, os olhos estreitados. Homem nenhum gostaria que uma mulher como Fanny o olhasse daquele jeito. Jack não tinha medo de muita coisa, mas conhecia Fanny bem o bastante para saber que, quando ela se voltava contra alguém, era o fim. — Espere aqui.

Como se Jack fosse a algum lugar.

Jack ouviu os passos da mulher subindo as escadas até o quarto de dormir. Um instante depois ela voltou, trazendo um travesseiro rasgado e um pano imundo. Ele compreendeu imediatamente o que ela tinha em mente, mas mesmo quando Fanny lhe entregou os instrumentos mortais, ele não se moveu. Jack já desenterrara corpos com a carne soltando dos ossos. Ele os pescara de rios, tirara-os de caixões, enfiara-os em barris de picles. Mas *fazer* um cadáver era um assunto diferente. Um assunto que podia acabar na forca.

Ainda assim, 20 dólares eram 20 dólares, e quem sentiria falta daquele sujeito?

Ele fez um bolo com o trapo e se agachou com dificuldade ao lado do marinheiro embriagado. O sujeito estava de boca aberta, a língua tombada para o lado. Ele enfiou o trapo na boca escancarada, e o marinheiro imediatamente começou a respirar pelas narinas. Jack baixou o travesseiro e o pressionou contra a boca e o nariz do sujeito, que subitamente despertou e agarrou o travesseiro, tentando afastá-lo para respirar.

— Segure os braços dele! Segure os braços dele! — gritou Jack.

— Estou tentando, droga!

O homem esperneava, as botas batendo no chão.

— Não estou conseguindo segurá-lo! Ele não pára quieto!

— Então *sente* em cima dele — gritou Fanny.

— Sente *você* em cima dele!

Fanny ergueu as saias e plantou o traseiro volumoso sobre os quadris do marinheiro. Enquanto ele esperneava, ela o cavalgou como uma prostituta, o rosto vermelho e suado.

— Ele ainda resiste — disse Jack.

— Não solte o travesseiro. Aperte com mais força!

O pavor dera à vítima força sobrenatural, e suas unhas deixavam riscos de sangue nos braços de Jack. Droga, quanto tempo levava para um homem morrer? Por que ele simplesmente não se rendia e economizava todo aquele trabalho? Uma unha arranhou a mão de Jack, que emitiu um rugido de dor e forçou o travesseiro contra o rosto do sujeito. Usava todo o peso do corpo, mas ele ainda resistia. *Morra, desgraçado!*

Jack galgou o peito do marinheiro e sentou-se sobre suas costelas. Agora, ambos o cavalgavam, Fanny sobre os quadris, Jack sobre o tórax. Ambos eram pesados, e seu peso combinado finalmente imobilizou o sujeito. Apenas seus pés se moviam agora, os calcanhares das botas batendo contra o chão. Ainda agarrava Jack, mas se debatia cada vez menos à medida que a força se esvaía de seus braços. Agora, os calcanhares diminuíam o ritmo das pancadas, as botas tombando frouxamente sobre o chão. Jack sentiu-o estremecer uma última vez, então seus braços se afrouxaram e tombaram para os lados.

Demorou um instante antes que Jack ousasse tirar o travesseiro. Olhou para o rosto mosqueado, marcado pela pressão do tecido grosseiro. Jack tirou o trapo da boca do marinheiro, agora encharcado de saliva, e atirou-o de lado. Caiu com um baque úmido em um canto.

— Bem, aí está — disse Fanny. Ela se levantou, ofegante, o cabelo despenteado.

— Precisamos despi-lo.

Trabalharam juntos, tirando-lhe o casaco e a camisa, calças e botas, tudo muito sujo ou gasto para valer a pena preservar. Não havia sentido correr o risco de ser pego com as coisas de um morto. Ainda assim, Fanny vasculhou os bolsos do marinheiro e emitiu um gemido ultrajado quando voltou com a mão repleta de moedas.

— Veja! Ele tinha dinheiro, afinal de contas! Bebeu todas aquelas doses de graça e não disse nada! — Ela se voltou e atirou as roupas do marinheiro na lareira. — Se ele já não estivesse morto, eu...

Ouviram uma batida à porta e ambos se entreolharam, paralisados.

— Não atenda — murmurou Jack.

Outra batida, mais alta e mais insistente.

— Quero uma bebida! — disse uma voz pastosa lá fora — Abra!

Fanny gritou através da porta:

— Já fechamos!

— Como podem estar fechados?

— Estou dizendo que estamos. Vá a outro lugar!

O sujeito deu uma última batida furiosa à porta e então se afastou praguejando rua acima, certamente a caminho do Mermaid.

— Vamos jogá-lo na carroça — disse Jack, que pegou o corpo pelos braços e ficou surpreso com o calor que emanava de um cadáver tão recente. A noite fria resolveria aquilo rapidamente. Àquela altura, os piolhos estavam abandonando seu hospedeiro, deixando o couro cabeludo e caminhando pelos fios de cabelo emaranhado. Enquanto carregavam o corpo pela sala dos fundos, Jack viu pontos negros e famintos pulando pelo seu braço e resistiu ao impulso de deixar cair o cadáver para afastá-los.

No pátio do estábulo, jogaram o corpo na carroça e deixaram-no descoberto e ao relento enquanto Jack arreava o cavalo. Não era bom entregar um cadáver muito quente, embora aquilo provavelmente não fizesse diferença, uma vez que o Dr. Sewall nunca fazia perguntas.

Também não as fez daquela vez. Jack pousou o corpo sobre a mesa de Sewall e ficou por perto, ansioso, enquanto o anatomista afastava a lona. Por um instante o Dr. Sewall nada disse, embora deva ter percebido o extraordinário frescor daquele espécime.

Aproximando a lâmpada, ele inspecionou a pele, testou as juntas, olhou dentro da boca. Sem ferimentos, pensou Jack. Sem ferimentos. Apenas um pobre infeliz que ele encontrara morto no meio da rua. Esta era a história. Então percebeu, alarmado, o piolho caminhando sobre o peito do cadáver. Piolhos não ficavam muito tempo no corpo dos mortos, embora aquele corpo ainda estivesse infestado. *Será que ele viu? Será que ele sabe?*

O Dr. Sewall baixou a lâmpada e deixou a sala. Jack teve a impressão de que ele demorou muito. Demais, até. Então Sewall voltou com um saco de moedas.

— Trinta dólares — disse ele. — Pode me trazer outros assim?

Trinta? Aquilo era mais do que Jack esperava. Pegou o saco com um sorriso.

— Tantos quanto puder arranjar — disse Sewall. — Tenho compradores.

— Então encontrarei mais.

— O que houve com suas mãos? — Sewall olhava para os profundos arranhões que o morto deixara na pele de Jack, que imediatamente escondeu as mãos nas dobras do casaco. — Afoguei um gato. E ele não gostou muito da idéia.

O saco de moedas tilintava deliciosamente no bolso de Jack enquanto ele conduzia a carroça pelas ruas de calçamento de seixos. O que eram alguns arranhões quando se podia voltar para casa com 30 dólares no bolso? Era mais do que jamais ganhara por um espécime. Durante todo o caminho teve visões de sacos de moeda tilintando. O único problema era a clientela do Black Spar. Simplesmente não havia clientes suficientes e, caso continuassem com aquilo, não sobraria mais nenhum. Tudo culpa da maldita Fanny, que os afastava com seu humor de cão e sua bebida vagabunda. Aquilo precisava mudar imediatamente. Começariam demonstrando um pouco mais de generosidade. Nada de acrescentar água ao rum. Talvez pudessem até oferecer um pouco de comida grátis.

Não, comida era má idéia. Demoraria mais tempo para ficarem bêbados. Melhor ficarem apenas no rum. O que ele precisava fazer agora era convencer Fanny, o que não seria fácil. Mas bastaria chacoalhar aquele saco de moedas diante de seus olhos para que ela visse a luz.

Entrou no beco estreito que levava à entrada de seu estábulo, mas subitamente puxou as rédeas para deter o cavalo.

Uma figura vestindo uma capa apareceu diante da carroça, sua silhueta destacando-se contra o brilho gelado do calçamento.

Jack forçou os olhos para ver melhor. Seus traços estavam cobertos pelo gorro e, à medida que a figura se aproximava, tudo o que podia ver era o brilho pálido de seus dentes.

— Andou ocupado esta noite, Sr. Burke.

— Não sei a que se refere.

— Quanto mais frescos, mais rendem.

Jack sentiu o sangue congelar em suas veias. *Fomos vistos.* Ele ficou imóvel, coração acelerado, mãos agarradas às rédeas. *Basta esta única testemunha para eu ser enforcado.*

— Sua mulher anda dizendo por aí que você está à procura de um modo mais fácil de ganhar a vida.

Fanny? Em que diabos ela o metera agora? Jack imaginou ter visto a criatura sorrir e estremeceu.

— O que você quer?

— Um pequeno serviço, Sr. Burke. Quero que encontre alguém.

— Quem?

— Uma jovem. O nome dela é Rose Connolly.

20

Na pensão da Fishery Alley, as noites nunca eram silenciosas.

Um novo hóspede se juntara aos demais no quarto lotado, uma mulher que enviuvara recentemente e não podia mais pagar pelo quarto onde morava na rua Summer, um quarto particular com cama de verdade. Fishery Alley era onde você terminava quando a sorte lhe faltava, seu marido morria, a fábrica fechava ou você era velha ou feia demais para se virar sozinha. Aquela nova hóspede por certo era duplamente amaldiçoada, tanto viúva quanto doente, o corpo tomado pela tosse constante. Fazia um dueto com o sujeito que agonizava no canto, acompanhado pelos roncos, gemidos e farfalhares noturnos. Havia tanta gente naquele quarto que, para se aliviar à noite, era preciso caminhar na ponta dos pés por cima de corpos adormecidos para urinar no balde. Se, por acidente, você pisasse no braço ou no dedo de alguém, sua recompensa seria um gemido e um tapa furioso no tornozelo. Na noite seguinte, não poderia dormir porque seriam seus próprios dedos a serem pisoteados.

Rose ficou desperta, ouvindo o ranger da palha sob os corpos inquietos. Precisava urinar, mas estava confortável sob o cobertor e não queria sair dali. Tentou dormir, esperando que talvez a vontade fosse embora, mas Billy subitamente gemeu e esticou os membros, como se estivesse tentando se segurar em uma queda. Ela deixou que o pesadelo passasse. Acordá-lo agora apenas o deixaria gravado em sua memória. Em algum lugar no escuro, ouviu sussurros, farfalhar de roupas e um ofegar abafado. Não somos melhores que animais em um estábulo, pensou ela, reduzidos a nos coçar, peidar e copular em público. Até mesmo a nova hóspede, que chegara de cabeça erguida, vinha perdendo o orgulho a cada dia até começar a usar o balde como todo mundo, erguendo as saias à vista de todos para urinar no canto. Seria ela uma visão do futuro de Rose? Frio, doença e uma cama de palha imunda? Mas Rose ainda era jovem e forte, com mãos ansiosas para o trabalho. Não conseguia se ver no lugar daquela velha que tossia no escuro.

No entanto, Rose já era igual a ela, dormindo ao lado de desconhecidos.

Billy emitiu outro gemido e mudou de posição, passando a exalar seu hálito quente e fedorento no rosto de Rose. Ela se voltou para evitá-lo e esbarrou na velha Polly, que lhe deu um chute irritado. Resignada, Rose voltou a se deitar de costas e tentou ignorar a bexiga ainda mais cheia. Pensou em Meggie. Graças a Deus ela não estava dormindo naquele quarto imundo, respirando aquele ar doentio. Vou providenciar para que você cresça com saúde, menina, mesmo que eu fique cega de tanto costurar, mesmo que meus dedos caiam de tanto fazer pontos dia e noite, costurando vestidos para senhoras que jamais precisarão se preocupar com o leite de seus bebês. Ela pensou no vestido que terminara na véspera, feito com gaze branca sobre um forro de cetim rosa-claro. Àquela altura teria sido entregue para a jovem que o encomendara, a Srta. Lydia Russell, filha do distinto Dr. Russell. Rose trabalhara duro para terminá-lo a tempo, uma vez que lhe disseram que a Srta. Lydia precisava dele para uma recepção na faculdade de medicina na noite seguinte, na casa do reitor, Dr. Aldous Grenville. Billy já vira a casa, e descrevera quão grande era. Ouvira dizer que o açougueiro entregara pernis de porco e uma cesta grande repleta de gansos recém-abatidos, e que os fornos do Dr. Grenville funcionaram o dia inteiro, assando, tostando e grelhando. Rose imaginou a mesa da recepção, com seus pratos de carnes macias, bolos e ostras suculentas. Imaginou o riso, as velas, os médicos em seus finos sobretudos. Imaginou as senhoras enfeitadas com laços se revezando ao piano, todas querendo exibir suas habilidades para os rapazes. Será que a Srta. Lydia Russell sentaria ao piano? Será que o vestido que Rose costurara cairia sobre o banco de modo elegante? Será que realçaria sua figura e atrairia os olhares de um certo cavalheiro preferido?

Norris Marshall estaria lá?

Sentiu uma súbita pontada de inveja ao imaginar que ele talvez admirasse a jovem que usaria o vestido no qual trabalhara. Rose lembrou-se da visita dele àquela pensão e de como seu rosto expressara consternação ao olhar para a palha infestada de piolhos, para os fardos de roupas imundas. Rose sabia que ele era um homem de poucas posses, mas que certamente tinha muito mais que ela. Até um filho de fazendeiro podia ser bem-vindo nos melhores salões de Boston caso fosse um médico.

O único modo de Rose pisar naqueles salões seria carregando um esfregão.

Sentiu ciúmes da jovem que um dia o desposaria. Desejou ser aquela que o confortaria, aquela que sorriria para ele todas as manhãs. Mas jamais serei, pensou. Quando Norris olha para mim, vê apenas uma costureira ou uma empregada doméstica. Nunca uma esposa.

Mais uma vez, Billy se virou e trombou com o corpo dela. Rose tentou afastá-lo, mas era como tentar rolar um saco flácido de farinha. Resignada, ela se sentou. Sua bexiga cheia não podia mais ser ignorada. O balde de urina estava na outra extremidade do quarto, e ela tinha medo de tropeçar no escuro em todos aqueles corpos adormecidos. Melhor descer a escada, que era muito mais perto, e sair para urinar ao ar livre.

    Calçou os sapatos e colocou o manto, passou sobre o corpo adormecido de Billy e saiu. Lá fora, o vento frio a sobressaltou. Ela não perdeu tempo. Não viu ninguém na Fishery Alley e agachou-se sobre o calçamento de seixos. Com um suspiro de alívio, voltou a entrar na pensão e estava a ponto de subir a escada quando ouviu o senhorio chamar:

    — Quem está aí? Quem entrou?

    Olhando pela porta, viu o Sr. Porteous sentado com os pés apoiados sobre um tamborete. Ele era meio cego e estava sempre com falta de ar, e era apenas com ajuda de sua esposa que conseguia manter o estabelecimento. Não que houvesse muito mais a fazer afora recolher o aluguel, acrescentar palha fresca a cada mês e servir um pouco de mingau pela manhã, freqüentemente infestado de larvas. Porteous ignorava os hóspedes e estes o ignoravam.

    — Sou eu — disse Rose.

    — Entre, menina.

    — Estou subindo a escada.

    A filha de Porteous apareceu à porta.

    — Há um cavalheiro aqui que deseja vê-la. Diz que a conhece.

    Norris Marshall, foi sua primeira reação. Mas, ao entrar na sala e ver o visitante junto à lareira, o desapontamento silenciou seus lábios.

    — Olá, Rose — disse Eben. — Foi difícil encontrá-la.

    Ela não devia gentilezas ao cunhado.

    — O que faz aqui? — perguntou com rispidez.

    — Vim fazer as pazes.

— A pessoa com quem você devia fazer as pazes não está mais aqui para perdoá-lo.

— Você tem todo direito de recusar minhas desculpas. Estou envergonhado do modo como agi. Todas as noites fico acordado pensando em como eu poderia ter sido um marido melhor para sua irmã. Eu não a merecia.

— Não, certamente não a merecia.

Ele caminhou em direção a ela, os braços estendidos, mas ela não confiava em seus olhos. Jamais confiara.

— Este é o único meio que tenho para ser justo com Aurnia — disse ele. — Sendo um bom irmão para você e um bom pai para minha filha. Cuidando de vocês duas. Vá pegar o bebê, Rose. Vamos para casa.

O velho Porteous e a filha assistiam à cena, enlevados. Passavam a maior parte da vida confinados naquela sala deprimente e provavelmente esta era a melhor diversão que tinham em semanas.

— Sua velha cama espera por você — disse Eben. — Há também um berço para o bebê.

— Já paguei o mês — disse Rose.

— *Aqui?* — Eben riu. — Você não pode preferir *este* lugar!

— Ora, Sr. Tate — interveio Porteous, subitamente se dando conta de que acabara de ser insultado.

— Como são suas acomodações aqui, Rose? — perguntou Eben. — Você tem seu próprio quarto, com uma boa cama de plumas?

— Dou-lhes palha fresca, senhor — disse a filha de Porteous. — Todo mês.

— Ah! Palha fresca! Ora, *isso* é algo notável neste estabelecimento.

A mulher olhou para o pai, incomodada. Qualquer cabeça-dura perceberia que o comentário de Eben não era um elogio.

Eben inspirou e voltou a falar e, ao fazê-lo, sua voz estava mais calma. Razoável.

— Rose, por favor considere o que estou oferecendo. Se não ficar à vontade, pode voltar para cá.

Ela pensou no quarto no andar de cima, onde 14 hóspedes se espremiam, onde o ar fedia a urina e a corpos não lavados e o hálito da boca do vizinho fedia a dentes podres. A pensão onde Eben morava não era fantástica, mas era limpa, e ela não dormiria sobre palha imunda.

E ele era sua família. Era tudo que lhe restara.

— Vá buscá-la. Vamos.

— Ela não está aqui.

Ele franziu as sobrancelhas.

— Então onde está?

— Ela fica com uma ama-de-leite. Mas minha bolsa está lá em cima. — Ela se voltou para subir a escada.

— A não ser que tenha algo de valor, deixe tudo lá! Não percamos tempo.

Ela pensou no quarto fétido do andar de cima e subitamente não sentiu vontade de voltar para lá. Nem agora e nem nunca. Contudo, sentia-se mal indo embora sem falar com Billy.

Ela olhou para Porteous.

— Por favor, diga a Billy para levar minha bolsa amanhã. Eu o pagarei por isso.

— O menino idiota? Ele sabe aonde ir? — perguntou Porteous.

— A alfaiataria. Ele sabe onde fica.

Eben pegou-a pelo braço.

— A noite está ficando cada vez mais fria.

Lá fora, flocos de neve começavam a cair em meio à escuridão, flocos finos e cortantes que se acomodavam traiçoeiramente no calçamento já escorregadio de gelo.

— Onde fica a casa dessa ama-de-leite? — perguntou Eben.

— Fica a algumas ruas naquela direção. — Ela apontou. Não é longe.

Eben acelerou a marcha, fazendo-a andar muito rapidamente sobre aquele chão escorregadio, e ela tinha de se apoiar no braço dele quando seus sapatos derrapavam. Por que tanta pressa, perguntou-se, quando um quarto quente certamente os esperava? Por que, após aquele apaixonado pedido de desculpas, ele subitamente se calara? Ele chamara Meggie de *o bebê*, pensou Rose. Que tipo de pai não sabe o nome da própria filha? Enquanto se aproximavam da porta de Hepzibah, ela ficava cada vez mais perturbada. Nunca confiara em Eben anteriormente. Por que deveria confiar agora?

Ela não parou no prédio de Hepzibah; passou direto e desceu outra rua. Continuou guiando Eben para longe de Meggie enquanto imaginava por que ele realmente teria vindo procurá-la naquela noite. O aperto de sua mão não oferecia calor ou confiança, apenas dominação.

— Onde fica esse lugar? — perguntou ele.
— Falta um pouco ainda.
— Você disse que era perto.
— Está tão tarde, Eben! Precisamos buscá-la agora? Vamos acordar todo mundo.
— Ela é minha filha. Ela me pertence.
— E como vai alimentá-la?
— Está tudo resolvido.
— Como assim, *tudo* resolvido?

Ele a balançou com força.

— Apenas leve-me até ela!

Rose não tinha intenção de obedecer ao cunhado. Não agora, não até saber o que ele de fato queria. Em vez disso, ela continuou a afastar-se, deixando Meggie para trás.

Abruptamente, Eben a obrigou a parar.

— Está brincando comigo, Rose? Já passamos duas vezes por esta rua!

— Está escuro e esses becos me confundem. Se pudéssemos esperar até de manhã...

— Não minta para mim!

Ela se livrou dele.

— Há algumas semanas você pouco se importava com sua filha. Agora, mal pode esperar para pôr as mãos nela. Eu não a entregarei agora, não para você. E você nada poderá fazer para me obrigar.

— Talvez eu nada possa fazer — disse ele. — Mas há alguém que certamente poderá convencê-la.

— Quem?

Em resposta, ele agarrou-a pelo braço e puxou-a rua acima. Com Rose tropeçando atrás dele, Eben tomou o caminho do porto.

— Pare de resistir! Não vou machucá-la.

— Para onde vamos?

— Para um homem que pode mudar sua vida caso você seja gentil com ele.

Ele a levou até um prédio que Rose não conhecia e bateu à porta.

Esta se abriu, e um cavalheiro de meia-idade com óculos de armação de ouro iluminou-os com uma lâmpada bruxuleante.

— Já estava a ponto de desistir e ir embora, Sr. Tate — disse ele.

Eben empurrou Rose, forçando-a a entrar. Ela ouviu o ferrolho se fechar às suas costas.

— Onde está a criança? — perguntou o sujeito.

— Ela não quer me dizer. Achei que você pudesse convencê-la.

— Então esta é Rose Connolly — disse o homem com um sotaque londrino. Um inglês. Ele baixou a lâmpada e olhou-a com uma intensidade que a alarmou, embora o sujeito não fosse um tipo de homem particularmente assustador. Era mais baixo que Eben, e suas grossas costeletas eram quase inteiramente grisalhas. Seu sobretudo era elegante e bem cortado, de tecido fino. Embora não fosse fisicamente intimidador, seu olhar era incomodamente penetrante.

— Tanto barulho por causa desta simples menina.

— Ela é mais esperta do que aparenta — disse Eben.

— Esperemos que sim. — O sujeito caminhou em direção a um corredor. — Por aqui, Sr. Tate. Vejamos o que ela pode nos dizer.

Eben pegou-a pelo braço com força, sem deixar dúvida de que ela deveria ir aonde ele mandasse. Seguiram o homem até uma sala onde havia móveis rústicos e um chão repleto de veios. As prateleiras eram forradas de jornais velhos, as páginas amareladas pelo tempo. Na lareira havia apenas cinzas frias. A sala não fazia jus ao homem, cujo casaco sob medida e o ar de prosperidade eram mais adequados às melhores casas de Beacon Hill.

Eben a empurrou sobre uma cadeira. Bastou um olhar para se fazer entender: *Você deve ficar sentada aqui. Não se mova.*

O homem pousou a lâmpada sobre uma escrivaninha, erguendo uma nuvem de poeira.

— Estava escondida, Srta. Connolly — disse ele. — Por quê?

— O que o faz pensar que eu estava me escondendo?

— Por que outro motivo diria se chamar Rose Morrison? Isso, creio eu, é o nome falso que deu ao Sr. Smibart quando ele a contratou como costureira.

Ela olhou feio para Eben.

— Não queria voltar a encontrar meu cunhado.

— Foi por isso que mudou de nome? Não tem nada a ver com isso? — O inglês pôs a mão no bolso e tirou dali algo que brilhou à luz da lâmpada. Era o colar de Aurnia. — Você empenhou este colar há algumas semanas. Algo que não lhe pertencia.

Ela olhou para o objeto em silêncio.

— Então você *de fato* o roubou.

Não podia deixar esta acusação sem resposta.

— Aurnia me deu o colar!

— Então por que se livrou dele tão facilmente?

— Ela merecia um enterro decente. Eu não tinha como pagar.

O inglês olhou para Eben.

— Você não me disse isso. Ela tinha um bom motivo para empenhá-lo.

— Ainda assim não era dela — disse Eben.

— E parece que também não era seu, Sr. Tate. — O homem olhou para Rose. — Sua irmã alguma vez lhe disse onde conseguiu este colar?

— Eu achava que era um presente de Eben. Mas ele não seria capaz de uma gentileza dessas.

O inglês ignorou a cara feia de Eben e concentrou-se em Rose.

— Então ela nunca lhe disse onde o conseguiu? — perguntou.

— Por que isso importa? — rebateu Rose.

— Esta é uma jóia muito valiosa, Srta. Connolly. Apenas alguém muito rico poderia comprá-la.

— Agora você alega que Aurnia o roubou. Você é da Ronda Noturna, não é?

— Não.

— Quem é você?

Eben deu-lhe um tapa forte no ombro.

— Demonstre algum respeito!

— Por um homem que sequer me diz o próprio nome?

Por sua insolência, Eben ergueu a mão para lhe dar outro tapa, mas o inglês interveio:

— Não há necessidade de violência, Sr. Tate!

— Mas você viu o tipo de menina que ela é! Foi isso que tive de aturar todo esse tempo.

O inglês aproximou-se de Rose, o olhar fixo nos olhos dela.

— Não sou uma autoridade local, se isso a tranqüiliza de algum modo.

— Então por que está me fazendo tais perguntas?

— Trabalho para um cliente que deve permanecer anônimo. Estou encarregado da coleta de informações. Informações que, infelizmente, apenas você pode oferecer.

Ela riu, incrédula.

— Sou uma costureira, senhor. Pergunte-me sobre botões ou gravatas, e terei uma resposta. Afora isso, não vejo como posso ajudá-lo.

— Mas você pode me ajudar. Você é a única que pode. — Ele se aproximou tanto que ela conseguiu sentir cheiro de tabaco no hálito do sujeito. — Onde está a filha de sua irmã? Onde está o bebê?

— Ele não a merece. — Rose olhou para Eben. — Que tipo de pai abre mão dos direitos sobre a própria filha?

— Apenas diga-me onde ela está.

— Está alimentada e em segurança. Isso é tudo o que ele precisa saber. Em vez de pagar caro por um advogado, ele podia comprar leite e um berço quente para a filha.

— É isso o que pensa? Que fui contratado pelo Sr. Tate?

— Não foi?

O inglês emitiu uma sonora gargalhada.

— Por Deus, não — disse ele, e ela viu o rosto de Eben avermelhar de raiva. — Trabalho para outra pessoa, Srta. Connolly. Alguém que deseja muito saber onde está a criança. — Ele se aproximou ainda mais, e ela recuou, as costas pressionadas contra a cadeira. — Onde está o bebê?

Rose ficou sentada em silêncio, subitamente pensando naquele dia no cemitério de St. Augustine, diante do túmulo de Aurnia. Mary Robinson aparecera como um fantasma em meio à névoa, o rosto pálido e tenso, o olhar vasculhando constantemente o cemitério. *Há gente fazendo perguntas sobre a criança. Mantenha-a escondida. Mantenha-a em segurança.*

— Srta. Connolly?

Ela sentiu o pescoço pulsar quando o olhar dele se concentrou ainda mais. Ela permaneceu em silêncio.

Para seu alívio, ele se empertigou e foi até o outro extremo da sala, onde casualmente correu um dedo sobre uma estante para verificar a quantidade de poeira acumulada.

— O Sr. Tate me disse que você é uma menina inteligente. Isso é verdade?

— Não sei, senhor.

— Creio que você é muito modesta. — Ele se voltou e olhou para ela. — Que vergonha uma menina tão inteligente como você ser forçada a viver em condições tão precárias. Seus sapatos estão caindo aos pedaços. E seu manto... quando foi lavado pela última vez? Certamente você merecia coisa melhor.

— Eu e muita gente mais.

— Ah, mas é *você* quem esta tendo uma oportunidade aqui.

— Oportunidade?

— Dou-lhe 1000 dólares se me trouxer a criança.

Ela ficou perplexa. Todo aquele dinheiro poderia lhe pagar um quarto em uma boa pensão com comida quente. Novas roupas e um bom casaco, não aquele manto com a bainha puída. Todo os luxos tentadores que ela podia imaginar.

Tudo o que tenho a fazer é entregar Meggie.

— Não posso ajudá-lo — disse ela.

O soco de Eben veio tão rápido que o homem não teve tempo de intervir. O impacto fez a cabeça de Rose girar de lado e ela se recostou na cadeira, seu rosto pulsando de dor.

— Isso não era necessário, Sr. Tate!

— Mas você viu como ela é? Você poderia conseguir mais cooperação com uma cenoura na ponta de uma vara.

— Bem, ela acabou de recusar a cenoura.

Rose ergueu a cabeça e olhou para Eben com ódio indisfarçável. Não importava o que lhe oferecessem, fossem 1000 ou 10.000 dólares, ela jamais abriria mão de seu sangue.

O inglês agora estava em pé diante dela, olhando para seu rosto, onde um hematoma certamente começava a se formar. Ela não tinha medo de apanhar dele. Este homem, pensou, está muito mais acostumado a usar as palavras e o dinheiro como instrumentos de persuasão, deixando a violência por conta de outras pessoas.

— Vamos tentar outra vez — disse ele para Rose.

— Ou ele vai me bater outra vez?

— Peço desculpas por isso. — Ele olhou para Eben. — Saia da sala.

— Mas eu a conheço melhor do que ninguém! Posso lhe dizer quando ela estiver...

— *Saia da sala.*

Eben lançou um olhar venenoso para Rose, então saiu, batendo a porta atrás de si.

O homem pegou uma cadeira e puxou-a para perto de Rose.

— Agora, Srta. Connolly — disse ele, sentando-se diante dela. — Você sabe que é apenas uma questão de tempo até eu encontrá-la. Facilite nosso trabalho e será recompensada.

— Por que ela é tão importante para você?

— Para mim, não. Para o meu cliente.

— Quem *é* esse cliente?

— Alguém que se preocupa com o bem-estar da criança. Que a quer viva e saudável.

— Está me dizendo que Meggie está em perigo?

— Nossa preocupação é que *você* possa estar. E se algo acontecer com você, jamais encontraremos a criança.

— Agora você está me ameaçando? — Ela forçou um sorriso, demonstrando uma coragem que não sentia de verdade. — Desistiu da cenoura e voltou à vara.

— Você me entendeu mal. — Ele se inclinou para a frente, o rosto muito sério. — Tanto Agnes Poole quanto Mary Robinson estão mortas. Você sabe disso?

Ela engoliu em seco.

— Sim.

— Você foi testemunha da morte de Agnes Poole. Você viu o assassino. E ele certamente sabe disso.

— Todos sabem quem é o assassino — disse ela. — Ouvi dizer ontem, na rua. O Dr. Berry fugiu da cidade.

— Sim, foi isso que os jornais noticiaram. O Dr. Nathaniel Berry morava em West End. Conhecia as duas vítimas. Tentou matar uma terceira, uma prostituta, que alega ter fugido para não morrer. Agora o Dr. Berry sumiu e, portanto, certamente deve ser o Estripador.

— E não é?

— Você acredita em tudo o que ouve na rua?

— Mas se ele não é o assassino...

— Então o Estripador de West End ainda pode estar em Boston e pode muito bem saber sua identidade. Depois do que aconteceu com Mary Robinson, eu ficaria atenta se fosse você. Nós conseguimos localizá-la; portanto, qualquer um pode fazer o mesmo. É por isso que estou tão preocupado com o bem-estar de sua sobrinha. Você é a única que sabe onde está o bebê. Se algo lhe acontecer... — Ele fez uma pausa. — Mil dólares, Srta. Connolly. Isso a ajudaria a sair de Boston. A ajudaria a encontrar um lar confortável. Dê-nos a criança, e o dinheiro é seu.

Ela ficou em silêncio. As últimas palavras de Mary Robinson ecoavam em sua cabeça: *Mantenha-a escondida. Mantenha-a em segurança.*

Cansado do silêncio de Rose, o sujeito finalmente se levantou.

— Se mudar de idéia, pode me encontrar aqui. — Ele entregou um cartão para Rose, e ela olhou para o nome ali impresso:

Sr. Gareth Wilson
Rua Park, 5
Boston

— Seria bom que considerasse minha oferta e, também, o bem-estar da criança. Enquanto isso, Srta. Connolly, seja cuidadosa. Você nunca sabe que monstro pode estar procurando por você.

Ele saiu, deixando-a sozinha naquela sala fria e empoeirada, o olhar ainda fixo no cartão.

— Você está louca, Rose?

Ela ergueu a cabeça ao ouvir a voz de Eben e o viu em pé junto à porta.

— É mais dinheiro do que você jamais verá na vida! Como ousa recusá-lo?

Olhando nos olhos dele, ela subitamente compreendeu por que ele estava tão preocupado com tudo aquilo. Por que estava envolvido.

— Ele também lhe prometeu dinheiro, não foi? — disse ela. — Quanto?

— O bastante para valer a pena.

— O bastante para abrir mão de sua filha?

— Ainda não se deu conta? Ela não é *minha* filha.

— Aurnia jamais faria...

— Aurnia *fez isso*. Achei que era meu, e essa foi a única razão para eu ter me casado com ela. Mas a verdade aparece com o tempo, Rose. Acabei descobrindo a mulher com quem de fato me casei.

Ela balançou a cabeça, ainda sem querer acreditar no que ouvia.

— Seja quem for o pai, ele quer a filha — disse Eben. — E tem dinheiro para conseguir o que deseja.

Dinheiro bastante para pagar um advogado, pensou Rose. Dinheiro bastante para comprar um belo colar para uma amante. Talvez até o bastante para comprar o silêncio alheio. Por que um nobre cavalheiro desejaria que soubessem que ele teve um filho com uma pobre costureira que estava fora da Irlanda havia apenas um ano?

— Aceite o dinheiro — disse Eben.

— Prefiro morrer de fome a abrir mão dela.

Ele a seguiu até a porta da frente.

— Você não tem escolha! Como vai se alimentar? Onde vai morar?

Enquanto ela saía, ele gritou:

— Desta vez foram gentis com você, mas da próxima não terá tanta sorte!

Para seu alívio, Eben não a seguiu. A noite esfriara ainda mais, e ela tremia ao voltar à Fishery Alley. As ruas estavam desertas, e dedos invisíveis de vento sopravam a neve contra seus pés. Subitamente ela parou e olhou para trás. Teria ouvido passos? Olhou através da neblina, mas não viu ninguém. *Não se aproxime de Meggie. Não esta noite. Podem estar seguindo você.* Acelerando os passos, ela continuou a caminhar em direção à Fishery Alley, ansiosa para escapar do vento. Quão idiota ela fora ao deixar Eben tirá-la do relativo conforto, por mais miserável que fosse, de sua pensão. O pobre Billy Obtuso era um homem melhor e um amigo mais confiável do que Eben jamais seria.

Rose abria caminho pelo labirinto do sul de Boston. O frio tirara todas as pessoas inteligentes da rua e, ao passar por uma taberna, ela ouviu vozes de homens que se reuniam lá dentro para fugir do frio. Através das janelas embaçadas viu suas silhuetas contra o fogo da lareira. Ela não se deteve e continuou a andar, esperando que o velho Porteous e sua filha ainda não tivessem trancado a porta. Até sua pobre pilha de palha, seu pedaço de chão em meio aos corpos fedorentos, parecia um luxo naquela noite, e não abriria mão disso. Os sons da taberna sumiram ao longe, e Rose só ouvia o assoviar do vento através do beco estreito e o fluxo de sua própria respiração. Fishery Alley ficava logo depois da próxima esquina, e como um cavalo que avista o próprio estábulo e sabe que encontrará abrigo mais à frente, ela acelerou o passo, escorregou nas pedras e quase caiu. Apoiou-se em uma parede e estava se erguendo quando ouviu um som.

Era o ruído de um homem pigarreando.

Lentamente, Rose aproximou-se da esquina e olhou para a Fishery Alley. A princípio, tudo o que viu foram sombras e o brilho tênue de uma vela através da janela. Então, a silhueta de um homem emergiu de um vão de porta e caminhou pelo beco, movendo os ombros para se aquecer. Ele pigarreou outra vez e cuspiu no chão. Então, voltou a se ocultar nas sombras.

Rose recuou silenciosamente. Talvez tenha bebido demais, pensou. Talvez vá logo para casa.

Ou talvez esteja esperando por mim.

Ela aguardou, o coração acelerado, enquanto os minutos se passavam e o vento agitava sua saia. Outra vez ela o ouviu tossir, cuspir... e bater à porta da pensão.

— Já disse que talvez ela não volte esta noite — disse Porteous.

— Quando ela aparecer, me avise. Sem demora.

— Já disse que avisarei.

— Receberá seu dinheiro então. Mas somente depois disso.

— Está bem — disse Porteous, e a porta se fechou.

Rose rapidamente se agachou em meio às trevas do beco e viu quando o homem deixou a Fishery Alley e passou bem à sua frente. Não conseguiu ver-lhe o rosto, mas viu sua silhueta volumosa e ouviu-o respirar com dificuldade por causa do frio. Ela esperou até o sujeito estar bem longe e somente então emergiu de seu esconderijo.

Não tenho nem mesmo um mísero monte de palha onde me deitar.

Rose deixou-se ficar no meio da rua, tremendo de frio, olhando desolada para a escuridão em meio à qual o homem acabara de desaparecer. Então se virou e caminhou na direção contrária.

21

Dias atuais

O caminho já era familiar para Julia. A mesma estrada rumo ao norte, a mesma travessia de barca, a mesma névoa densa escondendo-lhe a vista de Islesboro. Daquela vez, porém, estava preparada para o clima úmido e vestia suéter e jeans enquanto arrastava a mala com rodinhas pela estradinha de terra batida que levava a Stonehurst. Quando a casa desbotada subitamente apareceu em meio à neblina, ela teve a estranha impressão de que lhe dava as boas-vindas, algo surpreendente considerando sua última visita ao irascível Henry. Mas também houvera momentos de afeto entre os dois. Um momento em que, tonta de vinho, ela olhara para sua expressão sisuda, seu rosto envelhecido e pensara: por mais ranzinza que Henry seja, ele me parece ser uma pessoa tão íntegra e honesta que sei que posso acreditar em cada palavra que ele disser.

Puxou a mala pelos degraus da varanda e bateu à porta. Daquela vez, decidiu ser paciente e esperar até ele aparecer. Após alguns instantes, quando ele não respondeu, ela tentou a porta da frente e encontrou-a aberta. Enfiando a cabeça para dentro, chamou:

— Henry?

Levou a mala para dentro da casa e gritou ao pé da escada:

— Henry, cheguei!

Não ouviu resposta.

Foi até a biblioteca, onde as janelas voltadas para o mar recebiam a luz tênue de outra tarde imersa em neblina. Viu papéis espalhados pela mesa, e seu primeiro pensamento foi: *Henry, você bagunçou tudo*. Então, viu a bengala caída no chão e duas pernas magrelas saindo de trás de uma pilha de caixas.

— *Henry!*

Ele estava deitado de lado, as calças encharcadas de urina. Apavorada, ela o virou de costas e se aproximou para ver se ele estava respirando.

Ele abriu os olhos e murmurou:

— Eu sabia que você viria.

— Creio que ele teve uma arritmia — disse o Dr. Jarvis. — Não encontrei sinais de derrame ou infarto, e seu ECG parece normal no momento.

— No momento? — perguntou Julia.

— Este é o problema com as arritmias. Vêm e vão sem aviso. Por isso, quero mantê-lo monitorado nas próximas 24 horas, para podermos ver como anda o coração dele. — Jarvis olhou através do quarto para a cortina fechada, que ocultava a visão da cama de Henry, e baixou a voz. — Mas vai ser difícil convencê-lo a ficar todo esse tempo. É aí que entra sua colaboração, Srta. Hamill.

— Eu? Mas sou apenas uma hóspede. Precisa avisar a família dele.

— Já avisei. O sobrinho-neto está vindo de carro de Massachusetts, mas não chegará aqui antes da meia-noite. Até lá, talvez possa convencer Henry a ficar naquela cama.

— Para onde mais ele iria? A barca já parou de funcionar.

— E você acha que isso o deteria? Ele ligaria para algum amigo com barco para vir buscá-lo.

— Você parece conhecê-lo bem.

— Todo o pessoal deste hospital conhece Henry Page. Sou o único médico que ele ainda não demitiu. — Jarvis suspirou e fechou o arquivo hospitalar. — E talvez esteja a ponto de perder este status exclusivo.

Julia observou o Dr. Jarvis se afastar e pensou: como me meti nessa situação? Mas aquele era o fardo que ela assumira ao encontrar Henry caído no chão da biblioteca. Fora ela quem chamara a ambulância e o acompanhara na travessia de barca até o continente. Nas últimas quatro horas, estivera sentada no Centro Médico da Baía de Penobscot, esperando que os médicos e enfermeiras terminassem suas avaliações. Agora, eram 21h, ela estava faminta e não tinha onde dormir, exceto no sofá da sala de espera.

Através da cortina fechada, ouviu a voz queixosa de Henry:

— O Dr. Jarvis disse que não tive um ataque cardíaco. Então, por que ainda estou aqui?

— Sr. Page, não ouse desconectar este monitor — disse a enfermeira.

— Onde ela está? Onde está minha jovem senhora?

— Provavelmente já foi embora.

Julia inspirou profundamente e foi até a cama.

— Ainda estou aqui, Henry — disse ela, atravessando a cortina.

— Leve-me para casa, Julia.

— Você sabe que não posso.

— Por que não? O que a detém?

— Para começo de conversa, as barcas. Param às 17h.

— Ligue para meu amigo Bart, em Lincolnville. Ele tem um barco com radar e pode nos atravessar em meio à neblina.

— Não, não vou ligar. Eu me recuso.

— Você se *recusa*?

— Sim. E não pode me obrigar.

Ele a olhou um instante.

— Bem — disse ele. — Alguém está irritada.

— Seu sobrinho-neto está a caminho. Estará aqui mais tarde esta noite.

— Talvez ele faça o que eu quero.

— Se ele de fato se importar com você, não o fará.

— E qual a *sua* razão para dizer não?

Ela o encarou.

— Porque um cadáver não pode me ajudar a vasculhar aquelas caixas — disse ela, e voltou-se para sair.

— Julia?

Ela suspirou.

— Sim, Henry?

— Você vai gostar de meu sobrinho-neto.

Através da cortina fechada, Julia ouviu um médico e uma enfermeira conversando e sentou-se esfregando os olhos sonolentos. Ela adormecera em uma cadeira junto à cama de Henry, e o livro de bolso que estava lendo havia caído no chão. Ela o pegou e olhou para Henry. Ao menos, dormia confortavelmente.

— Este é o ECG mais recente? — perguntou um homem.

— Sim. O Dr. Jarvis disse que estão todos normais.

— Não detectaram qualquer arritmia no monitor?

— Não até agora.

Som de papel sendo folheado.

— O exame de sangue parece bom. Opa, retiro. As enzimas de seu fígado estão um pouco altas. Deve ter voltado à adega.

— Precisa de algo mais, Dr. Page?

— Afora uma dose dupla de uísque?

A enfermeira riu.

— Vou embora agora. Boa sorte com ele. Vai precisar.

A cortina se abriu e o Dr. Page entrou. Julia levantou-se para saudá-lo, e seu olhar se fixou em um rosto espantosamente familia

— Tom — murmurou ela.

— Oi, Julia. Ouvi dizer que ele está lhe dando trabalho. Em nome de toda a nossa família, peço desculpas.

— Mas você... — ela fez uma pausa. — *Você* é o sobrinho-neto dele?

— É. Ele não lhe disse que eu morava nas redondezas?

— Não. Ele nunca mencionou.

Tom olhou surpreso para Henry, que ainda estava profundamente adormecido.

— Bem, isso é estranho. Eu disse a ele que havíamos nos conhecido. Foi por isso que ele ligou para você.

Ela gesticulou sugerindo que se afastassem da cama. Ambos atravessaram a cortina e foram ao posto das enfermeiras.

— Henry me ligou por causa dos documentos de Hilda. Ele achou que eu me interessaria pela história de minha casa.

— Certo. Eu disse a ele que você queria saber mais sobre os ossos em seu jardim. Henry é um tipo de historiador da família, de modo que achei que talvez pudesse ajudá-la. — Tom olhou para a cama de Henry. — Bem, ele tem 89 anos. Deve esquecer as coisas.

— Ele é afiado como uma faca.

— Está falando de sua lucidez ou de sua língua?

Ela riu.

— As duas coisas. Foi por isso que fiquei tão chocada quando o encontrei caído no chão. Ele me parecia tão indestrutível.

— Estou feliz que estivesse lá. Obrigado por tudo o que fez. — Tom tocou-lhe o ombro, e ela corou ao sentir o calor de sua mão. — Ele não é a pessoa mais fácil de se lidar. Provavelmente, este é o motivo de ele nunca ter se casado. — Tom olhou para o histórico hospitalar. — No papel, ele parece estar bem.

— Eu havia me esquecido. Henry me disse que seu sobrinho-neto era médico.

— Sim, mas não sou o médico dele. Sou especialista em doenças infecciosas. O Dr. Jarvis disse que pode haver algum problema no coração.

— Ele quer ir para casa. Pediu que eu ligasse para um sujeito chamado Bart para levá-lo de barco.

— Está brincando. — Tom ergueu a cabeça. — Bart ainda está vivo?

— O que nós vamos fazer com ele?

— Nós? — Ele fechou a pasta. — Como Henry conseguiu envolvê-la nisso?

Ela suspirou.

— De certa forma, sinto-me responsável. Eu sou o motivo de ele estar mexendo naquelas caixas e se esforçando. Talvez seja muito para ele, e seja por isso que ele teve este colapso.

— Você não pode obrigar Henry a fazer algo que não deseja. Há muito tempo não o via tão animado como quando falei com ele na semana passada. Geralmente, está negativo e deprimido. Agora está só negativo.

Por trás da cortina, ouviu-se a voz de Henry.

— Eu escutei isso.

Tom fez uma careta e baixou a pasta. Foi até a cama de Henry e abriu a cortina.

— Você está acordado.

— Você demorou. Agora, vamos para casa.

— Puxa! Qual a pressa?

— Julia e eu temos trabalho a fazer. Vinte caixas pelo menos! Onde ela está?

Julia se juntou a Tom.

— É muito tarde para irmos agora. Por que não volta a dormir?

— Só se prometer me levar para casa amanhã.

Ela olhou para Tom.

— O que você acha?

— Depende do Dr. Jarvis — disse ele. — Mas se ele lhe der alta, eu o ajudo a voltar para casa pela manhã. E ficarei alguns dias só para ter certeza de que está tudo bem.

— Oh, meu Deus! — disse Henry, evidentemente satisfeito. — Você vai ficar!

Tom sorriu com surpresa para o tio-avô.

— Ora, Henry, é bom saber que sou bem-vindo.

— *Você* pode trazer todas aquelas caixas do porão!

No fim da tarde seguinte, levaram Henry de volta para casa. Embora o Dr. Jarvis tivesse ordenado que ele fosse direto para a cama, é claro que Henry não foi. Em vez disso, ficou no topo da escada do porão, gritando ordens enquanto Tom levava as caixas para cima. Quando Henry finalmente se retirou para seu quarto naquela noite, era Tom quem estava exausto.

Com um suspiro, Tom afundou em uma poltrona junto à lareira e disse:

— Ele pode ter 89 anos, mas ainda consegue me fazer correr. E, se eu ousar ignorá-lo, ele tem aquela bengala mortal.

Julia ergueu a cabeça da caixa que estava revistando.

— Ele sempre foi assim?

— Desde que me entendo por gente. Motivo pelo qual mora só. Ninguém mais na família quer lidar com ele.

— Então por que você está aqui?

— Porque sou eu quem ele chama. Ele nunca teve filhos. Sobrou para mim. — Tom olhou-a, esperançoso. — Quer adotar um tio usado?

— Nem mesmo se ele vier com quatrocentas garrafas de vinho de primeira.

— Ah. Então ele a apresentou à sua adega.

— Fizemos um bom estrago nela na semana passada. Mas da próxima vez que um homem me embebedar, gostaria que tivesse menos de 70 anos.

Ela voltou a atenção para os documentos que eles haviam tirado da caixa número 15 naquela tarde. Era um maço de jornais antigos, em sua maioria datados de fins do século XIX, e irrelevantes à história de Norris Marshall. Se o comportamento de rato silvestre era genético, então Hilda Chamblett o herdara de sua bisavó Margaret Page, que, ao que parecia, também não jogava nada fora.

Ali estavam exemplares antigos do *The Boston Post* e do *Evening Transcript* e recortes de receitas tão frágeis que esfarelavam ao toque. Também havia cartas, dezenas delas, endereçadas a Margaret. Julia estava ansiosa por ler todas, excitada com a oportunidade de conhecer a vida de uma mulher que, havia mais de cem anos, vivera em sua casa, caminhara pelo mesmo chão, subira as mesmas escadas. A Dra. Margaret Tate Page vivera uma vida longa e memorável, a julgar pelas cartas que colecionara ao longo dos anos. E que cartas! Vinham de médicos eminentes do mundo inteiro, e de netos queridos que viajavam pela Europa, descrevendo as refeições, as roupas e as fofocas compartilhadas. Que pena ninguém hoje em dia ter mais tempo de escrever cartas, pensou Julia enquanto devorava a história do flerte de uma neta. *Cem anos depois de minha morte, o que pensarão de mim?*

— Algo interessante? — perguntou Tom.

Julia assustou-se ao senti-lo bem atrás de si, olhando por sobre seu ombro.

— Tudo isso deve ser interessante para você — disse ela, tentando se concentrar na carta e não na mão dele, apoiada no encosto de sua cadeira. — Uma vez que diz respeito à sua família.

Tom deu a volta na mesa e sentou-se diante dela.

— Você realmente está aqui por causa daquele antigo esqueleto?

— Acha que tenho algum outro motivo?
— Isso deve estar tomando muito tempo de sua vida. Remexendo todas essas caixas, lendo todas essas cartas.
— Você não sabe como está minha vida agora — disse ela, olhando para os documentos. — Esta é uma distração muito bem-vinda.
— Está falando de seu divórcio, não é? — Ela ergueu a cabeça. — Henry me contou.
— Então Henry falou demais.
— Estou surpreso como ele descobriu tanto a seu respeito em apenas um fim de semana.
— Ele me embebedou, e eu falei.
— Aquele homem com quem eu a vi na semana passada, em seu jardim. Era seu ex-marido?
Ela assentiu.
— Richard.
— Se me permite dizer, não me pareceu uma conversa amistosa.
Julia encolheu os ombros.
— Não sei se casais divorciados podem ser amistosos.
— Deveria ser possível.
— Está falando por experiência própria?
— Nunca fui casado. Mas gosto de pensar que duas pessoas que certa vez se amaram têm um laço que as une. Não importa o que tenha dado de errado.
— Que lindo, não é mesmo? Amor eterno.
— Você não acredita.
— Talvez tenha acreditado há sete anos, quando me casei. Agora, acho que Henry está certo. Em vez de me casar, permanecer solteira e colecionar vinhos. Ou arranjar um cão.
— Ou plantar um jardim?
Ela baixou a carta que estava lendo e olhou para ele.

— Sim. Plantar um jardim. Melhor observar algo crescendo do que morrendo.

Tom reclinou-se na cadeira.

— Sabe, tenho uma impressão estranha quando olho para você.

— Como assim?

— Como se tivéssemos nos conhecido em algum lugar.

— Nós nos conhecemos. No meu jardim.

— Não, antes disso. Juro, eu me lembro de você.

Ela olhou para o reflexo do fogo nos olhos dele. *Um homem atraente como você? Ah, eu certamente teria me lembrado.*

Tom olhou para a pilha de documentos.

— Bem, suponho que deva ajudá-la aqui e parar de distraí-la. — Ele pegou algumas páginas do topo. — Você disse que estamos procurando referências a Rose Connolly?

— Procure. Ela faz parte de sua família, Tom.

— Acha que os ossos em seu jardim eram dela?

— Só sei que o nome dela aparece freqüentemente nestas cartas de Oliver Wendell Holmes. Para uma pobre menina irlandesa, ela causou uma tremenda impressão nele.

Ele se recostou para ler. Lá fora, o vento aumentara e as ondas arrebentavam contra as pedras. Na lareira, uma corrente fez as chamas tremularem.

A cadeira de Tom rangeu quando ele subitamente se inclinou para a frente.

— Julia?

— Sim?

— Oliver Wendell Holmes assina as cartas apenas com suas inicias?

Ela olhou para a página que ele lhe entregou.

— Oh, meu Deus — disse ela. — Precisamos mostrar isso para Henry.

22

1830

Naquela noite, não parecia importar o fato de ele ser filho de um fazendeiro.

Norris entregou o chapéu e o sobretudo à copeira e sentiu-se incomodado por causa do botão que faltava em seu colete. Mas a jovem dedicou-lhe a mesma mesura, o mesmo menear de cabeça respeitoso que dera para o casal bem-vestido à sua frente. E boas-vindas ainda mais calorosas o esperavam quando entrou e foi saudado pelo Dr. Grenville.

— Sr. Marshall, estamos deliciados por ter podido se juntar a nós esta noite — disse Grenville. — Deixe-lhe apresentar minha irmã, Eliza Lackaway.

Era evidente que aquela era a mãe de Charles. Tinha os mesmos olhos azuis, a mesma pele pálida, imaculada como alabastro mesmo na meia-idade. Mas seu olhar era muito mais direto que o do filho.

— Então você é o jovem de quem meu Charles fala tão bem — disse ela.

— Não vejo por quê, Sra. Lackaway — respondeu Norris com modéstia.

— Ele me disse que você é o dissecador mais habilidoso de sua turma. Disse que seu trabalho se destaca pela limpeza, e que ninguém expõe os nervos faciais com tanta clareza.

Era um tópico inadequado para companhia tão refinada, e Norris procurou o olhar do Dr. Grenville em busca de ajuda. Grenville apenas sorriu.

— O falecido marido de Eliza era médico. Nosso pai era médico. Agora, ela teve o grande azar de vir morar comigo; portanto, está muito acostumada às conversas mais grotescas à mesa de jantar.

— Acho tudo isso fascinante — disse Eliza. — Quando éramos pequenos, nosso pai freqüentemente nos levava à sala de dissecação. Se fosse homem, eu também teria estudado medicina.

— E seria uma ótima médica, querida — disse Grenville, acariciando o braço da irmã.

— Eu e diversas outras mulheres, caso tivéssemos a oportunidade.

O Dr. Grenville emitiu um suspiro de resignação.

— Um tópico que você certamente abordará diversas vezes esta noite.

— Não acha um trágico desperdício, Sr. Marshall? Ignorar o talento e a habilidade de metade da humanidade?

— Por favor, Eliza, deixe o pobre rapaz ao menos tomar um cálice de xerez antes de você começar seu assunto favorito.

Norris disse:

— Não me importo em responder à pergunta, Dr Grenville. — Ele olhou para os olhos de Eliza e detectou sua profunda inteligência. — Fui criado em uma fazenda, Sra. Lackaway; portanto, minha experiência é com gado. Espero que não ache a comparação pejorativa. Mas nunca vi um garanhão mais esperto que uma égua ou um carneiro mais esperto que um ovelha E caso o bem-estar de sua prole seja ameaçado, é a fêmea da espécie quem se destaca de modo formidável. Até mesmo perigoso.

O Dr. Grenville riu.

— Falou como um advogado da Filadélfia!

Eliza meneou a cabeça em sinal de aprovação.

— Vou me lembrar disso. Em verdade, vou usar este argumento na próxima vez em que debater o assunto. Onde fica esta fazenda em que você foi criado, Sr. Marshall?

— Em Belmont, senhora.

— Sua mãe deve se orgulhar de ter criado um filho com uma mente tão evoluída. Eu certamente ficaria.

A menção à sua mãe foi um golpe involuntário em uma ferida antiga, mas Norris conseguiu manter o sorriso nos lábios.

— Tenho certeza de que ela se orgulha.

— Eliza, você se lembra de Sophia, não lembra? — perguntou Grenville. — A melhor amiga de Abigail.

— Claro. Ela nos visitava freqüentemente em Weston.

— O Sr. Marshall é filho dela.

O olhar de Eliza voltou-se para Norris com súbita intensidade, e ela pareceu reconhecer algo em seu rosto.

— Você é o filho de Sophia.

— Sim, senhora.

— Bem, sua mãe não nos visita há anos, desde que a pobre Abigail morreu. Espero que esteja bem.

— Ela está muito bem, Sra. Lackaway. — Ele conseguiu sentir a falta de convicção em sua voz.

Grenville deu-lhe um tapinha nas costas.

— Vá se divertir. A maioria de seus colegas está aqui, muitos já adiantados no champanhe.

Norris entrou no salão de baile e fez uma pausa, fascinado com o que via. Jovens pairavam em vestidos coloridos como borboletas. Um imenso candelabro brilhava no teto e, em toda parte, viam-se os reflexos de seus cristais. Encostada à parede havia uma mesa repleta de comida. Tantas ostras, tantos bolos! Ele jamais estivera em um salão tão grande, com um chão tão finamente entalhado e colunas tão belamente ornamentadas. Ao ver-se ali com seu surrado casaco de sair à noite, seus sapatos rachados, sentiu ter entrado na fantasia de outra pessoa, certamente não a sua, uma vez que ele jamais imaginara uma noite como aquela.

— Finalmente chegou! Estava me perguntando se você não viria. — Wendell trazia duas taças de champanhe. Entregou uma a Norris. — É tão ruim quanto temia? Já foi esnobado, insultado ou abusado de algum modo?

— Depois de tudo o que aconteceu, não sabia como seria recebido.

— O último exemplar da *Gazette* o inocenta inteiramente. Você leu? O Dr. Berry foi visto em Providence.

De fato, de acordo com os boatos que corriam pela cidade, o fugitivo Dr. Nathaniel Berry estava escondido em dezenas de lugares diferentes ao mesmo tempo, da Filadélfia a Savannah.

— Ainda assim, não creio que tenha sido ele — disse Norris. — Nunca vi qualquer maldade nele.

— Mas esse não é freqüentemente o caso? Os assassinos raramente têm chifres e presas. São iguais a todo mundo.

— Eu via apenas um bom médico.

— Aquela prostituta alega o contrário. De acordo com a *Gazette*, a jovem se diz tão traumatizada que estão pedindo doações para ela. Mesmo eu tive de concordar com o ridículo Sr. Pratt neste caso. O Dr. Berry é o Estripador. E se não for o Dr. Berry, infelizmente só há outro suspeito. — Wendell olhou-o por sobre o copo de champanhe. — Você.

Incomodado com o olhar de Wendell, Norris voltou-se para inspecionar a sala. Quantas pessoas não estariam cochichando a seu respeito naquele instante? Apesar do desaparecimento do Dr. Berry, certamente ainda pairavam dúvidas sobre Norris.

— Por que está com esta cara? — perguntou Wendell. — Está tentando parecer culpado?

— Eu me pergunto quantos aqui ainda acham que sou eu.

— Grenville não o convidaria se tivesse alguma dúvida.

Norris deu de ombros.

— O convite foi feito a todos os alunos.

— Sabe por que, não sabe? Olhe ao redor.

— Por quê?

— Todas essas senhoritas em busca de um marido. Para não mencionar suas mães desesperadas. Não há estudantes de medicina suficientes.

Ao ouvir isso, Norris sorriu e disse:

— Você deve estar se sentindo no paraíso.

— Se aqui fosse mesmo o paraíso, não haveria tantas meninas mais altas que eu. — Ele percebeu que o olhar de Norris não estava voltado para as meninas, mas sim para a mesa de bufê. — Contudo, creio que, no momento, as senhoritas não são sua principal prioridade.

— Mas aquele presunto tenro que vejo logo ali definitivamente é.

— Então, vamos nos apresentar a ele?

Perto das ostras, encontraram Charles e Edward.

— Recebemos notícias do Dr. Berry — disse Edward. — Foi visto em Lexington ontem à noite. A Ronda Noturna está revistando a cidade.

— Há três dias, ele estava na Filadélfia — disse Charles. — Há dois dias, em Portland.

— Agora ele está em Lexington? — desdenhou Wendell. — O sujeito realmente tem asas.

— Foi assim que alguns o descreveram — disse Edward, olhando para Norris.

— Eu nunca disse que ele tinha asas — disse Norris.

— Mas a menina, sim. Aquela irlandesa idiota. — Edward entregou um prato repleto de cascas de ostras para uma empregada e agora considerava a ampla variedade de opções. Havia pudins em forma de leques e salada de bacalhau fresco.

— Experimente um de nossos excelentes bolos de mel caseiros — sugeriu Charles. — Sempre foram meus favoritos.

— Você não vai comer?

Charles pegou um guardanapo e limpou a testa. Seu rosto estava rosado, como se ele estivesse dançando, mas os músicos ainda não haviam começado a tocar.

— Infelizmente estou sem apetite hoje. Estava muito frio aqui há pouco. Minha mãe mandou acender o fogo, mas acho que exageraram.

— Para mim está confortável. — Edward voltou-se e olhou para uma jovem esbelta de cabelos negros trajando um vestido cor-de-rosa que passou a seu lado. — Desculpem, cavalheiros. Acho que meu apetite se voltou em outra direção. Wendell, você conhece aquela garota, não é mesmo? Você me apresentaria a ela?

Enquanto Edward e Wendell se afastavam para perseguir a morena, Norris franziu as sobrancelhas para Charles.

— Está se sentindo bem? Parece febril.

— Realmente não queria estar aqui hoje à noite. Mas minha mãe insistiu.

— Fiquei muito bem-impressionado com sua mãe.

Charles suspirou.

— Sim, todo mundo fica. Espero que não tenha sido obrigado a suportar seu discurso *mulheres deviam poder ser médicas*.

— Um pouco, sim.

— Ouvimos isso o tempo todo, meu pobre tio mais do que nós. Ele diz que haveria um tumulto caso ousassem admitir uma mulher na faculdade.

Os músicos agora estavam afinando os instrumentos, e os jovens já se reuniam aos pares ou procuravam parceiros de dança.

— Acho que é hora de eu me retirar — disse Charles, e mais uma vez enxugou a testa. — Realmente não estou me sentindo bem.

— O que houve com sua mão?

Charles olhou para a bandagem.

— Ah. É o corte da dissecação. Está um pouco inchado.

— Seu tio já viu isso?

— Se piorar, eu mostro para ele. — Charles voltou-se para sair, mas seu caminho foi bloqueado por duas senhoritas sorridentes. A mais alta, de cabelo escuro e usando um vestido de seda verde-limão, disse:

— Estamos muito aborrecidas com você, Charles. *Quando* voltará a nos visitar? Ou está nos esnobando por algum motivo?

Charles olhou para elas, boquiaberto.

— Perdão, não tenho a mais remota...

— Oh, meu Deus — disse a garota mais baixa. — Você prometeu vir em março passado, lembra-se? Ficamos muito desapontadas quando seu tio apareceu em Providence sem você.

— Eu precisava estudar para os meus exames.

— Podia ter vindo de qualquer modo. Eram apenas 15 dias. Planejamos uma festa em sua homenagem. Você não sabe o que perdeu.

— Na próxima vez, prometo! — disse Charles, impaciente para se retirar. — Se me perdoam, senhoras, acho que estou um pouco febril.

— Não vai dançar?

— Estou me sentindo um tanto desajeitado hoje à noite. Ele olhou desesperado para Norris. — Mas deixem-me apresentá-las ao meu colega de turma mais brilhante, o Sr. Norris Marshall, de Belmont. Essas são as irmãs Welliver, de Providence. Seu pai é o Dr. Sherwood Welliver, um dos amigos de meu tio.

— Um de seus melhores amigos — acrescentou a jovem mais alta. — Estaremos em Boston durante um mês. Sou Gwendolyn. E ela é Kitty.

— Então, estuda medicina? — perguntou Kitty, o olhar frio em Norris. — Todos os cavalheiros que conhecemos ultimamente são médicos ou futuros médicos.

Os músicos começaram a tocar. Norris viu o pequeno Wendell arrastar uma loura muito mais alta que ele para a pista.

— Dança, Sr. Marshall?

Ele olhou para Gwendolyn. Então, subitamente, percebeu que Charles conseguira se afastar e agora estava fugindo, deixando-o sozinho para enfrentar as irmãs Welliver.

— Mal, infelizmente — admitiu.

Elas sorriram entre si, sem se deixarem abater.

— Somos *ótimas* instrutoras — disse Kitty.

As irmãs Welliver eram, de fato, boas instrutoras de dança, pacientes com seus tropeços, suas voltas erradas, sua breve confusão durante o *cotillion* enquanto outros casais rodopiavam habilmente ao redor. Wendell, que passou dançando a seu lado, inclinou-se para sussurrar-lhe em advertência:

— Cuidado com as irmãs, Norrie. Elas comem vivo qualquer solteiro disponível!

Mas Norris estava adorando a companhia das duas. Naquela noite, ele era um homem requisitado, com perspectivas. Dançou todas as músicas, bebeu muito champanhe, comeu muitos bolinhos. E permitiu-se, apenas naquela noite, imaginar um futuro de várias noites parecidas.

Ele foi um dos últimos hóspedes a vestir o casaco e ir embora. A neve caía, flocos densos e luxuriantes como flores macias. Parou em plena rua Beacon, rosto erguido para o céu, e inspirou profundamente, grato pelo ar fresco depois do esforço despendido na pista de dança. Naquela noite, o Dr. Aldous Grenville deixara claro para toda a Boston que Norris Marshall merecia sua aprovação. Que merecia ingressar nos círculos sociais mais eminentes.

Norris riu e aparou um floco de neve com a língua. *O melhor ainda está por vir.*

— Sr. Marshall? — sussurrou uma voz.

Assustado, ele se voltou e olhou para o escuro da noite. A princípio, tudo o que viu foi a neve caindo. Então, uma figura emergiu em meio à nevasca, o rosto emoldurado por um xale em farrapos. Havia gelo em seus cílios.

— Tive medo de não encontrá-lo — disse Rose.

— O que faz aqui, Srta. Connolly?

— Não sei mais a quem apelar. Perdi meu emprego e não tenho para onde ir. — Ela olhou por sobre o ombro e voltou-se para ele outra vez. — Estão me procurando.

— A Ronda Noturna não está mais interessada em você. Não precisa se esconder deles.

— Não é da Ronda que tenho medo.

— Então, de quem?

O queixo dela se ergueu, alarmado, quando a porta da frente da casa do Dr. Grenville se abriu, iluminando a rua.

— Obrigado por esta noite tão agradável, Dr. Grenville! — disse um convidado de saída.

Norris voltou-se rapidamente e começou a se afastar, com medo de que alguém o visse conversando com aquela menina esfarrapada. Rose o seguiu. Apenas quando estavam bem avançados na rua Beacon, quase perto do rio, ela o alcançou.

— Alguém a ameaçou? — perguntou Norris.

— Querem tirá-la de mim.
— A quem querem tirar de você?
— A filha de minha irmã.

Ele olhou para Rose, mas o rosto dela estava oculto pelo capuz. Tudo o que viu através da neve foi o relance de seu rosto pálido.

— E quem a quer?
— Não sei quem são, mas sei que são maus, Sr. Marshall. Creio serem o motivo de Mary Robinson estar morta. E a Srta. Poole. Sou a única que ainda está viva.
— Não se preocupe. Ouvi de fonte segura que o Dr. Berry fugiu de Boston. Logo o encontrarão.
— Mas eu não acredito que o Dr. Berry seja o assassino. Acho que ele fugiu para se salvar.
— Fugiu de quem? Dessa gente misteriosa?
— Você não acredita em uma palavra do que estou dizendo, não é mesmo?
— Não compreendo o que está falando.

Ela se voltou para ele. Sob a sombra do capuz, seus olhos refletiram o brilho da neve.

— No dia em que minha irmã foi enterrada, Mary Robinson foi me ver no cemitério. Ela perguntou sobre o bebê. Disse-me para mantê-la escondida, em segurança.
— Falava da filha de sua irmã?
— Sim. — Rose engoliu em seco. — Nunca voltei a vê-la. Quando voltei a ouvir falar dela, estava morta. E *você* a encontrou.
— Não vejo a conexão entre tais assassinatos e a sua sobrinha.
— Creio que sua existência é uma ameaça para alguém. Uma prova viva de um escândalo secreto. — Ela se voltou para olhar para a rua escura. — Estão nos seguindo. Tiraram-me da pensão onde eu morava. Não posso trabalhar; portanto, não posso pa-

gar a ama-de-leite. Sequer ouso chegar perto da porta dela, porque podem me ver por lá.

— Eles? Essa gente malvada de que falou?

— Eles a querem. Mas não vou entregá-la por nada neste mundo. — Rose se voltou para Norris, os olhos brilhando no escuro. — Nas mãos deles, Sr. Marshall, ela pode não sobreviver.

A menina enlouqueceu. Norris olhou para os olhos de Rose e se perguntou se não via insanidade dentro deles. Lembrou-se da recente visita que lhe fizera naquela pensão miserável, quando pensara que Rose Connolly era uma sobrevivente. Desde então, algo mudara, levara-a ao limite e a imergira em um mundo de ilusões repleto de inimigos.

— Perdoe-me, Srta. Connolly. Não vejo como posso ajudá-la — disse ele, afastando-se. Ele deu-lhe as costas e voltou a caminhar em direção à sua pensão, seus sapatos deixando pegadas na neve fofa.

— Eu o procurei porque pensei que você fosse diferente. Melhor.

— Sou apenas um estudante. O que posso fazer?

— Você não se importa, não é mesmo?

— Os assassinatos de West End foram solucionados. Está em todos os jornais.

— Querem que *acreditem* que foram solucionados.

— Isso é responsabilidade da Ronda Noturna, não minha.

— Você certamente se importou quando era *você* o acusado.

Ele continuou a andar, esperando que ela se cansasse de persegui-lo. Mas ela o seguiu como um cão inconveniente enquanto ele caminhava para o norte ao longo do rio Charles.

— Está tudo bem agora que você está livre de acusações, não é mesmo? — perguntou ela.

— Eu não tenho autoridade para me aprofundar neste assunto.

— Você *viu* a criatura. Você encontrou o corpo da pobre Mary.

Norris se voltou para Rose.

— E sabe quão perto estive de perder tudo por causa disso? Eu seria louco caso levantasse qualquer dúvida quanto aos assassinatos. Bastam alguns cochichos, e posso perder tudo pelo que trabalhei todo esse tempo. Voltaria à fazenda de meu pai!

— É tão ruim assim ser fazendeiro?

— Sim, uma vez que tenho ambições muito maiores!

— E nada pode se interpor no caminho de sua ambição — disse ela com amargura.

Ele olhou em direção à casa do Dr. Grenville. Pensou na champanhe que bebera, nas jovens elegantemente vestidas com quem dançara. Antes, suas ambições eram muito mais modestas. Receber a gratidão de seus pacientes. Ter a satisfação de salvar uma criança da morte. Mas, naquela noite, na casa do Dr. Grenville, vislumbrara possibilidades a respeito das quais jamais sonhara, um mundo de confortos que um dia seria dele caso não cometesse nenhum erro.

— Achei que você se importaria — disse ela. — Agora vejo que o que realmente importa para você são seus amigos ricos naquela mansão.

Suspirando, Norris olhou para ela.

— Não é que eu não me importe. Simplesmente nada posso fazer a respeito. Não sou policial. Não tenho por que me envolver. Sugiro que se afaste disso também, Srta. Connolly — Ele se virou.

— Não posso me afastar — disse ela, a voz subitamente trêmula. — Não sei mais para onde ir.

Norris deu alguns passos e então retardou a marcha. Parou. Atrás dele, Rose chorava baixinho. Ao se virar, ele a viu se recostar contra um portão, a cabeça curvada pela derrota. Aquela era uma Rose Connolly que ele jamais vira, muito diferente da jovem corajosa que ele conhecera na enfermaria do hospital.

— Você não tem onde dormir? — perguntou, e a viu balançar a cabeça. Ele enfiou a mão no bolso. — Se for questão de dinheiro, pode ficar com o que tenho aqui.

Subitamente ela se empertigou e olhou feio para ele.

— Não peço nada para mim! É por Meggie. *Tudo é* por Meggie. — Ela passou a mão no rosto, furiosa. — Recorri a você porque achei que tínhamos uma ligação, você e eu. Ambos vimos a criatura. Ambos sabemos o que pode fazer. Você pode não ter medo dela, mas eu tenho. Ela quer o bebê. Portanto, está me perseguindo. — Ela inspirou profundamente e apertou o casaco ao redor do corpo, como se para afastar os olhos da noite. — Não vou mais importuná-lo — disse ela, e voltou-se.

Ele a viu se afastar, uma pequena figura andando em meio à neve. Meu sonho é salvar vidas, pensou, lutar heroicamente ao lado de incontáveis camas de doentes. Contudo, quando uma pobre menina sem amigos pede minha ajuda, não a concedo.

Ela quase havia desaparecido em meio à tempestade.

— Srta. Connolly! — chamou. — Meu quarto fica perto daqui. Se precisar de um lugar para dormir, pode ficar por lá esta noite.

23

Aquilo fora um erro.

Norris estava deitado na cama, considerando o que faria com sua hóspede na manhã seguinte. Em um instante de piedade insensata, ele assumira uma responsabilidade desnecessária. É apenas temporário, prometeu para si mesmo. Aquilo não podia continuar. Ao menos a menina fizera de tudo para não incomodar. Subira a escada atrás dele em silêncio, sem chamar a atenção de ninguém para o fato de ele ter trazido uma mulher para seu quarto. Ela se enroscara no canto como um gatinho exausto e imediatamente adormecera. Norris sequer ouvia uma respiração. Apenas olhando através do quarto, para o volume obscuro do corpo de Rose deitado no chão, notava que ela estava ali. Pensou nos desafios que precisava enfrentar na vida — ridículos se comparados aos que Rose Connolly enfrentava diariamente nas ruas.

Mas nada posso fazer a respeito. O mundo é injusto e não posso mudá-lo.

Quando levantou no dia seguinte, ela ainda dormia. Pensou em despertá-la e mandá-la embora, mas não teve coragem. Dormia profundamente, como uma criança. À luz do dia, suas roupas pareciam ainda mais esfarrapadas, a capa obviamente remendada diversas vezes, a bainha da saia manchada de lama. Em seu dedo brilhava um anel de contas de vidro colorido, uma versão barata dos anéis multicoloridos que vira nas mãos de tantas senhoras, até mesmo na de sua mãe. Mas aquilo era uma imitação barata, nada além de um ornamento infantil de latão. Achou comovente Rose usar tal quinquilharia sem embaraço, como se orgulhosamente exibindo a própria pobreza. Pobre que fosse, tinha um rosto imaculado, de boa ossatura, e seu cabelo castanho refletia o brilho do sol em suas mechas douradas. Se estivesse repousando sobre um travesseiro de fina renda em vez de trapos, rivalizaria com qualquer beleza de Beacon Hill. Mas, nos anos vindouros, muito antes que o viço tivesse deixado o rosto das meninas de Beacon Hill, a pobreza certamente diminuiria o viço do rosto de Rose Connolly.

O mundo é injusto e não posso mudá-lo.

Norris não podia esbanjar dinheiro, mas, ainda assim, deixou algumas moedas ao lado dela. Seria suficiente para ela se alimentar alguns dias. Rose ainda dormia quando ele saiu do quarto.

Embora ele nunca tivesse assistido a uma cerimônia presidida pelo reverendo William Channing, ouvira falar da reputação do sujeito. De fato, era impossível não conhecer Channing, cujos sermões supostamente fascinantes atraíam um círculo cada vez maior de devotos seguidores da Igreja Unitária da rua Federal. Na noite anterior, durante a recepção do Dr. Grenville, as irmãs Welliver muito haviam elogiado os sermões do reverendo Channing.

— Lá, em uma manhã de domingo, você encontrará as pessoas mais importantes da comunidade — dissera Kitty Welliver.

— Iremos à igreja amanhã. Nós, o Sr. Kingston, o Sr. Lackaway e até mesmo o Sr. Holmes, embora tenha uma educação calvinista.

Não devia perder, Sr. Marshall! Seus sermões são tão impressionantes, tão profundos. Com certeza ele nos faz pensar!

Embora Norris duvidasse que algum pensamento profundo já tivesse passado pela mente de Kitty Welliver, ele não podia ignorar o convite. Na noite anterior, tivera um vislumbre do círculo social em que um dia pretendia circular, e aquele mesmo círculo social estaria sentado nos bancos da igreja da rua Federal.

Assim que entrou, viu rostos conhecidos. Wendell e Edward estavam sentados mais à frente, e ele fez menção de caminhar em direção a eles, mas sentiu alguém pousar a mão em seu ombro e subitamente se viu cercado pelas irmãs Welliver.

— Oh, esperávamos que viesse! — disse Kitty. — Não quer se sentar conosco?

— Sim, venha! — exclamou Gwendolyn. — Sempre nos sentamos no balcão.

Então lá se foi Norris, levado por pura vontade feminina, e logo se viu sentado no balcão, espremido entre a saia de Kitty à esquerda e a de Gwendolyn à direita. Logo descobriu por que as irmãs preferiam se isolar no balcão: ali, tinham liberdade de fofocar durante todo o sermão do reverendo Channing, que evidentemente não tinham intenção de ouvir.

— Olhe, lá está Elizabeth Peabody![1] Parece muito séria hoje — disse Kitty. — E que vestido horrível. Tão sem graça.

— Acho que o reverendo Channing logo vai se cansar da companhia dela — sussurrou Gwendolyn em resposta.

Kitty cutucou o braço de Norris.

— Você ouviu os boatos, não ouviu? Sobre a Srta. Peabody e o reverendo? São íntimos. — acrescentou Kitty com ênfase maliciosa. — *Muito* íntimos.

---

[1] Educadora que fundou o primeiro jardim-de-infância para crianças de língua inglesa nos EUA, em 1860. Era cunhada do escritor Nathaniel Hawthorne. (*N. do T.*)

Norris olhou do balcão para a *femme fatale* que era o centro do escândalo e viu uma mulher vestida com modéstia, usando óculos nada atraentes e uma expressão de profunda concentração.

— Aquela é Rachel. Não sabia que voltara de Savannah — disse Kitty.

— Onde ela está?

— Sentada ao lado de Charles Lackaway. Você acha que eles dois...

— Não. Aliás, Charles está estranho hoje, não acha? Uma expressão adoentada.

Kitty inclinou-se para a frente.

— Ele reclamou estar febril na noite passada. Talvez estivesse dizendo a verdade.

Gwendolyn riu.

— Ou Rachel talvez seja *demais* para ele.

Norris tentou se concentrar no sermão do reverendo Channing, mas era impossível com aquelas meninas idiotas tagarelando a seu lado. Na noite anterior, sua animação parecera-lhe encantador mas naquela manhã irritava-o o fato de só falarem sobre quem estava sentado ao lado de quem, qual menina era burra, qual era estudiosa. Subitamente, lembrou-se de Rose Connolly, vestindo trapos e encolhida no chão, exausta, e imaginou as coisas cruéis que tais meninas diriam sobre ela. Rose perderia tempo fofocando sobre o vestido de outra menina ou sobre o flerte de um clérigo? Não, as preocupações dela eram elementares: como se alimentar, onde se proteger da tempestade, as preocupações de qualquer ser inferior. No entanto, as irmãs Welliver certamente se achavam muito mais civilizadas porque tinham vestidos bonitos e tempo de sobra para desperdiçar em uma manhã de domingo em um balcão de igreja.

Ele se inclinou contra o parapeito, esperando que sua expressão concentrada bastasse para silenciar Kitty e Gwendolyn, mas elas apenas continuaram a tagarelar em seus ouvidos. *Onde Lydia encontrou aquele chapéu medonho? Vê como Dickie Lawrence fica olhando para ela? Oh, ela me disse algo delicioso esta manhã! O motivo verdadeiro do irmão de Dickie ter fugido de casa em Nova York. Foi tudo por causa de uma mulher...* Meu Deus, pensou Norris, haveria algum escândalo que aquelas garotas não conhecessem? Algum olhar furtivo que não tivessem percebido?

O que diriam se soubessem que Rose Connolly dormira em seu quarto?

Quando o reverendo Channing finalmente terminou o sermão, Norris estava louco para escapar das irmãs, mas as duas ficaram teimosamente sentadas, prendendo-o entre elas enquanto a congregação começava a se retirar.

— Oh, não podemos sair ainda — disse Kitty, puxando-o de volta quando ele tentou se levantar. — Dá para ver melhor daqui de cima.

— Ver o quê? — perguntou Norris, exasperado.

— Rachel praticamente se jogou em cima de Charles.

— Ela o está perseguindo desde junho. Lembra-se do piquenique em Weston? Na casa de campo do tio dele? Charlie praticamente teve de fugir pelo jardim para escapar dela.

— Por que ainda estão sentados? Achei que Charlie já teria tentado ir embora a essa altura.

— Talvez ele não queira ir embora, Gwen. Talvez ela realmente o tenha envolvido. Acho que foi por isso que ele não veio nos visitar em março. Ela já o tem sob suas garras!

— Veja, estão se levantando. Vê como ela está com o braço ao redor do... — Kitty fez uma pausa. — O que diabos há de *errado* com ele?

Charles cambaleou de sua cadeira até a nave lateral da igreja e apoiou-se no encosto de um banco. Por um instante, cambaleou. Então, suas pernas pareceram se dissolver sob seu peso e ele caiu lentamente no chão.

As irmãs Welliver emitiram um grito abafado simultâneo e levantaram-se de supetão. Houve um caos na igreja enquanto os paroquianos se reuniam ao redor de Charles.

— Deixe-me passar! — gritou Wendell.

Kitty emitiu um soluço exagerado e levou a mão à boca.

— Espero que não seja nada sério.

Quando Norris conseguiu descer a escada e abrir caminho em meio à multidão, Wendell e Edward já estavam ajoelhados ao lado do amigo.

— Estou bem — murmurou Charles. — Estou mesmo.

— Você não parece bem, Charlie — disse Wendell. — Mandamos chamar seu tio.

— Não precisavam chamá-lo.

— Você está branco como um papel. Fique quieto.

Charles gemeu.

— Oh, meu Deus, não sobreviverei a isso.

Norris subitamente olhou para a bandagem que cobria a mão esquerda de Charles. As pontas dos dedos que saíam do curativo estavam vermelhas e inchadas. Ele se ajoelhou e cutucou a bandagem.

Charles deu um berro e tentou puxar a mão.

— Não toque nisso! — implorou.

— Charlie — disse Norris em voz baixa. — Eu preciso dar uma olhada. Você sabe que preciso. — Lentamente, ele removeu a bandagem. Quando a carne escurecida foi exposta, ele recuou sobre os calcanhares, horrorizado. Norris olhou para Wendell, que nada disse, apenas balançou a cabeça.

— Precisamos levá-lo para casa, Charlie — disse Norris. — Seu tio saberá o que fazer.

— Faz alguns dias que ele se feriu na demonstração de anatomia — disse Wendell. — Ele sabia que a mão estava ficando pior. Por que diabos não contou para ninguém? Para o tio, pelo menos.

— E admitir quão desleixado e incompetente ele é? — sugeriu Edward.

— Ele nem mesmo queria estudar medicina. O pobre Charlie ficaria perfeitamente feliz se passasse toda a vida aqui, escrevendo seus poemas. — Wendell aproximou-se da janela do salão de festas do Dr. Grenville, observando a passagem de uma carruagem de quatro cavalos. Na noite anterior, aquela casa reverberara com risos e músicas. Agora, estava assustadoramente silenciosa, com exceção do ranger de passos no andar de cima e o estalar das chamas na lareira do salão. — Ele não tinha jeito para medicina e todos o sabíamos. Era de se esperar que o tio aceitasse tal fato.

Certamente era óbvio para todo mundo, pensou Norris. Nunca houvera um aluno de medicina tão desajeitado com a faca, ninguém menos preparado para lidar com as deprimentes realidades da profissão. O laboratório de anatomia fora apenas uma amostra do que um médico deve enfrentar. Estariam por vir experiências muito piores: o fedor do tifo, os berros da mesa de cirurgia. Dissecar cadáveres não era nada. Os mortos não reclamavam. O horror verdadeiro estava na carne viva.

Ouviram bater à porta da frente e a Sra. Furbush, a governanta, correu para receber os novos visitantes.

— Oh, Dr. Sewall! Graças a Deus chegou! A Sra. Lackaway está histérica e o Dr. Grenville já o sangrou duas vezes, mas isso não baixou a febre, e ele está ansioso por sua opinião.

— Não estou certo de que minhas habilidades sejam necessárias por enquanto.

— Pode mudar de idéia ao ver a mão dele.

Norris olhou para o Dr. Sewall quando este passou pelo salão carregando sua sacola de instrumentos, e ouviu-o subir a escada para o segundo andar. A Sra. Furbush estava a ponto de segui-lo quando Wendell a chamou.

— Como está Charles?

Ela olhou-os da porta, e sua única resposta foi um triste balançar de cabeça.

Edward murmurou:

— Isso está começando a ficar sério.

Do andar de cima veio o som de vozes masculinas e o choro da Sra. Lackaway. Devemos ir embora, pensou Norris. Somos intrusos na dor desta família. Mas seus dois colegas não fizeram menção de sair, mesmo quando começou a escurecer e a copeira lhes trouxe outro bule de chá e outra bandeja de bolos.

Wendell não tocou em nada. Afundou na poltrona e olhou para o fogo, concentrado.

— Ela tinha febre puerperal — disse subitamente.

— O quê? — exclamou Edward.

Wendell ergueu a cabeça.

— O cadáver dissecado naquele dia, quando ele se cortou. Era de uma mulher, e o Dr. Sewall nos disse que ela morreu de febre puerperal.

— E daí?

— Você viu a mão dele.

Edward balançou a cabeça.

— Um caso grave de erisipela.

— Aquilo é gangrena, Eddie. Agora ele está febril e seu sangue está envenenado por algo que adquiriu ao se ferir com a faca. Acha que foi apenas acaso o fato de a mulher ter morrido de uma febre fulminante?

Edward deu de ombros.

— Muitas mulheres morrem disso. Este mês, morreram mais do que nunca.

— E a maioria foi atendida pelo Dr. Crouch — disse Wendell em voz baixa, voltando a olhar para o fogo.

Ouviram passos descendo as escadas e o Dr. Sewall apareceu, sua silhueta imponente ocupando todo o vão da porta. Ele olhou para os três jovens reunidos no salão e disse:

— Você, Sr. Marshall! E o Sr. Holmes, também. Subam.
— Senhor? — perguntou Norris.
— Preciso que segurem o paciente.
— E quanto a mim? — perguntou Edward.
— Realmente acha estar pronto para isso, Sr. Kingston?
— Eu... acho que sim, senhor.
— Então venha. Certamente poderá ser útil.

Os três jovens seguiram Sewall escada acima, e a cada passo Norris ficava mais temeroso, pois podia adivinhar o que estava a ponto de acontecer. Sewall guiou-os pelo corredor do andar de cima, e Norris viu retratos familiares nas paredes, uma longa galeria de homens distintos e mulheres elegantes. Entraram no quarto de Charles.

O sol se punha, e a última luz da tarde invernal brilhava na janela. Ao redor da cama, queimavam cinco lâmpadas. No centro, jazia Charles, pálido como um fantasma, a mão esquerda oculta sob uma cortina. A um canto, sua mãe estava sentada, rígida, as mãos apertadas uma contra a outra sobre o colo, os olhos tomados de pânico. O Dr. Grenville foi até a cama do sobrinho, cabeça baixa em sinal de triste resignação. Uma fileira de instrumentos cirúrgicos brilhava sobre a mesa: facas, uma serra, linha de seda para suturas e um torniquete.

Charles gemeu.

— Mãe, por favor — murmurou. — Não deixe que façam isso.

Eliza voltou-se para o irmão, desesperada.

— Há outro meio, Aldous? Amanhã ele pode estar melhor! Se pudéssemos esperar...

— Se tivesse me mostrado a mão antes, eu talvez pudesse interromper o processo — disse Grenville. — Uma sangria, no início, poderia drenar o veneno. Mas é muito tarde agora.

— Ele me disse que era apenas um pequeno corte. Nada significativo.

— Já vi cortes minúsculos supurarem e virarem gangrena — disse o Dr. Sewall. — Quando isso acontece, não há outra saída.

— Mãe, *por favor*. — Charles voltou o olhar em pânico para os colegas. — Wendell, Norris... não deixem que façam isso. Não deixem!

Norris não podia prometer tal coisa. Ele sabia o que devia ser feito. Olhou para a faca e a serra de ossos sobre a mesa e pensou: meu Deus, não quero ver isso. Mas resistiu, pois sabia que sua ajuda seria vital.

— Se você a cortar, tio, eu *jamais* poderei ser um cirurgião! — choramingou Charles.

— Quero que tome outra dose de morfina — disse Grenville, erguendo a cabeça do sobrinho. — Vamos, beba.

— Nunca serei o que você queria que eu fosse!

— Beba, Charles. Até o fim.

Charles recostou-se no travesseiro.

— Era tudo o que eu queria — murmurou. — Que você se orgulhasse de mim.

— Eu tenho muito orgulho de você, rapaz.

— Quanto lhe deu? — perguntou Sewall.

— Quatro doses agora. Não ouso dar-lhe mais que isso.

— Então, vamos agir, Aldous.

— Mãe? — implorou Charles.

Eliza levantou-se e agarrou desesperadamente o braço do irmão.

— Não pode esperar mais um dia? Por favor, apenas mais um dia!

— Sra. Lackaway — disse o Dr. Sewall —, outro dia seria tarde demais. — Ele ergueu a cortina que cobria o braço esquerdo do paciente, revelando a mão grotescamente inchada de Charles. Estava inflada como um balão, a pele preto-esverdeada. Mesmo de onde estava, Norris podia sentir cheiro de carne podre.

— Isso foi além de uma simples erisipela, senhora — disse Sewall. — É gangrena úmida. O tecido necrosou e, apenas no curto tempo em que estive aqui, inchou ainda mais, repleto de gases venenosos. Já há veios avermelhados aqui no braço, em direção ao cotovelo, uma indicação de que o veneno está se espalhando. Amanhã, deve chegar ao ombro. Entao, nada, nem mesmo a amputação, poderá reverter o processo.

Eliza levantou-se com a mão comprimida sobre a boca, o olhar aflito voltado para Charles.

— Então não há nada a ser feito? Nenhum outro meio?

— Já atendi muitos casos como esse. Homens cujos membros foram esmagados em acidentes ou feridos por balas. Sei que, uma vez que a gangrena se instala, há pouco tempo para agir. Muitas vezes atrasei amputações e sempre me arrependi. Aprendi que é melhor amputar logo. — Ele fez uma pausa, a voz mais branda, mais gentil. — Perder a mão não é perder a alma. Com alguma sorte, ainda terá seu filho, senhora.

— Ele é meu único filho — murmurou Eliza entre lágrimas. — Não posso perdê-lo. Eu morreria.

— Nenhum dos dois morrerá.

— Promete?

— O destino está sempre nas mãos de Deus. Mas farei o melhor que puder. — Sewall fez uma pausa e olhou para Grenville. — Talvez fosse melhor que a Sra. Lackaway saísse do quarto.

Grenville assentiu.

— Vá, Eliza. Por favor.

Ela se deteve um instante, olhando ansiosa para o filho, cujas pálpebras se fechavam em uma modorra induzida pelo narcótico.

— Não deixe que nada de errado aconteça, Aldous — disse ela para o irmão. — Se o perdermos, não haverá ninguém para nos confortar na velhice. Ninguém para ocupar o lugar dele. — Contendo um soluço de dor, ela saiu do quarto.

Sewall voltou-se para os três estudantes de medicina.

— Sr. Marshall, sugiro que tire o sobretudo. Vai sangrar. Sr. Holmes, você vai segurar o braço direito. Sr. Kingston, os pés. Sr. Marshall e o Dr. Grenville segurarão o braço esquerdo. Mesmo quatro doses de morfina não serão suficientes para mascarar a dor, e ele vai reagir. A completa imobilização do paciente é vital para o meu sucesso. O único meio piedoso de se fazer isso é agir com presteza, sem hesitação ou desperdício de energia. Compreenderam, cavalheiros?

Os alunos assentiram.

Sem palavras, Norris tirou o sobretudo e pousou-o sobre uma cadeira. Foi até o lado esquerdo de Charles.

— Tentarei preservar o máximo possível do membro — disse o Dr. Sewall enquanto introduzia lençóis sob o braço para proteger o chão e o colchão do sangue. — Mas acho que a infecção avançou demais para que eu possa preservar-lhe o pulso. Há algumas autoridades cirúrgicas, como o Dr. Larrey, por exemplo, que acreditam ser melhor cortar mais acima, na parte mais carnuda do antebraço. E é o que planejo fazer. — Ele vestiu um avental e olhou para Norris. — Você terá um papel vital nisto, Sr. Marshall. Uma vez que me parece ser o mais forte e o que tem os nervos mais equilibrados, quero que segure o antebraço, logo acima do lugar onde deverei fazer a incisão. O Dr. Grenville controlará a mão. Enquanto trabalho, ele se encarregará de girar o antebraço, o que me garantirá acesso a todas as estruturas. Primeiro a pele será cortada, depois será destacada da fáscia. Depois que eu dividir os músculos, precisarei que aplique o afastador, de modo que eu possa ver os ossos. Fui claro?

Norris mal conseguia engolir. Sua garganta estava seca.

— Sim, senhor — murmurou.

— Você não pode vacilar. Se acha que está além de sua capacidade, diga agora.

— Posso fazê-lo.

Sewall olhou-o, sério, durante algum tempo. Então, satisfeito, pegou o torniquete. Seus olhos não traíam apreensão, nenhuma sombra de dúvida a respeito do que pretendia fazer. Não havia melhor cirurgião em Boston que Erastus Sewall, e sua confiança se evidenciou pela eficiência com que atou o torniquete ao redor do braço de Charles, acima do cotovelo. Posicionou a almofada sobre a artéria braquial e apertou com força, interrompendo toda a circulação para o braço.

Charles agitou-se em meio à modorra induzida por narcóticos.

— Não — gemeu. — Por favor.

— Cavalheiros, tomem suas posições.

Norris agarrou o braço esquerdo e firmou o cotovelo na borda do colchão.

— Você era meu amigo — disse Charles olhando para Norris, cujo rosto estava bem acima do dele. — Por que está fazendo isso? Por que permite que me machuquem?

— Seja forte, Charlie — disse Norris. — Precisa ser feito. Estamos tentando salvar sua vida.

— Não. Você é um traidor. Você só quer me ver fora de seu caminho! — Charles tentou se livrar, e Norris segurou-o com mais força, dedos afundando na pele úmida. Charles fazia muita força, os músculos dos braços saltados, os tendões esticados como cordas. — Vocês querem me matar! — berrou Charles.

— É a morfina — disse Sewall calmamente, antes de pegar a faca de amputação. — Não significa coisa alguma. — Ele olhou para Grenville. — Aldous?

O Dr. Grenville agarrou a mão gangrenada do sobrinho. Embora Charles estivesse se debatendo a essa altura, não podia lutar contra todos ao mesmo tempo. Edward dominava seus tornozelos e Wendell, o ombro direito. Nenhuma luta, nenhum pedido de clemência, podia deter a faca de Sewall.

No primeiro corte da lâmina, Charles berrou. O sangue manchou as mãos de Norris e pingou nos lençóis. Sewall trabalhou com tanta rapidez que nos poucos segundos em que Norris olhou para o lado, horrorizado, Sewall terminou a incisão circular ao redor do antebraço. Quando Norris se forçou a olhar outra vez para o ferimento, Sewall já afastava a pele da fáscia para formar uma aba. Trabalhou com determinação, indiferente ao sangue que esguichava em seu avental, aos gritos de agonia, um som tão terrível que arrepiava os cabelos da nuca de Norris. O braço estava escorregadio de sangue e Charles, lutando como um animal selvagem, quase conseguiu se livrar.

— Segure-o, droga! — esbravejou Sewall.

Mortificado, Norris segurou com mais força. Não era hora de ser gentil. Ensurdecido pelos gritos de Charles, ele segurou com mais força, seus dedos afundando como garras.

Sewall baixou a faca de amputação e pegou uma lâmina larga, para dividir os músculos. Com a brutal eficiência de um açougueiro, fez alguns cortes profundos e chegou ao osso.

Os gritos de Charles foram engasgados por soluços de dor.

— Mãe! Oh, meu Deus, estou morrendo!

— Sr. Marshall!

Norris olhou para o afastador que Sewall posicionara no ferimento.

— Segure isso!

Com a mão direita, ele continuou segurando o braço de Charles. Com a esquerda, acionou o afastador, expondo o ferimento. Lá, sob uma camada de sangue e filamentos de tecidos, via-se o branco do osso. O rádio, pensou Norris, lembrando-se das ilustrações da *Anatomia* de Wistar que ele estudava com tanto afinco. Lembrou-se do esqueleto que estudara no laboratório de anatomia. Mas aqueles eram ossos secos, quebradiços, muito diferentes daquele rádio vivo.

O Dr. Sewall pegou a serra.

Enquanto Sewall cortava o rádio e a ulna, Norris sentia a mutilação nas vibrações do braço que segurava: o raspar dos dentes da serra, o osso quebrando.

E ouvia os berros de Charles.

Graças a Deus, acabou em segundos. A parte cortada saiu na mão de Grenville, apenas o coto permaneceu. O pior da carnificina havia terminado. O que viria a seguir era o trabalho mais delicado de fechar os vasos sangüíneos. Norris observou, impressionado com a habilidade com que Sewall suturou as artérias radial, ulnar e interóssea com a linha de seda.

— Espero que todos estejam prestando atenção, cavalheiros — disse o Dr. Sewall enquanto costurava a aba de pele. — Algum dia serão chamados para executar esta tarefa. E pode não ser uma amputação assim tão simples.

Norris olhou para Charles, que estava de olhos fechados. Seus berros haviam se transformado em gemidos exaustos.

— Isso não me pareceu nada simples, senhor — murmurou.

Sewall riu.

— Isso? Mas é apenas um antebraço! Muito pior é um ombro ou uma perna. Não é qualquer torniquete que resolve. Perca o controle da artéria subclaviana ou da femural, e você vai ficar surpreso com a quantidade de sangue que o paciente pode perder em alguns segundos. — Empunhava a agulha como um alfaiate experiente, fechando o tecido de pele humana, deixando apenas uma pequena abertura como duto de drenagem. Ao terminar a sutura, envolveu o coto em bandagens e olhou para Grenville. — Fiz o que pude, Aldous.

Grenville meneou a cabeça em sinal de agradecimento.

— Não confiaria meu sobrinho a ninguém mais.

— Esperemos que sua confiança se justifique. — Sewall deixou cair os instrumentos ensangüentados na bacia de água. — A vida de seu sobrinho está nas mãos de Deus agora.

— Ainda pode haver complicações — disse Sewall.

O fogo queimava na lareira do salão, e Norris bebera diversas taças do excelente clarete do Dr. Grenville. Mas não conseguia afastar o frio que ainda sentia após tudo o que testemunhara. Outra vez trajava o sobretudo, que vestira sobre a camisa manchada. Olhando para os punhos que saíam das mangas do agasalho, podia ver borrifos do sangue de Charles. Wendell e Edward também pareciam estar gelados, pois puxaram suas cadeiras para perto do fogo diante do qual o Dr. Grenville estava sentado. Apenas o Dr. Sewall parecia não estar com frio. Seu rosto estava corado pelas muitas taças de clarete, que também serviram para relaxar sua postura e afrouxar sua língua. Sentou-se voltado para o fogo, a cintura generosa preenchendo toda a cadeira, as pernas robustas esticadas para a frente.

— Há muitas coisas que ainda podem dar errado — disse ele, enquanto pegava a garrafa para encher a taça. — Os próximos dias ainda serão perigosos. — Baixou a garrafa e olhou para Grenville. — Ela não sabe disso, certo?

Todos sabiam que Sewall se referia a Eliza. Podiam ouvir a voz dela no andar de cima, cantando canções de ninar para o filho adormecido. Desde que Sewall completara a terrível operação, ela não deixara o quarto de Charles. Norris não tinha dúvida de que ela ficaria ao lado dele toda a noite.

— Ela não ignora a possibilidade. Minha irmã esteve cercada de médicos a vida inteira. Ela sabe o que pode acontecer.

Sewall tomou um gole de vinho e olhou para os alunos.

— Eu era apenas um pouco mais velho que vocês, cavalheiros, quando fui chamado para fazer minha primeira amputação. Vocês tiveram uma introdução suave. Testemunharam uma amputação sob condições ideais, em um quarto confortável, bem iluminado, com água limpa e instrumentos adequados à mão. O paciente estava bem preparado com doses generosas de morfina. Nada parecido com as condições que enfrentei naquele dia em North Point.

— North Point? — perguntou Wendell. — Você lutou na Batalha de Baltimore?

— Não na batalha. Certamente não sou um soldado, e não quis participar daquela guerra estúpida e deplorável. Mas estava em Baltimore naquele verão, visitando um tio e uma tia. Àquela altura, eu completara meus estudos de medicina, mas minhas habilidades como cirurgião ainda não haviam sido testadas. Quando a frota inglesa chegou e começou o bombardeio do Forte McHenry, a milícia de Maryland teve necessidade urgente de todos os cirurgiões disponíveis. Fui contra a guerra desde o início, mas não podia ignorar meu dever para com meus compatriotas. — Ele tomou um longo gole de clarete e suspirou. — O pior da carnificina ocorreu em campo aberto, perto de Bear Creek. Quatrocentos soldados ingleses marcharam por terra, tentando alcançar o Forte McHenry. Mas trezentos dos nossos esperavam por eles em Bouden's Farm.

Sewall olhou para o fogo como se voltasse a ver o campo de batalha, os soldados ingleses avançando, a milícia de Maryland mantendo sua posição.

— Começou com canhonada de parte a parte — disse ele. — Então, ao se aproximarem, teve início a fuzilaria de mosquetes. Vocês são muito jovens e provavelmente nunca viram os danos que uma bala de chumbo pode infligir em um corpo humano. Elas não rasgam a pele. Elas a esmagam. — Tomou outro gole. — Quando acabou, a milícia tinha 24 mortos e quase cem feridos. Os ingleses sofreram o dobro de baixas.

"Naquela tarde, fiz minha primeira amputação. Foi um trabalho desleixado, e jamais me perdoei pelos erros que cometi. Não me lembro quantas amputações fiz naquele campo de batalha. A memória tende a exagerar; portanto, duvido que tenham sido tantas quanto imagino. Certamente não chegou perto do número que o barão Larrey alega ter feito nos soldados de Napoleão na Batalha de Borodino. Duzentas amputações em um único dia, segundo escreveu. — Sewall deu de ombros. — Em North Point, fiz talvez umas 12 mas, ao fim do dia, estava muito orgulhoso de mim mesmo porque a maioria dos meus pacientes ainda estava viva. — Bebeu o que restava do clarete e voltou a pegar a garrafa. — Não me dava conta de quão pouco aquilo representava.

— Mas você os salvou — disse Edward.

Sewall sorriu, desdenhoso.

— Durante um dia ou dois. Até começarem as febres. — Ele olhou para Edward. — Sabe o que é piemia, não sabe?

— Sim, senhor. É envenenamento do sangue.

— Literalmente, "pus no sangue". É a pior febre de todas, quando os ferimentos começam a minar uma copiosa descarga amarela. Alguns cirurgiões acreditam que o pus é um bom sinal, que significa que o corpo está se curando. Mas acho o contrário. Para mim, é sinal de que se deve começar a preparar um caixão. Afora a piemia, havia outros horrores. Gangrena. Erisipela. Tétano. — Ele olhou para os três alunos. — Algum de vocês já testemunhou um espasmo tetânico?

Os três alunos balançaram a cabeça em negativa.

— Começa com os maxilares trincados e a boca retorcida em um riso grotesco. Progride para flexão paroxismal dos braços e extensões das pernas. Os músculos do abdome tornam-se rígidos como madeira. Súbitos espasmos fazem o tórax se curvar para trás com tanta violência que pode chegar a romper alguns ossos. Durante tudo isso, o paciente está lúcido e sofrendo as piores agonias. — Ele baixou o copo vazio. — Amputação, cavalheiros, é apenas o primeiro horror. Outros podem vir a seguir. — Ele olhou para os alunos. — Seu amigo Charles ainda corre perigo. Tudo o que fiz foi remover o membro comprometido. O que acontece depois depende de sua constituição, de sua vontade de viver. E da Providência Divina.

Lá em cima, Eliza parara de cantar suas canções de ninar, mas eles podiam ouvir o ranger das ripas do chão enquanto ela caminhava pelo quarto de Charles. Para cima e para baixo, para cima e para baixo. Se o amor de uma mãe pudesse curar, não haveria remédio mais poderoso do que aquele que Eliza dispensava agora com cada passo agitado, cada suspiro ansioso. *Será que minha mãe velou minha cama com tal devoção?* Norris tinha apenas uma vaga lembrança de ter acordado em meio a uma febre e ver uma vela solitária brilhando perto de sua cama, Sophia curvada sobre ele, acariciando-lhe o cabelo e murmurando:

— Meu único e verdadeiro amor.

Você realmente me amava? Então, por que me abandonou naquele dia?

Alguém bateu à porta da frente. Ouviram a copeira atravessar o corredor para atendê-la, mas o Dr. Grenville não fez menção de se levantar. A exaustão o grudara à cadeira, e ele ficou ali sentado, imóvel, ouvindo a conversa à porta da frente:

— Posso falar com o Dr. Grenville?

— Perdão, senhor — respondeu a copeira. — Hoje tivemos um problema grave, e o doutor não pode receber visitas. Se quiser deixar seu cartão, talvez eu...

— Diga-lhe que o Sr. Pratt, da Ronda Noturna, está aqui.

Ainda afundado na cadeira, Grenville balançou a cabeça, contrariado com a intrusão indesejável.

— Estou certo de que ele terá o maior prazer em falar com o senhor em uma outra hora — disse a empregada.

— Só vai demorar um minuto. Ele vai querer ouvir as notícias.
Ouviram-se as botas de Pratt entrando na casa.

— O Sr. Pratt está entrando, senhor! — gritou a empregada.

— Por favor, se pudesse esperar enquanto pergunto ao doutor...

Pratt apareceu à porta e olhou para os homens reunidos no salão.

— Dr. Grenville — disse a empregada, impotente. — Eu disse a ele que o senhor não estava recebendo visitas!

— Está tudo bem, Sarah — disse Grenville, enquanto se levantava. — Obviamente o Sr. Pratt acha que o assunto é urgente o bastante para justificar tal invasão.

— Acho, senhor — disse Pratt. Seus olhos se estreitaram sobre Norris. — Então, aí está você, Sr. Marshall. Eu o estive procurando.

— Esteve aqui toda a tarde — disse Grenville. — Meu sobrinho ficou muito doente, e o Sr. Marshall teve a gentileza de oferecer sua assistência.

— Fiquei curioso em saber por que você não estava em sua pensão — disse Pratt, olhar ainda fixo em Norris, que se sentiu subitamente em pânico. Teria Rose Connolly sido descoberta em seu quarto? Era por isso que Pratt olhava para ele daquele jeito?

— Seria esta a razão desta interrupção? — perguntou Grenville, incapaz de conter o desdém. — Apenas para confirmar o paradeiro do Sr. Marshall?

— Não, doutor — disse Pratt, voltando a olhar para Grenville.

— Então, por quê?

— Vocês não ouviram as notícias?

— Estive ocupado todo o dia com o meu sobrinho. Sequer saí de casa.

— Esta tarde — disse Pratt —, dois meninos que brincavam sob a ponte de West Boston notaram o que parecia ser um fardo de trapos caído na lama. Quando olharam de perto, viram que não eram trapos, mas sim o corpo de um homem.

— Na ponte de West Boston? — perguntou o Dr. Sewall, recostando-se na cadeira diante da notícia perturbadora.

— Sim, Dr. Sewall — prosseguiu Pratt. — Eu o convido a examinar o corpo. Baseado nos ferimentos, não terá escolha senão chegar às mesmas conclusões que eu. Na verdade, me parece bastante claro, assim como para o Dr. Crouch, que...

— Crouch já viu o corpo? — perguntou Grenville.

— O Dr. Crouch estava na enfermaria quando o corpo foi levado ao hospital. Uma circunstância oportuna, na verdade, porque ele também examinou Agnes Poole. Ele viu, de imediato, as semelhanças entre os ferimentos. O padrão peculiar de cortes. — Pratt olhou para Norris. — Deve saber do que estou falando, Sr. Marshall.

Norris olhou para ele e murmurou:

— A forma de cruz?

— Sim. Apesar do... dano, o padrão é evidente.

— Que dano? — perguntou Sewall.

— Ratos, senhor. Talvez outros animais, também. Está claro que o corpo está lá já faz algum tempo. É lógico assumir que a morte coincide com a data de seu desaparecimento.

Foi como se a temperatura na sala tivesse baixado subitamente. Embora ninguém tenha dito uma palavra, Norris podia ver que todos estavam pensando a mesma coisa.

— Então vocês o encontraram — disse Grenville, afinal.

Pratt assentiu.

— O corpo é do Dr. Nathaniel Berry. Ele nao fugiu, como pensávamos. Ele foi assassinado.

24

Dias atuais

Julia ergueu os olhos da carta de Wendell Holmes.
— Wendell Holmes estava certo, Tom? A febre puerperal teve algo a ver com o envenenamento do sangue de Charles?

Tom estava junto à janela, olhando para o mar. A névoa começara a se dissipar naquela manhã e, embora o céu ainda não estivesse azul, finalmente podiam ver a água. As gaivotas passavam contra um fundo de nuvens prateadas.

— Sim — disse ele em voz baixa. — Com certeza teve relação. O que ele descreve nesta carta mal chega perto dos horrores da febre puerperal. — Ele se sentou à mesa de jantar, diante de Julia e Henry, e a luz que entrava pela janela atrás dele fazia com que seu rosto ficasse imerso em sombras. — Nos tempos de Holmes, em períodos de epidemia, era comum morrer uma a cada quatro mães. Morriam com tanta rapidez que os hospitais enterravam duas por caixão. Em uma maternidade em Budapeste, as mães em trabalho de parto viam o cemitério pela janela e a sala de necropsia ao fim do corredor. Não é de se estranhar que as mulheres tivessem tanto medo de dar à luz. Sabiam que se fossem ao hospital para terem seus bebês, havia uma boa chance de saírem dali dentro de um caixão. E sabem o pior de tudo isso? Elas eram mortas pelos próprios médicos.

— Pela incompetência? — perguntou Julia.

— Pela ignorância. Naquele tempo, ainda não conheciam a teoria dos germes. Não usavam luvas, de modo que os médicos usavam as mãos nuas para examinar as mulheres. Faziam uma necropsia em um cadáver apodrecido e iam direto à maternidade com as mãos imundas. Examinavam paciente por paciente, espalhando a infecção e matando cada mulher que tocavam.

— Nunca ocorreu a algum deles lavar as mãos?

— Havia um médico em Viena que sugeriu tal coisa. Era um húngaro chamado Ignaz Semmelweis, que percebeu que as pacientes atendidas por estudantes de medicina tendiam a morrer de febre puerperal mais freqüentemente do que as atendidas por parteiras. Ele sabia que os estudantes iam a necropsias e as parteiras, não. Portanto, ele concluiu que algum tipo de contágio da sala de necropsia estava se espalhando. Aconselhou os colegas a lavarem as mãos.

— Mas parece algo óbvio.

— Contudo, ele foi ridicularizado por isso.

— Não seguiram o seu conselho?

— Eles o exoneraram da profissão. Acabou tão deprimido que foi confinado em uma instituição para doentes mentais, onde cortou um dedo e morreu de septicemia.

— Como Charles Lackaway.

Tom assentiu.

— Irônico, não acha? É isso o que torna estas cartas tão valiosas. Isto é a história da medicina, escrita pela pena de um dos maiores médicos que já existiram. — Ele olhou para Julia no outro lado da mesa. — Você sabe, não sabe? Por que Holmes é esse herói da medicina nos Estados Unidos?

Julia balançou a cabeça em negativa.

— Aqui nos Estados Unidos não ouvimos falar de Semmelweis nem de sua teoria dos germes. Mas estávamos lidando com as mesmas epidemias de febre puerperal, as mesmas taxas de mortalidade alarmantes. Os médicos daqui culpavam o ar, a circulação sanguínea deficiente ou, mesmo, coisas ridículas como virtude ofendida! As mulheres estavam morrendo, e ninguém no país conseguia descobrir por quê. — Ele olhou para a carta. — Ninguém, até aparecer Oliver Wendell Holmes.

25

1830

Oculta em um vão de porta, protegida do vento, Rose olhou através do terreno nos fundos do hospital, olhos fixos na janela do sótão onde Norris morava. Estava ali havia horas, mas agora a noite caíra, e ela não conseguia distinguir o prédio entre os telhados que projetavam suas silhuetas contra o céu noturno. Por que ele ainda não voltara? E se ele não voltasse para casa naquela noite? Ela contava com uma segunda noite sob o teto de Norris, com uma segunda chance de vê-lo, de ouvir sua voz. Naquela manhã, ao acordar, encontrara as moedas que ele deixara para ela, moedas que manteriam Meggie alimentada e aquecida por mais uma semana. Em troca de sua generosidade, ela remendara duas de suas camisas puídas. Mesmo que nada devesse a ele, teria remendado aquelas camisas apenas pelo prazer de tocar o tecido que lhe roçara as costas, tecido que conhecera o calor da pele de Norris.

Rose viu o bruxulear de uma vela em uma janela. A janela dele.

Ela começou a atravessar o terreno. Daquela vez, ele estaria ansioso para ouvi-la, pensou Rose. Àquela altura, ele certamente já ouvira as últimas notícias. Ela chegou à portaria do prédio e olhou para dentro. Então, silenciosamente, galgou os dois lances de escada até o sótão. Rose parou diante da porta, o coração acelerado. Seria por causa da subida apressada pela escada? Ou porque estava a ponto de ver Norris outra vez? Ela ajeitou o cabelo, a saia, sentindo-se tola ao fazê-lo por estar se arrumando para um homem que sequer a olharia uma segunda vez. Por que ele se importaria em olhar para ela após ter dançado com todas aquelas jovens elegantes na noite anterior?

Rose as vira de relance, deixando a casa do Dr. Grenville e entrando em suas carruagens, aquelas jovens adoráveis com seus vestidos farfalhantes de seda, capas de veludo e regalos de pele. Percebeu como eram descuidadas, deixando a barra de seus vestidos arrastarem na neve suja. Obviamente, teriam quem limpasse as manchas. Ao contrário de Rose, não precisavam passar horas curvadas sobre a linha e a agulha, costurando sob tão pouca luz que algum dia seus olhos ficariam permanentemente apertados, como se tivessem costurado pregas na própria pele. De qualquer modo, após uma temporada de festas e bailes aqueles pobres vestidos seriam aposentados para abrir caminho para novos estilos, novas tonalidades de gaze. Oculta pela escuridão à porta da casa do Dr. Grenville, Rose vira o próprio vestido que costurara, o de seda cor-de-rosa. Adornava uma jovem de bochechas redondas que ria enquanto caminhava para a carruagem. *Este é o tipo de mulher que você prefere, Sr. Marshall? Porque não posso competir com isso.*

Ela bateu à porta. Manteve-se ereta, as costas retas e o queixo erguido ao ouvir passos aproximando-se da porta. Subitamente, lá estava ele diante dela, a luz que o iluminava por trás espalhando-se pela escadaria.

— Aí está você! Onde esteve?

Ela fez uma pausa, confusa.

— Achei que devia ficar longe ate você voltar para casa.
— Você esteve fora o dia inteiro? Ninguém a viu aqui?

Suas palavras a feriram como um tapa na cara. Passara o dia inteiro ansiosa para vê-lo e era assim recebida? Ele não quer que ninguém saiba de minha existência, pensou. Sou um segredo embaraçoso.

— Vim apenas dizer o que ouvi na rua — disse ela. — O Dr. Berry está morto. Encontraram o corpo dele sob a ponte de West Boston.

— Eu sei. O Sr. Pratt me contou.

— Então, sabe tanto quanto eu. Boa noite, Sr. Marshall. — Ela deu-lhe as costas.

— Aonde vai?

— Ainda não jantei. — E provavelmente não jantaria naquela noite.

— Trouxe comida. Não vai ficar?

Ela fez uma pausa na escada, surpresa com a oferta inesperada.

— Por favor — disse ele. — Entre. Há alguém aqui que deseja falar com você.

Ela ainda estava magoada com o comentário anterior e o orgulho quase a levou a declinar o convite. Mas seu estômago estava roncando, e ela queria saber quem poderia ser o tal alguém. Entrou no sótão e seus olhos voltaram-se para o homem baixo que estava em pé junto à janela. Não lhe era estranho. Lembrava-se dele do hospital. Assim como Norris, Wendell Holmes era um estudante de medicina, mas ela não demorou a notar diferenças entre os dois. O que percebeu primeiro foi a qualidade superior do casaco de Holmes, habilmente cortado para se acomodar sobre seus ombros estreitos, sua cintura fina. Ele tinha olhos de pardal, claros e alertas, e, enquanto o observava, Rose sabia que ele também a estava observando e avaliando.

— Este é meu colega de turma — disse Norris. — O Sr. Oliver Wendell Holmes.

O sujeito meneou a cabeça em sua direção.

— Srta. Connolly.

— Eu me lembro de você — disse ela. *Porque você parece um pequeno elfo.* Mas ela sabia que o rapaz não gostaria de ouvir aquela observação. — Sobre o que queria falar comigo, Sr. Holmes?

— Sobre a morte do Dr. Berry. Você ouviu falar a respeito.

— Vi uma multidão reunida junto à ponte. Disseram ter encontrado o corpo do médico.

— Este novo acontecimento confundiu tudo — disse Wendell. — Amanhã, os jornais estarão espalhando o terror. O Estripador de West End *ainda* está à solta! As pessoas vão voltar a ver monstros em toda parte. E isso põe o Sr. Marshall em uma posição muito desconfortável. Talvez até perigosa.

— Perigosa?

— Quando as pessoas ficam com medo, podem se tornar irracionais. Podem tentar fazer justiça com as próprias mãos.

— Ah — disse ela, olhando para Norris. — Então é por isso que está querendo me ouvir agora. Porque isso o afeta.

Norris meneou a cabeça em sinal de desculpa.

— Perdão, Rose. Eu deveria ter prestado mais atenção ao que você me disse na noite passada.

— Você estava com medo de ser visto ao meu lado.

— E agora estou com vergonha de meu comportamento. Minha única desculpa é que eu tinha muito a considerar.

— Oh, sim. *O seu futuro.*

Norris suspirou, um som tão derrotado que ela quase sentiu pena dele.

— Não tenho futuro. Não mais.

— E como posso mudar isso?

— O que importa agora é descobrirmos a verdade — disse Wendell.

— A verdade só importa para aqueles que são acusados injustamente — disse ela. — Ninguém mais se importa.

— Eu me importo — insistiu Wendell. — Mary Robinson e o Dr. Berry se importariam. E as futuras vítimas do assassino certamente também se importarão. — Ele se aproximou, os olhos tão fixos nela que Rose achou que o rapaz podia ler sua mente. — Fale-nos de sua sobrinha, Rose. A menina que todos estão procurando.

Por um instante ela nada disse, ponderando o quanto podia confiar em Oliver Wendell Holmes. E decidiu que não tinha escolha *afora* confiar nele. Rose chegara ao limite, e agora estava quase desmaiando de fome.

— Vou lhe contar — disse ela. — Mas primeiro... — Ela olhou para Norris. — Você disse que me trouxe comida.

Ela comeu enquanto contava a história, fazendo pausas para atacar uma perna de galinha ou para enfiar na boca um pedaço de pão. Não era assim que aquelas jovens deviam comer, mas, afinal de contas, a comida não lhe fora servida em fina porcelana ou com talheres de prata. Sua última refeição fora pela manhã, um pedaço ressecado de cavalinha defumada que o peixeiro pretendia dar para o gato, mas que, por piedade, acabara dando para ela. Ela não usara as poucas moedas que Norris lhe deixara pela manhã para comprar comida. Em vez disso, entregara-as para Billy e pedira que ele entregasse o dinheiro a Hepzibah.

A pequena Meggie seria alimentada ao menos mais uma semana.

E agora, pela primeira vez em muitos dias, ela também podia comer. E foi o que fez, devorando tanto carne quanto cartilagem, sugando o tutano dos ossos, deixando sobre o prato um monte de ossos partidos.

— Você realmente não faz idéia de quem é o pai de sua sobrinha? — perguntou Wendell.

— Aurnia não me disse nada. Mas deu a entender...

— Sim?

Rose fez uma pausa e baixou o pedaço de pão. Sua garganta se estreitara por causa da lembrança.

— Ela me pediu para buscar o padre para lhe dar a extrema-unção. Aquilo era muito importante para ela, mas continuei adiando. Não queria que ela parasse de lutar. Eu queria que ela vivesse.

— E ela queria confessar seus pecados.

— A vergonha a impediu de me contar — murmurou Rose.

— E a identidade do pai da criança continua a ser um mistério.

— Exceto para o Sr. Gareth Wilson.

— Ah, sim, o advogado misterioso. Posso ver o cartão que ele lhe deu?

Ela limpou a mão engordurada e pegou no bolso o cartão de Gareth Wilson, que entregou para Wendell.

— Ele mora na rua Park. Um endereço elegante.

— Um endereço elegante não o torna um cavalheiro — disse ela.

— Você não confia nem um pouco nele, não é?

— Veja a gente nojenta com quem ele se dá.

— Refere-se ao Sr. Tate?

— Ele usou Eben para me encontrar. O que não depõe a favor do Sr. Wilson, não importando quão elegante seja seu endereço.

— Ele disse alguma coisa sobre quem era seu cliente?

— Não.

— Seu cunhado saberia?

— Idiota como é, Eben não deve saber de nada. E o Sr. Wilson seria ainda mais idiota caso contasse para ele.

— Duvido que o Sr. Gareth Wilson seja algum tipo de idiota — disse Wendell, voltando a olhar para o endereço. — Você falou alguma coisa a respeito disso com a Ronda Noturna?
— Não.
— Por que não?
— É inútil falar com o Sr. Pratt. — Seu tom de desdém não deixava dúvida quanto ao que ela achava do sujeito.

Wendell sorriu.

— Tenho de concordar.
— Acho que Billy Obtuso seria melhor policial. De qualquer forma, o Sr. Pratt não acreditaria em mim.
— Tem certeza disso?
— Ninguém acredita em gente como eu. Nós, irlandeses, precisamos ser vigiados todo o tempo. Senão, batemos sua carteira e roubamos seus filhos. Se vocês, médicos, não nos abrissem o peito e revirassem nosso tórax, como naquele livro ali — ela apontou para o livro de anatomia sobre a escrivaninha de Norris —, provavelmente achariam que nosso coração não era igual ao de vocês.
— Oh, eu não duvido que tenha um coração, Srta. Connolly. E certamente deve ser um coração generoso para assumir um fardo como sua sobrinha.
— Não é um fardo, senhor. Ela é minha família.

Sua única família agora.

— Tem certeza de que a criança está a salvo?
— Tanto quanto possível.
— Onde ela está? Posso vê-la?

Rose hesitou. Embora o olhar de Wendell estivesse imperturbável, embora não tivesse lhe dado motivo para duvidar dele, ainda assim era a vida de Meggie que estava em jogo.

— Ela parece ser o pivô de tudo isso — disse Norris. — Por favor, Rose. Só queremos ter certeza de que ela está protegida. E saudável.

Foi o apelo de Norris que a convenceu. Desde a primeira vez que o vira no hospital, ela se sentira atraída por ele, sentira que, ao contrário dos outros cavalheiros, ele era alguém com quem ela podia contar. Na noite anterior, com sua caridade, ele justificara sua confiança.

Rose olhou pela janela.

— Está escuro o bastante. Nunca vou lá de dia. — Ela se levantou. — Deve ser seguro agora.

— Vou chamar uma carruagem — disse Wendell.

— Nenhuma carruagem é capaz de entrar no beco onde os levarei. — Ela se embrulhou no manto e voltou-se para a porta. — Vamos a pé.

No mundo de Hepzibah, as sombras eram soberanas. Mesmo quando Rose estivera ali durante o dia, a luz mal penetrava naquela sala de teto baixo. Em seu zelo para manter o ambiente sempre aquecido, Hepzibah pregara as venezianas das janelas, transformando a sala em uma pequena e escura caverna, onde os cantos extremos permaneciam eternamente invisíveis. Portanto, o espaço penumbroso que Rose via naquela noite não parecia diferente do que sempre fora, com o fogo reduzido a brasas e nem uma única vela acesa.

Com um sorriso de felicidade, Rose pegou Meggie da cesta e trouxe seu rostinho para junto do dela, inspirando os aromas familiares do cabelo e das roupas da criança. Meggie respondeu com uma tosse seca, e dedos pequenos agarraram um cacho do cabelo de Rose. Havia catarro em seu lábio superior.

— Oh, minha menina querida! — disse Rose, apertando Meggie contra os seios vazios e desejando poder ser capaz de nutri-la. Os dois cavalheiros atrás dela permaneceram estranhamente silenciosos, observando enquanto ela acalentava o bebê. Ela se voltou para Hepzibah. — Ela está adoentada?

— Começou a tossir na noite passada. Você passou alguns dias sem vir.

— Mandei dinheiro ontem. Billy o entregou?

À luz tênue da lareira, Hepzibah, com o pescoço gordo, parecia um sapo imenso aboletado sobre a cadeira.

— Ah, o menino idiota trouxe sim. Precisarei de mais.

— Mais? Mas foi o que pediu.

— Ela está exigindo muita atenção. Anda tossindo.

— Podemos ver o bebê? — pediu Norris. — Queremos confirmar se está saudável.

Hepzibah olhou-os e resmungou:

— E por que os cavalheiros se importariam com uma criança sem pai?

— Somos estudantes de medicina, senhora. Nós nos importamos com todas as crianças.

— Ah, ótimo! — disse Hepzibah, rindo. — Posso lhes mostras outras dez mil quando acabarem com esta.

Norris acendeu uma vela na lareira.

— Traga o bebê para cá, Rose. Para que eu possa vê-lo melhor.

Rose levou Meggie até ele. O bebê olhou para cima com olhos confiantes quando Norris abriu o cobertor, examinou-lhe o peito e sondou-lhe o abdome. Já tinha as mãos seguras e confiantes de um médico, observou Rose, e ela imaginou como ele seria algum dia, cabelo com mechas grisalhas, olhar sábio e comedido. Esperava poder conhecê-lo então! Esperava que examinasse seu próprio filho. *Nosso* próprio filho. Norris examinou Meggie cuidadosamente. As coxas gorduchas indicavam uma dieta adequada, mas o bebê estava tossindo, e fios de catarro transparente escorriam de suas narinas.

— Ela não parece estar febril — disse Norris. — Mas está congestionada.

Hepzibah emitiu um muxoxo de pouco-caso.

— Todos os pequenos têm isso. Não há uma criança no sul de Boston que não tenha catarro no nariz.

— Mas ela é muito pequena.

— Come mais que o suficiente. E por isso preciso ser mais bem paga também.

Wendell enfiou a mão no bolso e tirou dali um punhado de moedas, que entregou à ama-de-leite.

— Haverá mais. Mas a criança deve estar bem alimentada e saudável. Compreende?

Hepzibah olhou para o dinheiro e disse, com um tom respeitoso.

— Ah, pode ter certeza disso, senhor. Tomarei as devidas providências.

Rose olhou para Wendell, atônita com sua generosidade.

— Encontrarei um meio de pagá-lo, Sr. Holmes — disse ela. — Eu juro.

— Não há por que falar em pagamento — disse Wendell. — Se nos perdoa, eu e o Sr. Marshall precisamos conversar em particular. — Ele olhou para Norris, e os dois foram até o beco.

Hepzibah olhou para Rose e deu uma gargalhada.

— *Dois* cavalheiros pagando suas contas, hein? Você deve ser uma menina e tanto.

— Este lugar é deprimente! — disse Wendell. — Mesmo que mantenha a criança bem alimentada, *olhe* para aquela mulher! Ela é grotesca. E esta vizinhança, com todos esses cortiços, está repleta de doenças.

E crianças, pensou Norris, olhando para o beco estreito onde as velas tremulavam nas janelas. Inúmeras crianças, cada uma tão vulnerável quanto a pequena Meggie. Os dois rapazes estavam do lado de fora da porta de Hepzibah, tremendo de frio em uma noite que se tornara significativamente mais gelada no curto espaço de tempo em que estiveram lá dentro.

— Ela não pode ficar aqui.

— A questão é: que alternativa temos? — disse Wendell.

— Ela pertence a Rose. É com ela que será mais bem cuidada.

— Rose não pode nutri-la. E se ela estiver certa quanto a esses assassinatos, se ela realmente estiver sendo procurada, então precisa ficar o mais longe possível do bebê. Ela sabe disso.

— E isso está partindo o coração dela. É visível.

— No entanto, ela é lúcida o bastante para se dar conta de que isso é necessário. — Wendell olhou para o beco quando um bêbado saiu de uma porta e cambaleou na direção oposta. — É uma jovem muito capaz. Ela *precisa* ser inteligente para sobreviver nestas ruas. Tenho a impressão de que, não importando a situação, Rose Connolly encontrará um meio de sobreviver. E, também, de manter a sobrinha viva.

Norris lembrou-se da pensão miserável onde ele a visitara. Pensou no quarto repleto de insetos rastejantes e do homem que tossia no canto, o chão coberto de palha imunda. *Será que eu agüentaria passar uma noite em um lugar assim?*

— Uma pequena notável — disse Wendell.

— Concordo.

— E bem bonita também. Mesmo debaixo daqueles trapos.

Também percebi.

— O que fará com ela, Norris?

A pergunta de Wendell pegou-o desprevenido. O que ele faria com ela? Naquela manhã, estava decidido a mandá-la embora com algumas moedas e votos de muitas felicidades. Agora se dava conta de que não podia devolvê-la à rua, não quando o mundo inteiro parecia disposto a esmagá-la. O bebê também se tornara objeto de preocupação. Quem não se encantaria com uma criança tão serena e sorridente?

— Não importa o que decida — disse Wendell. — Mesmo que a mande embora, seus destinos parecem estar ligados.

— Como assim?

— O Estripador de West End está atrás de vocês dois. Rose acredita estar sendo seguida por ele. A Ronda Noturna acredita que *você* é o Estripador. Até ele ser pego, você e Rose não estarão seguros. — Wendell voltou-se e olhou para a porta de Hepzibah. — Nem a criança.

26

Isso é que é ganhar a vida, pensava Jack Burke enquanto subia a rua Water, calçando botas limpas e vestindo seu melhor casaco. Nunca mais escavar no escuro e se esquivar de balas. Nada de voltar para casa com as roupas enlameadas e fedendo a cadáver. Com o inverno, o chão ficaria duro como pedra, e toda a mercadoria viria do sul, oculta em barris rotulados como PICLES, MADEIRA ou UÍSQUE. Que susto não levaria um ladrão sedento ao abrir um desses barris e descobrir, em vez de uísque, um cadáver nu preservado em salmoura.

Um sujeito podia deixar de beber por causa disso.

Ultimamente, muitos barris assim estavam chegando da Virgínia e das Carolinas. Macho ou fêmea, preto ou branco, o produto encontrava mercado imediato em todas as faculdades de medicina, cujo apetite voraz por cadáveres parecia crescer ano após ano. Ele sabia como iam os negócios. Vira os barris no pátio do Dr. Sewall e sabia que não continham pepino em conserva. A competição se tornara muito acirrada, e Jack tivera uma visão de trens intermináveis, vagão por vagão lotados de barris, trazendo a morte meridional, a 25 dólares a unidade, para as salas de dissecação de Boston, Nova York e Filadélfia. Como ele podia competir com aquilo?

Muito mais fácil fazer o que fazia então, caminhando à luz do dia, botas lustrosas, rua Water acima. Não era a melhor das vizinhanças, mas era boa o bastante para os comerciantes naquela manhã clara e gelada, suas carroças repletas de tijolos, madeira ou mantimentos. Era uma rua de operários, e a loja na qual entrou certamente supria os gostos e necessidades de um operário. Contudo, por trás do vidro encardido havia um traje noturno que nenhum operário poderia usar. Era feito de tecido carmim brilhante com galões dourados nas bordas, um casaco que o obrigava a parar na rua e sonhar com uma vida melhor. Um casaco que dizia: *Até mesmo um homem como você pode parecer um príncipe.* Algo inútil para um comerciante, e o alfaiate certamente sabia disso, mas decidiu exibi-lo mesmo assim, como se para anunciar que estava destinado a se estabelecer em uma vizinhança melhor.

Uma sineta tocou quando Jack entrou na loja. Lá dentro, havia artigos mais comuns em exibição: camisas de algodão, pantalonas e uma albarda de tecido escuro. Mesmo um alfaiate com delírios de grandeza devia suprir as necessidades práticas de sua clientela. Enquanto Jack sentia o cheiro de lã e o travo ácido das tinturas, um homem de cabelos escuros com um bigode bem aparado emergiu da sala dos fundos. O homem olhou para Jack da cabeça aos pés, como se tirasse suas medidas mentalmente. Estava bem-vestido, o casaco bem rente à cintura fina, e, embora não fosse particularmente alto, tinha a postura arrogante de alguém que tinha uma impressão exagerada da própria estatura.

— Bom dia, senhor. Como posso servi-lo? — perguntou o alfaiate.

— Você é o Sr. Eben Tate? — perguntou Jack.

— Sim, sou.

Embora Jack estivesse vestindo seu melhor casaco e uma camisa limpa, tinha a nítida impressão de que o Sr. Tate julgara suas roupas inadequadas.

— Acabei de receber uma boa seleção de cortes de lã da fiação Lowell a um preço razoável — disse Eben. — Ficariam muito bem em um sobretudo.

Jack olhou para o próprio casaco e não viu razão para querer um novo.

— Ou talvez queira um casaco? Ou uma camisa? Posso lhe oferecer alguns estilos bem práticos, algo que se adapte à sua profissão. Que é...?

— Não estou no mercado — resmungou Jack, ofendido pelo fato de que, com apenas um olhar, aquele estranho o tivesse tomado por um cliente em busca de algo *prático* e *a preço razoável*. — Estou aqui para perguntar sobre alguém. Alguém que você conhece.

A atenção de Eben permaneceu no peito de Jack, como se estivesse se perguntando quantos metros de tecido seriam necessários.

— Sou um alfaiate, senhor...

— Burke.

— Sr. Burke. Se está interessado em camisas ou pantalonas, certamente poderei ajudar. Mas faço questão de evitar fofocas desnecessárias; portanto, duvido que seja aquele com quem deseja falar.

— É sobre Rose Connolly. Sabe onde posso encontrá-la?

Para a surpresa de Jack, Eben soltou uma gargalhada.

— Você também?

— O quê?

— Todo mundo parece interessado em Rose.

Jack ficou confuso. Quantos outros haviam sido contratados para encontrá-la? Quanta competição teria?

— Bem, onde ela está? — perguntou.

— Não sei e não me importo.

— Ela não era sua cunhada?

— Ainda assim, não me importo. Tenho vergonha de admitir minha relação com ela. Aquela ali não vale nada, andou espalhando mentiras a meu respeito. E é uma ladra, também. Foi o que eu disse à Ronda Noturna. — Fez uma pausa. — Você não é da Ronda, certo?

Jack não respondeu.

— Onde posso encontrá-la?

— O que ela fez agora?

— Apenas diga-me onde encontrá-la.

— Da última vez que ouvi falar dela, estava em uma toca de rato na Fishery Alley.

— Há dias que não está mais lá.

— Então, não posso ajudá-lo. Agora, se me perdoa. — Eben deu-lhe as costas e desapareceu na sala dos fundos.

Jack ficou onde estava, frustrado com o impasse. E preocupado com a possibilidade de outra pessoa encontrar a menina antes dele. Ainda receberia o pagamento? Ou teria de se satisfazer com o que já recebera? Uma soma generosa, com certeza, mas não o suficiente.

Nunca era suficiente.

Olhou para o vão da porta através do qual o alfaiate arrogante se recolhera.

— Sr. Tate? — chamou.

— Já disse o que sei! — veio a resposta. Mas ele não voltou à loja.

— Você pode ganhar dinheiro com isso.

Aquela era a palavra mágica. Em um segundo, Eben estava de volta.

— Dinheiro?

Quão rapidamente dois homens começam a se entender. Seus olhares se cruzaram, e Jack pensou: aí está um sujeito que sabe o que é importante.

— Vinte dólares — disse Jack. — Encontre-a para mim.

— Vinte dólares não pagam o tempo que perderei. De qualquer modo, já disse. Não sei onde ela está.

— Mas ela tem amigos? Alguém que possa saber?

— Apenas aquele idiota.

— Quem?

— Um menino magrelo. Todos o conhecem. Anda pelo West End esmolando.

— Refere-se a Billy Obtuso.

— Ele mesmo. O menino estava hospedado com ela na Fishery Alley. Veio procurá-la aqui. Trouxe-lhe a bolsa, pensando que ela estava comigo.

— Então Billy também não sabe onde ela está?

— Não. Mas ele tem faro. — Eben riu. — Pode ser idiota, mas é bom para encontrar coisas.

E eu sei onde encontrar Billy, pensou Jack, virando-se para sair.

— Espere, Sr. Burke! Você disse que havia dinheiro envolvido.

— Por informações úteis. Mas têm de ser úteis.

— E se eu a encontrar?

— Conte-me, e eu lhe pago.

— Quem está financiando tudo isso? Quem está pagando *você*?

Jack balançou a cabeça.

— Acredite, Sr. Tate — disse ele. — É melhor não saber.

Encontrado Corpo do Dr. Berry

Chocante reviravolta na busca pelo Estripador de West End. Na tarde de domingo passado, às 13h, dois meninos que brincavam à margem do rio Charles descobriram o corpo de um homem sob a ponte de West Boston. As autoridades identificaram o cadáver como sendo do Dr. Nathaniel Berry, que desapareceu de seu posto como médico residente no início do mês. Um terrível ferimento em seu abdome, evidentemente deliberado, foi aceito como prova de que ele não se suicidou.

O Dr. Berry foi objeto de uma intensa caçada humana do Maine à Geórgia, por conta dos recentes assassinatos de duas enfermeiras no hospital onde ele era residente. A brutalidade de tais mortes espalhou terror por toda a região, e o súbito desaparecimento do médico foi interpretado pelo chefe de polícia Lyons, da Ronda Noturna, como indicação convincente de que o Dr. Berry era o culpado. A morte do Dr. Berry indica a perturbadora possibilidade de o Estripador de West End ainda estar à solta.

Este repórter tem informação de fonte segura de que outro suspeito está atualmente sob investigação, alguém que foi descrito como um jovem com habilidades de cirurgião e açougueiro. Afora isso, este cavalheiro mora em West End. Os boatos de que ele está atualmente matriculado como estudante da Faculdade de Medicina de Boston não puderam ser confirmados.

De cavalheiro a leproso no intervalo de um dia, pensou Norris, ao ver a primeira página do *Daily Advertiser* passar por ele rua abaixo. Haveria alguém importante em Boston que não tivesse lido aquela maldita matéria? Alguém que não pudesse identificar quem era o "jovem com habilidades de cirurgião e açougueiro"?

Naquela manhã, ao entrar no auditório para as aulas, percebera olhares sobressaltados e suspiros fingidos. Ninguém impedira diretamente seu comparecimento. Como poderiam, uma vez que não fora acusado formalmente de qualquer crime? Não, o modo *cavalheiresco* de lidar com escândalos daquela natureza era com sussurros e insinuações, coisas que ele agora precisaria agüentar. Logo o seu sofrimento terminaria. De um modo ou de outro. Depois do feriado de Natal, o Dr. Grenville e os diretores da faculdade tomariam sua decisão, e Norris saberia se ainda tinha lugar naquela instituição.

Agora, via-se reduzido a espreitar a rua Park, procurando o único homem que poderia saber a identidade do Estripador.

Ele e Rose haviam vigiado a casa a tarde inteira, e agora as cores do dia eram substituídas por deprimentes tonalidades de cinza. Do outro lado da rua, a número 5, uma entre oito imponentes casas idênticas voltadas para as árvores esqueléticas do parque coberto de neve. Até então, não tinham visto o Sr. Gareth Wilson ou qualquer visitante. As perguntas de Wendell sobre o sujeito haviam rendido poucas informações, apenas que ele voltara de Londres recentemente e que aquela casa ficava vazia o resto do ano.

Quem é o seu cliente, Sr. Wilson? Quem lhe pagou para encontrar um bebê, para aterrorizar uma menina sem amigos?

A porta da casa número 5 subitamente se abriu.

Rose murmurou:

— É ele. É Gareth Wilson.

O homem estava bem aquecido sob um chapéu de castor negro e um volumoso sobretudo. Fez uma pausa do lado de fora para tirar as luvas pretas, então começou a andar rapidamente pela rua em direção ao palácio do governo.

Norris o seguiu com os olhos.

— Vejamos aonde ele vai.

Deixaram que Wilson estivesse no fim do quarteirão de casas idênticas antes de começarem a segui-lo. Ao chegar ao palácio do governo, Wilson virou para oeste e entrou no labiríntico bairro de Beacon Hill.

Norris e Rose o seguiram passando por imponentes casas de tijolos e tílias desnudadas pelo inverno. Era um lugar tranquilo, muito tranquilo, perturbado apenas pela passagem ocasional de uma carruagem. O homem não parecia notar que estava sendo seguido e caminhava de modo despreocupado, deixando para trás as belas casas da rua Chestnut para entrar em território mais modesto — lugar onde não se esperava encontrar um cavalheiro que morasse em um endereço elegante como a rua Park.

Quando Wilson entrou subitamente na estreita rua Acorn, Norris perguntou-se se o sujeito subitamente se dera conta de que estava sendo seguido. Por que mais Wilson visitaria aquele beco minúsculo, residência de cocheiros e empregados domésticos?

À luz tênue do crepúsculo, Wilson ficou quase invisível ao atravessar a passagem obscura. Parou diante de uma porta e bateu. Um instante depois a porta se abriu e ouviram um homem dizer:

— Sr. Wilson! É um prazer vê-lo de volta a Boston após todos esses meses.

— Os outros já chegaram?

— Nem todos. Mas virão com certeza. Este assunto terrível nos tem deixado muito ansiosos.

Wilson entrou na casa e a porta se fechou.

Foi Rose quem tomou a iniciativa, subindo o beco com uma desenvoltura de moradora do lugar. Norris a seguiu até a porta, e eles olharam para a casa. Não era elegante nem espaçosa, apenas uma em uma fileira de casas de tijolos. Sobre o portal havia um pesado lintel, e Norris não conseguiu ver com clareza os símbolos gravados no granito.

— Está vindo alguém — sussurrou Rose.

Rapidamente ela tomou o braço de Norris, e ambos se afastaram de costas para o homem que acabara de entrar no beco, corpos pressionados um contra o outro como se fossem amantes. Ouviram uma batida à porta.

A mesma voz que recebera Gareth Wilson disse:

— Estávamos nos perguntando se conseguiria vir.

— Peço desculpas pelo estado de minhas roupas, mas acabo de atender um paciente.

Norris parou de súbito, chocado demais para dar mais um passo. Lentamente, ele se voltou. Embora não conseguisse ver o rosto do homem no escuro, conseguia identificar uma silhueta familiar, os ombros largos preenchendo o sobretudo generoso.

Mesmo depois que o homem entrou na casa e a porta se fechou, Norris ficou paralisado onde estava. *Não pode ser.*

— Norris? — Rose puxou-lhe o braço. — O que foi?

Ele olhou para a porta pela qual o visitante acabara de entrar.

— Conheço aquele sujeito — disse ele.

Billy Obtuso é um nome adequado para o menino que agora desce o beco, ombros curvados para a frente, pescoço esticado como o de uma cegonha enquanto olha para o chão, como se estivesse em busca de algum tesouro perdido. Um centavo, talvez, ou um pedaço de latão, algo que ninguém se importaria em olhar duas vezes. Mas Billy Piggott é diferente de todo mundo, como dissera Jack Burke. Um idiota inútil, foi como Burke chamou o menino, um vagabundo que anda pelas ruas sempre em busca de uma refeição gratuita, assim como o cachorro preto que tão freqüentemente o acompanha. Billy pode ser idiota. Mas não é inútil.

Ele é a chave do paradeiro de Rose Connolly.

Até recentemente, Billy esteve hospedado com Rose em um buraco de rato na Fishery Alley. O menino deve saber onde encontrá-la.

E, hoje à noite, Billy Obtuso certamente abrirá o bico.

O menino pára subitamente e estica a cabeça. De algum modo sente a presença de outra pessoa naquele beco.

— Quem está aí?

Mas sua atenção não está focada na sombra que o espreita em um vão de porta. Em vez disso, olha para o fim do beco, onde surge uma silhueta iluminada por trás pela luz de um poste.

— Billy! — chama uma voz masculina.

O menino fica parado, olhando para o intruso.

— O que quer comigo?

— Só quero falar com você.

— Sobre o quê, Sr. Tate?

— Sobre Rose. — Eben se aproxima. — Onde ela está, menino?
— Eu não sei.
— Ora vamos, Billy. Você sabe.
— Não sei. E não pode me obrigar a dizer!
— Ela é da minha família. Só quero falar com ela.
— Você bateu nela. Você é mau com ela.
— Foi o que ela disse? E você acreditou?
— Ela sempre me diz a verdade.
— Ela lhe diz o que quer que você acredite. — A voz de Eben torna-se macia, amistosa. — Eu lhe dou dinheiro se me ajudar a achá-la. Ainda mais se me ajudar a encontrar o bebê.
— Ela me disse que, se eu falar, eles vão matar Meggie.
— Então você sabe onde ela está.
— Ela é apenas um bebê, e bebês não podem reagir.
— Bebês precisam de leite, Billy. Precisam de cuidados. Eu posso comprar tudo isso para ela.

Billy se afasta. Idiota que seja, consegue sentir a falsidade na voz de Eben Tate.

— Não vou dizer.
— Onde está Rose? — Eben avança. — *Volte aqui!*

Mas o menino se afasta, rápido como um caranguejo. Eben tenta começar a correr atrás dele, mas tropeça no escuro. Cai de cara no chão enquanto Billy escapa, seus passos desaparecendo na escuridão.

— Moleque desgraçado. Espere até eu pôr as mãos em você — grunhe Eben ao se erguer sobre os joelhos.

Ainda está de quatro quando seu olhar subitamente se volta para o vão de porta na penumbra ao lado de onde caiu. Para o brilho de dois sapatos de couro, plantados quase diante de seu nariz.

— O quê? Quem? — Eben se levanta enquanto a figura emerge do vão, a capa preta roçando as pedras geladas do calçamento.

— Boa noite, senhor.

Eben resmunga, embaraçado, e levanta-se rapidamente, recuperando a dignidade.

— Bem! Este não é um lugar onde eu esperaria encontrar...

O golpe da faca é tão profundo que a lâmina atinge-lhe a espinha, e o cabo reproduz o impacto contra o osso, uma sensação excitante de poder absoluto. Eben inspira uma golfada de ar à medida que seu corpo se enrijece, olhos arregalados saltando das órbitas. Ele não grita. Não emite qualquer som. O primeiro golpe é quase sempre recebido com o silêncio dos atônitos.

O segundo corte é rápido e eficiente, liberando um jorro de entranhas. Eben cai de joelhos, mãos contra o ferimento como se tentando conter a catarata de vísceras, mas estas escorrem de sua barriga e ele teria tropeçado sobre elas se tentasse fugir. Se pudesse dar um único passo.

Eben não é o rosto que o Estripador pretendia ver naquela noite, mas assim são os caprichos da providência. Embora não seja o sangue de Billy que escorre para a sarjeta e pinga entre as pedras do calçamento, há um propósito naquela colheita. Cada morte, assim como cada vida, tem uma utilidade.

Há mais um corte a ser feito. Qual parte desta vez, que pedaço de carne?

Ah, a escolha óbvia. A esta altura, o coração de Eben já parou de bater. Apenas um pouco de sangue espirra quando a lâmina fere o couro cabeludo para recolher seu prêmio.

27

— Tais acusações são muito perigosas — disse o Dr. Grenville. — Antes de levá-las adiante, cavalheiros, eu os aconselho a considerar suas possíveis conseqüências.

— Norris e eu o vimos sair daquele prédio na noite passada, na rua Acorn — disse Wendell. — *Era* o Dr. Sewall. E havia outros naquela casa, outros que reconhecemos.

— E daí? Uma reunião de cavalheiros está longe de ser uma ocorrência extraordinária. — Grenville apontou para a sala na qual então se sentavam. — Nós três estamos nos reunindo em meu salão. Seria esta uma reunião suspeita?

— Considere quem eram tais homens — disse Norris. — Um era o Sr. Gareth Wilson, que recentemente voltou de Londres. Um sujeito muito misterioso com poucos amigos na cidade.

— Você andou investigando os assuntos do Sr. Wilson por causa de coisas que ouviu de uma menina idiota? Uma menina com quem ainda preciso ter uma palavrinha?

— Rose Connolly nos parece uma pessoa bastante razoável — disse Wendell.

— Não posso julgar a credibilidade de uma jovem a quem não conheço. Nem permitir que vocês caluniem um homem de respeito como o Dr. Sewall. Meu Deus, eu *conheço* o caráter dele!

Wendell perguntou, em voz baixa:

— Conhece, senhor?

Grenville ergueu-se da cadeira e caminhou pelo salão até a lareira. Ali ficou, de costas para eles, olhos fixos no fogo. Lá fora, a rua Beacon silenciara com a chegada da noite, e os únicos sons que ouviam era o estalar das chamas e os passos ocasionais dos empregados. Ouviram tais passos, então, aproximando-se da sala de recepção e uma leve batida à porta. A copeira apareceu, trazendo uma bandeja.

— Lamento interromper, senhor — disse ela. — Mas a Sra. Lackaway me pediu para trazer estes bolos para os jovens cavalheiros.

Grenville sequer voltou-se da lareira; apenas disse com rispidez:

— Deixe a bandeja e feche a porta ao sair.

A jovem pousou a bandeja em uma mesinha de canto e rapidamente se retirou.

Apenas quando seus passos se afastaram pelo corredor, Grenville disse:

— O Dr. Sewall salvou a vida de meu sobrinho. Devo-lhe a felicidade de minha irmã e recuso-me a crer que ele esteja envolvido com tais assassinatos. — Grenville voltou-se para Norris. — Você, melhor do que ninguém, sabe o que é ser vítima de boatos. De acordo com as histórias que correm a seu respeito, você tem chifres e cascos partidos. Acha que foi fácil para mim defendê-lo? Defender seu lugar em nossa faculdade? Fiz isso porque me recuso a ser persuadido por fofocas maliciosas. Digo-lhes, será preciso muito mais que isso para despertar minhas suspeitas.

— Senhor — disse Wendell —, ainda não ouviu os nomes dos outros homens que compareceram a este encontro.

Grenville voltou-se para ele.

— E vocês também os espionaram?

— Apenas anotamos os nomes de quem entrou e saiu daquele endereço na rua Acorn. Havia um cavalheiro que me pareceu familiar. Eu o segui até um endereço na Praça do Correio, número 12.

— E?

— Era o Sr. William Lloyd Garrison. Eu o reconheci porque ouvi seu discurso na igreja da rua Park no verão passado.

— O Sr. Garrison, o abolicionista? Acha ser um crime advogar a libertação dos escravos?

— De modo algum. Acho sua posição muito nobre.

Grenville olhou para Norris.

— E você?

— Tenho total simpatia pelos abolicionistas — concordou Norris. — Mas há boatos perturbadores sobre o Sr. Garrison. Um lojista nos disse que...

— Um lojista? Ora, mas que fonte *confiável*!

— Ele nos disse que o Sr. Garrison é visto freqüentemente na rua à noite, vagando furtivamente pelas vizinhanças de Beacon Hill.

— Eu também costumo sair tarde da noite para atender às necessidades de meus pacientes. Meus movimentos devem parecer furtivos para muita gente.

— Mas o Sr. Garrison não é médico. O que o tiraria de casa em hora tão tardia? A rua Acorn parece atrair muita gente de fora. Há relatos de cantorias fantasmagóricas durante a noite, e no mês passado foram encontradas manchas de sangue no calçamento. Tudo isso alarmou a vizinhança, mas quando reclamaram com a Ronda Noturna, o chefe de polícia Lyons não fez nenhuma investigação. Ainda mais estranho, mandou que a Ronda evitasse patrulhar a rua Acorn.

— Quem lhe disse isso?

— O lojista.

— Considere sua fonte, Sr. Marshall!

— Teríamos sido mais céticos quanto a isso não fosse por outro rosto familiar que saiu da casa — disse Wendell. — Era o próprio chefe de polícia Lyons.

Pela primeira vez, o Dr. Grenville pareceu se abalar. Ficou em silêncio, olhando para os jovens com uma expressão de descrédito.

— Seja lá o que for que esteja acontecendo naquela casa, está sendo feito em alto nível de sigilo — disse Norris.

Grenville emitiu uma súbita gargalhada.

— Você se dá conta de que o chefe de polícia Lyons é o único motivo para você não estar preso agora, Sr. Marshall? Aquele seu parceiro idiota, o Sr. Pratt, estava pronto para prendê-lo, mas Lyons o deteve. Mesmo com todos os rumores contra você, Lyons foi em sua defesa.

— Tem certeza disso?

— Ele me disse. Está sendo pressionado pelos dois lados. A opinião pública, a imprensa, todos estão clamando por uma prisão, qualquer prisão. Ele sabe perfeitamente bem que o Sr. Pratt cobiça seu cargo, mas Lyons não se precipitará. Não sem provas.

— Eu não fazia idéia, senhor — murmurou Norris.

— Se quiser permanecer em liberdade, sugiro que não entre em conflito com seus defensores.

— Mas Dr. Grenville — disse Wendell. — Há tantas questões em aberto. Por que se encontram em endereço tão modesto? Por que homens com ocupações tão diversas se reúnem tão tarde da noite? Finalmente, a casa em si é interessante. Ou, melhor, um detalhe da casa. — Wendell olhou para Norris, que tirou um papel dobrado de dentro do bolso.

— O que é isso? — perguntou Grenville.

— Esses símbolos estão gravados em um lintel de granito sobre o portal — disse Norris antes de entregar o papel para Grenville. — Voltei lá esta manhã, para examiná-lo à luz do dia. Pode ver dois pelicanos um de frente para o outro. Entre eles, a cruz.

— Você vai encontrar diversas cruzes em edifícios desta cidade.

— Isto não é apenas uma cruz — disse Wendell. — Esta tem uma rosa no centro. Não é um símbolo papista. É a cruz dos rosa-cruzes.

Grenville amassou o pedaço de papel.

— Absurdo. Estão caçando fantasmas.

— Os rosa-cruzes são reais. Uma sociedade tão secreta que ninguém sabe a identidade de seus membros. Há relatos, aqui e em Washington, de que sua influência está crescendo. Que fazem sacrifícios. Que entre suas vítimas estão crianças cujo sangue inocente é vertido em rituais secretos. Esta criança que Rose Connolly protege parece estar no centro do mistério. Supomos que o bebê estava sendo procurado pelo pai verdadeiro. Agora, descobrimos esses encontros secretos na rua Acorn. Ouvimos relatos de manchas de sangue no calçamento. E nos perguntamos se o motivo não é completamente diferente daquele que pensávamos inicialmente.

— Sacrifício de crianças? — Grenville jogou o desenho no fogo. — Esta prova é muito inconsistente, Sr. Marshall. Quando me encontrar com o conselho diretor após o Natal, precisarei de mais que isso para defendê-lo. Como posso apoiar sua matrícula se meu único argumento for uma bizarra teoria da conspiração, criada por uma jovem que não conheço? Uma jovem que se recusa a me ver?

— Ela confia em pouca gente, senhor. Ainda menos desde que vimos o chefe de polícia Lyons na rua Acorn.

— Onde ela está? Quem a está abrigando?

Norris hesitou, desconcertado por ter de revelar o fato escandaloso de ele, um solteiro, ter permitido que uma menina dormisse a apenas alguns metros de sua cama.

Ficou grato quando Wendell disse:

— Providenciamos abrigo para ela, senhor. Asseguro-lhe que está em lugar seguro.

— E o bebê? Se tal bebê corre tanto perigo, como garantir que está a salvo?

Norris e Wendell se entreolharam. O bem-estar da pequena Meggie era um assunto que preocupava a ambos.

— O bebê também está escondido, senhor — disse Wendell.

— E em que circunstâncias?

— Longe das ideais, admito. É alimentada e cuidada, mas em um ambiente imundo.

— Então, tragam-na aqui, cavalheiros. Gostaria de ver esta criança misteriosa na qual todo mundo está tão interessado. Asseguro-lhes que ficará em segurança e em um lar extremamente saudável.

Outra vez, Norris e Wendell trocaram olhares. Haveria alguma dúvida de que Meggie estaria melhor ali do que no barraco imundo de Hepzibah?

Mas Norris disse:

— Rose jamais nos perdoaria se tomássemos tal decisão sem consultá-la. É ela quem mais se importa com a criança. É ela quem deve tomar tal decisão.

— Vocês concedem um bocado de autoridade para uma jovem de 17 anos.

— Ela pode ter apenas 17 anos, mas merece respeito, senhor. Ela tem sobrevivido, apesar de todas as adversidades, e tem mantido a sobrinha viva e saudável.

— Você entregaria a vida de uma criança nas mãos desta menina?

— Sim. Entregaria.

— Então eu questiono seu bom senso, Sr. Marshall. Uma menina *não pode* arcar com tal responsabilidade!

Uma batida à porta fez com que todos se voltassem. Eliza Lackaway entrou na sala com uma expressão preocupada.

— Está tudo bem, Aldous?

— Sim, sim. — Grenville suspirou profundamente. — Estamos apenas tendo uma discussão mais acalorada.

— Podemos ouvi-los lá de cima. Por isso desci. Charles está acordado e adoraria ver os amigos. — Ela olhou para Wendell e Norris. — Ele gostaria que dissessem olá antes de irem embora.

— Jamais deixaríamos de fazê-lo — disse Wendell — De fato, esperávamos que pudesse receber visitas.

— Ele está ansioso por visitas.

— Vão. — Grenville gesticulou para que os jovens saíssem da sala. — Nossa conversa terminou.

Eliza franziu as sobrancelhas diante da rudeza do irmão para com os visitantes, mas evitou fazer comentários enquanto acompanhava Norris e Wendell escada acima. Em vez disso, falou sobre Charles.

— Ele queria descer para vê-los — disse ela. — Mas insisti para que ficasse na cama, uma vez que ainda não consegue ficar em pé com firmeza. Ainda estamos numa fase delicada de sua recuperação.

Chegaram ao topo da escada, e mais uma vez Norris viu de relance os retratos da família Grenville pendurados no corredor do segundo andar, uma galeria de homens e mulheres, jovens e velhos. Reconheceu Charles entre eles. Posava com um terno da moda, em pé ao lado de uma escrivaninha. Apoiava o cotovelo esquerdo sobre uma pilha de livros, a mão pousada sobre as lombadas de couro, a mão que ele não mais possuía.

— Aqui estão seus amigos, querido — disse Eliza.

Encontraram Charles pálido, mas com um sorriso no rosto. O coto do pulso esquerdo estava discretamente oculto sob o lençol.

— Ouvi meu tio gritando — disse Charles. — Parecia que estava acontecendo uma discussão e tanto lá embaixo.

Wendell puxou uma cadeira e sentou-se junto à cama.

— Se soubéssemos que estava acordado, teríamos subido antes.

Charles tentou se sentar, mas sua mãe protestou:

— Não, Charles. Você precisa descansar.

— Mãe, estou deitado há dias e estou farto disso. Precisarei me levantar cedo ou tarde. — Com uma careta, ele se inclinou para a frente, e Eliza rapidamente pôs alguns travesseiros às suas costas.

— Então, como vai, Charlie? — perguntou Wendell. — Ainda dói muito?

— Apenas quando o efeito da morfina diminui. Mas tento não deixar que isso aconteça. — Charles conseguiu esboçar um sorriso cansado. — Contudo, estou melhor. E veja pelo lado positivo. Jamais precisarei me desculpar por não ter aprendido a tocar piano!

Eliza suspirou.

— Isso não é engraçado, querido.

— Mãe, você se incomodaria se eu passasse algum tempo a sós com meus amigos? Parece que faz uma eternidade desde que os vi pela última vez.

— Interpretarei isso com um sinal de que está se sentindo melhor. — Eliza se levantou. — Cavalheiros, por favor, não o cansem. Volto em um minuto, querido.

Charles esperou a mãe sair do quarto, então emitiu um suspiro desesperado.

— Meu Deus, ela me sufoca!

— Está realmente se sentindo melhor? — perguntou Norris.

— Meu tio diz que os sinais são bons. Não tenho febre desde terça-feira. O Dr. Sewall viu o ferimento hoje pela manhã e pareceu satisfeito. — Charles olhou para o pulso enfaixado. — Ele salvou minha vida.

Ao ouvirem o nome do Dr. Sewall, Wendell e Norris não disseram palavra.

— Então — disse Charles, alegrando-se ao ver os amigos. — Digam-me, quais as últimas notícias do mundo lá fora?

— Sentimos sua falta durante as aulas — disse Norris.

— Do *Charlie Faniquito*? Não me admiro que sintam. Eu servia para que todos parecessem brilhantes quando comparados comigo.

— Você terá todo o tempo do mundo para estudar deitado nesta cama — disse Wendell. — Quando voltar às aulas, será o mais brilhante de todos nós.

— Vocês sabem que não voltarei.

— Claro que voltará.

— Wendell, é melhor ser honesto, não acha? — murmurou Norris.

— Na verdade, foi melhor assim — disse Charles. — Não nasci para ser médico. Todos sabem disso. Não tenho talento nem interesse pela profissão. Sempre foi por causa das esperanças, das expectativas de meu tio. Não sou como vocês. Vocês têm sorte por sempre terem sabido o que queriam ser.

— E o que você quer ser, Charlie? — perguntou Norris.

— Pergunte a Wendell. Ele sabe. — Charles apontou para o amigo de infância. — Ambos éramos membros do Clube Literário de Andover. Ele não é o único entre nós com tendência a cometer versos poéticos.

Norris soltou uma gargalhada.

— Você quer ser poeta?

— Meu tio ainda não aceitou, mas agora terá de aceitar. E por que não posso escolher a vida literária? Olhe para Johnny Greenleaf Whittier. Já está fazendo sucesso com seus poemas. E aquele escritor de Salem, o Sr. Hawthorne. Ele é apenas alguns anos mais velho que eu, e não duvido de que logo ficará famoso. Por que não fazer o que gosto? — Ele olhou para Wendell. — Como você chamava isso? O impulso de escrever?

— O prazer intoxicante da autoria.

— Sim, é isso! O prazer intoxicante! — Charles suspirou. — É claro que não dá para viver de literatura.

— Duvido que precise se preocupar com isso — disse Wendell laconicamente, olhando ao redor do quarto.

— O problema é que meu tio acha que poemas e romances são diversões frívolas, sem verdadeira importância.

Wendell meneou a cabeça.

— Meu pai diria o mesmo.

— Não se sente tentado a ignorá-lo e seguir a vida literária?

— Mas eu não tenho um tio rico. E estou gostando da medicina. É algo que me agrada.

— Bem, nunca me agradou. Agora meu tio terá de aceitar isso. — Ele olhou para o coto. — Não há nada mais inútil que um cirurgião maneta.

— Ah, mas um poeta maneta! Será uma figura muito romântica.

— Que mulher há de me desejar agora que perdi minha mão? — perguntou Charles com tristeza.

Wendell segurou o ombro do amigo.

— Charlie, ouça-me. Qualquer mulher que valha a pena conhecer, que valha a pena amar, não dará a mínima para a falta de uma das mãos.

O ruído de passos anunciou que Eliza voltava ao quarto.

— Cavalheiros — disse ela —, creio que é hora de Charles descansar.

— Mãe, estamos apenas conversando.

— O Dr. Sewall disse para você não se exaurir.

— Tudo o que exercitei até agora foi minha língua.

Wendell levantou-se.

— Precisamos ir de qualquer modo.

— Esperem. Não me disseram por que vieram ver meu tio.

— Oh, por nada. É sobre aquele assunto no West End.

— Refere-se ao Estripador? — disse Charles, subitamente atento. — Soube que encontraram o corpo do Dr. Berry.

Eliza intrometeu-se:

— Quem lhe disse isso?

— As empregadas estavam conversando a respeito.

— Não deviam. Não quero que nada o perturbe.

— Não estou perturbado. Só quero saber as últimas notícias.

— Hoje não — disse Eliza, encerrando a conversa. — Levarei seus amigos até a porta.

Ela acompanhou Wendell e Norris escada abaixo até a porta da frente. Quando os dois estavam saindo, ela disse:

— Embora Charles adore suas visitas, espero que da próxima vez a conversa gire em torno de assuntos agradáveis e otimistas. Kitty e Gwen Welliver estiveram aqui esta tarde e encheram o quarto de meu filho de risos de alegria. O tipo de riso de alegria que ele precisa ouvir, especialmente perto do Natal.

O riso das desmioladas irmãs Welliver? Norris preferia o coma. Mas tudo o que disse foi:

— Lembraremos disso, Sra. Lackaway. Boa noite.

Lá fora, ele e Wendell fizeram uma pausa na rua Beacon, sua respiração condensando-se em fumaça por causa do frio, e observaram um cavaleiro solitário passar por eles, um homem profundamente curvado, agarrado ao sobretudo.

— O Dr. Grenville está certo, você sabe — disse Wendell. — A criança ficaria muito melhor aqui, com ele. Devíamos ter aceitado a oferta.

— Não é decisão nossa. Rose é quem decide.

— Você confia plenamente no discernimento dela?

— Sim, confio. — Norris começou a subir a rua enquanto o cavalheiro desaparecia na escuridão. — Acho que ela é a menina mais inteligente que já conheci.

— Você está apaixonado por ela, não está?

— Eu a respeito. E, sim, estou gostando dela. Quem não gostaria? Ela tem um coração extremamente generoso.

— A palavra é *apaixonado*, Norris. Enfeitiçado. Amando. — Wendell suspirou. — E, evidentemente, ela também está apaixonada por você.

Norris franziu as sobrancelhas.

— O quê?

— Não viu o modo como ela o admira, o modo como bebe cada palavra que você diz? O modo como ela arrumou seu quarto, remendou seu casaco e faz tudo o que pode para agradá-lo? Quer pista mais óbvia de que ela está apaixonada por você?

— Apaixonada?

— Abra seus olhos, homem! — Wendell riu e deu-lhe um tapinha no ombro. — Vou para casa no feriado de Natal. Você vai a Belmont?

Norris ainda estava impressionado com o que Wendell lhe dissera.

— Sim — respondeu, atônito. — Meu pai está me esperando.

— E quanto a Rose?

Realmente, e quanto a Rose?

Depois que Wendell se foi, Rose era tudo em que Norris conseguia pensar. Ao voltar para seus aposentos, perguntou-se se o amigo teria razão. Rose apaixonada por ele? Não se dera conta. *Mas também nunca prestei atenção nisso.*

Lá embaixo, da rua, viu a luz de uma vela bruxuleando em sua janela no sótão. Ela ainda está acordada, pensou. Subitamente, não podia mais esperar para vê-la. Subiu a escada sentindo-se mais ansioso a cada passo. Quando abriu a porta, seu coração batia tanto de ansiedade quanto de cansaço.

Rose adormecera à escrivaninha, a cabeça apoiada sobre os braços cruzados, a *Anatomia* de Wistar aberta à sua frente. Olhando por sobre seu ombro, viu que ela estava analisando uma ilustração do coração e pensou: que menina extraordinária. A vela estava reduzida a uma poça de cera derretida, de modo que ele acendeu outra. Quando Norris delicadamente fechou o livro, Rose despertou.

— Oh — murmurou ela, erguendo a cabeça. — Você voltou.

Observou-a se espreguiçando, o pescoço arqueado, o cabelo solto. Olhando para seu rosto, não viu artifício, engodo, apenas uma menina sonolenta tentando despertar. O xale de lã parda que tinha sobre os ombros era grosseiro e, ao passar a mão no rosto, ela deixou uma mancha de fuligem. Pensou no quanto ela era diferente das irmãs Welliver, com seus vestidos de seda, lenços bordados e botas de couro marroquino. Houve um momento na companhia daquelas irmãs em que Norris sentiu estar de fato vendo-as como de fato eram, tanta habilidade demonstravam no jogo desonesto do flerte. Não eram como aquela menina, que bocejava e esfregava os olhos com a naturalidade de uma criança despertando de uma soneca.

Ela olhou para Norris.

— Contou para ele? O que ele disse?

— O Dr. Grenville não emitiu opinião. Quer ouvir a história de seus próprios lábios. — Ele se inclinou e pousou uma das mãos sobre seu ombro. — Rose, ele fez uma oferta generosa, que tanto eu quanto Wendell achamos ser melhor para todos. O Dr. Grenville se ofereceu para acolher Meggie em sua casa.

Ela ficou tensa. Em vez de gratidão, o que passou pelos olhos dela foi pânico.

— Diga-me que não concordou!

— Seria muito melhor para a segurança e para a saúde dela.

— *Você não tinha o direito!*

Ela se levantou. Nos olhos de Rose, Norris viu a ferocidade primordial de uma menina disposta a sacrificar tudo por alguém que amava. Uma menina tão leal que suportaria qualquer coisa pela sobrevivência da sobrinha.

— Você entregou *Meggie* para ele?

— Rose, eu jamais trairia sua confiança!

— Ela não é sua para você a entregar!

— Ouça. *Ouça.* — Norris tomou-lhe o rosto entre as mãos e forçou-a a olhar para ele. — Eu disse que caberia a *você* decidir. Disse que só faria o que *você* quisesse. Seguirei suas ordens, Rose, tudo o que desejar. Você é quem decide. Eu só quero que você seja feliz.

— Fala sério? — sussurrou.

— Sim. De verdade.

Olharam um para o outro um instante. Subitamente, os olhos dela se encheram de lágrimas e ela se afastou. Como era pequena, pensou Norris. Quão frágil. Contudo, aquela menina carregava o peso do mundo, e seu desprezo também. *Ela é bem bonita,* dissera Wendell. Olhando para ela agora, Norris via beleza pura e honesta que brilhava mesmo através das nódoas de fuligem, uma beleza que as irmãs Welliver não podiam igualar. Eram apenas duas princesas afetadas vestidas de cetim. Aquela menina tinha tão pouco para si e, no entanto, adotara Billy, o idiota. Dera tudo o que tinha para garantir um enterro decente para a irmã e manter a sobrinha alimentada.

Esta é uma mulher que ficará ao meu lado. Mesmo que eu não mereça.

— Rose — disse ele. — É hora de falarmos sobre o futuro.

— O futuro?

— O que vai acontecer com você e com Meggie daqui em diante. Devo ser honesto: minhas perspectivas na faculdade são mínimas. Não sei se posso pagar por este quarto, muito menos por nossa comida.

— Quer que eu vá embora — disse ela como um fato consumado, como se não houvesse qualquer outra conclusão possível. Quão fácil seria mandá-la embora agora. Quão generosamente ela o perdoava de qualquer culpa!

— Quero que fique em segurança — disse ele.

— Não sou de vidro, Norrie. Posso suportar a verdade. Apenas diga-me.

— Amanhã vou para Belmont. Meu pai está me esperando para o feriado de Natal. Não será uma estadia agradável. Ele não é de festa, e provavelmente passarei esse tempo trabalhando na fazenda.

— Não precisa explicar. — Ela lhe deu as costas. — Irei embora pela manhã.

— Sim, irá. Comigo.

Subitamente ela se voltou para ele, os olhos arregalados de satisfação.

— Para Belmont?

— É o lugar mais seguro para ambas. Haverá leite fresco para Meggie e uma cama para você. Ninguém as encontrará lá.

— Posso levá-la?

— Claro que a levaremos. Jamais pensaria em deixá-la para trás.

O deleite a fez se jogar nos braços de Norris. Pequena que fosse, quase o derrubou de costas. Rindo, ele a amparou e a rodou no quarto minúsculo... e sentiu o coração de Rose batendo de felicidade contra o seu.

Subitamente, Rose se afastou, e Norris intuiu dúvida na expressão de seu rosto.

— Mas o que seu pai dirá a meu respeito? — perguntou ela. — E sobre Meggie?

Ele não podia mentir, certamente não com ela olhando-o tão de perto.

— Não faço idéia.

28

Passava das 15h quando o fazendeiro parou a carroça no acostamento da estrada rumo a Belmont para deixá-los saltar. Eles ainda tinham quatro quilômetros de caminhada pela frente, mas o céu estava azul e a neve endurecida brilhava como vidro ao sol vespertino. Enquanto caminhava ao lado de Rose, que trazia Meggie nos braços, Norris apontou quais campos pertenciam a quais vizinhos. Ele a apresentaria a todos, e todos a adorariam. Aquela velha casa pertencia ao velho Ezra Hutchinson, cuja mulher morrera de tifo havia dois anos, e as vacas no terreno contíguo pertenciam à viúva Heppy Comfort, que estava de olho no então solteiro Ezra. A bela casa do outro lado da estrada pertencia ao Dr. e à Sra. Hallowell, um casal sem filhos que sempre fora muito carinhoso com ele ao longo dos anos e que o recebia em sua casa como se fosse um filho. O Dr. Hallowell abrira sua biblioteca para Norris e, no ano anterior, escrevera a elogiosa carta de recomendação para a faculdade de medicina. Rose ouvia tudo aquilo com uma expressão de profundo interesse, até mesmo os comentários casuais sobre o bezerro manco de Heppy e a excêntrica coleção de hinários alemães do Dr. Hallowell. Ao se aproximarem da fazenda Marshall, suas perguntas tornaram-se mais rápidas, mais urgentes, como se desejasse ardentemente conhecer cada detalhe de sua vida antes de chegarem. Quando subiram a colina e a fazenda apareceu ao longe, ela parou para olhar, as mãos protegendo os olhos do sol poente.

— Não há muito o que ver — admitiu Norris.

— Há, sim, Norrie. É onde você cresceu.

— Não tive escapatória.

— Não me importaria nem um pouco em viver aqui. — Meggie despertou nos braços de Rose e emitiu um gorjeio de satisfação. Rose sorriu para a sobrinha. — Eu poderia ser feliz em uma fazenda.

Ele riu.

— É disso que gosto em você, Rose. Acho que você poderia ser feliz em qualquer lugar.

— Não é o lugar que importa.

— Antes que diga *são as pessoas com quem se convive*, precisa conhecer meu pai.

— Pelo modo como você fala dele, estou com medo de conhecê-lo.

— É um homem amargo. Você só precisa saber disso antecipadamente.

— Ele é assim porque perdeu sua mãe?

— Ela o abandonou. Ela abandonou a nós dois. Ele jamais a perdoará.

— Você a perdoou? — perguntou Rose, as bochechas rosadas de frio.

— Está ficando tarde — disse ele.

Continuaram a caminhar, o sol baixando no horizonte, árvores nuas projetando sombras compridas sobre a neve. Chegaram ao velho muro de pedra coberto de gelo brilhante e ouviram o mugir das vacas no estábulo. Ao se aproximarem, pareceu a Norris que a casa da fazenda era menor e mais humilde do que ele se lembrava. As ripas de madeira estavam assim tão gastas quando ele partira havia apenas dois meses? Será que o chão da varanda sempre fora tão empenado, a cerca tão irregular e inclinada? Quanto mais perto chegavam, mais pesado se tornava o fardo do dever sobre seus ombros, e mais ele temia o encontro iminente. Agora, arrependia-se de ter levado Rose e o bebê. Embora ele a tivesse advertido que seu pai poderia ser desagradável, ela não demonstrava sinais de apreensão, caminhando alegremente ao seu lado e cantarolando para Meggie. Como alguém, mesmo sendo seu pai, podia não gostar daquela menina? Certamente ela e o bebê o conquistarão, pensou. Rose vai conquistar sua simpatia, assim como conquistou a minha, e todos riremos juntos no jantar. Sim, poderia ser uma visita agradável, afinal de contas, e Rose seria seu talismã. Minha irlandesa da sorte. Norris olhou para ela, e seu espírito se animou, pois Rose parecia muito feliz por estar caminhando ao lado dele junto à cerca torta, em direção a uma casa de fazenda que parecia deprimente e dilapidada.

Entraram pelo portão empenado em um quintal frontal, no qual havia uma carroça quebrada e uma pilha de troncos esperando para ser transformados em lenha. As irmãs Welliver recuariam diante da visão daquele quintal, e ele as imaginou tentando abrir caminho com seus sapatos elegantes em meio à lama revolvida pelos porcos. Rose não hesitou. Apenas ergueu a saia e seguiu Norris pelo terreno. Uma porca velha, perturbada pelos visitantes, bufou e afastou-se em direção ao estábulo.

Antes de chegarem à varanda, a porta se abriu e o pai de Norris saiu. Isaac Marshall não via o filho havia dois meses, mas não emitiu qualquer palavra de boas-vindas. Apenas permaneceu na varanda, observando em silêncio a chegada dos visitantes. Vestia o mesmo casaco grosseiro, as mesmas calças cáqui, mas as roupas pareciam largas em seu corpo, e os olhos que os observavam sob o chapéu surrado estavam mais afundados nas órbitas. Esboçou um leve sorriso quando o filho subiu a escada.

— Bem-vindo ao lar — disse Isaac, mas não fez menção de abraçar o filho.

— Pai, deixe-me apresentá-lo à minha amiga, Rose. E sua sobrinha, Meggie.

Rose deu um passo à frente, sorrindo, e o bebê arrulhou, como se também o saudasse.

— É um prazer conhecê-lo, Sr. Marshall — disse Rose.

Isaac manteve os braços junto ao corpo e seus lábios se estreitaram. Norris viu Rose corar e nunca detestou tanto o pai quanto naquele instante.

— Rose é uma grande amiga — disse Norris. — Gostaria que a conhecesse.

— Ela vai passar a noite aqui?

— Esperava que pudesse ficar mais tempo. Ela e o bebê precisam de hospedagem. Ela pode usar o quarto no segundo andar.

— Então a cama terá de ser feita.

— Posso fazê-la, Sr. Marshall — disse Rose. — Não serei incômodo. Gosto de trabalho pesado! Não há nada que eu não possa fazer.

Isaac olhou longamente para o bebê. Então, com um menear de cabeça mal-humorado, voltou-se para a casa.

— Melhor ver se há comida bastante para o jantar.

— Desculpe, Rose. Lamento muito.

Estavam sentados no palheiro, com Meggie profundamente adormecida ao seu lado, olhando para as vacas que pastavam lá embaixo, iluminadas pela luz da lanterna. Os porcos haviam entrado no estábulo e grunhiam enquanto competiam pelos melhores lugares entre as pilhas de palha. Naquela noite, Norris encontrava mais conforto ali, entre a bulha dos animais, do que em companhia daquele homem silencioso naquela casa silenciosa. Isaac pouco falara durante a ceia de Natal, na qual comeram presunto, batatas e nabos cozidos. Fez apenas algumas perguntas sobre os estudos de Norris e pareceu indiferente ao ouvir as respostas. Apenas a fazenda o interessava e, quando falou, foi para dizer que a cerca precisava ser consertada, que o centeio daquele outono era de baixa qualidade e que os empregados recém-contratados eram muito preguiçosos. Rose se sentou diante de Isaac, mas podia muito bem estar invisível, pois ele raramente olhava para ela, exceto para passar-lhe a comida.

E ela fora esperta o bastante para ficar calada.

— Ele sempre foi assim — disse Norris, olhando para os porcos lá embaixo, fuçando a palha. — Eu não devia esperar nada diferente disso. Não devia tê-la envolvido.

— Estou feliz por ter vindo.

— Esta noite deve ter sido um aborrecimento para você.

— É por você que lamento. — O rosto dela foi iluminado pela lanterna e, na penumbra do estábulo, Norris não viu o vestido remendado nem o xale puído. Viu apenas aquele rosto, olhando-o atentamente. — Você foi criado em uma casa triste — disse ela. — Isso não é lar para uma criança.

— Não foi sempre assim. Não quero que pense que tive uma infância tão deprimente. Houve bons tempos.

— O que mudou? Foi porque sua mãe foi embora?

— Nada foi igual depois disso.

— E como poderia ser? É terrível ser abandonado. É triste quando as pessoas que amamos morrem. Mas quando *escolhem* nos deixar... — Rose parou de falar. Inspirando profundamente, ela olhou para o curral lá embaixo. — Sempre gostei do cheiro de estábulo. Tudo: os animais, o feno, o fedor. É um cheiro bom e honesto.

Ele olhou para as sombras, onde os porcos finalmente haviam parado de fuçar e agora se amontoavam para passar a noite.

— Quem a deixou, Rose? — perguntou Norris.

— Ninguém.

— Você falou de gente que abandona as outras.

— Fui eu quem abandonou alguém — exclamou ela antes de engolir em seco. — Quão tola eu fui! Quando Aurnia veio embora para os Estados Unidos, eu a segui porque não podia esperar para ver o mundo. — Ela suspirou de arrependimento, e sua voz ficou trêmula. — Acho que magoei muito minha mãe.

Norris não precisou perguntar. Bastou ver a tristeza com que ela baixou a cabeça para saber que a mãe de Rose havia morrido.

Ela se empertigou e disse com firmeza:

— Jamais voltarei a abandonar alguém. Nunca.

Ele tomou a mão dela, tão familiar agora. Parecia que sempre haviam se dado as mãos, que sempre haviam trocado segredos naquele estábulo em penumbra.

— Compreendo por que seu pai é amargo — disse ela. — Tem o direito de ser.

Muito tempo depois de Rose e Meggie terem ido para a cama, Norris e Isaac sentaram-se à mesa da cozinha, uma lâmpada ardendo entre eles. Embora Norris tivesse bebido pouco da garrafa de destilado de maçã, o pai bebera a tarde inteira, mais do que Norris jamais o vira beber. Isaac serviu-se de outro copo, e suas mãos estavam trêmulas quando voltou a arrolhar a garrafa.

— Então, o que ela representa para você? — perguntou Isaac, olhando por sobre a armação dos óculos.

— Já disse, é uma amiga.

— Uma menina? E o que é você, um maricas? Não consegue arranjar um amigo como qualquer outro homem?

O que tem contra ela? O fato de ser uma menina? O fato de ser irlandesa?

— Ela é virgem?

Norris olhou para o pai, incrédulo. *É por causa da bebida. Ele não sabe o que está dizendo.*

— Ah! Você nem mesmo sabe — disse Isaac.

— O senhor não tem o direito de falar assim dela, já que sequer a conhece.

— E quão bem *você* a conhece?

— Eu não a toquei, se é o que está perguntando.

— Mas isso não quer dizer que alguém já não a tenha tocado. E ainda vem com um bebê a tiracolo! Fique com ela e assuma a responsabilidade de outro homem.

— Esperava que ela fosse bem-vinda aqui. Que você a aceitasse ou talvez até viesse a gostar dela. É uma menina trabalhadora, com o coração mais generoso que já vi. Ela certamente merece mais do que a recepção que teve.

— Eu só estava pensando no seu bem-estar, rapaz. Na sua felicidade. Quer criar um filho que nem mesmo é seu?

Norris levantou-se de supetão.

— Boa noite, pai. — E deu-lhe as costas para deixar a sala.

— Estou tentando poupá-lo de uma dor que conheço. Elas mentirão para você, Norris. São cheias de falsidade, e você só descobrirá isso quando for tarde demais.

Norris parou e, subitamente entendendo, voltou-se para o pai.

— Você está falando de minha mãe.

— Tentei fazê-la feliz. — Isaac engoliu a bebida e bateu o copo sobre a mesa. — Fiz o melhor que pude.

— Bem, não vi isso.

— Crianças não vêem nada, não sabem de nada. Há muita coisa que não sabe sobre sua mãe.

— Por que ela o deixou?

— Deixou a você também.

Norris não conseguia pensar em uma resposta para aquela verdade dolorosa. *Sim, ela me abandonou. E jamais compreenderei isso.* Subitamente exausto, voltou à mesa e se sentou. Observou enquanto o pai enchia o copo de bebida.

— O que não sei sobre minha mãe?

— Coisas que eu mesmo deveria ter sabido. Coisas que deveria ter imaginado. Por que uma mulher como ela se casaria com um homem como eu? Ora, não sou idiota. Vivi na fazenda tempo suficiente para saber quanto demora uma porca para... — Ele parou de falar, baixou a cabeça. — Acho que ela nunca me amou.

— Você a amava?

Isaac ergueu os olhos úmidos para Norris.

— Que diferença isso faz? Não foi suficiente para mantê-la aqui. Você não foi suficiente para mantê-la aqui.

Tais palavras, tanto cruéis quanto verdadeiras, pairaram no ar entre eles como pólvora queimada. Ficaram sentados em silêncio, olhando-se por sobre a mesa.

— No dia em que ela foi embora, você estava doente — disse Isaac. — Lembra-se?

— Sim.

— Era uma febre de verão. Você estava tão quente que estávamos com medo de perdê-lo. O Dr. Hallowell estava em Portsmouth naquela semana, de modo que não podíamos chamá-lo. Sua mãe ficou com você a noite inteira. E todo o dia seguinte. Sua febre não baixava, e tivemos certeza de que o perderíamos. E o que ela fez? Você se lembra de quando ela foi embora?

— Ela disse que me amava. E que voltaria.

— Foi o que ela me disse também. Que seu filho merecia coisa melhor, e que ela iria providenciar. Vestiu o melhor vestido e foi embora de casa. E nunca mais voltou. Nem naquela noite, nem na seguinte. Fiquei aqui sozinho, com um menino doente, e não tinha como saber para onde ela fora. A Sra. Comfort veio cuidar de você enquanto eu a procurava em cada lugar que achava ser possível encontrá-la, na casa de cada vizinho que ela pudesse ter visitado. Ezra achou tê-la visto caminhando para o sul, na estrada para Brighton. Alguém mais a viu na estrada para Boston. Não consegui imaginar por que ela iria a tais lugares. — Ele fez uma pausa. — Então, um menino apareceu à minha porta certo dia. Trazia o cavalo de Sophia. E uma carta.

— Por que nunca me mostrou essa carta?

— Você era muito criança. Tinha apenas 11 anos.

— Já tinha idade bastante para compreender.

— A carta já não existe há muito tempo. Eu a queimei. Mas posso lhe contar o que dizia. Não sou bom de leitura, você sabe. Portanto, pedi que a Sra. Comfort a lesse também, apenas para me certificar de que eu havia entendido o que estava escrito. — Isaac engoliu em seco e olhou para a lâmpada. — Dizia que ela não podia mais ficar casada comigo. Que conhecera um homem e que ambos iam embora para Paris. *Continue com sua vida.*

— Tinha de haver algo mais que isso.

— Não havia mais nada. A Sra. Comfort pode lhe confirmar o que estou dizendo.

— Ela não explicou nada? Não deu nenhum detalhe, nem mesmo o nome do sujeito?

— Garanto-lhe que foi tudo o que ela escreveu.

— Não dizia nada a meu respeito? Ela deve ter dito alguma coisa!

— Foi por isso que nunca mostrei a carta para você, rapaz — murmurou Isaac. — Não queria que soubesse.

Que sua própria mãe sequer mencionara seu nome. Norris não conseguia olhar para o pai. Em vez disso, olhou para a mesa riscada, a mesa na qual Isaac e ele haviam compartilhado tantas refeições silenciosas, ouvindo apenas o assobio do vento, o arranhar dos garfos contra os pratos.

— Por que agora? — perguntou Norris. — Por que esperou todos esses anos para me dizer?

— Por causa *dela*. — Isaac olhou para o quarto no andar de cima, onde Rose dormia. — Ela tem olhos para você, rapaz, e você tem olhos para ela. Cometa um erro agora, e viverá com isso para o resto da vida.

— Por que acha que ela é um erro?

— Alguns homens não conseguem enxergar, mesmo que esteja bem à sua frente.

— Mamãe foi seu erro?

— E eu o dela. Eu a vi crescer. Durante anos eu a vi na igreja, sentada com seus belos chapéus, sempre muito gentil comigo, mas sempre muito inacessível, também. Então, certo dia, ela subitamente me *viu*. E decidiu que eu merecia um segundo olhar. — Isaac pegou a garrafa e voltou a encher o copo. — Onze anos depois, viu-se presa nesta fazenda fedorenta com um menino doente. É claro que era mais fácil fugir. Deixar tudo para trás e começar a viver com outro homem. — Ele baixou a jarra, e seu olhar voltou-se para o quarto onde Rose dormia. — Você não pode confiar no que dizem, é tudo o que tenho a dizer. A menina é muito simpática. Mas o que estará escondendo?

— Você a está julgando mal.

— Eu julguei mal sua mãe. Quero livrá-lo da mesma dor.

— Eu amo esta menina. Pretendo me casar com ela.

Isaac riu.

— Eu me casei por amor, e veja no que deu!

Ele ergueu o copo, mas sua mão fez uma pausa no ar. Ele se voltou e olhou para a porta.

Alguém batia.

Trocaram olhares assustados. Era tarde da noite e aquela não era hora para uma visita. Franzindo as sobrancelhas, Isaac pegou a lâmpada e foi abrir a porta. O vento soprava e a lâmpada quase se apagou enquanto Isaac olhava para quem estava na varanda.

— Sr. Marshall? — perguntou um homem. — Seu filho está aí?

Ao som daquela voz, Norris levantou-se, subitamente alarmado.

— O que deseja com meu filho? — perguntou Isaac, que subitamente tombou para trás quando dois homens passaram por ele e entraram à força na cozinha.

— Aí está você — disse o Sr. Pratt ao ver Norris.

— O que significa isso? — perguntou Isaac.

O patrulheiro Pratt meneou a cabeça para seu companheiro, que se posicionou atrás de Norris, como se para impedir sua fuga.

— Você vai voltar para Boston conosco.

— Como ousa invadir minha casa? — reclamou Isaac. — Quem são vocês?

— Somos a Ronda Noturna — respondeu Pratt com o olhar ainda fixo em Norris. — A carruagem está esperando, Sr. Marshall.

— Você está prendendo meu filho?

— Por motivos que ele já deve ter lhe explicado.

— Não vou até me dizerem qual a acusação — exclamou Norris.

O homem atrás dele o empurrou com tanta força que ele tombou sobre a mesa. A garrafa de bebida caiu no chão e se quebrou.

— Parem! — gritou Isaac. — Por que estão fazendo isso?

— A acusação é o múltiplo homicídio de Agnes Poole, Mary Robinson, Nathaniel Berry e, agora, do Sr. Eben Tate.

— Tate? — Norris olhou para ele. O cunhado de Rose também? — Nada sei sobre a morte dele! E certamente não o matei!

— Temos todas as provas de que precisamos. Agora é meu dever levá-lo de volta a Boston, onde será julgado. — Pratt acenou para os outros patrulheiros. — Tragam-no.

Norris foi empurrado para a frente e mal havia chegado à porta quando ouviu Rose gritar:

— Norris!

Ele se voltou e viu seus olhos em pânico.

— Vá ao Dr. Grenville! Diga-lhe o que aconteceu! — conseguiu gritar antes de ser empurrado porta afora.

A escolta o forçou a entrar na carruagem, e Pratt avisou o condutor com duas pancadas fortes no teto. Logo se afastavam pela estrada de Belmont para Boston.

— Nem mesmo o Dr. Grenville poderá protegê-lo agora — disse Pratt. — Não contra tal prova.

— Qual prova?

— Não imagina? Um certo objeto em seu quarto?

Norris balançou a cabeça, perplexo.

— Não faço idéia do que está falando.

— O frasco, Sr. Marshall. Muito me admiro que tenha guardado aquilo.

O outro patrulheiro, sentado diante deles, olhou para Norris e murmurou:

— Você é doente, seu desgraçado.

— Não é todo dia que se encontra um rosto humano dentro de um frasco de uísque — disse Pratt. — E caso haja alguma dúvida, também encontramos sua máscara. Ainda manchada de sangue. Arriscou-se um bocado ao descrever a mesma máscara que usava.

A máscara do Estripador de West End plantada em meu quarto?

— Eu diria que vai para a forca — disse Pratt.

O outro patrulheiro exultou, como se esperasse ansiosamente por um bom enforcamento, o tipo de entretenimento capaz de alegrar os deprimentes meses de inverno.

— Então seus amigos médicos poderão cuidar de você — acrescentou Pratt.

Mesmo na penumbra da carruagem, Norris viu o patrulheiro passar a mão sobre o peito, um gesto que não necessitava de interpretação. Outros corpos faziam rotas secretas e tortuosas para chegar à mesa do anatomista. Eram escavados de covas na calada da noite, por violadores de túmulos que se arriscavam a ser presos a cada invasão noturna de um cemitério. Mas os corpos de criminosos executados iam diretamente para a sala de necropsia, com a plena aprovação da lei. Por seus crimes, os condenados pagavam não apenas com a vida, mas também com seus restos mortais. Cada prisioneiro que aguardava o enforcamento sabia que a forca não era a indignidade final. A faca do anatomista viria a seguir.

Pensou então no velho irlandês, o cadáver cujo peito ele abrira, cujo coração sangrento segurara em suas mãos. Quem seguraria o coração de Norris? Qual avental seria manchado com seu sangue quando seus órgãos fossem jogados na bacia?

Pela janela da carruagem, viu campos enluarados, as mesmas fazendas que vira na estrada quando viera de Boston. Seria a última vez que as veria, a última visão que teria do campo, do lugar de onde passara toda a infância tentando escapar. Fora idiota ao achar que seria capaz de fazê-lo, e este era o seu castigo.

A estrada os levava para o leste de Belmont, e as fazendas se tornavam aldeias à medida que se aproximavam de Boston. Agora, podia ver o rio Charles, brilhando sob o luar, e lembrou-se da noite na qual caminhara pela margem e olhara através daquelas águas em direção à prisão. Naquela noite em que se considerara afortunado comparado com as almas miseráveis atrás das grades. Agora, vinha se juntar a elas. E sua única escapatória seria a forca.

A carruagem atravessava a ponte de West Boston, e Norris sabia que sua viagem estava quase terminada. Uma vez sobre a ponte, seria um breve percurso até a rua Cambridge, então para o norte em direção à cadeia municipal. O Estripador de West End fora capturado afinal. O colega de Pratt tinha um sorriso de triunfo nos lábios, dentes brilhando na escuridão.

— Ôooo! Ôooo! — gritou o condutor, e a carruagem parou subitamente.

— E essa agora? — perguntou Pratt, olhando pela janela. Ainda estavam sobre a ponte. Ele chamou o condutor. — Por que paramos?

— Há uma obstrução mais adiante, Sr. Pratt.

Pratt abriu a porta e saiu.

— Droga! Não conseguem tirar este cavalo do caminho?

— Estão tentando, senhor. Mas este aí não se levanta mais.

— Então deviam arrastá-lo para o abatedouro. O animal está bloqueando o caminho.

Pela janela da carruagem, Norris podia ver o parapeito da ponte. Lá embaixo, fluía o rio Charles. Pensou nas águas frias e escuras. Há túmulos piores, pensou.

— Se demorarem mais, teremos de ir pela ponte do canal.

— Olhe, chegou a carroça. Vão retirar o cavalo em um minuto.

Agora. Não terei outra chance.

Pratt estava a ponto de voltar a entrar na carruagem quando Norris se arremessou contra a porta e saiu.

Atingido pela porta, Pratt caiu no chão. Não teve tempo de reagir. Nem seu colega, que agora saía às pressas da carruagem.

Norris deu uma olhada nos arredores: o cavalo morto, tombado onde caíra, diante da carroça sobrecarregada. A fila de carruagens paradas na ponte. E o rio Charles iluminado pelo luar que disfarçava suas águas turvas. Não hesitou. É tudo o que me resta, pensou ao subir no parapeito. Ou agarro esta chance ou abro mão de qualquer esperança na vida. *Isto é por você, Rose!*

— Peguem-no! Não o deixem saltar!

Norris já estava caindo. Através da escuridão, através do tempo, em direção a um futuro tão desconhecido para ele quanto as águas nas quais se atirara. Sabia apenas que a verdadeira luta estava apenas começando e, um instante antes de atingir a água, protegeu-se como um guerreiro a caminho da batalha.

O mergulho no rio gelado foi uma recepção cruel para uma nova vida. Afundou de cabeça em uma escuridão tão densa que ele não sabia onde era em cima ou embaixo enquanto se debatia, desorientado. Então, viu o brilho da lua mais acima e nadou naquela direção, até sua cabeça surgir à superfície. Ao inspirar uma golfada de ar, ouviu vozes gritando lá em cima.

— Onde ele está? Consegue vê-lo?
— Chame a Ronda Noturna! Quero as margens vasculhadas!
— Dos dois lados?
— Claro, seu idiota! Dos dois lados!

Norris afundou outra vez na escuridão gelada e deixou-se levar pelas águas. Sabia não ser capaz de nadar contra a corrente e resolveu deixar que o rio o ajudasse em sua fuga. A correnteza arrastou-o por Lechmere Point, por West End, levando-o cada vez mais para leste, em direção ao porto.

Em direção às docas.

29

Dias atuais

Julia foi até o despenhadeiro e olhou para o mar. A neblina finalmente se dissipara, e ela podia ver ilhas ao largo da costa e um barco de pesca de lagosta atravessando águas tão calmas que pareciam prata manchada. Ela não ouviu os passos de Tom atrás dela, embora de algum modo soubesse que ele estava ali e tivesse sentido sua aproximação muito antes de ele falar.

— Já fiz as malas. Vou pegar a barca das 16h30. Lamento ter de deixá-la com ele, mas Henry parece estável. Ao menos não teve arritmia nos últimos dois dias.

— Ficaremos bem, Tom — disse ela, o olhar ainda voltado para o barco de pesca.

— É pedir muito.

— Não me importo, mesmo. De qualquer forma, pretendia passar a semana inteira. Aqui é lindo. Agora que finalmente posso ver o mar.

— É um belo lugar, não é mesmo? — Ele ficou ao lado dela. — Pena que vai tudo despencar um dia desses. A casa está com os dias contados.

— Não há como salvá-la?

— Não se pode lutar contra o mar. Algumas coisas são inevitáveis.

Ficaram em silêncio um instante, observando quando o barco parou e os pescadores de lagostas puxaram suas armadilhas.

— Você esteve calada a tarde inteira — disse ele.

— Não consigo deixar de pensar em Rose Connolly.

— O que tem ela?

— Quão forte devia ser para ter conseguido sobreviver.

— Quando as pessoas precisam, geralmente encontram forças.

— Nunca consegui. Mesmo quando mais precisei.

Caminharam ao longo da borda, mantendo alguma distância do despenhadeiro.

— Está falando de sua separação?

— Quando Richard pediu o divórcio, pensei que não tinha conseguido fazê-lo feliz. É o que acontece quando dia após dia você é obrigada a achar que seu trabalho é inferior ao do parceiro. Que não é tão brilhante quanto as mulheres dos colegas dele.

— Quanto tempo agüentou isso?

— Sete anos.

— Por que não o abandonou?

— Porque comecei a acreditar naquilo. — Ela balançou a cabeça. — Rose não teria acreditado.

— Este é um bom mantra para você daqui por diante. *O que Rose faria?*

— Cheguei à conclusão de que não sou uma Rose Connolly.

Observaram quando os pescadores de lagostas voltaram a atirar as armadilhas na água.

— Preciso ir a Hong Kong na quinta-feira — disse Tom. — Ficarei lá durante um mês.

— Oh. — Ela ficou em silêncio. Então se passaria um mês inteiro antes de poder voltar a vê-lo.

— Adoro meu trabalho, mas ele me faz ficar muito tempo longe de casa. Pesquiso epidemias, cuidando de outras vidas enquanto me esqueço da minha.

— Mas você tem tanto a contribuir...

— Tenho 42 anos, e a criatura com quem compartilho a casa passa metade do ano no canil. — Ele olhou para a água. — De qualquer modo, estou pensando em cancelar esta viagem.

Ela sentiu o pulso acelerar subitamente.

— Por quê?

— Em parte por causa de Henry. Ele está com 89 anos, afinal, e não estará conosco para sempre.

Claro, pensou ela. Por causa de Henry.

— Se ele tiver algum problema, pode me ligar.

— É um bocado de responsabilidade. Não desejaria meu tio a ninguém.

— Fiquei muito apegada a ele. Ele é um amigo agora, e eu não abandono os amigos. — Ela olhou para uma gaivota que pairava sobre a cabeça deles. — É estranho como um punhado de ossos antigos pode unir duas pessoas. Gente que não tinha absolutamente nada em comum.

— Bem, ele certamente gosta de você. Ele me disse que *se fosse ao menos dez anos mais jovem...*

Ela riu.

— Quando me viu pela primeira vez, mal conseguia me tolerar.

— Henry mal consegue tolerar todo mundo, mas acabou gostando de você.

— É por causa de Rose. É isso o que temos em comum. Ambos estamos obcecados por ela. — Ela olhou para o barco que se afastava, deixando uma linha gravada na superfície metálica da baía. — Chego a sonhar com ela.

— Que tipo de sonhos?

— É como se eu estivesse lá, vendo o que ela viu. As carruagens, as ruas, os vestidos. Isso porque passei muito tempo lendo aquelas cartas. Ela está entrando no meu subconsciente. Quase posso acreditar que estive lá, tudo me parece tão... familiar.

— Do modo como você me pareceu familiar.

— Não sei como.

— Tenho a impressão de que a conheço. Que já nos encontramos antes.

— Não vejo como.

— Não. — Ele suspirou. — Eu também não. — Olhou para ela. — Então não vejo motivo para cancelar minha viagem, certo?

Havia mais naquela pergunta do que ambos admitiam. Ela o olhou e o que viu nos olhos dele a assustou, porque naquele instante ela viu tanto possibilidade quanto desilusão. E ela não estava pronta para nenhuma das alternativas.

Julia olhou para o mar.

— Henry e eu ficaremos bem.

Naquela noite, Julia voltou a sonhar com Rose Connolly. Só que, daquela vez, Rose não era uma menina com roupas remendadas e rosto manchado de fuligem, mas uma jovem elegante, com o cabelo puxado para trás e os olhos repletos de sabedoria. Caminhava entre flores silvestres enquanto olhava para um declive em direção a um rio. Era o mesmo declive suave que um dia seria o jardim de Julia. Naquele dia de verão, a relva alta oscilava ao vento, e tufos de dentes-de-leão rodopiavam em meio à névoa dourada. Rose voltou-se e viu um campo gramado e algumas ruínas que demarcavam o lugar onde outrora houvera outra casa, uma casa que já não existia, queimada até as fundações.

No topo do declive uma menina veio correndo, a saia rodopiando ao seu redor, o rosto sorridente e corado de sol. Correu em direção a Rose, que sorriu, tomou-a em seus braços e a rodou.

— De novo! De novo! — gritou a menina quando voltou a ser posta no chão.

— Não, sua tia está tonta.

— Podemos rolar colina abaixo?

— Veja, Meggie. — Rose apontou para o rio. — Não é um lugar lindo? O que acha?

— Há peixes e sapos na água.

— É um lugar perfeito, não acha? Algum dia, você deve construir sua casa ali. Bem ali.

— E quanto àquela casa velha?

Rose olhou para as fundações chamuscadas perto do topo do aclive.

— Pertenceu a um grande homem — murmurou ela. — Queimou quando você tinha 2 anos de idade. Talvez algum dia, quando for mais velha, eu lhe fale a respeito dele. Sobre o que ele fez por nós. — Rose inspirou profundamente e olhou para o rio. — Sim, é um belo lugar para construir uma casa. Você precisa se lembrar deste lugar. — Ela pegou a mão da menina. — Vamos. A cozinheira está nos esperando para o almoço.

Caminharam, a tia e a sobrinha, as saias roçando a grama alta enquanto subiam o aclive, até chegarem ao topo e apenas o cabelo ruivo de Rose poder ser visto sobre a grama oscilante.

Julia despertou com lágrimas nos olhos. *Aquele era o meu jardim. Rose e Meggie passearam no meu jardim.*

Levantou-se e foi até a janela, onde viu a luz rosada da manhã. Finalmente as nuvens haviam se dispersado e, pela primeira vez, via o nascer do sol na baía de Penobscot. Estou feliz por ter ficado tempo suficiente para ver este nascer do sol, pensou.

Tentou ser silenciosa e não acordar Henry ao descer a escada e ir até a cozinha para fazer café. Estava a ponto de abrir a torneira para encher o bule de água quando ouviu o farfalhar de papel na sala anexa. Baixou o bule e olhou para a biblioteca.

Henry estava sentado à mesa de jantar, cabeça baixa, uma pilha de papéis espalhados à sua frente.

Alarmada, correu em direção a ele, temendo o pior. Mas quando Julia lhe agarrou os ombros, ele se endireitou na cadeira e olhou para ela.

— Encontrei — disse Henry.

O olhar de Julia voltou-se para os papéis manuscritos sobre a mesa, e ela viu três iniciais familiares: *O. W. H.*

— Outra carta!

— Acho que é a última, Julia.

— Mas que maravilha! — disse ela. Então, percebeu quão pálido ele estava e que suas mãos estavam trêmulas.

— O que há de errado?

Henry entregou-lhe a carta.

— Leia isto.

30

1830

O objeto macabro estava imerso em uísque havia dois dias, e, a princípio, Rose não reconheceu o conteúdo do frasco. Tudo o que viu foi uma aba de carne crua submersa em um líquido cor de chá. O Sr. Pratt pegou o jarro e ergueu-o diante de Rose, obrigando-a a olhar mais de perto.

— Sabe o que é isso? — perguntou ele.

Ela olhou para o frasco, dentro do qual o objeto preservado naquela solução insípida de álcool e sangue coagulado voltou-se contra o vidro, que ampliou cada um de seus traços. Rose recuou horrorizada.

— É um rosto que deveria reconhecer, Srta. Connolly — disse Pratt. — Foi arrancado de um corpo encontrado há duas noites em um beco de West End. Um corpo cortado com o sinal-da-cruz. O corpo de seu cunhado, o Sr. Eben Tate. — Ele voltou a pousar o frasco sobre a mesa do Dr. Grenville.

Rose voltou-se para Grenville, que parecia igualmente chocado com a prova exibida em seu salão.

— Este frasco jamais esteve no quarto de Norris! — disse ela.
— Ele não pediria que eu viesse aqui caso não acreditasse no senhor, Dr. Grenville. Agora o senhor precisará acreditar *nele*.

Pratt reagiu com um sorriso impassível.

— Acho que está bastante claro, doutor, que seu aluno, o Sr. Marshall, o enganou. Ele é o Estripador de West End. É apenas uma questão de tempo antes de ele ser preso.

— Caso ele não tenha se afogado — disse Grenville.

— Oh, sabemos que ele ainda está vivo. Esta manhã, encontramos pegadas na lama saindo da água perto das docas. Nós o encontraremos, e a justiça será feita. Este frasco é a prova da qual precisávamos.

— Tudo o que têm é um espécime preservado em uísque.

— E uma máscara manchada de sangue. Uma máscara branca, exatamente como certa testemunha descreveu. — Ele olhou para Rose.

— Ele é inocente! — retorquiu Rose. — Eu testemunharei...

— Testemunhará o quê, Srta. Connolly? — perguntou Pratt com um sorriso de escárnio.

— Que você plantou este frasco no quarto dele.

Pratt avançou contra ela com tanta fúria que Rose recuou.

— Sua piranha!

— Sr. Pratt! — disse Grenville.

Mas o olhar de Pratt permaneceu sobre Rose.

— Acha que seu testemunho terá algum valor? Sei muito bem que você estava morando com Norris Marshall, que ele chegou a levá-la para casa no Natal para conhecer o pai dele. Você não apenas mente debaixo dele, como também está mentindo por ele. Ele matou Eben Tate para lhe fazer um favor? Ele deu um jeito em seu cunhado? — Voltou a guardar o frasco na caixa de provas. — Ah, sim, um júri certamente acreditará no *seu* testemunho!

Rose voltou-se para Grenville.

— Este frasco não estava no quarto dele. Eu juro.

— Quem autorizou a busca no quarto do Sr. Marshall? — perguntou Grenville. — Como a Ronda Noturna teve a idéia de revistar o lugar?

Pela primeira vez, Pratt pareceu incomodado.

— Só fiz o meu trábalho. Quando nos chegou uma informação...

— Qual informação?

— Uma carta, dizendo que a Ronda Noturna encontraria itens interessantes no quarto dele.

— Uma carta de quem?

— Não tenho liberdade de dizer.

Grenville riu ao entender a situação.

— Anônima!

— Encontramos a prova, não encontramos?

— Vai pôr em risco a vida de um homem por conta deste frasco? Desta máscara?

— E o senhor devia pensar duas vezes antes de arriscar sua reputação por causa de um assassino. Já devia ser evidente que avaliou mal aquele jovem, assim como todo mundo. — Pratt ergueu a caixa de provas e acrescentou com um tom de satisfação: — Todo mundo, menos eu. — Meneou a cabeça. — Boa noite, doutor. Vou me retirar.

Ouviram seus passos no corredor e então a porta da frente se fechar atrás dele. Um instante depois, a irmã do Dr. Grenville, Eliza, entrou no salão e perguntou:

— Aquele homem horrível já foi embora?

— Infelizmente as coisas estão muito feias para Norris. — disse Grenville, suspirando e afundando na cadeira junto ao fogo.

— Você não pode fazer nada para ajudá-lo? — perguntou Eliza.

— Isso foi além de minha capacidade de influência.

— Ele está contando com o senhor, Dr. Grenville! — disse Rose. — Se tanto o senhor quanto o Sr. Holmes o defenderem, eles serão forçados a ouvir.

— Wendell testemunhará em sua defesa? — perguntou Eliza.

— Ele esteve no quarto de Norris. Ele sabe que o frasco não estava lá. Nem a máscara. — Ela olhou para Grenville. — É tudo culpa minha. Tudo tem a ver comigo, com Meggie. As pessoas que a querem farão *qualquer coisa*.

— Inclusive enviar um inocente para a forca? — perguntou Eliza.

— Isso é o de menos. — Rose se aproximou de Grenville, as mãos estendidas implorando para que ele acreditasse nela. — Na noite em que Meggie nasceu, havia duas enfermeiras e um médico na sala. Agora estão todos mortos, porque sabiam do segredo de minha irmã. Eles sabiam o nome do pai de Meggie.

— Um nome que você não ouviu — disse Grenville.

— Eu não estava no quarto. O bebê estava chorando, por isso a levei para fora. Mais tarde, Agnes Poole exigiu que eu a entregasse para ela, mas me recusei. — Rose engoliu em seco. — E estou sendo procurada desde então.

— Então é a criança que eles querem? — perguntou Eliza. Olhou para o irmão. — Ela precisa de proteção.

Grenville assentiu.

— Onde ela está, Srta. Connolly?

— Escondida, senhor. Em um lugar seguro.

— Eles podem encontrá-la.

Rose o encarou e disse calmamente:

— Sou a única que sabe onde ela está. E ninguém pode me obrigar a dizer.

Grenville manteve o olhar, avaliando-a.

— Nunca duvidei de você. Você a manteve a salvo até agora. Você, melhor do que ninguém, sabe o que é melhor para ela. — Levantou-se abruptamente. — Preciso ir.

— Aonde vai? — perguntou Eliza.
— Há gente que preciso consultar a esse respeito.
— Voltará para o jantar?
— Não sei. — Ele foi até o corredor e vestiu o sobretudo. Rose seguiu-o.
— Dr. Grenville, o que devo fazer? Como posso ajudar?
— Fique aqui. — Ele olhou para a irmã. — Eliza, veja do que esta jovem precisa. Enquanto estiver sob nosso teto, estará a salvo. — Ele saiu, e uma lufada de vento gelado entrou na casa, ferindo os olhos de Rose. Ela afastou as lágrimas que subitamente tomaram seus olhos.
— Você não tem para onde ir, não é?
Rose voltou-se para Eliza.
— Não, senhora.
— A Sra. Furbush pode preparar-lhe uma cama na cozinha. — Eliza olhou para o vestido remendado de Rose. — E certamente lhe dará uma muda de roupa.
— Obrigada. — murmurou Rose. — Obrigada por tudo.
— Agradeça ao meu irmão — disse Eliza. — Só espero que esse assunto não arruíne a carreira dele.

Aquela era a maior casa em que Rose já estivera, certamente a maior casa onde já dormira. A cozinha era quente, as brasas na lareira ainda brilhando e emitindo calor. Seu cobertor era de lã pesada, diferente do manto surrado com o qual se cobria nas noites frias, um triste pedaço de pano que tinha o cheiro de cada pensão, cada cama de palha imunda onde ela já se deitara. A eficiente governanta, a Sra. Furbush, insistira em jogar o manto no fogo, assim como o restante das roupas velhas de Rose. Além disso, lhe trouxera sopa e um bocado de água quente, pois o Dr. Grenville insistia em dizer que uma casa limpa era uma casa saudável. De banho tomado e trajando um vestido novo, Rose estava deitada confortavelmente em um catre perto da lareira. Ela sabia que Meggie também estava aquecida e a salvo naquela noite.

Mas e Norris? Onde dormiria? Estaria com fome e frio? Por que não recebia notícias dele?

O Dr. Grenville não voltou para o jantar. Rose esperou toda a noite com os ouvidos atentos, mas não ouviu nem sua voz nem seus passos.

— A profissão dele é assim mesmo, menina — disse a Sra. Furbush. — Um médico não trabalha em horários comuns. Os pacientes estão sempre o obrigando a sair à noite, e há vezes em que ele não volta senão pela manhã.

Muito tempo depois de todos terem se recolhido, o Dr. Grenville ainda não havia voltado. E Rose continuava desperta. As brasas na lareira perderam o brilho e estavam se transformando em cinzas. Através da janela da cozinha, ela podia ver a silhueta de uma árvore contra o luar e ouvir os ranger de seus galhos oscilando ao vento.

Agora, ouvia algo mais: passos na escada dos empregados.

Ela ficou deitada, imóvel, ouvindo os passos se aproximando até entrarem na cozinha. Uma das empregadas, talvez, para alimentar o fogo. Ela podia ver uma silhueta vagando no escuro. Então, ouviu uma cadeira cair e uma voz murmurar:

— Droga!

Um homem.

Rose rolou da cama e engatinhou até a lareira, onde acendeu uma vela. Quando a chama iluminou o lugar, ela viu que o intruso era um jovem com roupas de dormir, o cabelo amassado de quem estava deitado. Ele ficou imóvel ao vê-la, obviamente tão assustado quanto Rose.

Era o jovem senhor, pensou ela. O sobrinho do Dr. Grenville, que lhe disseram estar se recuperando no andar de cima. Uma bandagem cobria o coto de seu pulso esquerdo e ele oscilava, instável sobre os próprios pés. Ela baixou a vela e correu para ampará-lo enquanto ele tombava de lado.

— Tudo bem, estou bem — insistiu o rapaz.

— Você não devia estar de pé, Sr. Lackaway. — Ela levantou a cadeira tombada e gentilmente o sentou. — Vou chamar sua mãe.

— Não. Por favor!

O pedido desesperado a fez parar.

— Ela vai brigar comigo — disse ele. — Estou cansado que briguem comigo. Não agüento mais ficar preso no meu quarto, só porque ela tem medo que eu pegue uma febre. — Ele olhou para ela. — Não a desperte. Deixe-me apenas ficar sentado aqui um instante. Então, volto para a cama. Prometo.

Ela suspirou.

— Como quiser. Mas não devia estar andando por aí sozinho.

— Não estou sozinho. — Ele conseguiu esboçar um sorriso. — Você está aqui.

Rose sentiu o olhar dele seguindo-a quando ela se aproximou da lareira para atiçar as brasas e acrescentar mais madeira. As chamas se ergueram, aquecendo o lugar.

— Você é a jovem de quem as empregadas estão falando — disse ele.

Rose se voltou para Charles. O fogo renovado iluminou-lhe o rosto, e ela viu seus traços refinados, sobrancelhas e lábios quase femininos. A doença o tornara pálido, mas era um rosto bonito e sensível, mais de um menino do que de um homem.

— Você é a amiga de Norris — disse ele.

Ela assentiu.

— Meu nome é Rose.

— Bem, Rose. Eu também sou amigo dele. E, pelo que ouvi, ele vai precisar de todos os amigos que tiver.

A gravidade da situação de Norris subitamente pesou sobre os ombros dela, e Rose sentou-se em uma cadeira junto à mesa.

— Estou com tanto medo — sussurrou.

— Meu tio conhece pessoas. Gente influente.

— Até mesmo seu tio está em dúvida agora.

— E você não?

— De modo algum.

— Como pode estar tão certa?

Ela encarou Charles.

— Conheço o coração dele.

— É mesmo?

— Você acha que sou louca.

— Existem muitos poemas sobre devoção, mas raramente encontramos isso na vida real.

— Não desperdiçaria minha devoção com um homem que não a merecesse.

— Bem, Rose, se algum dia tivesse de enfrentar a forca, me sentiria afortunado caso tivesse uma amiga como você.

Ela estremeceu ao ouvir falar em forca e voltou-se para a lareira, onde as chamas rapidamente consumiam a madeira.

— Desculpe, não devia ter dito isso. Tomei tanta morfina que já não sei mais o que digo. — Ele olhou para o coto envolto em bandagens. — Não presto mais para nada. Sequer consigo andar sobre meus pés.

— É tarde, Sr. Lackaway. Não devia estar de pé.

— Só vim tomar um gole de conhaque. — Ele lançou um olhar esperançoso para Rose. — Você pegaria um pouco para mim? Está naquela despensa. — Apontou para o outro extremo da cozinha, e ela desconfiou que aquela não era a primeira vez que ele fazia um ataque noturno à garrafa de conhaque.

Ela serviu-lhe apenas um pouco, que ele tomou de um só gole. Embora ele obviamente esperasse mais, Rose devolveu a garrafa à despensa e disse com firmeza:

— Vou levá-lo de volta para o seu quarto.

Com a vela iluminando o caminho, ela o guiou escada acima. Rose nunca estivera no segundo andar daquela casa e, ao ajudá-lo a atravessar o corredor, seu olhar foi atraído para todas as maravilhas reveladas pela luz da vela. Ela viu tapetes ricamente adornados e uma brilhante mesa de canto. Na parede havia uma galeria de retratos, homens e mulheres eminentes pintados com tanta riqueza de detalhes que ela sentiu seus olhares seguindo-a enquanto levava Charles para o quarto. Quando ela o ajudou a deitar na cama, ele estava começando a cambalear, como se apenas um gole de conhaque misturado com a morfina o tivesse deixado completamente bêbado. Ele se deitou no colchão com um suspiro.

— Obrigado, Rose.

— Boa noite, senhor.

— Norris é um homem de sorte por ter alguém que o ama como você. O tipo de amor sobre o qual os poetas escrevem

— Nada sei a respeito de poesia, Sr. Lackaway.

— Você não precisa saber. — Ele fechou os olhos e suspirou. — Você conhece o amor verdadeiro.

Ela observou enquanto a respiração do rapaz diminuía de intensidade e ele caía no sono. *Sim, eu conheço o amor verdadeiro. E agora posso perdê-lo.*

Segurando a vela, ela deixou o quarto de Charles e voltou ao corredor. Ali, parou de súbito, o olhar fixo no rosto que a observava. Na penumbra, com apenas o brilho da vela iluminando o corredor, parecia tão incrivelmente real que ela ficou paralisada diante do retrato, atônita com a inesperada familiaridade daqueles traços. Viu um homem com cabelos bastos e olhos escuros que refletiam uma inteligência vibrante. Parecia ansioso para conversar com ela. Rose se aproximou para examinar cada sombra, cada curva daquele rosto. Estava tão entretida com a imagem que não percebeu os passos que se aproximavam. Um ruído a fez se voltar, tão assustada que quase deixou cair a vela.

— Srta. Connolly? — perguntou o Dr. Grenville, franzindo as sobrancelhas. — Posso perguntar por que está andando pela casa a esta hora da noite?

Ela percebeu o tom de suspeita na voz do médico e corou. Ele está pensando o pior. Com os irlandeses, sempre pensavam o pior.

— Foi o Sr. Lackaway, senhor.

— O que tem meu sobrinho?

— Ele desceu à cozinha. Achei que ele estava um tanto trôpego, de modo que o levei de volta à cama. — Ela apontou para a porta do quarto de Charles, que deixara aberta.

O Dr. Grenville olhou para dentro do quarto do sobrinho, que estava esparramado na cama, roncando alto.

— Desculpe, senhor — disse ela. — Não teria subido até aqui caso...

— Não, sou eu quem deve lhe pedir desculpas. — Ele suspirou. — Foi um dia difícil, estou cansado. Boa noite. — Grenville deu-lhe as costas.

— Senhor? Teve notícias de Norris?

Ele parou e voltou-se para ela, relutante.

— Infelizmente não há motivo para sermos otimistas. As provas são terríveis.

— As provas são falsas.

— A corte determinará isso. Mas lá, a inocência é determinada por estranhos que nada sabem a respeito do réu. O que sabem é o que lêem nos jornais ou ouvem na taberna. Que Norris Marshall morava próximo ao lugar onde foram cometidos os quatro homicídios. Que ele foi encontrado curvado sobre o corpo de Mary Robinson. Que o rosto arrancado de Eben Tate foi descoberto em seus aposentos. Que ele é um anatomista, assim como um açougueiro experiente. Vistas em separado, tais evidências podem ser contestadas. Mas ao serem apresentadas na corte, a culpa dele parecerá inegável.

Rose olhou para Grenville, desesperada.

— Não há como defendê-lo?

— Infelizmente, sei de homens que foram enforcados por menos que isso.

Desesperada, ela agarrou a manga do casaco do médico.

— Não poderei vê-lo enforcado!

— Srta. Connolly, nem toda esperança está perdida. Deve haver um meio de salvá-lo. — Ele pegou a mão dela e a segurou enquanto olhava diretamente em seus olhos. — Mas precisarei da sua ajuda.

31

— Billy! Aqui, Billy!

O menino olhou em torno, confuso, sondando as sombras em busca de quem acabara de sussurrar seu nome. Um cão negro brincava aos seus pés. Subitamente, o animal latiu, perturbado, e foi em direção a Norris, que estava agachado atrás de uma pilha de barris. Ao menos o cão não desconfiava dele e abanava o rabo, adorando brincar de esconde-esconde com um homem que nem conhecia.

Billy Obtuso foi mais cauteloso.

— Quem é, Mancha? — perguntou, como se realmente achasse que o cão fosse responder.

Norris saiu de trás dos barris.

— Sou eu, Billy — disse ele, mas viu que o menino começava a se afastar. — Não vou machucá-lo. Você se lembra de mim, não lembra?

Billy olhou para o cão, que lambia as mãos de Norris, evidentemente despreocupado.

— Você é o amigo da Srta. Rose — disse ele.

— Preciso que mande um recado para ela.

— A Ronda Noturna diz que você é o Estripador.

— Não sou. Juro que não.
— Estão procurando por você ao longo do rio.
— Billy, se você é amigo dela, vai fazer isso para mim.

O menino voltou a olhar para o cão. Mancha sentara-se aos pés de Norris e abanava a cauda enquanto ouvia a conversa. Embora o rapaz fosse idiota, sabia que podia confiar na opinião de um cão no que dizia respeito às intenções de um homem.

— Quero que vá à casa do Dr. Grenville — disse Norris.
— Aquela casa grande, na Beacon?
— Sim. Descubra se ela está lá. E dê-lhe isso. — Norris entregou-lhe um pedaço de papel dobrado. — Entregue para ela. Apenas para ela.
— O que diz?
— Apenas entregue para ela.
— É um bilhete de amor?
— Sim — respondeu Norris rapidamente, ansioso para que o menino se fosse.
— Mas sou eu quem a ama — resmungou Billy. — Eu vou me casar com Rose. — Billy jogou fora o bilhete. — Não vou levar nenhum bilhete de amor para ela.

Engolindo a frustração, Norris pegou o pedaço de papel.
— Quero que ela saiba que está livre para continuar sua vida. — Ele devolveu o bilhete para Billy. — Leve isso para ela. Por favor. — E acrescentou: — Ela vai ficar furiosa se você não entregar.

Funcionou. O maior medo de Billy era desagradar Rose. O menino enfiou o bilhete no bolso.
— Farei qualquer coisa por ela.
— Não diga para ninguém que me viu.
— Não sou idiota — respondeu Billy antes de ir embora com o cão.

Norris não permaneceu onde estava. Rapidamente, começou a andar pela rua escura em direção a Beacon Hill. Por mais bem-intencionado que Billy fosse, Norris não confiava nele e não tinha intenção de esperar que a Ronda Noturna viesse procurá-lo.

Isso se acreditassem que ele ainda estava vivo e em Boston três dias depois.

As roupas que roubara não lhe serviam, a calça muito larga, a camisa muito apertada, mas o casaco pesado cobria as duas peças, e com um chapéu de quaker enfiado na cabeça até as sobrancelhas, ele caminhou decidido rua abaixo, sem temores ou hesitação. Posso não ser um assassino, pensou. Mas certamente sou um ladrão agora. Já estava a ponto de enfrentar a forca. Mais alguns crimes não importariam muito. Tudo no que pensava agora era em sobreviver, e se aquilo significava roubar um casaco em um cabide de taberna ou roubar calças e camisas de um varal, ele o faria. Seria enforcado de qualquer modo; portanto, também podia ser culpado por um crime que realmente cometera.

Dobrou a esquina e entrou na estreita rua Acorn. Era o mesmo beco onde Gareth Wilson e o Dr. Sewall haviam se encontrado, na casa com os pelicanos entalhados no lintel. Norris escolheu um vão de porta escuro onde esperar e ali ficou, oculto nas sombras. Àquela altura, Billy teria chegado à casa de Grenville e o bilhete teria sido recebido por Rose, um bilhete que continha apenas uma linha:

Hoje à noite, sob os pelicanos.

Se aquilo caísse nas mãos da Ronda Noturna, eles não teriam idéia do que queria dizer. Mas Rose saberia. Rose viria.

Acomodou-se para esperar.

A noite avançava. Uma por uma, as luzes dentro das casas se apagavam e as janelas na pequena rua Acorn escureciam. Ocasionalmente, ele ouvia o ruído de uma carruagem na movimentada rua Cedar, mas logo o tráfego cessou.

Ele se protegeu com o casaco e observou a fumaça que saía de suas narinas enquanto respirava. Esperaria a noite inteira caso fosse necessário. Se, pela manhã, ela ainda não tivesse vindo, então voltaria na noite seguinte. Ele tinha confiança suficiente nela para saber que, uma vez que Rose soubesse que ele a estava esperando, nada a impediria de encontrá-lo.

Suas pernas ficaram duras; seus dedos, dormentes. A última janela da rua Acorn escureceu.

Então, emergindo de uma esquina, apareceu uma figura. Uma mulher, iluminada pela luz de um poste. Ela fez uma pausa no meio do beco, como se tentasse enxergar no escuro.

— Tem alguém aí? — murmurou Rose.

Imediatamente ele saiu do vão da porta.

— Rose — disse ele.

Ela correu em sua direção. Norris a abraçou e sentiu vontade de rir enquanto a rodava, feliz por voltar a vê-la. Rose parecia não ter peso; era como se fosse mais leve que o ar. Naquele instante, ele soube que estariam ligados um ao outro para sempre. O mergulho no rio Charles tanto fora uma morte quanto um renascimento, e aquela era sua nova vida, com aquela jovem sem fortuna ou sobrenome ilustre, que nada tinha a lhe oferecer a não ser o amor.

— Sabia que viria — murmurou. — Eu sabia.

— Você precisa me ouvir.

— Não posso ficar em Boston. Mas não posso viver sem você.

— Isso é importante, Norris. Ouça!

Ele ficou imóvel. Mas não foi Rose quem o fez se calar, mas sim a silhueta de uma figura corpulenta que se movia em direção a eles, no outro extremo da rua Acorn.

O rumor de cascos fez Norris se voltar na direção oposta no exato momento em que uma carruagem com dois cavalos estacionava, bloqueando sua rota de fuga. A porta se abriu.

— Norris, você precisa confiar neles — disse Rose. — Você precisa confiar em *mim*.

Do beco atrás dele veio uma voz familiar.

— É o único meio, Sr. Marshall.

Atônito, Norris voltou-se para o homem de ombros largos que o encarava.

— Dr. Sewall?

— Sugiro que entre naquela carruagem se quiser viver — disse Sewall.

— São nossos amigos — disse Rose. Ela pegou a mão dele e puxou-o para a carruagem. — Por favor, vamos antes que alguém o veja.

Ele não tinha escolha. O que quer que o esperasse, Rose assim o queria, e ele confiava nela. A menina puxou-o em direção à carruagem.

O Dr. Sewall não embarcou. Em vez disso, fechou a porta e disse pela janela:

— Sucesso, Sr. Marshall. Espero que nos encontremos algum dia, sob circunstâncias mais amenas.

O condutor sacudiu as rédeas, e a carruagem começou a se mover.

Apenas quando Norris se acomodou para a viagem notou o homem dentro da carruagem, sentado diante dele e de Rose. O brilho de um poste iluminou o rosto do sujeito, e Norris nada pôde fazer a não ser olhá-lo, atônito.

— Não, isso não é uma prisão — disse o chefe de polícia Lyons.

— Então o que é? — perguntou Norris.

— É um favor para um velho amigo.

Saíram da cidade pela ponte de West Boston e atravessaram o vilarejo de Cambridge. Era a mesma rota pela qual Norris fora transportado como prisioneiro havia apenas algumas noites, mas aquela era uma viagem bem diferente, que ele fazia não com uma sensação de estar a caminho de sua desgraça, mas sim com esperança. Durante todo o caminho, a mão de Rose permaneceu entrelaçada na dele, como se lhe dizendo que estava tudo correndo de acordo com o planejado, que ele não precisava temer ser traído. Como pôde ter suspeitado dela? Esta jovem solitária ficou ao meu lado lealmente, sem hesitar, e eu não a mereço.

A cidade de Cambridge cedeu lugar ao escuro dos campos desertos. Moviam-se em direção ao norte, em direção a Somerville e Medford, passando por aldeias de casas escuras reunidas sob a lua invernal. Na periferia de Medford a carruagem finalmente entrou em um pátio com calçamento de seixos e parou.

O chefe de polícia Lyons abriu a porta e saiu da carruagem.

— Você ficará aqui até amanhã, quando receberá instruções de como chegar ao próximo esconderijo, mais ao norte.

Norris desceu da carruagem e olhou para uma casa-grande de fazenda. Havia velas iluminando as janelas, dando bruxuleantes boas-vindas aos viajantes.

— Que lugar é este? — perguntou.

Lyons não respondeu. Em vez disso, foi até a porta e bateu duas vezes, fez uma pausa e bateu outra vez.

Após um instante, a porta se abriu e uma senhora idosa com um gorro de renda olhou para fora, erguendo a lâmpada para olhar para o rosto dos visitantes.

— Temos um viajante — disse Lyons.

A mulher franziu as sobrancelhas para Norris e Rose.

— São fugitivos incomuns.

— As circunstâncias são incomuns. Eu o trouxe até aqui a pedido do Dr. Grenville. Tanto o Sr. Garrison quanto o Dr. Sewall concordaram com isso, e o Sr. Wilson também deu seu consentimento.

A velha finalmente assentiu e afastou-se para que os dois visitantes entrassem.

Norris viu-se no interior de uma cozinha antiga, o teto escuro pela fuligem de incontáveis refeições. Dominando uma das paredes havia uma enorme lareira na qual as brasas ainda brilhavam. Do teto pendiam feixes de ervas, molhos secos de lavanda, menta, artemísia e sálvia. Norris sentiu Rose puxar-lhe pela mão e apontar para o emblema entalhado em uma viga: um pelicano.

O chefe de polícia Lyons viu para o que olhavam e explicou:

— Este é um símbolo ancestral, Sr. Marshall, ao qual reverenciamos. O pelicano representa auto-sacrifício para um bem maior. Ele nos faz lembrar que, ao darmos, também recebemos.

A velha acrescentou:

— É o selo de nossa irmandade. A ordem das Rosas de Sharon.

Norris voltou-se para olhar para ela.

— Quem é você? O que é esse lugar?

— Somos rosa-cruzes, senhor. E este é um albergue para viajantes. Viajantes em busca de abrigo.

Norris pensou na casa modesta na rua Acorn, com os pelicanos entalhados no lintel. Lembrou-se de que William Lloyd Garrison era um dos cavalheiros que vira na casa naquela noite. E lembrou-se, também, dos boatos dos lojistas, que falavam de estranhos andando pela vizinhança tarde da noite, uma vizinhança que o chefe de polícia Lyons decretara estar fora dos limites das patrulhas da Ronda Noturna.

— São abolicionistas — disse Rose. — Esta casa é um esconderijo.

— Um entreposto — disse Lyons. — Um dos muitos que os rosa-cruzes estabeleceram entre o sul do país e o Canadá.

— Vocês abrigam escravos?

— Nenhum homem é escravo — disse a velha. — Nenhum homem tem o direito de possuir outro homem. Somos todos livres.

— Compreende agora por que esta casa e a casa na rua Acorn não devem ser mencionadas, Sr. Marshall? — perguntou Lyons.

— O Dr. Grenville nos assegurou que você apóia o movimento abolicionista. Se algum dia for capturado, não deve dizer uma palavra sobre tais entrepostos, pois ameaçará a vida de muita gente. Pessoas que já sofreram por dez vidas.

— Juro que nada revelarei — disse Norris.

— Estamos em um negócio perigoso — disse Lyons. — Agora mais do que nunca. Não podemos permitir que nossa rede seja descoberta, uma vez que muitos gostariam de nos destruir caso tivessem a oportunidade.

— Vocês são todos membros da ordem? Até mesmo o Dr. Grenville?

Lyons assentiu.

— Outro segredo que não deve ser revelado.

— Por que está me ajudando? Não sou um escravo fugido. Se você acredita no Sr. Pratt, sou um monstro.

Lyons riu com escárnio.

— E Pratt é um sapo. Eu o expulsaria da Ronda Noturna se pudesse, mas ele conseguiu alguma notoriedade aos olhos do público. Abra um jornal atualmente e lerá a respeito dos feitos do *heróico* Sr. Pratt, do *brilhante* Sr. Pratt. Na verdade, o sujeito é um imbecil. Sua prisão era para ser seu triunfo consagrador.

— E é por isso que você está me ajudando? Apenas para negar-lhe tal triunfo?

— Isso não valeria o trabalho que estou tendo. Não, nós o estamos ajudando porque Aldous Grenville está certo de sua inocência. Deixá-lo ser enforcado seria uma grande injustiça. — Lyons olhou para a velha. — Vou deixá-lo aqui, Sra. Goode. Amanhã, o Sr. Wilson voltará com provisões para a viagem. Não havia tempo para isso hoje à noite. De qualquer modo, amanhecerá em breve, e é melhor o Sr. Marshall esperar até a noite de amanhã para trilhar o próximo trecho do percurso. — Ele se voltou para Rose. — Vamos voltar para Boston, Srta. Connolly.

Rose pareceu perturbada.

— Não posso ficar com ele? — perguntou, os olhos cheios de lágrimas.

— Um viajante solitário se move com mais rapidez e segurança. É importante que o Sr. Marshall não se detenha por sua causa.

— Mas nos separaremos de modo tão súbito!

— Não há escolha. Uma vez que ele esteja em segurança, mandará buscá-la.

— Mas acabei de reencontrá-lo! Não posso ficar com ele apenas hoje à noite? Você disse que o Sr. Wilson virá amanhã. Voltarei para Boston com ele.

Norris apertou a mão de Rose com mais força e disse para Lyons:

— Não sei quando a verei novamente. Tudo pode acontecer. Por favor, permita-nos estas poucas horas juntos.

Lyons suspirou e assentiu.

— O Sr. Wilson estará aqui antes do meio-dia. Esteja pronta para partir com ele.

Ficaram deitados no escuro, sua cama iluminada apenas pelo luar que entrava pela janela, mas era luz bastante para Rose ver o rosto dele. Para saber que ele também estava olhando para ela.

— Promete que mandará nos buscar? — disse ela.

— Assim que estiver em segurança, escreverei para você A carta virá com outro nome, mas você saberá que é minha.

— Se eu pudesse ir com você agora...

— Não. Quero que fique em segurança na casa do Dr. Grenville, e não sofrendo em alguma maldita estrada ao meu lado. É um conforto saber que Meggie está sendo bem-cuidada. Realmente, você encontrou o melhor lugar possível.

— Eu sabia que você me mandaria escondê-la ali.

— Como você é esperta, Rose! Você me conhece tão bem.

Norris segurou o rosto de Rose, que suspirou ao sentir o calor das mãos dele.

— O melhor ainda nos espera. Você precisa acreditar nisso, Rose. Todas essas atribulações, todo esse sofrimento, só tornarão nosso futuro mais doce. — Gentilmente, ele pressionou os lábios contra os dela, um beijo que certamente faria o coração dela disparar. Em vez disso, porém, ela sentiu vontade de chorar, pois não sabia quando se encontrariam outra vez, se é que voltariam a se encontrar. Ela pensou na viagem que o esperava, nos entrepostos secretos e nas estradas invernais, todas levando a quê? Ela não conseguia vislumbrar o futuro, e era isso que a assustava. Antes, quando criança, sempre conseguia imaginar o que viria a seguir: os anos de trabalho como costureira, o rapaz que ela conheceria, os filhos que teriam. Mas agora, ao imaginar o futuro, ela nada via. Não se via morando com Norris, não via crianças ou felicidade. Por que o futuro subitamente se esvaíra? Por que ela não conseguia ver além daquela noite?

Será este o único tempo que teremos juntos?

— Você vai esperar por mim, não vai? — sussurrou Norris.

— Sempre..

— Não sei o que posso lhe oferecer afora uma vida de fugitivo. Sempre olhando por cima dos ombros, sempre esperando um caçador de recompensas. Não é o que você merece.

— Nem você.

— Mas você tem uma escolha, Rose. Tenho medo que algum dia você acorde e lamente tudo isso. Preferia que não nos encontrássemos de novo.

O luar iluminou as lágrimas dela.

— Você não fala a sério.

— Sim, falo, mas apenas porque você merece ser feliz. Quero que você tenha a chance de ter uma vida de verdade.

— É isso o que quer? — sussurrou Rose. — Que passemos a vida separados?

Ele não respondeu.

— Precisa me dizer agora, Norrie. Porque se não disser, ficarei esperando sua carta para sempre. Esperarei até meu cabelo ficar branco e abrirem minha cova. E, ainda assim, estarei esperando... — A voz dela falseou.

— Pare. Por favor, pare. — Ele a abraçou. — Se eu não fosse um egoísta, diria para você me esquecer. Diria para você procurar a felicidade em outro lugar. — Ele riu com tristeza. — Mas parece que não sou assim tão nobre. Sou egoísta e tenho ciúme de qualquer homem que você venha a ter e que venha a amá-la. Quero ser este homem.

— Então seja. — Ela estendeu a mão e agarrou a camisa dele. — *Seja.*

Rose não conseguia ver o futuro além daquelas poucas horas, e aquela noite podia ser todo o futuro que lhes restava. A cada batida de coração, podia sentir seu tempo se esvaindo, afastando-se para além do alcance de qualquer outra coisa que não fosse lembranças e lágrimas.

Então, ela aproveitou o tempo que tinham, sem desperdiçar um segundo. Com mãos trêmulas, abriu apressadamente os ganchos e laços de seu vestido, a respiração rápida e entrecortada. Tão pouco tempo! A manhã já se aproximava. Ela jamais fizera amor com um homem, mas de algum modo sabia como proceder. Sabia o que o agradaria, o que o ligaria a ela para sempre.

O luar, denso como creme de leite, iluminou-lhe os seios, os ombros nus, todos o lugares secretos, os lugares sagrados que nunca haviam mostrado um ao outro. É isso que uma mulher dá a um marido, pensou, e embora o choque da penetração tenha lhe tirado o fôlego, ela gostou daquilo porque era com dor que uma mulher marcava os triunfos de sua vida, na perda da virgindade e no nascimento de cada criança. *Você é meu marido agora.*

Mesmo antes de o dia clarear, ela ouviu o canto de um galo. Está despertando, pensou Rose. Bicho velho idiota, enganado pela lua, anunciando uma falsa aurora ao mundo ainda adormecido. Mas o que logo brilhou pela janela não foi uma falsa aurora, e ela abriu os olhos para ver que a escuridão se dissipara em uma manhã fria e acinzentada. Desesperada, viu o dia clarear, o céu azular. Se pudesse, deteria o avanço da manhã, mas já podia sentir a respiração de Norris mudando, sentiu que ele despertava dos sonhos que o haviam mantido tão profundamente adormecido ao seu lado.

Ele abriu os olhos e sorriu.

— Não é o fim do mundo — disse ele, vendo o rosto triste da companheira. — Sobreviveremos a isso

Ela afastou as lágrimas.

— E seremos felizes.

— Sim. — Rose tocou o rosto de Norris. — Muito felizes. Basta acreditar.

— Não acredito em mais nada. Apenas em você.

Lá fora, um cão latia. Norris levantou-se e foi olhar pela janela. Rose olhou para ele, as costas nuas emolduradas pela luz matinal, e ansiosamente memorizou cada curva, cada músculo. Isso será tudo o que terei para me consolar até voltar a ter notícias dele, pensou. A lembrança daquele instante.

— O Sr. Wilson está aqui para buscá-la — disse Norris.

— Tão cedo?

— Precisamos descer para nos encontrarmos com ele. — Norris voltou para perto da cama. — Não sei quando terei outra chance para dizer isso. Portanto, deixe-me dizer agora. — Ele se ajoelhou no chão ao lado dela e segurou-lhe a mão. — Eu a amo, Rose Connolly, e desejo passar minha vida ao seu lado. Quero que se case comigo.

Ela olhou para ele através das lágrimas.

— Casarei, Norrie. Oh, eu casarei.

Ele apertou a mão dela e sorriu ao ver o anel barato de Aurnia, que jamais deixara o dedo de Rose.

— E prometo que o próximo anel que ganhar não será um pedaço de latão e vidro.

— Não me importo com anéis. Só quero você.

Rindo, ele a abraçou.

— Você será uma mulher fácil de sustentar!

Uma batida forte à porta fez com que ambos se assustassem. Ouviram a voz da velha do outro lado:

— O Sr. Wilson chegou. Ele precisa voltar imediatamente a Boston; portanto, é melhor a jovem descer. — Ouviram os passos da velha descendo a escada.

Norris olhou para Rose.

— Eu prometo, esta será a última vez que nos separaremos — disse ele. — Mas agora, amor, é hora de partir.

32

Oliver Wendell Holmes estava no salão da casa de Edward Kingston, com Kitty Welliver à sua esquerda e a irmã dela, Gwendolyn, à sua direita, e achou que ser preso no inferno seria mais tolerável. Se soubesse que as irmãs Welliver iriam visitar Edward naquele dia, teria evitado a casa do amigo por mais de uma semana. Mas é muito rude chegar à casa de alguém e imediatamente sair correndo, gritando em desespero. De qualquer modo, quando considerou tal opção, já era tarde demais, porque Kitty e Gwen pularam das cadeiras onde estavam comportadamente sentadas e cada uma agarrou-lhe um braço, puxando Wendell até o salão como aranhas famintas rebocando a próxima refeição. Estou perdido, pensou, enquanto equilibrava uma xícara de chá sobre o colo, sua terceira naquela tarde. Estaria preso ali pelo resto do dia, até alguém ser obrigado a encerrar a visita por vontade de ir ao banheiro.

Contudo, as duas jovens pareciam ter bexigas de aço, pois bebiam alegremente xícara após xícara de chá enquanto fofocavam com Edward e sua mãe. Não querendo encorajá-las, Wendell permaneceu em silêncio a maior parte do tempo, o que não incomodou as irmãs nem um pouco, uma vez que raramente davam tempo para alguém dizer uma palavra. Se uma das irmãs parasse de falar para respirar, a outra começava a contar outra fofoca ou fazia alguma observação maliciosa, um fluxo interminável de palavras, limitado apenas pela necessidade de respirar.

— Ela me disse que foi uma travessia horrível e que quase morreu. Mas então falei com o Sr. Carter, e ele disse que não foi nada, apenas uma pequena tempestade no Atlântico. Portanto, ela estava exagerando de novo...

— ...como sempre. Ela *sempre* exagera. Como naquela vez em que *insistiu* que o Sr. Mason era um arquiteto mundialmente famoso. Depois, viemos a descobrir que ele havia construído apenas uma ópera na Virginia, um trabalho longe de ser impressionante, como me disseram, e certamente não do nível do Sr. Bulfinch...

Wendell conteve um bocejo e olhou pelas janelas enquanto as irmãs tagarelavam sobre gente absolutamente desinteressante. Há um poema aqui, pensou. Um poema sobre meninas inúteis trajando vestidos elegantes. Vestidos costurados por outras meninas. Meninas invisíveis.

— ...e me asseguraram que os caçadores de recompensas vão acabar capturando-o — disse Kitty. — Ah, eu sabia que havia algo de errado com ele. Eu podia *sentir* o mal.

— Eu também! — disse Gwen. — Naquela manhã na igreja, sentada ao lado dele... bem, fiquei arrepiada.

A atenção de Wendell voltou às irmãs.

— Estão falando do Sr. Marshall?

— Claro. Não se fala de outra coisa. Mas você esteve em Cambridge nos últimos dias, Sr. Holmes; portanto, não ouviu os boatos.

— Ouvi o bastante em Cambridge, obrigado.

— Não é chocante? — perguntou Kitty. — Pensar que jantamos e dançamos com um assassino? E *que* assassino! Arrancar o rosto de alguém! Cortar a língua de outra pessoa!

Conheço duas mulheres de quem cortaria a língua com prazer.
— Ouvi dizer — disse Gwen, os olhos iluminados de excitação — que ele tem uma cúmplice, uma irlandesa. — Ela baixou a voz para dizer a frase seguinte. — Uma *aventureira.*
— Pois ouviram besteiras! — rebateu Wendell.
Gwen olhou para ele, chocada com a rispidez de seu aparte.
— Suas garotas idiotas! Não fazem idéia do que estão falando. Nenhuma das duas.
— Ah, não! — exclamou a mãe de Edward rapidamente. — O bule de chá está vazio. Acho que vou pedir mais. — Ela pegou um sino e o balançou com vigor.
— Mas nós sabemos o que estamos dizendo, Sr. Holmes — disse Kitty. Seu orgulho estava em jogo, e isso superava qualquer tentativa de ser cortês. — Temos fontes intimamente ligadas à Ronda Noturna.
— Suponho que seja a esposa fofoqueira de alguém.
— Bem, isso foi um tanto indelicado.
A Sra. Kingston voltou a tocar o sino para chamar a empregada, desta vez em desespero.
— Onde *está* essa menina? Precisamos de chá fresco!
— Wendell — disse Edward, tentando pôr panos quentes na conversa. — Não precisa ficar ofendido. Estamos apenas conversando.
— *Apenas?* Elas estão falando de Norris. Você sabe tão bem quanto eu que ele seria incapaz de cometer tais atrocidades.
— Então, por que fugiu? — perguntou Gwen. — Por que pulou da ponte? Certamente, este é um gesto de alguém culpado.
— Ou amedrontado.
— Se ele é inocente, devia ter ficado e se defendido.
Wendell riu.
— De gente como vocês?

— Realmente, Wendell — disse Edward. — Acho melhor mudarmos de assunto.

— Onde *está* essa menina? — perguntou a Sra. Kingston, erguendo-se. Foi até a porta. — Nellie, está surda? *Nellie!* Queremos mais chá imediatamente. — Ela bateu a porta com força e voltou à cadeira. — Vou lhes dizer, é impossível encontrar bons serviçais hoje em dia.

As irmãs Welliver ficaram sentadas em silêncio, ressentidas, nenhuma das duas olhando para Wendell. Ele avançara o limite do comportamento de um cavalheiro, e esta era sua punição: ser ignorado.

Como se eu me importasse com conversas idiotas, pensou. Ele baixou a xícara sobre o pires.

— Agradeço-lhe o chá, Sra. Kingston — disse ele. — Mas infelizmente devo ir embora.

Ele se levantou. Edward também.

— Oh, mas há um bule de chá fresco a caminho! — Ela olhou para a porta. — Caso aquela desmiolada faça seu serviço direito.

— A senhora está certa — disse Kitty, ignorando propositalmente a existência de Wendell. — Não há serviçais decentes hoje em dia. Nossa mãe passou um aperto em maio passado, depois que nossa camareira foi embora. Estava conosco havia apenas três meses quando fugiu para se casar, sem aviso prévio. Simplesmente nos abandonou, deixando-nos na mão.

— Que irresponsabilidade!

— Boa tarde, Sra. Kingston — disse Wendell. — Srta. Welliver, Srta. Welliver.

A anfitriã respondeu com um menear de cabeça, mas as irmãs o ignoraram. Continuaram a falar enquanto ele e Edward caminhavam em direção à porta.

— E você sabe como é difícil encontrar serviçais decentes hoje em dia em Providence. Aurnia não era nenhuma maravilha, mas ao menos sabia como manter nossos guarda-roupas em ordem.

Wendell estava a ponto de sair do salão quando parou subitamente. Ao se voltar, olhou para Gwen, que continuava a tagarelar.

— Demorou um mês até encontrarmos alguém para substituí-la. Mas, àquela altura, já era junho, hora de fazermos as malas para irmos para nossa casa de veraneio em Weston.

— O nome dela era Aurnia? — perguntou Wendell.

Gwen olhou ao redor, como se estivesse procurando quem lhe dirigira a palavra.

— Sua camareira — disse ele. — Fale-me sobre ela.

Gwen encarou-o com frieza.

— Qual o seu interesse neste assunto, Sr. Holmes?

— Era jovem? Bonita?

— Tinha mais ou menos a nossa idade, não é, Kitty? Quanto à beleza... bem, depende dos padrões de cada um.

— E o cabelo dela... era de que cor?

— Por qual motivo você...

— *Qual era a cor?*

Gwen deu de ombros.

— Ruivo. Muito chamativo, é verdade. Mas essas meninas de cabelo vermelho tendem a ser repletas de sardas.

— Sabe para onde ela foi? Onde ela está agora?

— Por que deveríamos? Aquela garota idiota não nos dirigia a palavra.

— Acho que mamãe deve saber — disse Kitty. — Só que ela não nos diria, porque este não é o tipo de coisa que se fala para gente educada.

Gwen olhou ressentida para a irmã.

— Por que não me disse isso antes? Eu conto *tudo* para você!

— Wendell, você me parece preocupado demais com uma simples camareira — disse Edward.

Wendell voltou à cadeira e se sentou diante das evidentemente atônitas irmãs Welliver.

— Gostaria que me contassem tudo de que se lembram sobre esta menina, a começar pelo nome completo dela. Seria Aurnia Connolly?

Kitty e Gwen olharam-se, atônitas.

— Bem, Sr. Holmes, como sabe disso? — perguntou Kitty.

— Há aqui um cavalheiro que deseja vê-la — disse a Sra. Furbush.

Rose ergueu a cabeça das ceroulas que remendava. A seus pés havia uma cesta de roupas que ela consertara naquele dia: uma saia da Sra. Lackaway com a bainha solta, uma calça do Dr. Grenville com o bolso rasgado e todas as camisas, blusas e coletes que precisavam de botões pregados e bainhas costuradas. Desde que voltara para a casa naquela manhã, concentrara toda a sua tristeza em um frenesi de remendar e costurar, única habilidade que tinha para retribuir a gentileza daquela gente para com ela. Durante toda a tarde, permanecera sentada naquele canto da cozinha, costurando em silêncio, a tristeza estampada de modo tão evidente em sua face que os outros criados respeitaram sua privacidade. Ninguém a incomodara, sequer tentara falar com ela. Até então.

— Há um cavalheiro à porta dos fundos — disse a Sra. Furbush.

Rose jogou a ceroula na cesta e levantou-se. Ao atravessar a cozinha, sentiu a governanta observando-a com curiosidade e, ao chegar à porta, compreendeu por quê.

Wendell Holmes estava à entrada de serviço, um lugar estranho para um cavalheiro bater à porta de alguém.

— Sr. Holmes — disse Rose. — Por que veio pelos fundos?

— Preciso falar com você.

— Entre. O Dr. Grenville está em casa.

— É um assunto particular, só você deve saber. Podemos conversar lá fora?

Ela olhou por sobre os ombros e viu a governanta olhando em sua direção. Sem dizer palavra, saiu e fechou a porta da cozinha atrás de si. Ela e Wendell foram até o pátio ao lado da casa, onde as árvores nuas projetavam sombras esqueléticas à luz fria do poente.

— Sabe onde Norris está? — perguntou Wendell.
Ela hesitou.
— Isso é urgente, Rose. Se souber, você *tem* de me dizer.
Ela balançou a cabeça em negativa.
— Eu prometi.
— Prometeu para quem?
— Não posso faltar com minha palavra. Não posso contar. Nem mesmo para você.
— Então você *sabe* onde ele está?
— Ele está em segurança, Sr. Holmes. Está em boas mãos.
Ele a agarrou pelos ombros.
— Foi o Dr. Grenville quem armou a fuga?
Ela olhou para os olhos desesperados de Wendell.
— Podemos confiar nele, não podemos?
Wendell emitiu um gemido.
— Então já deve ser tarde demais para Norris.
— Por que diz isso? Você está me assustando.
— Grenville jamais deixaria Norris viver para ir a julgamento. Muitos segredos seriam revelados, segredos terríveis que destruiriam esta família. — Ele ergueu a cabeça e olhou para a casa imponente de Aldous Grenville.
— Mas o Dr. Grenville sempre defendeu Norris.
— Já se perguntou por que um homem tão influente arriscaria sua reputação defendendo um aluno sem nome ilustre, sem ligações familiares?
— Porque Norris é inocente! E porque...

— Ele fez isso para afastá-lo do tribunal. Acho que ele quer que Norris seja julgado pelo tribunal da opinião pública, pelas primeiras páginas dos jornais. Ali, ele já é considerado culpado. Basta um caçador de recompensas para cuidar da execução. Você sabe que há um prêmio pela cabeça dele?

Ela engoliu as lágrimas.

— Sim.

— Tudo terminará de modo muito conveniente quando o Estripador de West End for encontrado morto.

— Por que o Dr. Grenville faria isso? Por que ele se voltaria contra Norris?

— Não há tempo para explicar agora. Apenas me diga onde está Norris, para que eu possa adverti-lo.

Ela olhou para ele, sem saber o que fazer. Ela jamais duvidara de Wendell Holmes anteriormente, mas agora, ao que parecia, devia duvidar de todo mundo, mesmo daqueles em quem mais confiava.

— Esta noite — disse ela — ele deixará Medford e viajará para o norte, na estrada para Winchester.

— Seu destino?

— A cidade de Hudson. O moinho junto ao rio. Há um pelicano entalhado no portão.

Ele assentiu.

— Com alguma sorte eu o alcanço antes de ele chegar a Hudson. — Wendell se voltou para sair, então parou e olhou de novo para Rose. — Nem uma única palavra com Grenville — advertiu. — Acima de tudo, não diga para ninguém onde está o bebê. Meggie deve continuar escondida.

Ela o viu correr pelo pátio lateral e um instante depois ouviu os cascos de um cavalo se afastando. O sol já baixava no céu, e logo Norris pegaria a estrada para Winchester. Que hora melhor senão após o escurecer para emboscar um viajante solitário?

Rápido, Wendell. Seja o primeiro a encontrá-lo.

Uma lufada de vento varreu o pátio lateral, levantando folhas e poeira, e ela instintivamente semicerrou as pálpebras. Através de olhos quase fechados, viu algo se mover pela calçada. O ventou parou, e ela olhou para o cão que entrara pelo portão da rua Beacon. O animal cheirou os arbustos e arranhou as cinzas espalhadas na calçada escorregadia. Então, ergueu uma pata, aliviou-se ao pé de uma árvore e voltou a sair pelo portão. Ao vê-lo sair do pátio, subitamente se sentiu como se já tivesse vivido aquele momento. Ou um instante muito semelhante.

Embora tivesse sido à noite. Com aquela imagem, veio-lhe uma sensação de profunda tristeza, uma lembrança de dor tão terrível que Rose desejou afastar da memória, de volta ao buraco negro das mágoas esquecidas. Mas apegou-se à lembrança, teimosamente agarrando-se àquele fio frágil, até ser levada de volta ao instante no tempo em que estava diante da janela, segurando a sobrinha recém-nascida e olhando para a noite. Ela se lembrou do tílburi chegando ao pátio do hospital. Lembrou-se de Agnes Poole saindo das trevas para falar com o ocupante do tílburi.

E lembrou-se de outro detalhe: o cavalo inquieto, seus cascos batendo contra o calçamento enquanto o cão passava ao largo. Um cão grande cuja silhueta se destacava contra os seixos brilhantes.

Aquele era o cachorro de Billy. Estaria Billy por perto naquela noite?

Ela atravessou o portão e estava a ponto de sair pela rua Beacon quando ouviu uma voz que a deixou paralisada.

— Srta. Connolly?

Ela se voltou e viu o Dr. Grenville à porta da frente da casa.

— A Sra. Furbush disse que o Sr. Holmes veio visitá-la. Onde ele está?

— Ele... ele já foi, senhor.

— Sem nem mesmo falar comigo? Isso é muito peculiar. Charles ficará desapontado ao saber que o amigo foi embora sem falar com ele.

— Ele ficou só um instante.

— Por que veio? E por que diabos bateria à porta dos fundos?

Ela corou sob seu olhar.

— Ele só parou para saber como eu estava, senhor. Ele não queria incomodá-lo tão perto da hora do jantar.

Grenville observou-a um instante. Ela não conseguiu ler a expressão do rosto dele e esperava que ele não conseguisse ler a dela.

— Quando vir o Sr. Holmes outra vez, diga-lhe que suas visitas nunca serão um incômodo — disse Grenville. — Seja dia ou noite.

— Sim, senhor — murmurou Rose.

— Acho que a Sra. Furbush está procurando por você — disse Grenville antes de voltar para casa.

Ela olhou para a rua Beacon. O cão havia desaparecido.

33

Era quase meia-noite quando a casa finalmente ficou em silêncio.

Deitada em seu catre na cozinha, Rose esperou que as vozes no andar de cima se calassem, que o ranger de passos cessasse. Somente então ela se levantou e vestiu a capa. Saiu furtivamente pela porta dos fundos e caminhou junto à lateral da casa, mas justo quando estava a ponto de emergir no pátio da frente, ouviu a aproximação de uma carruagem e voltou a se ocultar nas sombras.

Alguém bateu à porta da frente.

— Doutor, precisamos do senhor!

Um instante depois a porta se abriu e o Dr. Grenville perguntou:

— O que houve?

— Um incêndio, senhor, perto do cais de Hancock! Dois prédios arderam, não sabemos quantos feridos. O Dr. Sewall pediu sua ajuda. Minha carruagem o aguarda, senhor, se puder vir agora.

— Deixe-me pegar minha maleta.

Um instante depois, a porta da frente bateu e a carruagem se foi.

Rose emergiu de seu esconderijo e saiu pelo portão da frente, ganhando a rua Beacon. No horizonte à sua frente, o céu noturno estava iluminado por um vermelho alarmante. Uma carroça passou em direção ao cais em chamas. Dois jovens corriam a pé ao seu lado, ansiosos para ver o espetáculo. Ela não os seguiu. Em vez disso, subiu o aclive suave de Beacon Hill em direção à vizinhança conhecida como West End.

Vinte minutos depois, entrou no pátio de um estábulo e abriu a porta de uma cocheira. No escuro, ouviu o cacarejar de galinhas e sentiu cheiro de cavalos e de feno.

— Billy? — murmurou.

O menino não respondeu. Mas em algum lugar lá em cima, no sótão do celeiro, um cão ganiu.

Ela caminhou em meio à penumbra até encontrar a escada estreita. Viu a magra silhueta de Billy emoldurada pela janela. O menino olhava para o brilho vermelho a leste.

— Billy? — murmurou Rose.

Ele se voltou.

— Srta. Rose, veja! Um incêndio!

— Eu sei. — Ela subiu até o sótão, e o cão veio lamber-lhe as mãos.

— Está aumentando. Acha que pode chegar até aqui? Devo pegar um balde de água?

— Billy, preciso perguntar uma coisa para você.

Mas ele não lhe deu atenção. Seu olhar estava fixo no brilho do fogo. Rose tocou-lhe o braço e sentiu que o menino tremia.

— É no cais — disse ela. — Não pode chegar aqui.

— Sim, pode. Vi um fogo queimar meu pai, veio do teto. Se eu tivesse um balde, poderia tê-lo salvado. Se ao menos eu tivesse um balde.

— Seu pai?

— Ficou preto, Srta. Rose, como carne assada. Quando acender uma vela, deve sempre ter um balde de água ao seu lado.

A leste, o brilho aumentou e uma chama se ergueu, arranhando o céu noturno como um forcado amarelo. O menino se afastou da janela como se estivesse pronto para fugir.

— Billy, preciso que se lembre de algo. É importante.

Ele continuou olhando para a janela, como se estivesse com medo de dar as costas ao inimigo.

— Na noite em que Meggie nasceu, um tílburi foi até o hospital para levá-la. A enfermeira Poole disse que era alguém do orfanato, mas ela estava mentindo. Acho que ela mandou um recado para o pai de Meggie. O *verdadeiro* pai de Meggie.

Ele continuava não estava prestando atenção.

— Billy, vi seu cão no hospital naquela noite; portanto, sei que você também esteve lá. Você deve ter visto o tílburi no pátio. — Ela agarrou o braço dele. — Quem foi buscar o bebê?

Finalmente Billy olhou para ela, e Rose viu seu rosto atônito iluminado pelo brilho que vinha da janela.

— Eu não sei. Foi a enfermeira Poole quem escreveu o bilhete.

— Que bilhete?

— O que ela me pediu para entregar para ele.

— Ela lhe pediu para entregar um bilhete?

— Disse que eu ganharia meio dólar se fosse rápido.

Ela olhou para o menino. Um menino que não sabia ler. Que melhor mensageiro que Billy Obtuso, alguém que entregaria sem pestanejar qualquer encomenda em troca de algumas moedas e de um tapinha nas costas?

— Para onde ela mandou você levar o bilhete? — perguntou Rose.

Billy voltou a olhar para as chamas.

— Está aumentando. Está vindo para cá.

— Billy. — Ela o balançou com força. — Mostre-me para onde você levou o bilhete.

Ele concordou, afastando-se da janela.

— É longe do incêndio. Estaremos seguros lá.

Ambos desceram a escada e saíram do celeiro. O cão os seguiu, rabo abanando, enquanto subiam a encosta norte de Beacon Hill. Freqüentemente, Billy parava para olhar para o leste, para ver se as chamas os estavam seguindo.

— Tem certeza de que se lembra da casa? — perguntou Rose.

— Claro. A enfermeira Poole disse que eu ganharia meio dólar. Mas não ganhei. Fui até lá, mas o cavalheiro não estava em casa. Mas eu queria o meu meio dólar, e por isso entreguei o bilhete para a empregada. Ela bateu a porta na minha cara. Menina idiota! Não ganhei o meio dólar. Voltei para falar com a enfermeira Poole, mas ela também não me pagou.

— Para onde estamos indo?

— Por aqui. Você sabe.

— Eu não sei.

— Sim, sabe.

Desceram a colina até a rua Beacon. Outra vez, Billy olhou para o leste. O céu estava iluminado por um sinistro brilho alaranjado e a fumaça soprava em sua direção, trazendo no ar o cheiro da catástrofe.

— Rápido — disse ele. — O fogo não pode atravessar o rio.

Ele começou a subir a rua Beacon, aproximando-se gradativamente da represa do moinho.

— Billy, mostre-me onde entregou o bilhete. Leve-me *direto* à porta!

— É aqui.

Ele abriu um portão e entrou em um pátio. O cão o seguiu.

Rose parou no meio da rua e olhou chocada para a casa do Dr. Grenville.

— Bati à porta dos fundos — disse ele. Billy entrou e sumiu em meio às sombras. — Foi aqui que eu trouxe o bilhete, Srta. Rose!

Ela continuou paralisada onde estava. *Então este era o segredo que Aurnia contara no berçário naquela noite.*
Ela ouviu o cão rosnar.
— Billy? — chamou Rose e foi atrás dele pelo pátio lateral. Estava muito escuro, e ela não conseguia vê-lo. Por um instante, hesitou, o coração disparado enquanto espreitava a escuridão. Deu alguns passos à frente e o cão veio se arrastando em sua direção, rosnando, o pêlo do pescoço eriçado.
O que havia de errado com ele? Por que estava com medo dela?
Rose parou de súbito enquanto um calafrio lhe subia pela espinha. O cão não estava rosnando para ela, mas sim para algo que estava *atrás* dela.
— Billy? — chamou Rose.
E se virou.

— Não quero mais sangue derramado. E veja se mantém minha carruagem limpa. Já está uma bagunça aqui, e ainda precisarei lavar este caminho antes de o dia clarear.
— Não vou fazer isso sozinho. Se quiser que seja feito, senhora, terá de participar.
Em meio à dor que martelava sua cabeça, Rose ouvia vozes abafadas, mas não podia ver quem estava falando. Ao abrir os olhos, confrontou-se com uma escuridão densa como a de um túmulo. Havia algo pesando sobre ela, tão pesado que ela não conseguia se mover, mal podia respirar. As duas vozes continuaram a argumentar, perto o bastante para ela ouvir cada sussurro.
— E se eu for parado na estrada? — perguntou o homem.
— E se alguém me vir com essa carruagem? Não tenho por que a estar dirigindo. Mas se você estiver comigo...
— Eu já lhe paguei muito dinheiro para cuidar disso.
— Não o bastante para eu me arriscar à forca. — O homem fez uma pausa ao ouvir o rosnado do cachorro de Billy. — Cão

desgraçado — disse ele. O cão emitiu um grito de dor e se afastou dali, ganindo.

Rose fez força para respirar e sentiu cheiro de lã suja e de um corpo não lavado, odores que lhe eram familiares. Conseguiu livrar um braço e tateou o volume que estava deitado sobre ela. Tocou botões e lã. Suas mãos passaram por um colarinho puído e, subitamente, tocaram pele humana. Sentiu um maxilar aberto e inerte e um queixo com os primeiros pêlos de uma barba incipiente. Então, sentiu algo pegajoso que envolveu seus dedos com um forte cheiro de ferrugem.

Billy.

Rose cutucou-lhe o rosto, mas ele não se moveu. Somente então percebeu que Billy não estava respirando.

— ...ou você vem comigo, ou nada feito. Não vou arriscar meu pescoço por isso.

— Você se esqueceu, Sr. Burke, do que sei sobre você.

— Então, diria que estamos quites. Depois de hoje à noite.

— Como ousa? — A voz da mulher se exaltou, e Rose subitamente a reconheceu. *Eliza Lackaway.*

Houve uma longa pausa. Então, Burke riu.

— Vamos, vá em frente. Atire em mim. Acho que não ousaria fazê-lo. Assim, acabaria com três corpos dos quais se livrar.

— Rose ouviu-o rir com desdém e se afastar.

— Certo — disse Eliza. — Irei com você.

— Suba lá atrás, junto com eles — resmungou Burke. — Se alguém nos parar, você livra nossa cara.

Rose ouviu a porta da carruagem se abrir e sentiu o veículo inclinar-se para o lado ao receber o peso extra. Eliza fechou a porta.

— Vamos, Sr. Burke.

Mas a carruagem não se moveu.

— Temos um problema, Sra. Lackaway. Uma testemunha.

— O quê? — exclamou Eliza, sobressaltada. — Charles — murmurou ela em seguida. E saltou da carruagem. — Você não devia sair da cama! Volte imediatamente para casa.

— Por que está fazendo isso, mãe? — perguntou Charles.

— Há um incêndio nas docas, querido. Estamos levando a carruagem até lá para o caso de precisarem transportar os feridos.

— Não é verdade. Eu a vi, mãe, de minha janela. Vi o que você embarcou na carruagem.

— Charles, você não entende.

— Quem são?

— Não importa.

— Então por que os matou?

Houve um longo silêncio.

— Ele é uma testemunha — disse Burke.

— Ele é meu *filho*! — Eliza inspirou profundamente, e ao falar, outra vez soou calma e controlada. — Charles, estou fazendo isso para o seu bem. Para o seu futuro.

— O que o meu futuro tem a ver com o assassinato de duas pessoas?

— Eu *não* vou tolerar outro bastardo dele! Limpei a sujeira de meu irmão há dez anos e o farei outra vez agora.

— Do que está falando?

— Estou protegendo sua herança, Charles. Veio de meu pai e pertence a você. Não permitirei que um centavo sequer acabe nas mãos do filho de uma *camareira*!

Houve um longo silêncio. Então, com uma voz atônita, Charles perguntou:

— O bebê é filho do meu tio?

— Chocado? — Ela riu. — Meu irmão não é santo e, no entanto, recebe todos os méritos. Eu era apenas a filha, feita para casar *e dar o fora*. Você é a minha realização, querido. Não deixarei que destruam seu futuro. — Eliza voltou a entrar na carruagem. — Agora, vá para a cama.

— E a criança? Você mataria um bebê?

— Apenas a menina sabia onde ele está escondido. O segredo morreu com ela. — Eliza fechou a porta da carruagem. — Agora, deixe-me terminar isso. Vamos, Sr. Burke.

— Qual caminho? — perguntou Burke.

— Para longe do incêndio. Haverá muita gente por lá. Vá para o oeste. Estará mais tranqüilo na ponte de Prison Point.

— Mãe — chamou Charles, a voz em desespero. — Se fizer isso, não será em meu nome. *Nada* disso está sendo feito em meu nome!

— Mas você vai aceitar. E um dia me agradecerá.

A carruagem se afastou. Presa embaixo do corpo de Billy, Rose permaneceu completamente imóvel, sabendo que, caso se movesse, caso Eliza descobrisse que ela ainda estava viva, bastaria um golpe em sua cabeça para terminar o trabalho. Que pensassem que estava morta. Poderia ser sua única chance de fuga.

Em meio ao ruído das rodas da carruagem, ouvia vozes de gente na rua, o barulho de outros veículos passando por perto. O fogo atraía a multidão para o leste, em direção ao cais em chamas. Ninguém notaria aquela carruagem solitária, movendo-se lentamente para o oeste. Ela ouviu os latidos insistentes de um cão — o cachorro de Billy, corrend0 atrás do corpo do dono.

Ela dissera para o homem seguir para o oeste. Em direção ao rio.

Rose pensou em um cadáver que ela vira ser içado no porto. Era verão, e quando o corpo do afogado subiu à superfície, um pescador o tirou da água e o levou até o quebra-mar. Rose se juntara à multidão para ver o cadáver, e o que vira naquele dia tinha pouca semelhança com um ser humano. Os peixes e caranguejos haviam comido toda a carne, esvaziado as órbitas dos olhos, sua barriga estava inchada, a pele esticada como um tambor.

É isso que acontece com o corpo de um afogado.

A cada ranger da roda da carruagem, Rose chegava mais perto da ponte, mais perto da queda final. Agora, ouvia os cascos dos cavalos chocando-se contra madeira e sabia que começavam a atravessar a movimentada ponte do canal, indo em direção a Lechmere Point. Seu destino final era a ponte de Prison Point, muito mais tranqüila. Lá, os dois corpos seriam jogados na água e ninguém perceberia. O pânico fez o coração de Rose bater como o de um animal selvagem em fuga. Já se sentia afogando, tentando respirar desesperadamente.

Rose não sabia nadar.

34

— Aurnia Connolly era camareira na casa das Welliver, em Providence — disse Wendell. — Após três meses no emprego, deixou o cargo abruptamente. Isso foi em maio.

— Maio? — perguntou Norris, compreendendo o significado da data.

— Àquela altura, devia estar ciente de sua condição. Logo em seguida, casou-se com um alfaiate que ela já conhecia. O Sr. Eben Tate.

Norris olhou ansioso para a estrada escura à sua frente. Segurava as rédeas da carruagem de dois passageiros de Wendell, e nas últimas duas horas eles haviam exigido muito do cavalo. Agora, aproximavam-se do vilarejo de Cambridge, e Boston estava a apenas uma ponte de distância.

— Kitty e Gwen me disseram que sua camareira era ruiva — continuou Wendell. — Que tinha 19 anos e era bem bonita.

— O bastante para atrair a atenção de um hóspede?

— O Dr. Grenville visitou os Welliver em março. Foi o que as irmãs me contaram. Ficou lá duas semanas, tempo durante o qual elas perceberam que ele freqüentemente ficava acordado até tarde, lendo no salão. Depois que os outros iam dormir.

Em março, mês em que a filha de Aurnia fora concebida.

A carroça em movimento subitamente caiu em um buraco na estrada, e os dois precisaram se agarrar para não cair.

— Devagar, pelo amor de Deus! — disse Wendell. — Não podemos quebrar um eixo aqui. Assim tão perto de Boston alguém pode reconhecê-lo.

Mas Norris não reduziu a velocidade, embora o animal já estivesse muito ofegante e ainda tivessem uma longa jornada a cumprir naquela noite.

— É loucura você voltar à cidade — disse Wendell. — Devia estar longe daqui a esta altura.

— Não deixarei Rose com ele. — Norris inclinou-se para a frente, como se isso fizesse o cavalo correr mais. — Achei que ela estaria mais segura lá. Achei que a estava protegendo. Em vez disso, entreguei-a ao assassino.

A ponte sobre o rio Charles surgiu à frente da carruagem. Bastava atravessar aquela ponte, e Norris estaria de volta à cidade da qual fugira na véspera. Naquela noite, porém, a cidade estava diferente. Ele obrigou o cavalo a desacelerar a marcha e olhou por sobre as águas para o brilho alaranjado no céu noturno. Na margem oeste do rio Charles, uma multidão pequena, embora muito excitada, se reunia para observar as chamas que iluminavam o horizonte. Mesmo àquela distância do incêndio, o ar cheirava a fumaça.

Um menino passou correndo por eles, e Wendell perguntou:

— Onde é o incêndio?

— Dizem que é nas docas de Hancock! Estão chamando voluntários para ajudar a apagar!

O que significava que haveria menos gente na cidade, pensou Norris. Menos chance de eu ser reconhecido. Contudo, ergueu o colarinho do sobretudo e baixou a borda do chapéu quando começaram a atravessar a ponte de West Boston.

— Vou entrar na casa para buscá-la — disse Wendell. — Você fica com o cavalo.

Norris olhou adiante, as mãos agarrando as rédeas.

— Nada pode dar errado. Apenas tire Rose daquela casa.

Wendell segurou o braço do amigo.

— Quando der por si, ela estará sentada aqui ao seu lado. Então, poderão ir embora juntos. — Fez uma pausa e acrescentou com tristeza: — Com meu cavalo.

— De algum modo eu o devolverei. Eu juro, Wendell.

— Bem, Rose certamente acredita em você. Para mim é o bastante.

E eu acredito nela.

O cavalo deixou a ponte e entrou na rua Cambridge. O brilho do incêndio nas docas estava bem adiante, e a rua parecia sobrenaturalmente vazia, o ar adensado pela fumaça e pela fuligem. Uma vez que ele e Rose saíssem da cidade, iriam para o oeste buscar Meggie. Ao amanhecer, estariam longe de Boston.

Ele voltou o cavalo para o sul, em direção à rua Beacon, que também estava deserta e onde o cheiro de fumaça era ainda mais forte. O ar parecia estar se fechando ao redor de Norris como um laço que se estreitava. A casa de Grenville ficava logo adiante e, ao se aproximarem do portão da frente, o cavalo subitamente recuou, assustado por uma sombra. Norris puxou as rédeas e a carroça balançou perigosamente, mas ele conseguiu recuperar o controle. Somente então viu o que assustara o animal.

Charles Lackaway, vestindo apenas ceroulas, estava no pátio da frente, olhando para Norris com olhos atônitos.

— Você voltou — murmurou.

Wendell pulou da carroça.

— Apenas deixe que ele leve Rose e não diga nada para ninguém. Por favor, Charlie. Deixe-a ir com ele.

— Não posso.

— Pelo amor de Deus, você era meu *amigo*. Tudo o que ele quer é levar Rose.

— Eu acho... — a voz de Charles tremulou, chorosa. — Eu acho que ela a matou.

Norris pulou da carroça. Agarrando o colarinho de Charles, encostou-o contra a cerca.

— Onde está Rose?

— Minha mãe... Ela e aquele homem a levaram...

— *Para onde?*

— Para a ponte de Prison Point — murmurou Charles. — Acho que é tarde demais.

Em um instante, Norris estava de volta à carruagem. Não esperou por Wendell: o cavalo se moveria com mais rapidez com apenas um passageiro. Estalou o chicote e o cavalo partiu a galope.

— Espere! — gritou Wendell, correndo atrás dele.

Mas Norris apenas chicoteou o cavalo com mais força.

A carruagem parou.

Imprensada contra o chão, presa sob o corpo de Billy, Rose não conseguia sentir as próprias pernas. Estavam dormentes e inúteis, membros mortos que bem poderiam pertencer ao cadáver de Billy. Ouviu a porta se abrir e sentiu a carruagem oscilar quando Eliza saltou na ponte.

— Espere — advertiu Burke. — Alguém está se aproximando.

Rose ouviu um cavalo atravessar a ponte. O que o cavaleiro pensaria ao passar e ver a carruagem estacionada no acostamento? Será que olharia para o homem e para a mulher voltados para a água junto ao parapeito? Pensaria que Eliza e Burke eram amantes, encontrando-se furtivamente naquele lugar solitário? O cachorro de Billy começou a latir, e ela o ouviu arranhando a carruagem, tentando alcançar o corpo do dono. Será que o cavaleiro que passava por ali notaria aquele estranho detalhe? O cão latindo e arranhando a carruagem, o casal ignorando-o enquanto se mantinha de costas, olhando para a água?

Tentou gritar por socorro, mas não conseguiu inspirar profundamente e sua voz foi abafada pela lona pesada que os cobria. E o cachorro, aquele cachorro barulhento, continuava latindo e arranhando, abafando os gritos fracos que conseguiu emitir. Ouviu o cavalo passar por eles e então o som de cascos diminuiu gradativamente, sem que o cavaleiro soubesse que sua desatenção acabara de condenar uma mulher à morte.

A porta da carruagem se abriu.

— Droga, achei ter ouvido alguma coisa. Um deles ainda está vivo! — disse Eliza.

A lona foi retirada. O homem agarrou o corpo de Billy e tirou-o da carruagem. Rose inspirou profundamente e gritou. Seu grito foi imediatamente abafado pela mão grosseira de Jack pressionada sobre seus lábios.

— Dê-me a faca — disse Jack para Eliza. — Eu a farei se calar.

— Sem sangue na carruagem! Apenas a atire na água antes que alguém mais apareça!

— E se ela souber nadar?

Sem precisar responder, Eliza rasgou a anágua de Rose em tiras. Com brutal eficiência, amarrou os tornozelos da jovem. Um chumaço de tecido foi enfiado em sua boca, então o homem amarrou-lhe os pulsos.

Os latidos do cão tornaram-se frenéticos. Ele circundava a carruagem, uivando, ao mesmo tempo que mantinha distância dos chutes que lhe eram desferidos.

— Jogue-a — disse Eliza. — Antes que aquele cão atraia mais... — Ela fez uma pausa. — Alguém está se aproximando.

— Onde?

— Faça isso *agora*, antes que nos vejam!

Rose soluçou quando o homem a arrastou para fora da carruagem. Debateu-se nos braços dele, o cabelo golpeando-lhe o rosto enquanto tentava se libertar. Mas os braços dele eram muito fortes, e era tarde demais para Jack pensar duas vezes no que estava fazendo. Enquanto ele a levava até o parapeito, Rose viu Billy de relance, morto ao lado da carruagem, o cão agachado ao seu lado. Também viu Eliza, o cabelo desgrenhado e agitado pelo vento. Em seguida, viu o céu e as estrelas obnubiladas por uma névoa de fumaça.

Então, caiu.

35

Em Lechmere Point, Norris ouviu o barulho de algo caindo na água. Não podia ver exatamente o que era, mas viu a carruagem parada na ponte à sua frente. E ouviu um cão uivando.

Ao se aproximar, viu o corpo do rapaz deitado junto à roda traseira da carruagem. Um cão negro agachado ao lado, dentes à mostra, rosnando para o homem e para a mulher que tentavam se aproximar do cadáver. *É o cachorro de Billy.*

— Não conseguimos parar a carruagem a tempo! — gritou a mulher. — Foi um acidente horrível! O menino apareceu bem à nossa frente e... — Ela parou de falar ao reconhecer Norris, que saltava da carroça. — Sr. Marshall?

Norris abriu a porta da carruagem, mas não viu Rose lá dentro. No chão, pegou um pedaço de tecido. *De uma anágua.*

Voltou-se para Eliza, que o olhava em silêncio.

— Onde está Rose? — perguntou. Olhou para Jack Zarolho, que já se afastava, preparando-se para fugir.

Aquele barulho... eles haviam jogado algo dentro d'água!

Norris correu para o parapeito e olhou para o rio. Viu a água ondulada, prateada pelo luar. Então, detectou movimento quando algo subiu à superfície e depois voltou a afundar.

Rose.

Subiu no parapeito. Norris já mergulhara no rio Charles, oportunidade em que docilmente entregara seu destino aos caprichos da providência. Agora, entretanto, não abriria mão de coisa alguma. Ao pular da ponte, estendeu os braços como se pretendendo agarrar aquela única chance de felicidade. Atingiu uma água tão fria que engoliu em seco. Subiu à margem, tossindo. Fez uma pausa, apenas o bastante para inspirar e expirar diversas vezes, inundando os pulmões de ar.

Então, mergulhou outra vez.

No escuro, tateou em busca de alguma coisa palpável, procurando um membro, um pedaço de tecido, um punhado de cabelo. Suas mãos encontraram apenas água. Sem fôlego, voltou à superfície. Desta vez, ouviu gritos de um homem lá em cima, na ponte.

— Há alguém lá embaixo!

— Eu vi. Chame a Ronda Noturna!

Três rápidas inspirações, e Norris mergulhou outra vez. Em meio ao pânico, não se deu conta do frio e nem do coro crescente de vozes que vinha da ponte. A cada segundo que passava, Rose se afastava cada vez mais. Braços se debatendo, ele vasculhava a água, desesperado como um afogado. Ele podia estar a centímetros dela, mas não podia vê-la.

Estou perdendo você.

Uma necessidade desesperada de respirar o fez voltar à superfície. Havia luzes na ponte lá em acima e mais vozes. Testemunhas impotentes de seu desespero.

Prefiro me afogar a deixá-la aqui.

Um último mergulho. O brilho das lanternas penetrava a água em veios tênues de luz. Viu seus braços se movendo e nuvens de sedimentos. Logo abaixo, viu algo mais. Algo pálido, ondulando como lençóis ao vento. Nadou naquela direção e suas mãos agarraram tecido.

O corpo lânguido de Rose aproximou-se do dele, o cabelo como um redemoinho negro.

Imediatamente começou a emergir, puxando-a atrás de si. Mas ao chegarem à superfície para respirar, percebeu que ela estava flácida, inerte como um fardo de panos. *Cheguei tarde demais.* Chorando, ofegante, arrastou-a para a margem, esforçando-se a ponto de suas pernas mal o obedecerem. Quando seus pés finalmente pisaram a lama do chão, ele mal suportava o próprio peso. Arrastou-se para fora da água e levou Rose margem acima, até alcançar terra firme.

Os pulsos e tornozelos de Rose estavam amarrados e ela não estava respirando.

Ele a virou de barriga para baixo. *Viva, Rose! Você precisa sobreviver. Por mim.* Pôs as mãos em suas costas e inclinou-se para a frente, pressionando-lhe o peito. A água esguichou da boca da jovem. Ele pressionou diversas vezes, até seus pulmões se esvaziarem por completo. Mas ela continuava inerte.

Norris arrancou os panos atados aos pulsos de Rose e virou-a de costas. Seu rosto sujo de lama voltou-se para o dele. Ele pressionou as mãos contra e peito da jovem e inclinou-se para a frente, tentando expelir as últimas gotas de água de seus pulmões. Continuou a pressionar enquanto as lágrimas e a água do rio escorriam por seu rosto.

— Rose, volte para mim! Por favor, querida. Volte.

O primeiro movimento de Rose foi tão débil que podia ser apenas uma ilusão de sua imaginação desesperada. Então, subitamente, ela estremeceu e tossiu, uma tosse úmida e dolorosa que foi o som mais belo que ele já ouvira em toda sua vida. Rindo e chorando ao mesmo tempo, ele a virou de lado e afastou o cabelo molhado de seu rosto. Embora ouvisse passos se aproximando, não ergueu a cabeça. Seu olhar estava fixado em Rose. Quando ela abriu os olhos, seu rosto foi a primeira coisa que viu.

— Estou morta? — murmurou.

— Não. — Ele abraçou o corpo trêmulo de Rose. — Você está bem aqui comigo. Onde sempre estará.

Um seixo rolou pelo chão, e os passos pararam. Somente então Norris ergueu a cabeça para ver Eliza Lackaway, a capa oscilando ao vento. *Como asas. Como asas de um pássaro gigantesco.* A pistola estava apontada para ele.

— Estão vendo tudo — disse Norris, olhando para as pessoas na ponte.

— O que verão será eu matar o Estripador de West End. — Ela voltou-se para a multidão. — Sr. Pratt! É Norris Marshall!

As vozes na ponte se excitaram.

— Vocês ouviram isso?

— É o Estripador de West End!

Rose esforçou-se para se sentar, agarrando o braço de Norris.

— Mas eu sei a verdade — disse ela. — Eu sei o que você fez. E você não pode matar a nós dois.

O braço de Eliza esmoreceu. Ela só tinha um tiro. Mesmo quando o Sr. Pratt e dois homens da Ronda Noturna desceram rapidamente a margem íngreme do rio, ela ainda estava ali, indecisa, a arma oscilando entre Norris e Rose.

— Mãe!

Eliza ficou estática. Olhou para a ponte, onde viu o filho ao lado de Wendell.

— Mãe, não faça isso! — implorou Charles.

— Seu filho nos contou — disse Norris. — Ele sabe o que a senhora fez, Sra. Lackaway. Wendell Holmes também sabe. Você pode me matar aqui, agora, mas a verdade foi revelada. Esteja eu morto ou vivo, seu futuro já foi decidido.

Lentamente, ela baixou a pistola.

— Eu não tenho futuro — murmurou. — Acabe isso aqui ou na forca, é o fim. A única coisa que posso fazer é poupar meu filho. — Ela ergueu a arma, que desta vez não estava apontada para Norris. Estava apontada para sua própria cabeça.

Norris pulou em direção a ela. Agarrando-lhe o pulso, tenteou fazê-la soltar o revólver, mas Eliza resistia, lutando com a fúria de um animal ferido. Apenas quando Norris torceu-lhe o braço ela finalmente soltou a arma. Ela tropeçou para trás, uivando, e Norris ficou exposto na margem do rio com a arma na mão. Em um piscar de olhos, deu-se conta do que estava para acontecer. Viu o patrulheiro Pratt apontar a arma em sua direção. Ouviu o grito angustiado de Rose.

— Não!

O impacto da bala tirou-lhe o ar dos pulmões. A arma caiu de sua mão. Ele cambaleou e tombou de costas sobre a lama. Um estranho silêncio tomou conta da noite. Norris olhou para o céu, mas não ouviu vozes, passos, nem mesmo o marulhar da água contra a margem. Tudo era calma e paz. Viu as estrelas no céu, brilhando através da névoa que se dissipava. Não sentia dor, medo, apenas uma sensação de que toda a sua luta, todos os seus sonhos, se resumiam àquele instante à margem, com as estrelas brilhando.

Então, como se viesse de muito longe, ouviu uma voz doce e familiar e viu Rose, sua cabeça emoldurada pelas estrelas, como se ela o olhasse do céu.

— Você pode fazer alguma coisa? — gritava ela. — Por favor, Wendell, você precisa salvá-lo!

Agora, ele também escutava a voz de Wendell e ouviu o som de pano sendo rasgado quando ele abriu sua camisa.

— Aproximem a lâmpada! Preciso ver o ferimento!

Quando o ferimento foi iluminado, Norris viu a expressão no rosto de Wendell e leu a verdade em seus olhos.

— Rose? — murmurou Norris.

— Estou aqui. Estou bem aqui. — Ela se aproximou, tomou-lhe a mão e acariciou-lhe o cabelo. — Você vai ficar bem, querido. Você vai ficar bem, e seremos felizes. Seremos *muito* felizes.

Norris suspirou, fechou os olhos e viu Rose se afastando dele, levada tão rapidamente pelo vento que ele não tinha esperanças de poder alcançá-la

— Espere por mim — murmurou. Então, ouviu o que pareceu ser um trovão distante, um tiro solitário de arma de fogo que ecoou na escuridão que se fechava ao seu redor.

Espere por mim.

Jack Burke arrancou uma tábua do chão de seu quarto e tirou apressadamente o dinheiro ali escondido. Suas economias de uma vida, quase 2.000 dólares, retiniram ao cair dentro do alforje.

— O que está fazendo? Está levando tudo? Você é louco? — perguntou Fanny.

— Estou indo embora.

— Você não pode levar tudo! Isso é meu também!

— Você não tem um nó de forca pendurado sobre *sua* cabeça. — Subitamente, ele ergueu o queixo e ficou paralisado.

Alguém batia à porta no andar de baixo.

— Sr. Burke! Sr. Jack Burke, é a Ronda Noturna. Abra imediatamente esta porta!

Fanny voltou-se para descer.

— Não! — disse Jack. — Não os deixe entrar!

Ela olhou para ele com olhos maliciosos.

— O que você fez, Jack? Por que estão atrás de você?

Lá embaixo, uma voz gritou:

— Vamos arrombar a porta se não nos deixar entrar!

— Jack? — perguntou Fanny.

— Foi ela quem fez tudo aquilo! — disse Jack. — Ela matou o menino, não eu!

— Que menino?

— Billy Obtuso.

— Então que *ela* vá para a forca.

— Ela está morta. Pegou a arma e se matou na frente de todo mundo. — Ele se levantou e jogou o pesado alforje às costas. — Serei culpado por tudo. Tudo pelo que *ela* me pagou para fazer. — Foi em direção à escada. Pelos fundos, pensou. Selar o cavalo e partir. Se conseguisse alguns minutos de vantagem, poderia despistá-los na escuridão. Pela manhã, estaria bem longe dali.

A porta da frente se abriu com um estrondo. Jack parou ao pé da escada quando três homens entraram.

Um deles se adiantou e disse:

— Está preso, Sr. Burke. Pelo assassinato de Billy Piggott e pela tentativa de homicídio de Rose Connolly.

— Mas não fui eu! Foi a Sra. Lackaway!

— Cavalheiros, levem-no preso.

Jack foi empurrado com tanta força que tombou sobre os joelhos, deixando cair o alforje. Imediatamente, Fanny avançou e pegou-o. Ela se afastou, pressionando-o contra o peito. Quando a Ronda Noturna ergueu o marido, ela não fez menção de ajudá-lo, nada disse em sua defesa. Foi a última vez que ele a viu: Fanny abraçando suas economias de uma vida, o rosto calmo e impassível enquanto Jack era retirado da taberna.

Sentado na carruagem, Jack sabia exatamente o que aconteceria a seguir. Não apenas o julgamento, a forca, mas além. Ele sabia onde invariavelmente acabavam os corpos dos prisioneiros executados. Pensou no dinheiro que tão cuidadosamente guardara para seu precioso caixão de chumbo, com a gaiola de ferro e o vigia, tudo para vencer os esforços de violadores de túmulo como ele. Havia muito, prometera que nenhum anatomista abriria sua barriga ou cortaria sua carne.

Agora, olhava para o próprio peito e soluçava de tristeza. Ele já sentia a faca começando a cortar.

Aquele era um lar enlutado. E envergonhado.

Wendell Holmes sabia estar se intrometendo na dor particular dos Grenville, mas não fez menção de ir embora, e ninguém pediu que o fizesse. Sentado em silêncio a um canto, o Dr. Grenville sequer percebeu que Wendell estava no salão. Wendell fizera parte daquela tragédia desde o início e era normal que estivesse presente então, para testemunhar seu fim. E o que ele viu, à luz tremeluzente da lareira, foi um Aldous Grenville arrasado, curvado profundamente na cadeira, a cabeça baixa de pesar. O chefe de polícia Lyons estava sentado à sua frente.

A governanta, a Sra. Furbush, entrou timidamente no salão com uma bandeja de conhaque, que pousou em uma mesa de canto.

— Senhor — disse ela em voz baixa. — Dei ao jovem Sr. Lackaway a dose de morfina que pediu. Ele está dormindo agora.

Grenville nada disse, simplesmente meneou a cabeça.

O chefe de polícia Lyons perguntou:

— E a Srta. Connolly?

— Ela não quer deixar o corpo do rapaz, senhor. Tentei afastá-la, mas ela fica junto ao caixão. Não sei o que faremos com ela quando vierem buscá-lo pela manhã.

— Deixe-a. A jovem tem todos os motivos para estar infeliz.

A Sra. Furbush se foi e Grenville murmurou:

— Assim como todos nós.

Lyons serviu uma dose de conhaque e entregou-a ao amigo.

— Aldous, você não pode se culpar pelo que Eliza fez.

— Mas eu me culpo. Eu não queria saber, mas deveria ter suspeitado. — Grenville suspirou e bebeu o conhaque de um só gole. — Eu sabia que ela faria qualquer coisa por Charles. Mas *matar* por ele?

— Não sabemos se ela fez tudo aquilo sozinha. Jack Burke jura não ser o Estripador, mas pode estar envolvido.

— Então, ela certamente o instigou. — Grenville olhou para o copo vazio e murmurou: — Eliza sempre quis controlar tudo, mesmo quando era criança.

— Contudo, de quanto controle uma mulher realmente é capaz, Aldous?

Grenville baixou a cabeça e murmurou:

— A pobre Aurnia levou a pior. Não há desculpa para o que fiz. Mas ela era adorável, tão adorável. E eu não passo de um velho solitário.

— Você tentou fazer o que era certo. Conforte-se com isso. Você contratou o Sr. Wilson para encontrar o bebê e estava pronto para ajudá-la.

— O que era certo? — Grenville balançou a cabeça. — O *certo* seria ter ajudado Aurnia há meses, em vez de lhe dar um belo colar e ir embora. — Ele ergueu a cabeça, os olhos atormentados. — Eu juro, não sabia que ela carregava um filho meu. Não até o dia em que a vi aberta sobre a mesa de dissecação. Quando Erastus disse que ela dera à luz recentemente foi que me dei conta de que tinha um filho.

— Mas nunca contou para Eliza?

— Para ninguém, afora o Sr. Wilson. Eu queria o bem-estar da criança, mas sabia que Eliza se sentiria ameaçada. Seu falecido marido foi infeliz nos negócios. Ela tem vivido comigo por caridade.

E aquela criança podia reivindicar tudo, pensou Wendell. Pensou em todas as maldades contra os irlandeses pronunciadas pelas irmãs Welliver e pela mãe de Edward Kingston, por toda senhora da sociedade nos melhores salões de Boston. O fato de seu próprio filho querido, que não tinha talento para ganhar a vida, ter o futuro ameaçado pelo rebento de uma camareira teria sido um ultraje intolerável para Eliza.

Contudo, fora uma menina irlandesa quem, afinal, a vencera. Rose Connolly mantivera a criança viva, e Wendell podia imaginar a fúria crescente de Eliza à medida que a jovem conseguia se esquivar dela, dia após dia. Pensou nos cortes terríveis no corpo de Agnes Poole, na tortura de Mary Robinson, e compreendeu que o alvo verdadeiro do ódio de Eliza era Rose e todas as meninas como ela, cada estrangeira esfarrapada que lotava as ruas de Boston.

Lyons pegou o copo de Grenville, voltou a enchê-lo e o devolveu.

— Desculpe-me, Aldous, por eu não ter assumido o controle da investigação mais cedo. Quando o fiz, o idiota do Pratt já tinha posto a população em polvorosa. — Lyons balançou a cabeça. — Infelizmente, o Sr. Marshall foi a vítima infeliz de toda essa histeria.

— Pratt terá de pagar por isso.

— Ah, ele pagará. Providenciarei para que pague. Quando eu tiver terminado com ele, sua reputação estará imunda. Não descansarei até ele ser expulso de Boston.

— Não que isso importe agora — murmurou Grenville. — Norris morreu.

— O que nos abre uma possibilidade. Um meio de reduzir os danos.

— Como assim?

— Nada podemos fazer pelo Sr. Marshall agora. Para o bem ou para o mal. Ele não pode sofrer mais do que já sofreu. Podemos deixar que esse escândalo seja abafado.

— E não limpar o nome dele?

— À custa de sua família?

Wendell estivera calado até então. Mas agora estava tão chocado que não conseguiu se conter.

— Vai deixar Norris ser enterrado como o Estripador de West End mesmo sabendo que ele é inocente?

O chefe de polícia Lyons olhou para ele.

— Há outros inocentes a considerar, Sr. Holmes. O jovem Charles, por exemplo. Já é doloroso o bastante para ele o fato de sua mãe ter decidido acabar com a própria vida... e tão publicamente. Também o quer forçar a viver com o estigma de ter uma mãe assassina?

— Mas esta é verdade, não é mesmo?

— O público não tem direito à verdade.

— Mas devemos isso a Norris. À sua memória.

— Ele não está aqui para se beneficiar de tal redenção. Não o acusaremos. Simplesmente ficaremos em silêncio e permitiremos que o público chegue às suas próprias conclusões.

— Mesmo que tais conclusões sejam falsas?

— A quem dizem respeito? A ninguém que ainda esteja vivo. — Lyons suspirou. — De qualquer modo, ainda há um julgamento a ser feito. O Sr. Jack Burke será enforcado pelo assassinato de Billy Piggott. A verdade pode aparecer então, e não poderemos abafá-la. Mas também não precisamos divulgá-la.

Wendell olhou para o Dr. Grenville, que permaneceu em silêncio.

— O senhor permitiria que tal injustiça fosse cometida contra Norris? Ele merecia mais do que isso.

Grenville murmurou:

— Eu sei.

— Que honra é essa à qual sua família se apega que exige manchar a memória de um inocente para ser preservada?

— Tenho de pensar em Charles.

— E isso é tudo o que importa?

— Ele é meu sobrinho!

Uma voz subitamente interveio:

— E quanto ao seu filho, Dr. Grenville?

Pasmo, Wendell voltou-se para Rose, que estava à porta do salão. A dor privara seu rosto de qualquer coloração, e o que ele viu tinha pouca semelhança com a jovem vibrante que ela fora outrora. Em seu lugar viu uma estranha, não mais uma menina, mas uma mulher de rosto pétreo, postura ereta e tenaz, olhar fixo em Grenville.

— Certamente sabia que tinha outro filho — disse ela. — *Ele era* seu filho.

Grenville emitiu um gemido angustiado e escondeu a cabeça entre as mãos.

— Ele nunca percebeu — disse Rose. — Mas eu sim. E o senhor também deve ter percebido, doutor. Assim que olhou para ele. De quantas mulheres se aproveitou, senhor? Quantos outros filhos teve fora do casamento, filhos dos quais sequer sabe a respeito? Filhos que agora estão lutando para permanecer vivos?

— Não há outros.

— Como pode saber?

— Eu *sei*! — Ele ergueu a cabeça. — O que aconteceu entre mim e Sophia foi há muito tempo, e é algo que ambos lamentamos. Traímos minha amada esposa. Nunca mais voltei a fazê-lo, não enquanto Abigail era viva.

— Você deu as costas para seu filho.

— Sophia nunca me disse que o filho era meu! Durante todos esses anos em que ele cresceu em Belmont, eu não sabia de nada. Até ele chegar à faculdade e eu vê-lo. Então, dei-me conta...

Wendell olhava para Rose e Grenville alternadamente.

— Vocês não podem estar falando de Norris.

Rose ainda olhava fixamente para Grenville.

— Enquanto morava nesta mansão, doutor, enquanto ia para sua casa de campo em Weston a bordo de sua bela carruagem, ele estava arando campos e alimentando porcos.

— Eu já disse que não sabia! Sophia nunca me disse uma palavra.

— Se tivesse dito, o senhor o reconheceria? Não creio. E, pobre Sophia, ela não teve escolha a não ser se casar com o primeiro homem disposto a esposá-la.

— Eu *teria* ajudado o rapaz. Eu *teria* cuidado de suas necessidades.

— Mas não cuidou. Tudo o que ele conseguiu foi por seus próprios esforços. Tem orgulho de ter sido pai de um filho tão notável? Que em tão pouco tempo de vida subiu tão além de seu escalão social?

— Estou orgulhoso — murmurou Grenville. — Se Sophia tivesse me dito...

— Ela tentou.

— Como assim?

— Pergunte ao seu sobrinho, Charles. Ele ouviu a Sra. Lackaway dizer que não queria *outro* de seus bastardos aparecendo subitamente na família. Ela disse que, há dez anos, foi forçada a limpar sua sujeira.

— Há dez anos? — perguntou Wendell. — Mas isso não foi quando...

— ...quando a mãe de Norris desapareceu — continuou Rose. Ela inspirou, trêmula, os primeiros sinais de lágrimas entrecortando-lhe a voz. — Se ao menos Norris tivesse sabido! Significaria tudo para ele saber que a mãe o amava. Que ela não o abandonou. Que, em vez disso, foi assassinada.

— Não tenho palavras em minha defesa, Srta. Connolly — disse Grenville. — Tenho uma vida inteira de pecados dos quais me penitenciar, e pretendo fazê-lo. — Olhou diretamente para Rose. — Agora, parece que há uma menina em algum lugar precisando de um lar. Uma menina para quem eu juro que será dado todo conforto, todas as vantagens.

— Aceitarei isso como uma promessa — disse Rose.

— Onde ela está? Você me levará à minha filha?

Rose encarou-o.

— Na hora certa.

Na lareira, o fogo se apagara. As primeiras luzes da manhã iluminavam o céu.

O chefe de polícia Lyons levantou-se.

— Deixo-o agora, Aldous. Quanto a Eliza, o que decidir revelar é escolha sua. Neste instante, os olhos do público estão sobre o Sr. Jack Burke. É o monstro do dia. Mas logo, estou certo, haverá outro que chamará a atenção. É o que sei sobre a opinião pública: sua fome de monstros é insaciável. — Ele se despediu com um menear de cabeça e foi embora.

Após um instante, Wendell também se levantou para ir embora. Estava naquela casa como intruso havia muito tempo e se expressara com muita rudeza. Portanto, foi com um tom de desculpas na voz que anunciou sua partida ao Dr. Grenville, que sequer se moveu, preferindo ficar sentado em sua cadeira, olhando para as cinzas.

Rose seguiu Wendell até o saguão.

— Você foi um verdadeiro amigo — disse ela. — Obrigada por tudo o que fez.

Eles se abraçaram, e não houve qualquer embaraço apesar do imenso oceano de classes que os separava. Norris Marshall os unira. Agora, o pesar por sua morte os ligaria para sempre. Wendell estava a ponto de sair pela porta quando parou e olhou para Rose.

— Como soube? — perguntou ele. — O próprio Norris não sabia.

— Que o Dr. Grenville é o pai dele?

— Sim.

Ela o tomou pela mão.

— Venha comigo.

Rose levou-o até o segundo andar. No corredor em penumbra, ela fez uma pausa para acender uma lâmpada e aproximá-la de um dos retratos pendurados na parede.

— Aqui — disse ela. — Foi assim que descobri.

Ele olhou para a pintura de um jovem de cabelos escuros, em pé ao lado de uma escrivaninha, a mão apoiada sobre um crânio humano. Seus olhos castanhos olhavam diretamente para Wendell, como se o desafiassem diretamente.

— É um retrato de Aldous Grenville quando tinha 19 anos — disse Rose. — Foi o que a Sra. Furbush me disse.

Wendell não conseguia tirar os olhos do retrato.

— Nunca tinha notado.

— Eu vi de imediato. E não tive dúvidas. — Rose olhou para o retrato do jovem e seus lábios se curvaram em um sorriso triste. — Você sempre reconhece aqueles a quem ama.

36

A bela carruagem do Dr. Grenville levou-os para o oeste na estrada para Belmont, através de fazendas e campos invernais que agora eram familiares para Rose. Era uma tarde belíssima e a neve brilhava sob um céu muito azul, como quando ela passara por ali havia apenas duas semanas. *Você estava comigo naquela vez, Norrie. Se eu fechar meus olhos, quase consigo acreditar que você está aqui ao meu lado.*

— É muito mais adiante? — perguntou Grenville.

— Só um pouco, senhor. — Rose abriu os olhos e piscou, ofuscada pelo sol. *Mas eu jamais voltarei a vê-lo. E sentirei sua falta durante todos os dias de minha vida.*

— Foi aqui que ele cresceu, não é mesmo? — perguntou Grenville. — Nesta estrada.

Ela assentiu.

— Logo chegaremos à fazenda de Heppy Comfort. Ela tem uma vaca aleijada que trouxe para dentro de casa. Ficou tão apegada ao animal que não tem coragem de abatê-la. Na porta ao lado é a fazenda de Ezra Hutchinson. A mulher dele morreu de tifo.

— Como sabe tudo isso?

— Norris me contou. — E ela jamais esqueceria. Enquanto vivesse, lembraria de cada palavra, de cada instante.

— A fazenda Marshall fica nesta estrada?

— Não vamos à fazenda de Isaac Marshall.

— Então, para onde vamos?

Ela olhou para a bela casa de fazenda que acabara de aparecer mais adiante.

— Vejo a casa agora.

— Quem mora ali?

Um homem que foi mais carinhoso e generoso com Norris do que o próprio pai.

Quando a carruagem parou, uma porta se abriu, e o velho Dr. Hallowell apareceu na varanda. Pela expressão triste de seu rosto, Rose soube que ele já recebera a notícia da morte de Norris. Ele se adiantou para ajudar Rose e o Dr. Grenville a saltarem da carruagem. Ao subirem os degraus da varanda, Rose surpreendeu-se ao ver outro homem sair da casa.

Era Isaac Marshall, que parecia infinitamente mais velho do que parecera havia apenas algumas semanas.

Os três homens reunidos naquela varanda estavam ali para chorar a morte de um jovem, e as palavras não eram facilmente pronunciadas por nenhum deles. Em silêncio, olharam uns para os outros, os dois que viram Norris crescer e aquele que deveria ter visto.

Rose passou pelos três e entrou na casa, seguindo aquilo que ouvidos masculinos não estão acostumados a detectar: os suaves arrulhos de um bebê. Ela seguiu o som até uma sala onde a grisalha Sra. Hallowell estava sentada, ninando Meggie.

— Voltei para buscá-la — disse Rose.

— Sabia que viria. — A mulher olhou-a com olhos esperançosos ao entregar o bebê. — Por favor, diga-me que a veremos outra vez! Diga-me que podemos fazer parte da vida dela!

— Oh, a senhora fará — disse Rose, sorrindo. — Assim como todos que a amarem.

Os três homens voltaram-se para Rose quando ela saiu à varanda carregando o bebê. Neste instante, Aldous Grenville olhou para o rosto da filha pela primeira vez, e Meggie sorriu para ele, como se o reconhecesse.

— O nome dela é Margaret — disse Rose.

— Margaret — murmurou Grenville. E tomou a criança nos braços.

37

Dias atuais

Julia levou a mala para o andar de baixo e deixou-a junto à porta da frente. Então, foi até a biblioteca onde Henry estava sentado entre as caixas, agora prontas para ser transportadas para o Boston Athenaeum. Juntos, ela e Henry haviam organizado todos os documentos e lacrado todas as caixas. As cartas de Oliver Wendell Holmes, porém, eles haviam separado cuidadosamente. Henry as tinha sobre a mesa e estava sentado relendo-as pela centésima vez.

— É doloroso abrir mão destas cartas — disse ele. — Talvez devesse guardá-las.

— Você já prometeu doá-las ao Athenaeum.

— Ainda posso mudar de idéia.

— Henry, estas cartas precisam de cuidados especiais. Um arquivista saberá como preservá-las. Não seria maravilhoso compartilhar esta história com o resto do mundo?

Henry afundou teimosamente na cadeira, olhando para os documentos como um avaro que não quisesse abrir mão de sua fortuna.

— Significam muito para mim. Isso é pessoal.

Ela foi até a janela e olhou para o mar.

— Sei o que quer dizer — murmurou Julia. — Está começando a se tornar pessoal para mim também.

— Ainda sonha com ela?

— Todas as noites, há semanas.

— Como foi o sonho de ontem à noite?

— Foram mais... impressões. Imagens.

— Que imagens?

— Rolos de tecido. Fitas e arcos. Empunho uma agulha e estou costurando. — Ela balançou a cabeça e riu. — Henry, eu nunca soube costurar.

— Mas Rose sabia.

— Sim, sabia. Às vezes, penso que ela está viva outra vez, falando comigo. Ao ler as cartas, é como se eu tivesse trazido sua alma de volta. E, agora, estou tendo as memórias dela. Estou revivendo a vida de Rose.

— Os sonhos são assim tão vívidos?

— Até a cor da linha. O que me faz pensar que passei muito tempo pensando nela. — *E no que a vida dela poderia ter sido.* Ela olhou para o relógio e voltou-se para ele. — Está na hora de pegar a barca.

— É uma pena que você precise ir. Quando voltaremos a nos ver?

— Você também pode vir me visitar.

— Talvez quando Tom voltar? Posso visitar os dois na mesma viagem. — Ele fez uma pausa. — Então, diga-me. O que acha dele?

— De Tom?

— Ele está disponível, você sabe.

Ela sorriu.

— Sim, eu sei, Henry.

— Ele também é muito exigente. Já o vi com uma infinidade de namoradas, nenhuma delas demorou muito. Você pode ser a exceção. Mas você deve demonstrar que está interessada. Ele acha que não está.
— Foi o que ele disse?
— Ele está desapontado. Mas também é um homem paciente.
— Bem, eu gosto dele.
— Então, qual é o problema?
— Talvez goste demais. Isso me assusta. Sei quão rapidamente o amor pode acabar. — Julia voltou-se outra vez para a janela e olhou para o mar. Estava calmo e liso como um espelho. — Em um minuto você está feliz, amando, e tudo está certo no mundo. Você acha que nada pode acontecer de errado. Mas, então, acontece, como aconteceu comigo e com Richard. Como aconteceu com Rose Connolly. E você acaba sofrendo o resto da vida. Rose teve um gostinho de felicidade com Norris, então foi obrigada a viver todos aqueles anos com a lembrança do que perdeu. Não sei se vale a pena, Henry. Não sei se eu seria capaz de suportar.
— Acho que você está tirando a lição errada da vida de Rose.
— E qual é a lição certa?
— Agarre a oportunidade quando puder. Ame.
— E sofra as conseqüências.
Henry sorriu, debochado.
— Sabe todos esses sonhos que tem tido? Há uma mensagem neles, Julia, mas você não a percebeu. *Ela* teria aproveitado a oportunidade.
— Sei disso. Mas não sou Rose Connolly. — Ela suspirou. — Adeus, Henry.

Ela jamais vira Henry tão bem-vestido. Enquanto estavam sentados no escritório da diretora do Boston Athenaeum, Julia o olhava de rabo de olho, perguntando-se se aquele era o mesmo Henry que gostava de perambular por sua casa decrépita no Maine usando calças largas e velhas camisas de flanela. Ela esperava que ele estivesse assim vestido quando o buscou em seu hotel em Boston naquela manhã. Mas o homem que encontrou esperando por ela no saguão vestia um terno de três peças e se apoiava em uma bengala de marfim com cabo de bronze. Henry não apenas abriu mão de suas roupas velhas, como também da perpétua cara feia, e estava flertando abertamente com a Sra. Zaccardi, diretora do Athenaeum.

E a Sra. Zaccardi, de 60 anos, retribuía o flerte.

— Não é todo dia que recebemos uma doação assim tão importante, Sr. Page — disse ela. — Há uma fila de eruditos que não podem esperar para pôr as mãos nessas cartas. Faz muito tempo desde que descobrimos o último material a respeito de Holmes, de modo que estamos encantados por ter escolhido doar isto para nós.

— Ah, eu tive de pensar muito — disse Henry. — Considerei outras instituições. Mas o Athenaeum tem, com certeza, a mais bela diretora.

A Sra. Zaccardi riu.

— E o senhor precisa de óculos novos. Mas prometo vestir meu vestido mais sensual caso o senhor e Julia compareçam hoje ao jantar dos curadores. Tenho certeza de que adorarão conhecê-los.

— Gostaria de poder comparecer — disse Henry. — Mas meu sobrinho-neto está voltando de Hong Kong esta noite. Julia e eu planejávamos passar a noite com ele.

— Então, quem sabe, no mês que vem. — A Sra. Zaccardi se levantou. — Mais uma vez, obrigada. Há poucos cidadãos tão reverenciados em Boston quanto Oliver Wendell Holmes. E a história que ele conta nestas cartas... — Ela sorriu embaraçada. — É tão comovente que me fez chorar um pouquinho. Há tantas outras histórias que desconhecemos, tantas outras vozes perdidas na história. Obrigada por nos conceder a história de Rose Connolly.

Quando Henry e Julia saíram do escritório, a bengala dele fazia um vívido *clac-clac* ao chocar-se contra o chão. Àquela hora da manhã de quinta-feira, o Athenaeum estava quase vazio, e eles eram os únicos passageiros no elevador, os únicos visitantes no saguão, a bengala de Henry batendo contra o chão. Passaram por uma galeria, e Henry parou. Ele apontou para a placa que anunciava a exposição temporária: BOSTON E OS TRANSCENDENTALISTAS: RETRATOS DE UMA ERA.

— Era a época de Rose — disse ele.
— Quer dar uma olhada?
— Temos o dia inteiro. Por que não?

Entraram na galeria. Estavam a sós ali e puderam examinar cuidadosamente cada pintura e litografia. Estudaram uma paisagem do porto de Boston em 1832, visto de Pemberton Hill, e Julia perguntou-se se aquela seria uma paisagem que Rose teria visto quando era viva. Teria visto aquela mesma cerca no primeiro plano, os mesmos telhados das casas? Prosseguiram até uma litografia do Colonnade Row retratando um grupo de senhoras bem-vestidas e cavalheiros sob árvores luxuriantes, e ela se perguntou se Rose não passara sob aquelas mesmas árvores. Demoraram-se diante de retratos de Theodore Parker e do reverendo William Channing, rostos que Rose devia ter visto nas ruas ou visto de relance através de uma janela. *Este é o seu mundo, Rose, um mundo que há muito tempo virou história, assim como você.*

Haviam contornado quase toda a galeria quando Henry parou de repente. Julia se chocou contra ele e sentiu que seu corpo estava rígido.

— O que foi? — perguntou ela. Então, seu olhar se ergueu para a pintura a óleo para a qual Henry estava olhando, e ela também ficou instantaneamente paralisada. Aquele rosto estava deslocado em uma sala repleta de retratos de gente estranha. O jovem de cabelos escuros que olhava para eles estava em pé ao lado de uma escrivaninha, a mão pousada sobre um crânio humano. Embora tivesse costeletas bastas e vestisse sobretudo e gravata de época, era um rosto incrivelmente familiar.

— Meu Deus — disse Henry. — É o Tom!

— Mas foi pintado em 1792.

— Olhe para os olhos, para a boca. Definitivamente é o nosso Tom.

Julia franziu as sobrancelhas para a placa ao lado do retrato.

— O artista é Christian Gullager. Não diz quem é o modelo.

Ouviram passos no saguão e viram uma das bibliotecárias passar diante da galeria.

— Perdão! — chamou Henry. — Você sabe alguma coisa sobre esta pintura?

A bibliotecária entrou na sala e sorriu para o retrato.

— É realmente bonito, não é mesmo? — disse ela. — Gullager era um dos melhores retratistas da época.

— Quem é o homem na pintura?

— Acreditamos que seja um proeminente médico de Boston chamado Aldous Grenville. Foi pintado quando ele teria entre 19 e 20 anos, creio eu. Morreu tragicamente em um incêndio, por volta de 1832. Em sua casa de campo, em Weston.

Julia olhou para Henry.

— É o pai de Norris.

A bibliotecária franziu as sobrancelhas.

— Nunca ouvi dizer que ele tinha um filho. Só sei a respeito de seu sobrinho.

— Você sabe de Charles? — perguntou Henry, surpreso. — Ele ficou famoso?

— Oh, sim. O trabalho de Charles Lackaway fez muito sucesso em seu tempo. Mas, honestamente, cá entre nós, seus poemas eram horríveis. Acho que a popularidade dele se devia mais ao fato romântico de ele ser o "poeta maneta".

— Então ele acabou mesmo se tornando poeta — disse Julia.
— Com uma grande reputação. Diziam que perdera a mão em um duelo, por causa de uma mulher. A lenda o tornou muito popular com o sexo frágil. Acabou morrendo aos 50 e poucos anos, de sífilis. — Ela olhou para a pintura. — Se este era o tio dele, nota-se que a beleza é um traço familiar marcante.

Quando a bibliotecária se foi, Julia permaneceu embevecida com o retrato de Aldous Grenville, o homem que fora o amante de Sophia Marshall. Agora sei o que aconteceu com a mãe de Norris, pensou Julia. Em uma noite de verão, quando o filho estava febril, Sophia deixou-o na cama e correu até a casa de campo de Aldous Grenville em Weston. Ali, planejava dizer-lhe que ele tinha um filho que estava muito doente.

Mas Aldous não estava em casa. Foi sua irmã, Eliza, quem ouviu a confissão de Sophia e seu pedido de ajuda. Estaria Eliza pensando no filho, Charles, ao decidir o que faria a seguir? Seria apenas o escândalo que ela temia, ou o aparecimento de outro herdeiro na linhagem dos Grenville, um bastardo que ficaria com aquilo que ela e seu filho herdariam?

Aquele foi o dia que Sophia Marshall desapareceu.

Quase dois séculos se passariam até que Julia, escavando o quintal que certa vez fizera parte da casa de campo de Aldous Grenville, desenterrasse o crânio de Sophia Marshall. Durante quase dois séculos, Sophia estivera oculta e esquecida naquela tumba sem lápide.

Até então. Os mortos talvez partissem para sempre, mas a verdade podia ser ressuscitada.

Ela olhou para o retrato de Grenville e pensou: você jamais reconheceu Norris como seu filho. Mas ao menos cuidou do bem-estar de sua filha, Meggie. E, por meio dela, seu sangue foi perpetuado por todas as gerações desde então.

Agora, em Tom, Aldous Grenville ainda estava vivo.

Henry estava muito cansado para acompanhar Julia ao aeroporto.

Ela dirigiu sozinha noite adentro, pensando na conversa que tivera com Henry havia algumas semanas:

"Acho que você está tirando a lição errada da vida de Rose."

"E qual é a lição certa?"

"Agarre a oportunidade quando puder. Ame."

Não sei se tenho coragem, pensou.

Mas Rose teria. E Rose teve.

Um acidente em Newton causara um engarrafamento de quase quatro quilômetros na estrada. Enquanto avançava lentamente, ela pensou nos telefonemas de Tom nas últimas semanas. Conversaram sobre a saúde de Henry, sobre as cartas de Holmes, sobre a doação para o Athenaeum. Assuntos seguros, nada que exigisse que ela revelasse qualquer segredo.

"Você deve demonstrar que está interessada", dissera-lhe Henry. *"Ele acha que você não está."*

Eu estou. Mas tenho medo.

Presa na estrada, ela observou os minutos passarem. Pensou no que Rose arriscara em nome do amor. Teria valido a pena? Teria se arrependido?

No Brookline, o trânsito subitamente melhorou, mas àquela altura tinha certeza de que se atrasaria. Quando entrou no Terminal E do aeroporto Logan, o vôo de Tom já havia pousado, e Julia enfrentou uma pista de obstáculos de passageiros e bagagens.

Ela começou a correr, desviando-se de crianças e carrinhos de bagagem. Quando chegou à área onde os passageiros deixavam a alfândega, seu coração estava disparado. Eu o perdi, pensou enquanto se misturava à multidão, procurando. Só via rostos estranhos, uma multidão interminável de gente que ela não conhecia, gente que passava por ela sem olhar duas vezes. Gente cujas vidas jamais cruzariam com a dela. Subitamente, pareceu que ela sempre estivera procurando por Tom, e que sempre o perdera. Sempre o deixara escapar, sem reconhecê-lo.

Desta vez, porém, conheço seu rosto.

— Julia?

Ela se virou e o viu bem atrás de si. Parecia cansado após o longo vôo. Sem nem mesmo parar para pensar, ela o abraçou, e ele riu, surpreso.

— Que recepção! Não esperava — disse ele.

— Estou tão feliz por tê-lo encontrado!

— Eu também — murmurou Tom.

— Você estava certo. Oh, Tom, você estava certo!

— Sobre o quê?

— Certa vez você me disse que me conhecia. Que havíamos nos encontrado anteriormente.

— E nos encontramos?

Ela olhou para um rosto que acabara de ver naquela tarde em um retrato. Um rosto que ela sempre conhecera, que sempre amara. *O rosto de Norrie.*

Ela sorriu.

— Sim.

1888

Então, Margaret, agora você já sabe de tudo e estou feliz porque a história não morrerá comigo.

Embora sua tia Rose nunca tenha se casado e tido filhos, acredite, querida Margaret, você lhe deu alegrias suficientes para entreter muitas vidas. Aldous Grenville não viveu muito depois desses eventos, mas foi muito feliz nos poucos anos que esteve ao seu lado. Espero que não se ressinta pelo fato de ele nunca ter reconhecido ser seu pai. Em vez disso, lembre-se de quão generosamente ele cuidou de você e de Rose, deixando para vocês sua casa de campo em Weston, onde agora você construiu sua casa. Quão orgulhoso ele ficaria de sua mente perspicaz e inquisitiva! Quão orgulhoso ficaria ao saber que sua filha foi uma das primeiras formandas da nova faculdade feminina de medicina! Que mundo estimulante este se tornou, onde às mulheres é permitida, ao menos, a chance de chegar tão longe.

Agora o futuro pertence a nossos netos. Você me escreveu dizendo que seu neto Samuel já demonstra uma incrível habilidade para a ciência. Você deve estar maravilhada, uma vez que você, melhor do que ninguém, sabe não haver profissão mais nobre que a de um médico. Realmente espero que o jovem Samuel siga esta vocação e continue a tradição de seus ancestrais mais talentosos. Aqueles que salvam vidas adquirem um tipo de imortalidade própria nas gerações que preservam, em seus descendentes, que, de outro modo, não nasceriam. Curar é deixar sua marca no futuro.

Então, querida Margaret, termino esta última carta com uma bênção para seu neto. É a maior bênção que poderia dar a ele, assim como a qualquer pessoa.

Que ele seja médico.

Sinceramente,
O. W. H.

NOTA DA AUTORA

Em março de 1833, Oliver Wendell Holmes deixou Boston e foi para a França, onde passaria os dois anos seguintes terminando seus estudos de medicina. Na renomada École de Medicine de Paris, o jovem Holmes teve acesso a um número ilimitado de espécimes anatômicos e estudou com alguns dos melhores médicos e cientistas do mundo. Ele voltou a Boston como um médico muito mais apto que seus pares nos Estados Unidos.

Em 1843, na Sociedade para o Avanço da Medicina de Boston, ele apresentou um trabalho chamado "O contágio da febre puerperal", que seria sua maior contribuição para a medicina norte-americana. Introduzia uma nova prática que agora nos parece óbvia, mas que, nos tempos de Holmes, era uma nova idéia radical. Diversas vidas foram salvas e muito sofrimento evitado pela simples, embora revolucionária, sugestão: os médicos deviam simplesmente *lavar as mãos.*

Este livro foi composto na tipografia
Minion, em corpo 11/15, e impresso em
papel off-set no Sistema Digital Instant Duplex
da Divisão Gráfica da Distribuidora Record.